ELLA DANZ

Strandbudenzauber

ELLA DANZ

Strandbudenzauber

Angermüllers zehnter Fall

GMEINER SPANNUNG

Bisherige Veröffentlichungen im Gmeiner-Verlag:
Schockschwerenot (2015), Unglückskeks (2014), Geschmacksverwirrung (2012), Ballaststoff (2011), Schatz, schmeckt's dir nicht? (2010), Rosenwahn (2010), Kochwut (2009), Nebelschleier (2008), Steilufer (2007), Osterfeuer (2006)

Personen und Handlung sind frei erfunden.
Ähnlichkeiten mit lebenden oder toten Personen
sind rein zufällig und nicht beabsichtigt.

Immer informiert

Spannung pur – mit unserem Newsletter informieren wir Sie regelmäßig über Wissenswertes aus unserer Bücherwelt.

Gefällt mir!

Facebook: @Gmeiner.Verlag
Instagram: @gmeinerverlag
Twitter: @GmeinerVerlag

Besuchen Sie uns im Internet:
www.gmeiner-verlag.de

Im Ehnried 5, 88605 Meßkirch
Telefon 07575/2095-0
info@gmeiner-verlag.de

1. Auflage 2018

Lektorat: Claudia Senghaas, Kirchardt
Herstellung: Julia Franze
Umschlaggestaltung: U.O.R.G. Lutz Eberle, Stuttgart
unter Verwendung eines Fotos von: © Keilholz / shutterstock
Druck: GGP Media GmbH, Pößneck
Printed in Germany
ISBN 978-3-8392-2340-6

Für alle MutmacherInnen, für W. – und für das Meer … 54°02,3'N – 10°54,9'E

18. SEPTEMBER – CON ONOR MUORE …

Eine zarte Brise wehte über die Dünen, sachte neigte sich der Strandhafer zur Landseite. Von Osten kam die Brise, streichelte, was sie berührte, und versprach eine stabile Schönwetterlage. Das milde Licht des ausgehenden Sommers lag über der Lübecker Bucht und brachte die Ostsee zum Glitzern. Glücklich, wer jetzt hier seine Urlaubstage verleben konnte.

Nur ein paar vereinzelte Jogger und Hundefreunde folgten dem Saum des Wassers, sonst war der Strand um diese morgendliche Stunde noch leer. An der Landseite eines Holzhauses zwischen den Dünen baumelte ein Schild, verbeult, die Schrift ausgeblichen wie auf einem Stück Strandgut. »Café & Restaurant Alte Strandbude« stand darauf. Wer um die so bezeichnete Bude herumging, wurde empfangen von einer großzügigen Terrasse. Aus der geöffneten Tür des Gastraumes, viel größer, schicker und vor allem neuer als erwartet, gebaut aus viel Glas und Holz, drang leises Geschirrklappern und das Zischen einer Kaffeemaschine. Das verwaschene Himmelmeeresblau des Horizonts setzte sich auf Kissen, Gardinen und Deckchen fort, die Tische und Bänke nahmen das helle Sandgrau des Strandes auf. Spätestens jetzt wurde dem Betrachter klar, dass auch dem abgenutzten Schild seine Patina in kunstvoller Absicht beigebracht worden war. Vielleicht hatte hier früher einmal eine kleine Bude gestanden, wo man

Limo und Bier, Pommes, Fischbrötchen und Eis kaufen konnte, aber das war mit Sicherheit vorbei.

Die »Strandbude« und schräg gegenüber das »La Gola Incantata« waren die letzten Gebäude hinter dem Campingplatz. Der unbefestigte Strandweg, der hierherführte, verlief 20 Meter weiter im Nichts. Trotzdem war bei Badewetter im Sommer tagsüber kein Parkplatz zu finden, und ganz Mutige fuhren immer wieder verbotenerweise auf den Strand, wo sie dann Hilfe brauchten, wenn sie sich eingegraben hatten und neben dem Ärger meist ein fettes Knöllchen kassierten wegen Verkehrsvergehens und der Missachtung des Dünenschutzes. Aber jetzt war ein Montag Mitte September, Leere und eine diesige Trägheit hatten sich über alles gebreitet.

Das Reetdachhaus, welches das Restaurant »La Gola Incantata« beherbergte, beeindruckte durch seine schiere Größe, mindestens dreimal so groß wie sein Gegenüber. Es verfügte über eine geräumige Terrasse zum Strandweg hin, die von einem Glaszaun gegen den Seewind geschützt wurde. Der Kiesweg zur Eingangstür war durch einen dicken Tampen versperrt, an dem ein Schild befestigt war, das »Montag Ruhetag« verkündete. Trotzdem stand die Tür zum Restaurant offen, und hin und wieder drangen Klangfetzen italienischer Opernarien heraus.

Auf der Terrasse der »Strandbude« hatte es sich mittlerweile ein Paar bequem gemacht, dessen tiefe Bräune von einem langen, sonnendurchglühten Sommer zeugte. Die konzentrierte Langsamkeit, mit der sie zeitgleich an ihren Zigaretten zogen, hatte schon fast etwas Meditatives. Sie saßen in der ersten Reihe, vor sich ihren Cappuccino, schwiegen und schauten aufs Meer. Hin und wieder wandten sie die Köpfe zu dem großen Mann in Jeans und weißem Hemd, der mit ruhigen Bewegungen den Sand von den Planken fegte, die Tische abwischte und anschließend die Stühle aufstellte.

»Na, das is doch auch ma schön, wenn man das n'büschen ruhiger angehen lassen kann, oder? Hast dich denn schon hier eingewöhnt, mien Jong?«

Die Stimme, rau und tief, gehörte der Dame am Tisch, und an ihrer Sprache war leicht die Hamburger Herkunft zu erkennen.

»Kann man sagen, bin ja schon über zwei Wochen hier. Und jetzt fängt eh die Nachsaison an, da helfe ich nur gelegentlich aus.«

»Schade, bist ein wirklich netter Kellner. Aber ich mag die Nachsaison, vor allem bei so einem feinen Wetter. Überall kriegst einen Platz, die meisten nervigen Urlauber sind weg, und wir sind wieder unter uns. Nur, dass ihr ab Oktober nur noch am Wochenende aufhabt, das is'n büschen schade.«

»Wie lange wollen Sie denn auf dem Campingplatz aushalten?«

»Ach, kommt drauf an. Wir haben hier auch schon Weihnachten gefeiert!«

Sie lachte ihr heiseres Raucherlachen.

»Unser Anhänger ist gut isoliert, hat Heizung, TV, Kühlschrank, Herd, Dusche und was noch alles – sehr komfortabel und richtig gemütlich. Musst uns mal besuchen kommen! Nur, dass bei Schnee und Eis die Entsorgung etwas beschwerlich ist. Und inzwischen ist es im Winter ziemlich langweilig. Viele unserer Freunde sind krank, manche verstorben und die Jüngeren, die bleiben ab Oktober lieber in der Stadt. Mal sehen, wann wir unsere Zelte abbrechen, was, Karl-Heinz?«

Der Mann sagte nichts, nickte nur bedächtig. Gleich in den ersten Tagen hatte Erika dem neuen Kellner im Vertrauen erzählt, dass sie beide in diesem Jahr 83 wurden, was dieser höchst beeindruckend fand.

»Die Chefin nicht da?«, schallte es plötzlich laut und ungehalten aus dem Gastraum.

»Die freundliche Stimme kenn ich doch«, kommentierte Erika und schnitt eine Grimasse, »na, wenn das man nich der olle Kröger is …«

»Sie entschuldigen mich!«

Der Kellner beeilte sich, nach drinnen zu kommen.

»Deine Chefin nicht da?«, blaffte der Mann in Blaumann und Gummistiefeln schon wieder, als er des Kellners ansichtig wurde. Neben ihm schnaufte ein übergewichtiger, alter Hund.

»Guten Morgen erst mal, Herr Kröger. Und meines Wissens duzen wir uns immer noch nicht. Nein, Frau Martinsen ist nicht im Haus. Kann ich Ihnen helfen?«

»Frau Martinsen ist nicht im Haus«, äffte der Campingplatzbesitzer die Ausdrucksweise des Kellners nach. »Nee, du kannst mir nich helfen. Aber du kannst deiner Chefin ausrichten, dass ich mir das nicht länger bieten lasse. Wenn sie nicht innerhalb von drei Tagen das Parkplatzschild mit ihrer Werbung von meinem Grund und Boden entfernt, dann gibt das ganz großen Ärger, das sach ihr man!«

»Ich werde es ausrichten, doch soweit ich weiß, steht das Schild auf öffentlichem Land und …«

»Öffentliches Land! Dass ich nich lache! Das is ganz allein mein Land!«, schnaubte der Mann. »Aber wenn sie Ärger will, den kann sie haben, genau wie der Pizzabäcker nebenan! Die haben doch alle einen Knall! Richte das deiner Chefin aus!«

Damit wandte er sich in Richtung des Personaleingangs, durch den er auch hereingekommen war. Sein Hund, der sich auf allen vieren niedergelassen hatte, erhob sich mühsam.

»Im Übrigen möchte ich Sie bitten, zukünftig nicht unbefugterweise den Eingang durch die Küche zu nutzen, schon gar nicht mit Ihrem vom Durchfall geplagten Hund, sondern …«

»Du hast sie ja wohl nich alle!«, antwortete Kröger grob auf das höfliche Ansinnen. »Ich nehm die Tür, die mir passt, verstanden!?«

Er zeigte dem Kellner einen Vogel und war dann verschwunden. Resigniert hob der Zurückgebliebene die Schultern, ging zurück auf die Terrasse, verteilte Tischdecken, Speisekarten und Sitzkissen und spannte einige der blau-grau gestreiften Sonnenschirme auf.

»Sonst ist morgens doch immer die Chefin da? Ist sie krank? Oder verspätet sie sich nur?«, wollte Erika wissen, die den Blick des Mannes auf seine Armbanduhr registriert hatte – der alten Dame entging nichts.

»Sie wird wohl bald da sein«, meinte der Kellner, »sie ist mit Polette in Lübeck neue Lieferanten besuchen und ein paar Sachen besorgen. Es soll demnächst eine neue Speisekarte geben.«

Die Speisekarte interessierte Erika und Karl-Heinz weniger. Sie waren keine Genießer, kochten möglichst sparsam mit ihren beim Discounter gekauften Vorräten, Hauptsache sie wurden satt. Ihr morgendlicher Cappu und gegen Abend mal ein Bierchen oder ein Sprizz in der »Strandbude« waren der einzige Luxus, den sie sich gönnten.

Der entspannte Blick der Stammgäste folgte dem Kellner, der vor die Terrasse trat, wo im Sand sechs Strandkörbe auf Gäste warteten. Er rückte die Öffnungen der Sitzmöbel der Sonne entgegen, entfernte Sand von den meerwasserblau gestreiften Sitzkissen und klappte alle Tabletts ordentlich zur Seite. Dann war er zufrieden.

»So, ich muss drinnen noch was tun. Sie melden sich, wenn Sie was brauchen.«

»So mok wi dat! Danke!«

Der Mann verschwand im Gastraum. Die beiden Camper zündeten sich neue Zigaretten an und gaben sich schweigend der Harmonie des trägen Montagvormittags hin, während drinnen der Kellner sein beschauliches Tagwerk fortsetzte, die Brotkörbe mit neuen Papierservietten auslegte, Besteck sortierte und frische Wassergläser auf den Tischen verteilte. Das Restauranttelefon meldete sich mit seiner unaufdringlichen Melodie.

»Frau Martinsen – Entschuldigung, Tante Ille – guten Morgen! Ja, vertretungsweise mache ich Frühdienst. Niki hat sich krank gemeldet und Wiebke ist mit Polette unterwegs, Sachen fürs Restaurant besorgen.«

Alle nannten die alte Dame nur Tante Ille. Auch ihn hatte sie gleich bei ihrer ersten Begegnung dazu angehalten. Doch die vertraute Anrede ging dem Kellner noch nicht so locker von der Zunge.

»Gut, ich sage Ihrer Nichte, sie soll sich bei Ihnen melden, wenn sie kommt. Danke, Ihnen auch einen schönen Tag!«

Er legte auf und sah sich um. Die Morgenroutine war erledigt, und eigentlich konnten jetzt die Gäste kommen. Wieder draußen auf der Terrasse, blickte er suchend den Strand entlang. Trotz des makellosen Tages niemand in Sicht, der die »Alte Strandbude« ansteuerte. Langsam schlenderte er ums Haus herum, als ein durchdringender Schrei die friedliche Vormittagsstille zerriss. Er kam eindeutig von der Landseite. Der Kellner beschleunigte seinen Schritt, und kaum bog er um die Ecke der »Strandbude«, kam eine dünne, kleine Frau angerannt, die nun ein hysterisches Klagegeheul anstimmte. Er stellte sich ihr in den Weg, hielt sie fest und versuchte sie zu beruhigen.

»Kann ich Ihnen helfen? Was ist denn passiert?«

Er hatte sie schon ein paar Mal hier gesehen. Sie putzte im Restaurant gegenüber. Jetzt war sie kurz vorm Kollabieren, schnappte hektisch nach Luft und stieß zwischendurch spitze Schreie aus. Endlich deutete sie hinter sich, wo das »Gola Incantata« im hellen Sonnenschein lag und wo aus der offen stehenden Restauranttür immer noch italienische Opernmusik klang.

»Blut! Alles voll Blut!«, japste sie, bevor sie dem Kellner in die Arme fiel und heulte. Ihre Schreie hatten auch die beiden Camper von ihrem Cappuccino weggelockt.

»Kümmern Sie sich bitte um die Frau? Ich geh schau'n, was da drüben los ist.«

»Ahlns kloar«, antwortete Erika ohne weitere Fragen, und gemeinsam mit Karl-Heinz geleitete sie die dürre Person auf die Strandseite, unablässig beruhigende Worte brummend.

Diffuses Licht herrschte im Gastraum des großen Ristorante. Die kleinen Fenster unter dem weit heruntergezogenen Reetdach, die von rot-weiß karierten Gardinen flankiert wurden, ließen kaum Sonne herein.

Die Musik schwoll an, und der kundige Kellner erkannte den Sopran der Callas in der Schlussarie aus Madame Butterfly, in der diese angesichts ihres Unglücks den Freitod sucht. Seine Augen, die sich mittlerweile an das Dämmerlicht gewöhnt hatten, erblickten auf dem Boden, zwischen zwei umgestürzten Barhockern vor dem Tresen, die dazu passende Szene. Drama, Tod, Ende.

Aber keine Frau, sondern ein Mann lag am Fuß einer steilen Treppe auf dem Bauch, sein weißer Anzug war an vielen Stellen dunkelrot gefärbt und um ihn herum ein kleiner See aus Blut. Ganz langsam ging der Kellner in die Knie, griff sachte nach der Hand des Mannes, dann an seinen Hals und versuchte ein Lebenszeichen zu entdecken. Vorsichtig legte er sie wieder zurück und erhob sich. Er beugte sich über den Tresen, auf dem eine volle Flasche Champagner, allerdings ohne die Folie über dem Korken, sowie eine Grappaflasche mit zwei nicht ganz geleerten Gläsern standen. Während er nach der Musikanlage suchte, fielen ihm die Glasscherben auf, die auf der Rückseite des Tresens lagen. Schließlich entdeckte er die Anlage im Regal und schaltete mit einem Papiertaschentuch, das er aus seiner Hosentasche zog, die Musik aus.

»Hallo, ist hier jemand?«, rief er laut in den hinteren Teil des Restaurants. Er wiederholte seinen Ruf in Richtung oberes Stockwerk, doch es kam keine Antwort.

Rückwärts bewegte sich der Kellner auf den Eingang zu, sorgfältig darauf achtend, nicht wieder in die riesige Blutlache zu treten, die er angesichts des herrschenden Lichtmangels bei seinem Eintreten nicht bemerkt hatte.

»Was machst'n du hier?«

Überrascht drehte er sich um. Im hellen Licht des Eingangs stand Finn, ein vielleicht fünfjähriger Junge, und schaute ihn aus runden Brillengläsern, die für sein schmales Gesicht viel zu groß waren, neugierig an. Während er konzentriert an einem Lolly schleckte, versuchte er einen Blick ins Innere des Restaurants zu erhaschen. Finn machte schon fast zwei Wochen mit seiner Mutter auf dem Campingplatz Urlaub und langweilte sich meist, denn es gab kaum Kinder zum Spielen. Und die Mutter saß den ganzen Tag mit ihrem Smartphone im Strandkorb, hatte scheinbar überhaupt keine Lust stundenlang im Sand zu buddeln, mochte weder Fußballspielen noch Schwimmen. Ohne auf Finns Frage zu antworten, fasste ihn der große Mann an den Oberarmen und trug ihn hinaus hinter den Tampen mit dem Ruhetag-Schild, wo er ihn auf dem Boden absetzte. Den Kleinen störte das nicht.

»Ist der Mann tot?«, fragte er interessiert, und als der Angesprochene nicht antwortete: »Bist du ein Böser?«

»Im Gegenteil.«

Während der Junge ihn aufmerksam beobachtete, zog der Kellner sein Handy aus der Tasche und wählte die Nummer des Polizei-Notrufs. Es dauerte ein paar Sekunden und er hatte eine Verbindung.

»Guten Morgen, ich rufe aus Schassau an. Ich möchte eine tote Person melden.«

DREI WOCHEN ZUVOR …

KAPITEL I

Es war seine liebste Zeit am Abend. Er stand in der Küche, ein Glas Rotwein neben sich, und schnippelte, würzte, rührte, kostete in Vorfreude auf ein wohlschmeckendes Mahl. Manchmal aufwendig und edel, manchmal schlicht und trotzdem köstlich, so wie heute. Behutsam mischte er die halbierten kleinen Pflaumentomaten unter die noch heißen Penne und hob die grob geschnittenen Rucolablätter unter. Er portionierte alles auf zwei tiefen Tellern, ließ grobe Würfel eines sahnig milden Schafskäses darauf fallen und gab jeweils einen großzügigen Schuss grüngoldenes Olivenöl dazu. Dann griff er zur Mühle und mahlte groben schwarzen Pfeffer darüber. Zum Schluss streute er geröstete Pinienkerne auf jede Portion und betrachtete zufrieden sein Werk.

»Essen ist fertig!«

Georg Angermüller trug die Teller hinaus auf seine von wildem Wein umrankte Terrasse – ein verträumtes Eckchen mit einem kleinen gusseisernen Tisch, der gerade genug Platz für zwei Personen bot. Inzwischen wusste er seine Wohnung, in einer ruhigen Nebenstraße in der Nähe vom Brink gelegen, sehr zu schätzen. Er nahm das Küchentuch ab, das ihm als Schürze gedient hatte, setzte sich und griff mit einem Seufzer nach seinem Rotweinglas. Irgendwie hatte er so ein Sonntagsgefühl, obwohl erst Dienstag war, aber das hatte er in letzter Zeit schon des Öfteren verspürt. Neulich hatte er sich morgens sogar gefragt, welcher Wochentag eigentlich war. Lag das am Alter?

»So, jetzt fühl ich mich wieder frisch und fit. Nur, dass ich fast umkippe vor Hunger. Wie gut, dass ich meinen persönlichen Küchenchef habe.«

In der Tür stand Derya, in einen weißen Bademantel gehüllt, um den Kopf ein Handtuch zum Turban gewickelt und strahlte Georg an. Sie ließ sich auf ihren Stuhl plumpsen und betrachtete erfreut das grün-weiß-rote Arrangement auf ihrem Teller.

»Auch einen Rotwein?«

»Aber klar! Ich muss ja heute nicht mehr arbeiten.«

Am späten Nachmittag hatte Derya ein großes Buffet ausgeliefert. Zwei Tage war sie mit den Vorbereitungen für die Feier eines 50. Geburtstages beschäftigt gewesen. Sie hatte sich sehr über den großen Auftrag gefreut. Nach den sechs Wochen Urlaub, die sie sich ausnahmsweise gegönnt hatte, brauchte sie dringend Einnahmen für »Deryas Köstlichkeiten«, ihren Cateringservice für mediterrane Spezialitäten.

»Ach, das war ganz wunderbar, Georg«, stöhnte Derya nach dem Essen, während sie über ihren gut gefüllten Magen streichelte, »und du glaubst nicht, wie ich es genieße, bekocht und bedient zu werden. Ich liebe meinen Job, aber irgendwann muss auch mal Feierabend sein, wenn man so einen Küchenmarathon hinter sich hat. Also vielen Dank – auch für diesen feinen Nachtisch aus Schokoladenkuchen unter Vanilleeis.«

»Immer wieder gerne!«

»Ich bin übrigens erst so spät nach Hause gekommen, weil ich unterwegs eine alte Bekannte getroffen habe. Na ja, Bekannte ist übertrieben. Wiebke und ich gingen vor ungefähr 30 Jahren …«, Derya unterbrach sich und warf

Georg einen irritierten Blick zu, »sag mal, so alt bin ich doch noch gar nicht?«

»Natürlich nicht, mein Schatz! Du bist doch noch gar nicht richtig erwachsen, bist und bleibst immer ein süßes, junges Mädchen«, grinste Georg über sein Weinglas hinweg, bevor er einen kräftigen Schluck nahm.

»Nana, mach dich nicht lustig, Herr Kommissar! Verdammt, aber viel fehlt wirklich nicht an 30 Jahren. Also, Wiebke war so eine Schmale, Große auf endlosen Beinen, dazu ein dunkler Lockenkopf und unglaublich schöne blaue Augen. Wir gingen in eine Klasse. Sehr enge Freundinnen waren wir nicht, aber irgendwie mochte ich sie. Natürlich waren alle Jungs der schönen Wiebke verfallen. Aber dann in der Zehnten, da war sie auf einmal weg und kam nicht mehr zur Schule. Sie sei Model geworden, hieß es damals. Und stell dir vor, heute bin ich ihr über den Weg gelaufen.«

»Ist sie denn immer noch so schön?«

»Auf jeden Fall! Obwohl sie ganz anders aussieht. Ich hätte sie bestimmt nicht erkannt. Sie hat mich angesprochen.«

»Da hast du's! Du wirst eben nicht alt, siehst noch genauso süß aus wie damals als Teenager.«

»Pfffh«, machte Derya nur und warf Georg einen vernichtenden Blick zu.

»Wiebkes Haare sind eisgrau und raspelkurz. Das sieht echt fantastisch aus zu ihren Veilchenaugen. Ganz so schmal wie früher ist sie nicht, aber sie hat eine traumhafte Figur!«, schwärmte Derya und sah resigniert an sich herab. Sie war keineswegs dick, aber so lange Georg sie kannte, kämpfte sie einen erfolglosen Kampf gegen drei, vier Kilo Übergewicht, die seiner Meinung nach gar kein

Problem waren. So wie er wurde Derya eben oft schwach, wenn kulinarische Genüsse lockten, es Neues zu kosten gab oder ein Gericht besonders gut gelungen war. Genau das mochte er an ihr, ihre Spontaneität, ihre Begeisterung, die sie auch mal gute Vorsätze vergessen ließ. Das war so erfrischend, so menschlich, so ganz anders als die Disziplin und Konsequenz, die ihm in den letzten Jahren bei seiner Frau Astrid oft zu schaffen gemacht hatten.

»Was macht die schlanke Wiebke denn beruflich? Lass mich raten: Fitnesstrainerin?«

Derya nahm das Handtuch herunter und frottierte energisch ihr dunkelbraunes Haar. Momentan leuchteten goldblonde Strähnchen daraus hervor. Sie probierte ständig andere Farbvarianten auf ihrem Kopf aus, aber zufrieden war sie nie.

»Im Gegenteil, mein Herr! Sie hat ein Restaurant.«

»Ach, das ist ja erstaunlich. Wo denn?«

»Am Strand, irgendwo zwischen Neustadt und Grömitz. Ihre Tante hatte eine einfache Bude, und die hat sie vor drei Jahren übernommen und aufgemöbelt. Sie hat mir Fotos gezeigt, sieht zauberhaft aus. Ich hab ihr versprochen, sie am Sonnabend zu besuchen, sofern ich keinen Auftrag habe. Komm doch mit! Dann können wir gleich die Küche ausprobieren. Sie hat so von ihrer tollen Köchin geschwärmt.«

»Ach nee, bestimmt wollt ihr über früher quatschen und so, da störe ich doch nur. Außerdem bin ich mit den Zwillingen verabredet. Ich hab die beiden seit unserer Rückkehr noch gar nicht gesehen.«

»Schade. Ich dachte …«

Derya wurde nachdenklich und Georg schaute sie fragend an.

»Ach, nicht so wichtig. Ist vielleicht wirklich besser, ich fahr allein. Es läuft gut, hat Wiebke erst gesagt, trotz des wettermäßig sehr gemischten Sommers. Aber dann hat sie von so ein paar Vorfällen in letzter Zeit erzählt. Es scheint jemanden zu geben, dem der Erfolg ihres Restaurants nicht in den Kram passt.«

»Was für Vorfälle?«

»Na ja, verdorbene Ware wurde geliefert, sodass ausgerechnet am Wochenende die Hälfte der Speisekarte gestrichen werden musste, die Kühlanlage war immer wieder falsch eingestellt, es gab manche Abende nur schale Getränke, ein anderes Mal wurde den Kunden versalzenes Essen serviert – alles Sachen, die für so einen Laden geschäftsschädigend sind.«

»Ist das nicht normal, dass mal was schiefgeht? So ungewöhnlich finde ich das nicht. Glaubt sie, da steckt Methode dahinter?«

»Sie hat nicht gern darüber geredet, aber sie scheint zu denken, da will jemand ganz absichtlich ihrem Restaurant schaden.«

Georg wiegte zweifelnd seinen Kopf.

»Na ja, sie sollte mal ihrem Personal besser auf die Finger sehen. Entweder, die sind unfähig oder aber jemand ist unzufrieden und rächt sich mit solchen kleinen Sabotageakten.«

»Und die verdorbene Ware? Die kam ja von außerhalb.«

»Da würde ich empfehlen, schleunigst den Lieferanten zu wechseln.«

»Okay, alles halb so schlimm. Wenn du das sagst …«

Zufrieden schien Derya nicht mit Georgs Reaktion, doch sie sagte nichts weiter dazu und kam lieber auf etwas anderes zu sprechen.

»Ach Georg, nur noch eine Woche, dann ist mein süßer, kleiner Koray für ganz lange ganz weit weg. Mir graut davor!«

»Dein kleiner Koray ist fast zwei Köpfe größer als du und mit 19 mehr als volljährig. Lass ihn einfach die Zeit genießen, bevor er sich wieder ins Lernen und irgendwelche Prüfungen stürzen muss.«

Deryas Sohn hatte im Frühjahr Abitur gemacht. Bevor er im nächsten Jahr ein Informatikstudium aufnahm, wollte er mindestens ein halbes Jahr in Chile jobben und herumreisen. Auf Chile fiel Korays Wahl, weil er dort sein Spanisch verbessern konnte und die Kosten für Flüge und Vermittlung vergleichsweise günstig ausfielen.

»Ich finde es klasse, dass Koray sich für Work and Travel entschieden hat. Er wird bestimmt tolle Erfahrungen machen und viel erwachsener und reifer sein, wenn er zurückkommt«, bekräftigte Georg seine Ansicht.

»Und ich sitze hier ganz allein rum …«

»Du wirst dich sowieso dran gewöhnen müssen, dass dein Sohn nicht ewig bei dir wohnen wird. Du schimpfst doch immer über seine Unordnung. Sei froh, da brauchst du dich nicht mehr drüber aufregen. Und außerdem, hör mal, ich bin ja auch noch da!«

»Schon«, maulte Derya, »aber du wohnst allein und ich wohne in meiner großen Wohnung allein. Ich werd mir ganz verloren vorkommen.«

Heikles Thema, vermintes Terrain.

»Es dauert grade mal zehn Minuten mit dem Rad von mir zu dir. Keine Angst, das kriegen wir hin«, brummte Georg Angermüller und fragte etwas unvermittelt: »Und Freitag hast du das Catering für diese Filmpremiere?«

»Ja.«

Deryas einsilbige Reaktion bewies, dass er genau richtig gelegen hatte.

»Ich kann dir gern helfen. Du weißt ja, ich hab viel Zeit«, grinste er aufmunternd. Sie zuckte mit den Schultern.

»Ich weiß noch nicht. Gül wird am Donnerstag aus ihrem Urlaub zurückkommen. Ich denke, wenn wir zu zweit sind, schaffen wir das locker«, sie stand auf, »und jetzt muss ich nach Hause.«

»Was, jetzt schon?«, bedauerte Georg, griff nach Deryas Hand und küsste sie sanft. Zwar glitt ein kleines Lächeln über ihr Gesicht, aber sie entzog sich ihm.

»Ich bin mit Koray verabredet. Wir wollen besprechen, was wir für seine Reise besorgen müssen und was sonst noch so organisiert werden muss.«

Lange nachdem Derya gegangen war, saß Georg immer noch beim Rotwein draußen. Im Juni hatten sie ihr Einjähriges gefeiert, besser gesagt, Derya hatte dieses Datum mit Festessen, Champagner und Kerzenschein zelebriert, und wenn sie ihn nicht drauf gestoßen hätte, wäre es für ihn ein Tag wie jeder andere gewesen. So hatte Georg in letzter Minute einen großen Rosenstrauß besorgt und sie hatten einen wunderbaren Abend zusammen verbracht. Auch er fand, sie hatten Grund zum Feiern, ihm gefiel ihre Beziehung, so wie sie war. Und das war der Punkt.

Bisher hatte Derya es nie konkret ausgesprochen, doch in letzter Zeit hatte sie immer öfter eine Andeutung fallen lassen: Diese umständliche Hin- und Herfahrerei sei sie manchmal leid, oder: Zwei Haushalte seien Luxus, und immer wieder brachte sie Korays baldige Abwesenheit ins Spiel. All diese Bemerkungen ließen nur einen Schluss zu und Georg spürte, dass dieser ihm nicht behagte.

Vor noch nicht mal zwei Jahren war er aus dem Haus am Wakenitzufer ausgezogen, in dem er den Großteil seiner Lübecker Jahre mit Astrid und den Zwillingen verbracht hatte. Dieser Umzug mit all seinen Konsequenzen fühlte sich für ihn noch lange nicht abgeschlossen an. Er musste sich immer noch an seine neue Lebenssituation gewöhnen. Er und Astrid hatten sich bisher nicht einmal scheiden lassen, ja nicht einmal eingehender darüber geredet. Und nun sollte er sich schon wieder auf eine neue große Veränderung einstellen? So weit war er nicht, und deshalb wich er dem Thema stets aus, sobald Derya das Gespräch in diese Richtung lenkte.

Sie verstanden sich wirklich gut, und es verband sie so viel mehr als die Leidenschaft fürs Kochen und Essen. Georg mochte Deryas Humor und gleichzeitig die Ernsthaftigkeit, mit der sie aufs Leben schaute, ebenso wie die Empathie, die sie vorurteilslos jedem entgegenbrachte.

Ihre gemeinsame Reise war durchweg harmonisch verlaufen. In den ersten beiden Wochen hatte Derya ihm ihre Geburtsstadt am Bosporus gezeigt, von den touristischen Highlights bis zu den verwunschenen Ecken ihres Viertels. Sie hatte ihn über bunte Bazare, durch grüne Parks geführt, sie hatten in winzigen Fischrestaurants köstlich gespeist und Jazzern in szenigen Clubs gelauscht. Georg war dem Charme dieser Metropole voller Gegensätze sofort erlegen.

Auf der Fahrt zu ihrem nächsten Ziel musste er oft an die großzügige und herzliche Gastfreundschaft von Deryas Eltern denken, die ihn tief berührt hatte. Er sorgte sich ein wenig. Wie würde wohl der Empfang in Niederengbach ausfallen, dem kleinen oberfränkischen Dorf im Coburger Land, in dem er geboren war und wo seine Mutter und seine älteste Schwester lebten?

Georgs Befürchtungen stellten sich jedoch als grundlos heraus. Seine Schwester Marga war von der ersten Sekunde an von Derya verzaubert, und auch seiner rauschaligen Mutter gegenüber traf seine Freundin genau den richtigen Ton. Anders als brummig konnte die alte Frau nicht, doch sie verwöhnte ihre Gäste nach allen Regeln der Kunst. So verbrachten die beiden sonnenpralle Tage zwischen grünen Wiesen, kühlen Wäldern, gurgelnden Bächen, besuchten die zahlreichen Schlösser und Parks der Umgebung und genossen in den Biergärten die heimische Küche und das Bier. Am Ende dieser Sommerwoche hatte Derya die Heimat von Georg, samt seiner Familie und der alten Freunde, in ihr Herz geschlossen.

Weiter ging es Richtung Süden, mit Ruhe und Beschaulichkeit. Wo es ihnen gefiel, da blieben sie ein Weilchen, spazierten durch Dörfer und Städtchen, kosteten die lokalen Spezialitäten in Süddeutschland, Österreich, Südtirol, bis sie nach einer Woche des Reisens in der Toskana anlangten. Hoch über Campiglia Marittima hatten sie eine winzige Ferienwohnung gemietet, wo es unter dem Dach höllenheiß war und in der jede Nacht das Wasser wegblieb. Doch sie hatten von dort einen einmaligen Blick übers Meer bis nach Elba. Etruskersiedlungen, Konzerte unterm Sternenhimmel, mittelalterliche Städtchen, breite Sandstrände, Trattorien und Weingüter – die Herzen mit unvergesslichen Erlebnissen gesättigt, machten sie sich auf den Weg zurück nach Norden.

Georg wollte diese gemeinsame Reise nicht missen. Sie hatten sich wunderbar verstanden. Einen richtigen Streit hatten sie ohnehin noch nie gehabt, wenn er so drüber nachdachte. Aber letzte Gewissheiten waren ihm fremd, und er wusste nicht, ob es Liebe war, was er für Derya empfand. Genauso wenig konnte er sagen, ob er für immer und ewig mit ihr zusammen sein wollte. Selbst, ob sie sich schon genügend kannten für diesen Schritt, fragte er sich manchmal. Er freute sich über jede ihrer Begegnungen, doch schätzte er eben auch die Phasen des Alleinseins.

Er brauchte Zeit zum Nachdenken, nicht nur über Derya. In den letzten Wochen hatte er ein ganz anderes Leben geführt. Vor und nach ihrer Reise hatte er sich durch die Tage treiben lassen, weder Pläne noch Termine hatten ihn eingeschränkt. Lesen, Musik hören, Ausstellungen besuchen, die Stadt, die Umgebung mit dem Fahrrad erkunden und natürlich einkaufen und kochen – allem was sonst zu kurz kam, hatte er ausgiebig gefrönt.

Was er zunehmend schade fand, war, dass er sich wochentags mit niemandem von seinen Freunden verabreden konnte, die alle ihren Berufen nachgehen mussten. Seine Töchter hatten erst noch Schule gehabt, in den Ferien dann waren sie verreist und jetzt hatten sie wieder Schule. War er im Dienst, hatte er ständig mit Leuten zu tun, war mit anderen Menschen im Austausch. Nie hätte er gedacht, dass ihm das fehlen könnte. Gut, auf einige der Kollegen konnte er ohne Not verzichten, aber im Großen und Ganzen fühlte er sich im K1 immer noch ziemlich wohl. Nur dass er in letzter Zeit unter den ewig gleichen Abläufen gelitten und eine unangenehme Routine verspürt hatte. Das hatte ihm den Spaß am Job verdorben und seine Einsatzfreude ziemlich gelähmt.

Das erste Drittel seiner Auszeit war um. Hatte er anfangs befürchtet, sieben Monate seien verdammt kurz, waren seine Empfindungen nun total zwiespältig. Ja, es war wunderbar, nicht nach der Uhr leben zu müssen, sich morgens noch mal umzudrehen, nach der Stimmung und dem Wetter zu entscheiden, was er mit dem neuen Tag anfangen wollte. Aber gleichzeitig fühlte er eine gewisse Leere. An einigen Abenden fragte er sich, was er eigentlich von morgens bis abends getan hatte, was so einen schalen Geschmack hinterließ, als ob seinem Tag ein Gewürz fehlte.

KAPITEL II

Über den Sichtschutz hinweg konnte sie aufs Meer sehen. Nie hatte sie so weit im Norden leben wollen. Nur wegen Hannes war sie hier gelandet, und der hatte sie inzwischen allein gelassen. In der harten Zeit danach war das Meer Polettes Trostspender geworden, ihr Seelenstreichler, der Ausweg aus dunklem Gedankengestrüpp. Und immer noch schenkte ihr sein Anblick Ruhe und Gelassenheit, wenn sie es brauchte und sich Hannes nah fühlen wollte. Polette nutzte den Moment vor dem Abendansturm, um in Ruhe draußen neben den Mülltonnen eine Zigarette zu rauchen. Was sie gerade erfahren hatte, ließ sie nicht los.

Es war mal wieder typisch, dass die Chefin versucht hatte, die Sache mit sich allein auszumachen. Sie hätte doch was sagen können, dann hätte Polette die Augen offen gehalten, denn da gab es offensichtlich jemanden, der ihnen übel wollte. Irgendjemand gönnte der »Alten Strandbude« nicht den Erfolg.

Mit Erfolg war auch nicht unbedingt zu rechnen gewesen, als Wiebke vor drei Jahren das Restaurant eröffnet hatte. Genügend düstere Prophezeiungen von pessimistischen Nachbarn hatte es eh gegeben. Die meisten fanden es zu abgelegen, als dass sich außerhalb der Saison, die an der Lübecker Bucht nur wenige Wochen dauerte, Gäste hierher verirren würden. Und von den paar Wochen konnte ja wohl kein Laden existieren, höhnten die Missgünstigen. Zum Glück war es anders gekommen, und das passte wohl jemandem nicht in den Kram …

Eine Frau, die Polette noch nie gesehen hatte, war heute aufgetaucht. Sie benahm sich ziemlich laut und auffällig, sodass Polette neugierig aus der Küche gekommen war.

»Çok güzel!«, hatte die Besucherin gerufen, als sie hinaus auf die Terrasse trat, und dann hatte sie nur noch da gestanden und geschaut. Der Ausblick schien ihr die Sprache verschlagen zu haben. Auch Polette griff sein Zauber immer wieder ans Herz. Die Strahlen der tief stehenden Sonne legten einen Schleier aus sanftem Traumlicht über den Strand und ließen die Ostsee silbern schimmern. Von See her fächelte milde Luft, leise raschelten die Dünengräser, ab und zu schrie eine Möwe. In den Strandkörben vor der Restaurantterrasse genossen ein paar Gäste bei einem Drink die entspannte Stimmung des späten Nachmittags.

»Ich hab's leider nicht verstanden. Was hast du gesagt?«, hatte Wiebke die Frau gefragt. »Gefällt es dir?«

»Es ist wunderschön! Bezaubernd!«

Die Besucherin drehte sich um ihre Achse, zeigte auf das Restaurant, die Terrasse, den Strand.

»Du hast wirklich ein kleines Paradies geschaffen, Wiebke! Wundert mich nicht, dass die Leute gern kommen. Sag mal, und das will dir irgend so ein Idiot vermiesen?«

Wiebke hatte bei diesen Worten verstohlen einen Blick zu ihren Gästen geworfen und die Brauen hochgezogen, sodass die andere sofort verstummte und sich betreten die Hand auf den Mund legte.

»Sorry.«

Und so hatte Polette zum ersten Mal von der Sache gehört.

»Nicht so schlimm. Magst du was trinken, Derya? Einen Sprizz vielleicht?«, hatte Wiebke vorgeschlagen, »Und dann setzen wir uns nach drinnen, da können wir in Ruhe reden, solange ich nicht bedienen muss.«

Diese Derya hatte eine Rhabarberschorle genommen. Und dann hatten die beiden, nah beieinander sitzend, eine intensive Unterhaltung geführt. Sie schien eine Freundin von Wiebke zu sein, Wiebkes erste Freundin überhaupt, die sie zu Gesicht bekam, soweit Polette sich erinnern konnte. Ab und zu hatte die Besucherin empört ihren Kopf geschüttelt. Leider sprachen die Frauen so leise, dass Polette nichts von ihrer Unterhaltung mitkriegte.

Doch der eine Satz zu Anfang hatte ihr gereicht. Als Derya verschwunden war, hatte Polette die Chefin zur Seite genommen und sie sofort gefragt, ob es stimme, dass ihnen jemand den Erfolg der »Alten Strandbude« vermiesen wollte? Ja, hatte Wiebke nur gesagt und dass so einiges vorgefallen sei.

»Was denn? Was ist vorgefallen? Warum hast du nichts gesagt? Wer ist der Idiot?«

»Lass uns nach Feierabend drüber reden, wenn wir allein sind.«

»Wer war die Frau, die dich heute besucht hat?«, wollte Polette noch wissen.

»Ach, nur eine alte Schulfreundin«, hatte Wiebke kurz geantwortet.

Mit mehr Kraft als nötig drückte Polette ihren Zigarettenstummel aus, warf ihn in die Mülltonne und ließ geräuschvoll den Deckel fallen. Na, das konnte ja ein spannender Abend werden.

Gleich darauf hieß es, sich auf die Essensbestellungen zu konzentrieren, die Schlag auf Schlag hereinkamen.

Vindaille vom Dorsch, Risotto mit frischen Pfifferlingen, regionaler Ziegenkäse auf Dhal von roten Linsen, malaysische Laksasuppe, Wiener Schnitzel mit warmem Erdäpfelsalat – das Angebot der »Alten Strandbude« war eine bunte Mischung aus Regionalem, aus internationalem Streetfood und Polettes besonderen Spezialitäten. Außerdem gab es ein bis zwei Kreationen zur Saison. Ein Restaurantkritiker begeisterte sich in einem Artikel kürzlich für die angesagte Weltküche der »Alten Strandbude«, die Asien mit Ostsee mit Afrika, ja der ganzen Welt mische. Da alles frisch zubereitet wurde, war die Speisekarte zwar nicht sehr umfangreich, doch angesichts der kleinen Küche vollbrachten Polette und ihre jungen Helfer echte Höchstleistungen.

Die letzten Gäste waren vor elf gegangen. Gegen Mitternacht war die Küche geputzt, das Restaurant aufgeräumt, Niki, die in den Semesterferien kellnernde Studentin, Bolli und Carsten, die beiden Männer aus der Küche, hatten sich in den Feierabend verabschiedet. Endlich saßen Wiebke und Polette allein an einem Tisch, große Gläser mit Mineralwasser vor sich.

»Erzähl«, sagte Polette nur. Erst zögerlich, später flüssiger schilderte Wiebke ruhig und sachlich die Merkwürdigkeiten der letzten Wochen: Versalzene Speisen, verdorbener Fisch, der serviert worden war, unkenntlich gemachte Wegweiser zum Restaurant, eine tote Ratte vor dem Eingang, die immer wieder falsch eingestellte Kühlanlage, ein gefälschtes Hinweisschild auf Betriebsurlaub, und, und, und. Es waren alles nur Kleinigkeiten, die Wiebke aber zu einer gezielten Sabotageaktion addierte.

»Aber warum hast du denn nicht gleich was zu mir gesagt?«, wiederholte Polette die Frage, die sie seit heute

Nachmittag umtrieb, ohne von Wiebke mehr als ein Schulterzucken zur Antwort zu bekommen. Die meisten Vorfälle waren an Polette komplett vorübergegangen. Für die Dinge, die sie bemerkt hatte, versuchte sie, einfache Erklärungen zu liefern.

»Das Salzunglück vorgestern ging hundertpro auf Bollis Konto, der ist manchmal total unkonzentriert. Er hat natürlich alles abgestritten, und du warst viel zu nachsichtig ihm gegenüber! Ich hätt ihm die Rechnung der Gäste, die ja nicht bezahlen mussten, gnadenlos vom Lohn abgezogen.«

Wiebke sagte nichts. Mittlerweile hatte sich Polette an die unterkühlte Art ihrer schönen Chefin gewöhnt. Keine Wutausbrüche, kein Freudentaumel, keine Verzweiflung, selten ein herzhaftes Lachen – sehr selten. Dafür hatte Wiebke immer die Andeutung eines Lächelns im Gesicht, behielt jedoch stets eine leise Reserviertheit bei, ohne dabei arrogant zu wirken. Polette, die gern mal aus der Haut fuhr, fragte sich, wie Wiebke ständig so beherrscht und unaufgeregt daherkommen konnte. Allerdings ahnte sie, dass die Distanz zu anderen für Wiebke eine Art Selbstschutz war. Wieso sie den brauchte, wusste Polette auch nach fast drei Jahren ihrer Zusammenarbeit nicht genau. Vielleicht hing es mit ihrem kleinen Bruder zusammen, um den sie sich seit dem frühen Tod der Mutter kümmern musste, wie Wiebkes Tante erzählt hatte. Polette wusste jedenfalls, dass Wiebke hinter ihrem Lächeln eine große Traurigkeit verbarg. Und auch deshalb mochte Polette ihre Chefin, war sie selbst doch Spezialistin für Traurigkeit.

»Eine tote Ratte könnte natürlich als Drohung gemeint sein«, grübelte Polette, »und das mit den verdrehten Wegweisern und dem Betriebsurlaubsschild ist echt eine fiese Nummer. Aber davon hab ich nichts mitgekriegt. Und unsere Kunden scheinbar auch nicht. Ich fand den Betrieb in den letzten Wochen eh ziemlich normal.«

»Okay, einen richtigen Umsatzeinbruch gab es nicht. Aber du musst zugeben, dass man das als Versuche sehen kann, uns Schaden zuzufügen.«

»Ja natürlich, ernst nehmen sollten wir das«, stimmte Polette zu. Wenn schon die Chefin mit ihrer nüchternen Betrachtungsweise an eine Verschwörung dachte, dann sie selbst erst recht.

Wiebke zögerte einen Moment.

»Weißt du, das Ganze macht mir ein bisschen Angst.«

Polette griff nach Wiebkes Hand. Es lagen gerade um die zehn Jahre zwischen den beiden Frauen, trotzdem fühlte die Köchin eine Art mütterliche Verantwortung für ihre Chefin.

»Alles gut, jetzt weiß ich ja Bescheid. Und du versprichst mir, mich sofort zu informieren, wenn wieder was passiert und ich es nicht mitbekomme. Ich schwör's, wenn ich den erwische …!«

Wiebke nickte und zog sachte ihre Hand zurück. Sie war fast einen Kopf größer als die stämmige Polette, doch ihre Schlankheit ließ sie schmal und zerbrechlich wirken und weckte regelmäßig Polettes Beschützerinstinkt. Polette trank das restliche Mineralwasser in einem Zug aus.

»Hast du eigentlich jemanden in Verdacht?«, wollte sie wissen.

»Ich habe öfter darüber nachgedacht, aber nein, einen direkten Verdacht habe ich nicht. Vielleicht jemand, der mal hier gearbeitet hat und sich ungerecht behandelt fühlte?«

»Mmh, wäre möglich, aber außer so zwei, drei Leuten am Anfang, die wir wegen Unfähigkeit nicht behalten konnten, fällt mir niemand ein. Außerdem ist das mehr als zwei Jahre her! Und unsere jetzigen Mitarbeiter … Nein, das kann ich mir nicht vorstellen«, Polette schüttelte den Kopf, »als Erstes würde ich vielmehr an neidige Mitbewerber denken, davon haben wir ja einige. Unser nächster Nachbar, der Italiener zum Beispiel.«

»Zumindest hat das Ganze erst mit der neuen Saison angefangen, nachdem dieser Mario den Laden übernommen hat«, überlegte Wiebke.

»Oder der Kröger vom Campingplatz mit seiner grässlichen Schnitzelkneipe, der hat sich schon ein paar Mal mit uns angelegt.«

Polette überlegte.

»Und dann gibt's die Naturschützer, die gegen den Umbau damals protestiert haben. Weißt du noch: Lieber Dünen statt Dinner!«

Für einen Moment hingen die beiden Frauen schweigend ihren Gedanken nach.

»Lass uns nach Hause gehen. Dieses wilde Spekulieren bringt nichts«, schlug Wiebke vor, »wir müssen einfach wachsam sein. Aber sag vorerst nichts zu den anderen. Und rede bitte auch nicht mit meiner Tante darüber. Das würde sie viel zu sehr aufregen.«

»Ich werd mich hüten. Keine Silbe!«

»Mann, das war echt gut! Danke, Mama! Aber jetzt kann ich leider nicht mehr«, bedauerte Koray und trommelte mit den flachen Händen auf seinen Bauch. Schüsselchen mit den Resten von Schafskäsepasten in mehreren Pastelltönen, ein paar Oliven, Teller mit Überbleibseln von Börek und Pastırma bedeckten den Küchentisch. In der Mitte lag auf einer großen Platte eine letzte Portion von »Des Sultans Entzücken«, Korays Lieblingsgericht aus geschmortem Lammfleisch auf Auberginenpüree.

»Du wirst doch nicht schlappmachen, mein Kind? Es gibt auch noch Nachtisch!«

»Vielleicht sollten wir eine kleine Pause einlegen. Was gibt es denn?«, erkundigte sich Georg, der zwar ebenfalls gut gesättigt, doch auch nach einem so üppigen Mahl für eine Süßspeise zu haben war.

»Kemalpaşa tatlısı«, sagte Derya, während sie noch einmal Rakı in die Gläser goss und mit eiskaltem Wasser auffüllte.

»Mmh! Mit Kaymak?«, wollte Koray wissen.

»Na klar, womit sonst?«

»Du hast es auch schon mit Schmand gemacht. Aber mit Kaymak ist es besser.«

»Schmand, Kaymak, manchmal nimmst du es schon sehr genau. Aber mein Kleiner, so leckere Sachen wirst du jetzt für eine Ewigkeit nicht zu essen bekommen. Willst du wirklich nach da drüben gehen, für so lange? Was essen die überhaupt in Chile?«

»Irgendwie alles, hab ich gelesen. Fleisch vom Rind, vom Schwein, vom Pferd, Bohnen, Huhn, Fisch und gerne so Eintöpfe. Kommt mir jedenfalls alles ganz schön sattmachend vor.«

»Ich kenne die Küche dort nicht. Aber kann ja auch schmecken«, meinte Georg. »Wann geht es denn nun los?«

»Dienstagabend fliege ich von Hamburg nach Madrid. Und dann nach vier Stunden Aufenthalt geht's weiter nach Santiago.«

»Ach, sag nichts mehr. Ich will gar nichts darüber hören«, jammerte Derya, »Şerefe! Mir bleibt nur die Flucht in den Alkohol.«

»Ach, Mama! Die paar Monate gehen so schnell vorbei. Und außerdem bist du doch nicht allein. Da ist Georg, deine Schwester, deine Freundinnen, und spätestens im Februar bin ich wieder da.«

Sie tranken ihren Rakı und machten sich dann doch mit Appetit über die Quarkteigbällchen mit Sirup und Kaymak her. Koray wollte noch ein paar Sachen packen und ging in sein Zimmer. »Ach Georg, ich würde gern noch was mit dir besprechen«, kündigte Derya an, nachdem sie gemeinsam den Tisch abgeräumt hatten. Aha, jetzt diskutieren wir gleich wieder über einen gemeinsamen Haushalt, wappnete sich Georg vorausschauend und setzte ein harmloses Lächeln auf.

»Ich war doch gestern in dem Restaurant meiner Schulfreundin. Hatte ich dir ja vor ein paar Tagen von erzählt.«

Er nickte, ein wenig erleichtert, sich getäuscht zu haben.

»Also, das Restaurant liegt wirklich unglaublich schön. Und es ist sehr geschmackvoll ausgebaut und eingerichtet. Gedämpfte Farben, dezente Strandgutdeko, maritim, nicht zu edel, sodass man sich als Gast sofort willkommen fühlt. Es ist ein richtiger Traumort geworden. Und die Küche ist eine echt interessante Mischung zwischen regional und asiatisch, afrikanisch, österreichisch ...«, schwärmte Derya.

»Österreichisch? Das klingt für hier oben ja richtig exotisch. Wie kommt's?«

»Die Köchin stammt aus Wien.«

»Und jetzt möchtest du, dass wir dort mal essen gehen?«

»Ja, das auch«, lachte Derya, »aber eigentlich wollte ich dir einen anderen Vorschlag machen.«

Sie trank von ihrem Wasser und sah Georg über das Glas hinweg prüfend an.

»Was hast du eigentlich so vor in den nächsten Wochen?«

Tja, genau diese Frage hatte sich Georg auch schon gestellt. Immerhin lagen noch vier Monate vor ihm, die ihm zurzeit fast endlos erschienen.

»Warum willst du das wissen? Sollen wir wieder auf Reisen gehen?«

»Ach ja, das würde ich gerne«, sagte Derya sehnsuchtsvoll, »aber leider muss erst wieder Geld in die Kasse kommen. Nein, ich wollte dir vorschlagen, einen Job anzunehmen.«

»Um Geld zu verdienen?«

»Eher um jemandem einen Gefallen zu tun.«

»Deiner Freundin Wiebke«, stellte Georg ohne Zögern fest.

»Ja, woher weißt du …?«

»Das war ja wohl nicht so schwer. Was hast du ihr denn über mich erzählt?«

Sichtlich verlegen rührte Derya mit einem Löffel in ihrem Wasserglas.

»Na ja, ich hab ihr gesagt, dass du bei der Kripo bist, aber gerade viel Zeit hast und ihr vielleicht helfen könntest.«

»Wie? Soll ich dort als Koch anfangen?«

»Nicht gerade als Koch, eher so als flexible Aushilfe, hauptsächlich als Kellner. Nur in Ausnahmefällen als Küchenhilfe.«

Georg schaute sie etwas befremdet an.

»Küchenhilfe? Kellner? Mehr traust du mir gastronomisch nicht zu?«

»Georg! Natürlich weiß ich, dass du ein fantastischer Koch bist. Aber, das soll doch nur zur Tarnung sein!«

»Bitte? Könntest du etwas genauer werden?«

»Also: Ich habe dir doch neulich von den komischen

Vorfällen erzählt, die bei Wiebke in den letzten Wochen passiert sind, du erinnerst dich?«

»Mmh.«

»Und da hatten wir ganz spontan die Idee, dass du dort quasi undercover ermitteln könntest.«

»Soso, ihr hattet die Idee …«, brummte Georg, der sich lebhaft vorstellen konnte, wie das Gespräch verlaufen war.

»Du hast deiner Schulfreundin vorgeschwärmt, was für ein toller Detektiv ich bin, dass ich mich gerade entsetzlich langweile und dass ich eigentlich nur darauf warte, dass diese Wiebke mich engagiert.«

»Natürlich habe ich ihr erzählt, dass du ein echter Profi und absolut spitze in deinem Job bist. Aber ich habe auch gesagt, dass ich dich erst fragen muss.«

»Vielen Dank, sehr nett, dass ich auch mein Votum abgeben darf.«

Einerseits mochte Georg es gar nicht, wenn andere über seinen Kopf hinweg irgendwelche Zusagen machten, auch wenn es gut gemeint war. Andererseits fühlte er sich geschmeichelt, dass die Frauen ihn als großen Retter sahen, als den Philip Marlowe vom Ostseestrand.

»Das war doch vollkommen klar, dass ich dich erst fragen muss«, bekräftigte Derya, die ihre Idee schon Wirklichkeit werden sah.

»Aber besser geht's ja gar nicht: Während du in der ›Alten Strandbude‹ arbeitest, kannst du gleichzeitig versuchen herauszufinden, wer hinter diesen Sabotageakten steckt. Ist doch die perfekte Tarnung, oder?«

Ein skeptischer Blick war Georgs Antwort.

»Und außerdem bist du an einem wunderschönen Ort und kannst jeden Tag eine andere Köstlichkeit von der tollen Speisekarte testen.«

»Hast du auch schon beschlossen, wann ich dort anfangen soll?«

»Du machst es, Georg! Oh, wie toll! Ich muss sofort Wiebke anrufen!«

Glücklich sprang Derya auf und überhäufte ihn mit Küsschen.

»Moment! Ich habe noch nicht zugesagt«, bremste Georg die Begeisterung seiner Freundin. »Wann, hast du denn nun gesagt, dass ich dort anfangen könnte?«

Als Derya ihren Kopf neigte, fielen ihr die dunklen Locken mit den blonden Lichtern kokett ins Gesicht. Sie sandte Georg einen ihrer unschuldigsten Blicke.

»Morgen?«

KAPITEL III

Die alte Frau stellte ihre Gehhilfen ab und zog sich mühsam am Geländer die drei Stufen zu ihrer Haustür hoch, dann straffte sie ihren Rücken und griff nach dem bereitstehenden Rollator, ohne den sie sich auch im Haus nicht mehr bewegen konnte. Wie viel Energie und Willenskraft musste sie aufbringen, um diese kurzen Strecken allein zurückzulegen!

Polette, die an ihrem Schlafzimmerfenster stand, erinnerte sich der Zeit vor vier Jahren, als ihre Nachbarin noch die gesunde, tatkräftige Frau war, die während der Sommermonate jeden Tag ihre Bude öffnete. Ob Regen oder Sonnenschein sah man sie mit dem Fahrrad, vollgepackt mit Körben und Tüten, am frühen Morgen zum Strand fahren. Da war Ille Martinsen schon Ende 70, bot die besten Fischbrötchen weit und breit an, eine köstliche Fischsuppe, selbst gebackenen Kuchen, Pommes, Eis und Limo für die Kinder und einen hervorragenden Kaffee.

In jenen Tagen war es Polette gewesen, die Hilfe brauchte, wenn sie mal wieder hingefallen war und es nicht schaffte, allein auf die Füße zu kommen. Und in diesem dunklen Jahr, wie sie es inzwischen nannte, hatte Ille Martinsen sie oft gerettet. Vielleicht verdankte sie ihrer Nachbarin sogar das Überleben.

Polette saß damals im Norden, wo sie nie hatte sein wollen. Nur für diesen einen Menschen war sie hierhergezogen und dann war er gegangen. Nach zwei herzerfüllten, leuchtenden Jahren voller Liebe hatte er sie allein in diesem kleinen Dorf zurückgelassen, wo sie kaum jemanden kannte. Eine brennende Wut hatte sie überfallen, die sie in manche Nacht hinausschrie, bis Ille Martinsen nebenan das Fenster öffnete, den Kopf schüttelte, einen Finger auf den Mund legte und ihr einen langen Blick schickte. Polettes unendlichem Wüten gegen Hannes war tiefe Verzweiflung gefolgt. Wie sollte sie je wieder ohne ihn leben können? Es fiel ihr nichts Besseres ein, als ihren bodenlosen Kummer in Alkohol zu ertränken. Jeden Abend soff sie, egal was, bis sie nichts mehr spürte. Half aber nicht.

Später torkelte sie auch durch nicht enden wollende Tage, stolperte, stürzte, lag im Garten, und wenn's ganz schlimm kam, auf der Straße. Ihre Nachbarin sammelte sie auf, brachte sie ins Haus, säuberte ihre Klamotten und ihre Schrammen, kochte ihr einen Tee und brachte sie ins Bett – kommentarlos.

Als Ille Martinsen schließlich mitbekam, dass Polette ihre Strohdachkate nur noch zum Schnaps kaufen verließ, wurde sie energisch. Sie kam regelmäßig vorbei, brachte Essen, suchte jeden Winkel nach heimlichen Spritvorräten ab und kippte das Zeug, das sie fand, ins Klo. Ein paar Wochen ging das so. Schließlich gab Polette das anfängliche Rebellieren auf. Es war so verdammt anstrengend, jeden Tag aufs Neue loszuziehen und Alkohol zu besorgen, dass sie irgendwann versuchte, lieber ohne Schnaps auszukommen. Als Ille Martinsen, die schweigsame, kluge Frau, das merkte, begann sie zu reden. Erzählte von ihrem Mann und ihren zwei Söhnen, Fischer alle drei. Und alle drei waren auf See geblieben. Erst ihr Mann und der ältere Sohn, ein Jahr später folgte der jüngere. Sie konnte sie nicht einmal beerdigen, nicht einmal Abschied nehmen, denn sie waren einfach vom Sturm geschluckt worden.

»Es war die Hölle, glaub mir, mien Deern. Und ich war genau wie du voller Wut und Enttäuschung, obwohl auch meine drei gornix für ihr Verschwinden konnten. Das Leben ist manchmal hart und verdammt ungerecht. Aber irgendwie musste ich ja weiterleben. Ich hab nachgedacht, hab die Bude wieder aufgemacht und gearbeitet. Jeden Tag. Und so wurde das langsam besser. Die Bude hat mich gerettet.«

Irgendwann hatte auch Polette begriffen, dass sie Hannes keine Schuld geben durfte. Auch wenn sie ihm anfangs nicht verzeihen wollte, dass er ihr lange die Wahrheit verschwiegen hatte. Krebs. Bauchspeicheldrüse. Unheilbar.

Als er sie eingeweiht hatte, blieb ihnen noch ein Sommer. Aus heutiger Sicht wusste Polette, dass Hannes richtig gehandelt hatte. So konnten sie noch so lange wie möglich ihr unbeschwertes Glück leben, das sie erst kurze Zeit teilten. Polette war seit ihrem 20. Lebensjahr als Köchin durch Restaurants auf der ganzen Welt gezogen, bis sie schließlich während ihres Jobs auf einem Kreuzfahrtschiff der Luxusklasse ihrem Hannes begegnete, der dort das Kommando führte. Sofort hatte sie sich in diesen optimistischen, geradlinigen Mann verliebt. Er ging auf die 60 zu und hatte genug von der Seefahrerei, und auch Polette fand es nicht anstößig, mit fast 50 sesshaft zu werden. Und so waren sie im Dorf gelandet, in dem Strohdachhäuschen, das seine Oma ihm vererbt, wo er als Kind seine Ferien verbracht hatte, wo sie zusammen alt werden wollten.

Ach ja, wie immer bei diesen Gedanken wurde ihr das Herz schwer und sie nahm einen tiefen Atemzug. Die Tage würde sie mal wieder bei Ille anklopfen, die freute sich über jeden Besuch. Wie schnell hatten sich nach Illes Unfall damals die Rollen umgekehrt. Ein betrunkener Autofahrer hatte die Radfahrerin auf der Kreuzung übersehen und war ihr in die Seite gefahren. Es war erstaunlich, dass Ille diese Attacke überlebt hatte, doch danach konnte sie nicht mehr ohne Hilfe laufen, an Radfahren war nicht zu denken und ans Betreiben der Bude schon gar nicht. Und da war Polette ins kalte Wasser gesprungen. Im nächsten Frühjahr hatte sie Illes Geschäft wieder aufgemacht, tagtäglich Fischbrötchen und Suppe verkauft, von morgens bis abends geschuftet, bis die Bude für sie genauso zur Therapie geworden war wie früher einmal für ihre Besitzerin.

Dann, eines Tages im Frühsommer, stand Wiebke vor Illes Tür. Polette hatte sie nur auf einem Bild gesehen, das auf dem Bord in der Küche ihrer Nachbarin neben anderen Familienfotos stand. Es zeigte ein junges Mädchen mit einem bezaubernden Lächeln, dessen schönes Gesicht lange, dunkle Locken umrahmten. Nur die tiefblauen Augen der großen Frau mit dem kurzen grauen Haar waren dieselben geblieben. Wiebke stammte aus Lübeck und hatte als Kind oft Zeit in den Ferien hier verbracht. Polette mochte sie auf Anhieb. Nach langen Jahren in verschiedenen Großstädten war Wiebke ins beschauliche Oldenburg gezogen, auf der Suche nach einem ruhigeren Leben. Doch anstrengend blieb ihr Alltag weiterhin, da sie drei Jobs auf einmal machen musste, um ein Auskommen zu haben. Das fand Ille Martinsen zu viel, und sie überlegte, wie sie ihrer Nichte helfen könnte. Bald darauf war die Idee von der Umwandlung der Bude in ein kleines, feines Restaurant geboren, mit Polette in der Küche und Wiebke als Restaurantchefin. Sofort warfen sich beide mit Engagement und Begeisterung in die Arbeit.

Dass Ille die Idee mit dem Restaurant gehabt hatte, fand Polette immer noch genial. Und nun gab es da irgend so einen Idioten, der ihnen den Erfolg der »Alten Strandbude« nicht gönnte und ihnen schaden wollte. Vorgestern Nacht, nachdem sie sich auf dem Parkplatz getrennt hatten, war Wiebke von einem Unbekannten bedroht worden. Er hatte sie gepackt und versucht, ihr die Tasche mit den Einnahmen zu entreißen. Als zwei Autos mit einer Truppe junger Leute, die am Strand feiern wollten, auf den zu dieser Stunde menschenleeren Parkplatz gefahren kamen, hatte der Mann aufgegeben und sich in die Büsche geschlagen. Wiebke hatte Riesenglück gehabt. Am Vorabend war Polette bis zu Wiebkes Wagen mitgekommen und hatte gewartet, bis sie drin saß und losgefahren war.

Unwillkürlich ballte Polette ihre Fäuste. Sie würde gegen den Feind, wer auch immer es war, kämpfen, mit allem, was in ihren Kräften stand. Die Nachbarin war inzwischen im Haus verschwunden. Polette sprang die Treppe hinunter, holte einen Joghurt aus dem Kühlschrank und mischte drei Löffel Müsli hinein. Das musste heute als schnelles Frühstück reichen, denn es war schon später Vormittag. Kurz darauf machte sie sich auf den Weg zur »Alten Strandbude«.

Als Derya ihn am Montagmorgen schon vor acht weckte, fragte Georg sich kurz, ob heute irgendetwas Besonderes anlag. Normalerweise ließ sie ihn schlafen, seit er sich im Sabbatical befand. Dann aber fiel ihm seine Zusage vom Vorabend ein. Und nun überkamen ihn doch Anflüge von Zweifel. Sollte er sich wirklich auf diesen seltsamen Job einlassen? Sollte er den Aushilfskellner spielen bei Deryas Freundin, die er nicht einmal kannte?

In der Küche erwartete ihn ein kräftiges Frühstück mit Schafskäse, Oliven, gebratenen Eiern mit Sucuk und Fladenbrot, Butter und Marmelade und dazu ein kräftiger schwarzer Tee. Und eine äußerst redselige Derya.

»Bist du auch so aufgeregt? Hach, ich find das ja so was von spannend.«

Sie goss ihm ein Glas Tee ein.

»Wenn ich mir das vorstelle: Du als verdeckter Ermittler bei meiner alten Schulfreundin am Strand! Toll!«

Energisch piekte Derya eine Olive auf die Gabel, schob sie sich in den Mund und schaute Georg gespannt an. Er lächelte nur schief und sagte ihr nicht, dass er gerade überlegt hatte, das Ganze doch lieber bleiben zu lassen. Zum Beispiel wusste er nicht mal genau, ob er überhaupt einen Job annehmen durfte. Sicher würde ihm Wiebke kein fürstliches Gehalt zahlen, doch sie hatte zu Derya gesagt, dass sein Einsatz keinesfalls umsonst sein sollte. Aber da er ohnehin nur ein paar Tage bleiben würde, war das Risiko minimal. Und wenn jemand im Restaurant auftauchte, den er kannte? Womöglich Kollegen? Bis auf Steffen, seinen besten Freund, fiel ihm allerdings niemand aus der Kriminalinspektion ein, der wegen eines schicken Restaurants so einen langen Weg auf sich nehmen würde. Nein, die Gefahr bestand wirklich nicht, und Steffen könnte er ruhig die Wahrheit sagen.

»Sehr gesprächig bist du heute aber nicht gerade, Herr Kommissar!«, beschwerte sich Derya, als Georg nur meinte, so aufregend sei das Ganze ja nun wirklich nicht.

Auch während der Autofahrt, die dank eines Staus aufgrund einer neuen Baustelle auf der A1 über eine Stunde dauerte, hing Georg weiter seinen Gedanken nach. Derya gab irgendwann ihre Versuche auf, ihn in ein Gespräch zu ziehen. So fuhren sie schweigend durch diesen sonnigen Morgen Richtung Norden, verließen die Autobahn, erreichten schließlich das Dorf Schassau und nahmen dort die kleine Straße hinunter in Richtung Strand, die auf einem unbefestigten Parkplatz endete. Ganz Deutschland schien hier Ferien zu machen. Derya parkte ihren kleinen Lieferwagen zwischen einem Auto aus Augsburg und einem aus Dortmund.

Es war ein perfekter Spätsommertag, nicht zu heiß, ein mildes Lüftchen und kaum eine Wolke am Himmel. Mit den Jahren hatte sich das Dorf, das früher nur aus wenigen Häusern bestanden hatte, immer mehr in Richtung Ostsee ausgebreitet. Mehr oder weniger gelungene Siedlungen von Ferienhäusern erstreckten sich entlang der Hänge oberhalb des Steilufers. In der Ferne reckten Kräne ihre Stahlskelette in den Himmel. Es wurde eifrig daran gearbeitet, weitere Touristenunterkünfte entstehen zu lassen.

Vom Parkplatz führte ein Schotterweg zum Strand, vorbei an einem Campingplatz zur Rechten, während links unbebaute Weiden lagen, auf denen ein paar Pferde grasten. An der Ecke, wo der Weg in die Strandpromenade mündete, stieg aus dem geöffneten Fahrerfenster eines betagten Kleinbusses, aus dem ein Stück schmuddeliger Vorhang in undefinierbarer Farbe wehte, dichter Zigarettenrauch auf.

»Oh Mann, das ist ja die reinste Räucherkammer«, meinte Georg und sah sich kopfschüttelnd um. Der Vorhang zog sich auch die Frontscheibe entlang und verhinderte, dass er den Verursacher entdecken konnte.

Und dann standen sie auf der Terrasse der »Alten Strandbude«. Ausnahmsweise hatte Derya nicht übertrieben. Die Lage des kleinen Restaurants war traumhaft, und es strahlte mit seiner Einrichtung, die sich zurückhaltend maritim mit liebevollen Details gestaltete, einen unvergleichlichen Charme aus. Wenn auch noch die Küche stimmte, dachte Angermüller, dann ist das wirklich eine Perle. Und dass Erfolg Neid und Missgunst hervorruft, besonders bei den Erfolglosen, ist ja bekannt.

Derya stellte ihm ihre Schulfreundin vor, mit der sie drinnen an einem etwas abseits stehenden Tisch Platz nahmen. Während Wiebke beschrieb, was sein Tätigkeitsbereich in der »Alten Strandbude« sein würde, musterte Angermüller unmerklich sein Gegenüber. Die große, schlanke Frau strahlte in der Jeans und einem einfachen weißen T-Shirt eine natürliche Eleganz aus. Trotz ihrer gleichbleibenden, unaufdringlichen Freundlichkeit wirkte sie sehr souverän und respekteinflößend. Jemand wie sie konnte eigentlich nur die Chefin sein, dachte Angermüller.

Damit das Einstellungsgespräch mit dem neuen Mitarbeiter sich nicht ungewöhnlich lang gestaltete und sie sich ja auch nicht allein im Restaurant befanden, stellte Georg nur ein paar wenige Fragen zu den mysteriösen Vorfällen in den letzten Wochen. Sie hatten sich stets am Abend ereignet, meist, wenn der Laden gut gefüllt war, erfuhr er, und das gesamte Personal der »Strandbude« vor Ort war. Georg hoffte, dass sich bald die Gelegenheit für ein Gespräch unter vier Augen mit der Chefin ergab, um Genaueres zu erfahren. Die machte allerdings nicht gern viele Worte, wie ihm sogleich aufgefallen war. Aber in dem, was sie sagte, war sie klar und präzise.

Nach dem recht durchwachsenen Wetter in den letzten Wochen schien sich der Sommer mit einem guten Eindruck verabschieden zu wollen. Polette sollte es recht sein, und aufs Geschäft konnte sich das nur positiv auswirken. Sie genoss die Sonnenstrahlen während des kurzen Weges aus dem Dorf zum Restaurant, schloss das Rad am Fahrradständer an und nahm den Eingang zur Küche.

»Servus, Niki.«

»Hallo, Polette«, antwortete die Studentin, die in der »Alten Strandbude« als Aushilfe arbeitete und an der Espressomaschine gerade einen Cappuccino zubereitete, »soll ich dir gleich deinen Kaffee machen?«

»Gerne! Wie immer, bitte!«

Während sie sich die blau-weiß gestreifte Schürze umband, trat Polette neben das junge Mädchen hinter den Tresen und warf ihren üblichen Kontrollblick auf die Terrasse, auf der ein paar wenige Tische besetzt waren. Normaler Montagvormittagbetrieb.

»Schau mal, da drüben«, meinte Niki leise zu Polette, »meinst du, wir kriegen endlich Verstärkung?«

Ein lautes Lachen perlte durch den Gastraum. Die Frau, die Polette als die Besucherin von Sonnabend erkannte, saß mit Wiebke an deren bevorzugtem Tisch in der Ecke ganz vorne und kriegte kaum noch Luft vor Lachen. Neben ihr saß ein dunkelhaariger Mann, schwarze Jeans, weißes Hemd.

»Wie, du glaubst, diese Frau …?«

Ungläubig sah Polette zu den dreien hinüber.

»Nee, nach dem, was ich so aufgeschnappt habe, denke ich eher, der Typ will hier anfangen«, sagte Niki in das Zischen der Milchschaumdüse, »ich fänd's ja klasse, wenn ich ein bisschen weniger Stunden machen könnte.«

Nachdem die junge, weißrussische Kellnerin, die sie für die ganze Saison verpflichtet hatten, vor vier Wochen nicht ganz freiwillig mit ihrem Verlobten zurück in die Heimat gefahren war, hatte Niki fast ohne Pause durchgearbeitet, da sich kein qualifizierter Ersatz gefunden hatte. An der Küste war während der Saison gutes Personal in der Gastronomie mehr als rar. Klar, Niki konnte das Geld gut gebrauchen, aber Zeit zum Lernen fürs Examen brauchte sie genauso sehr, und schließlich wollte sie vor Semesterbeginn noch zwei Wochen Urlaub mit ihrem Freund im Süden machen.

Der Mann also. Sein dunkles Haar war lockig, er trug Dreitagebart und wirkte ganz sympathisch. Schwer zu schätzen, wie alt er war, auf jeden Fall jünger als sie selbst. Allerdings sah er überhaupt nicht nach Kellner aus, fand Polette und nahm einen Schluck von ihrer Melange.

Jetzt standen die drei auf und kamen zum Tresen.

»Hallo, Polette«, sagte Wiebke, »das ist meine Schulfreundin Derya und das ist ihr Freund Georg. Georg wird uns die nächsten Wochen unterstützen«, und zu den beiden anderen gewandt, »Polette ist unsere Küchenchefin. Und das ist Niki, unsere studentische Aushilfe, die sich freuen wird, endlich etwas weniger arbeiten zu können.«

»Hallo«, grüßte die Studentin, »ja, das wär echt super!«

Man nickte sich zu, und alle gaben sich die Hand, damit war die Vorstellung beendet.

»Dann schlage ich vor, wir besprechen gleich den Einsatzplan für die nächsten Tage, oder?«

Der neue Mann im Service sollte vor allem in der Spätschicht als Unterstützung von Wiebke eingesetzt werden, die Frühschicht wollte die Chefin allein übernehmen, im Wechsel mit Niki.

Polette beobachtete, wie diese Derya sich kurz darauf von ihrem Freund verabschiedete, der heute zur Probe bis zum frühen Abend in der »Alten Strandbude« bleiben sollte. Abgesehen davon, dass sie den theatralischen Abschied für die paar Stunden völlig übertrieben fand, mochte sie solche Szenen grundsätzlich nicht, seit – ja, seit sich ihr Leben so von Grund auf geändert hatte. Mit einem kurzen Seufzer schob sie die kleine Irritation beiseite, erwiderte den Abschiedsgruß der Frau mit einem Winken und zog sich in ihre Küche zurück, während Wiebke und Niki dem Neuen die ersten Infos zum Serviceablauf in der »Alten Strandbude« gaben. Na ja, mal sehen, wie er sich machen würde. Eine Chance gab Polette ihm auf jeden Fall.

Um die Mittagszeit waren fast alle Tische auf der Terrasse der »Alten Strandbude« besetzt, und der neue Kollege konnte gleich seine Eignung für den Job zeigen. Polette, die ihm immer mal wieder mit Blicken folgte, wenn er bei ihr eine Bestellung abholte, erkannte sofort, dass dieser Georg nie zuvor in einem Restaurant gekellnert hatte. Mehr als einen Teller pro Hand schaffte er nicht unfallfrei zu transportieren. Mit einem Tablett voller Gläser bewegte er sich ziemlich unsicher und setzte es mit größter Vorsicht am Zieltisch ab. Aber all das würde er lernen, denn er war sehr konzentriert und stellte sich gar nicht so schlecht an. Vor allem war Georg zu den Gästen sehr aufmerksam, freundlich und höflich und das war eh das Wichtigste für einen guten Kellner. Außerdem schien ihn das Speisenangebot sehr zu interessieren.

Mittags galt eine kleine Karte mit Standards wie Fischbrötchen, Rührei mit Räucherfisch oder Bauernfrühstück mit Katenschinken für Gäste mit eher bodenständigem Geschmack. Daneben bot Polette zwei, drei warme, nicht ganz alltägliche Spezialitäten an. Heute waren regionaler Ziegenkäse auf Dhal von roten Linsen sowie ein Tafelspitzsalat mit gerösteten Erdäpfeln auf der Karte. Beim Anblick der dekorativ angerichteten Speisen hatte der neue Kollege anerkennend genickt und Fragen gestellt, die nur einer stellte, der auch mal selbst hinterm Herd stand.

Das Mittagsgeschäft war vorbei, und nur noch zwei Tische auf der Terrasse waren besetzt. Jetzt wollte Polette den Neuen einmal kosten lassen, was er zuvor den Gästen serviert hatte. Sie stellte einen Teller mit Probierhäppchen zusammen, doch nun half er Wiebke gerade dabei, die letzten Tische draußen abzuräumen. Mit einem Achselzucken stellte Polette den Teller warm und schnappte sich ihre Zigaretten.

»Bin mal kurz eine rauchen, Niki. Rufst mich, wenn du mich brauchst.«

Sein erster Einsatz im Service lag hinter ihm, und Georg fand, dass er sich gar nicht so dumm angestellt hatte. Schließlich hatte er während des Studiums auch mal in einer Kneipe gearbeitet – allerdings nur hinterm Tresen, und da ging es eher um Bier, und außer Brezeln, G'rupftem und Leberkässemmeln wurde nichts Essbares serviert.

Heute Mittag hatten hauptsächlich Touristen die »Alte Strandbude« besucht. Einzig der eine aus einer Runde von vier Männern, Geschäftsleute wahrscheinlich, schien aus der Gegend zu stammen. Das Gesicht gerötet, vom Wein und vom Eifer, hielt er den anderen einen Vortrag über das Projekt einer Marina, die in der Nähe entstehen sollte. Seine sonore Stimme war nicht zu überhören, beim Sprücheklopfen wie beim Lachen, und er benahm sich, als ob der Laden ihm gehörte. Er erhob sich, um die Toilette aufzusuchen, und Angermüller war erstaunt, wie klein der kompakt gebaute Mann war. Seine plumpe Anmache, als sie die ziemlich hohe Rechnung kassierte, hatte Wiebke ignoriert und ihn mit seinem dümmlichen Grinsen im Gesicht einfach sitzen lassen.

»Wer war dieser laute Typ?«, fragte Angermüller, als er seiner Chefin half, die Tische abzuräumen, nachdem sämtliche Gäste die Terrasse verlassen hatten.

»Frank-Johann Stahmer heißt er. Der ist Autohändler, sitzt in der Gemeindevertretung und macht Lokalpolitik. Ist ein guter Kunde. Trifft sich oft mit Geschäftspartnern und Parteifreunden, mal bei uns, mal beim Italiener nebenan, mal beim Griechen im Dorf. Gerecht verteilt. Er will Bürgermeister werden und ganz viele Arbeitsplätze schaffen, sagt er«, gab Wiebke Auskunft, ohne anzudeuten, was sie von dem Mann hielt.

»Wohl mit dieser Marina, über die er die ganze Zeit seine Tischgenossen zugetextet hat?«

»Genau, mit dem Blue Lagoon Projekt. Ich habe keine Ahnung, ob das wirklich Erfolg haben wird. Es ist so ein Wunschtraum von manchen Leuten hier, während andere absolut dagegen sind. Über diese Marina wird geredet, seit unser Nachbar das ›Gola Incantata‹ im letzten Jahr übernommen hat, aber konkret passiert ist noch gar nichts.«

»Was hat euer Nachbar mit der Marina zu tun?«

»Er war es wohl, der den Schassauern diesen Floh ins Ohr gesetzt hat. Es heißt, dass er der Mittelsmann eines internationalen Konsortiums ist, das hier viel Geld anlegen will. Reiche Saudis, Schwarzgeld, Mafia – es gibt Gerüchte ohne Ende, niemand weiß etwas Genaueres. Aber die meisten wollen halt die Chance nicht verpassen, reich zu werden. Und unser Möchtegernbürgermeister ist natürlich sofort auf den Zug aufgesprungen.«

»Ich verstehe«, meinte Angermüller, »hättest du einen Moment Zeit? Wenn ich helfen soll aufzuklären, wer hinter diesen seltsamen Vorgängen steckt, müsste ich einiges erfahren über eure Nachbarn, Konkurrenten, irgendwelche Leute, die einen Grund hätten, euch Böses zu wollen. Wann können wir mal in Ruhe sprechen?«

Wiebke nickte.

»Wir reden gleich.«

Gemeinsam räumten sie fertig ab, brachten das benutzte Geschirr zum Tresen und gingen wieder hinaus, wo Wiebke ihn rechts an der Terrasse vorbeiführte. Seitlich begrenzt durch den Sichtschutz, hinter dem sich die Mülltonnen befanden, und zum Strand hin halb verdeckt vom hohen Dünengras, stand ein alter Strandkorb, in dem sie Platz nahmen.

Auf Georgs Nachfragen hin schilderte ihm Wiebke einige der Merkwürdigkeiten, die sie unter dem Begriff Sabotage zusammenfasste: schlechter Fisch, der serviert worden war, und falsch temperierter Wein, weil mehrmals an der Kühlanlage manipuliert worden war, versalzene Speisen und noch so einiges, was Angermüller im Stillen dem Zufall oder mehr der Unaufmerksamkeit des Personals zurechnete. Höchstens die gefälschten Hinweisschilder bezüglich der Schließzeiten und die unkenntlich gemachten Wegweiser zum Restaurant deuteten auf die echte Absicht, dem Lokal schaden zu wollen. Auch die tote Ratte vor dem Eingang konnte als Drohung gemeint gewesen sein. Doch Wiebkes Überzeugung, dass es sich in allen Fällen um absichtliche Attentate handelte und ihre Furcht, dass sich das steigern würde, ließen ihn dazu schweigen. Erst als sie ihm berichtete, dass sie Samstagnacht nur knapp einem Überfall entgangen war, horchte er auf.

»Hast du was erkennen können? Mann oder Frau? Wie groß? Hast du die Stimme gehört?«

»Es ging so wahnsinnig schnell. Ich glaube, es war ein Mann, mittelgroß, maskiert. Er kam hinter einem Busch vorgesprungen, hielt ein Messer auf mich gerichtet und deutete auf meine Tasche. Gesagt hat er kein Wort und ich war auf eine Art wie gelähmt. Aber in dem Moment kamen die beiden Autos mit den jungen Leuten auf den Parkplatz gefahren, und der Typ ist sofort zwischen den Büschen Richtung Strand verschwunden. Ich bin so schnell ich konnte in meinen Wagen gesprungen und losgefahren.«

»Da hast du wirklich Glück gehabt.«

Wiebke hob die Schultern.

»Ist wohl so.«

Georg ließ sich die Namen der Lokale in der Nähe und ihrer Besitzer nennen, die wollte er sich als Allererstes genauer anschauen. Es waren überschaubare drei Konkurrenten.

»Gibt es außer euren Mitbewerbern denn andere Leute, die einen Grund haben könnten, euch schaden zu wollen?«

Mit ihren großen, blauen Augen sah Wiebke ihn an. Sie waren wunderschön diese Augen, fand Georg, und unergründlich wie ein tiefer Bergsee. Auf Wiebkes hoher, glatter Stirn zeigte sich eine steile Konzentrationsfalte.

»Das haben Polette und ich uns auch schon gefragt. Hin und wieder gab es Mitarbeiter, die im Streit gegangen sind, allerdings ist das ein Jahr und länger her. Dann gibt es die Naturfreunde, die sich um Flora und Fauna am Küstenstreifen sorgen – aber ehrlich gesagt kann ich mir nicht so recht vorstellen, dass die zu solchen Mitteln greifen würden. Sonst fällt mir erst mal niemand weiter ein.«

Angermüller nickte.

»Na gut. Spricht was dagegen, wenn ich mal einen kleinen Spaziergang mache? So kann ich mich ein bisschen umsehen.«

»Das Mittagsgeschäft ist vorbei. Jetzt ist sowieso nicht so viel los. Und nach deinem geglückten Einstand hast du dir eine Pause verdient.«

Wiebke schaute ihn an, und das stetige Lächeln in ihrem schönen Gesicht verstärkte sich – zumindest schien es Georg so.

KAPITEL IV

Ein rhythmisches Klopfen drang aus der geöffneten Hintertür der »Alten Strandbude«. Mit hochrotem Kopf stand Polette in der Küche und schlug mit einem Holzlöffel so heftig auf den Germteig ein, wie sie es vermochte. Im Regal gab es eine moderne Küchenmaschine, welcher man diesen Arbeitsvorgang ganz komfortabel hätte anvertrauen können. Doch Polette kam die körperliche Herausforderung gerade recht. Sie wurde ruhiger, je länger sie auf den Teig einprügelte. Nun begann er Blasen zu werfen und hatte dann endlich die gewünschte samtig geschmeidige Konsistenz.

Polette legte ein Tuch über die Schüssel und stellte sie in den kalten Backofen, damit sich der Teig vor Zugluft geschützt zur doppelten Größe aufblähen konnte. Die am Vorabend in etwas Rum eingeweichten Rosinen gab sie zum Abtropfen auf ein Sieb. Auf kleinster Flamme ließ sie in einem Topf reichlich Butter flüssig werden und stellte Zucker und Zimt bereit.

Mit ihren Gedanken woanders, pinselte sie mechanisch die Förmchen mit Butter ein, in denen der Reindling backen sollte. Mit dieser duftenden Miniaturausgabe der Kärntner Mehlspeise, gereicht mit Marillenkompott und Schlagobers, verwöhnte Polette die Gäste zum Nachtisch.

Was war das vorhin, dieses Gespräch im Strandkorb, dessen Zeugin sie neben den Mülltonnen auf der anderen Seite der Trennwand zufällig wurde und das sie leider nur bruchstückhaft hatte verstehen können? Was hatte es zu bedeuten? Was war das Besondere an Wiebkes Beziehung zu Derya und ihrem Freund? Wenn sie es richtig verstanden hatte, war Derya eine Freundin aus Schultagen. Aber hatten die beiden Frauen all die Jahre überhaupt Kontakt gehabt? Und dass Georg kein berufsmäßiger Kellner war, hatte Polette sofort gesehen. Also warum war der wirklich hier?

Am Ende ihrer Grübelei fand Polette nur eine Erklärung: Wiebke traute ihr nicht, was umgekehrt bedeutete, sie hielt auch sie für verdächtig, Sabotageakte in der »Alten Strandbude« zu begehen. Aber warum? Das war doch völlig hirnrissig! Schließlich zogen sie beide am selben Strang! Jedenfalls hatte Polette das bisher immer angenommen. Sicher, Wiebke war die Chefin und das Lokal gehörte ihrer Tante, doch alle Entscheidungen hatten sie stets miteinander abgesprochen und noch nie eine echte Meinungsverschiedenheit gehabt, soweit sich Polette erinnern konnte.

Als der Neue sich zu einer Pause verabschiedet hatte – allein das war merkwürdig genug! Gerade mal drei Stunden war der Mann hier und brauchte bereits eine Pause! –, ergriff Polette die Gelegenheit und setzte sich zur Chefin an den Tisch.

»Der macht jetzt Pause, der Georg?«, fragte sie wie nebenbei und fuhr sich mit der Hand durch die kurzen, hennaroten Löckchen. Wiebke, die dabei war, die Rechnungen des Vormonats chronologisch zu ordnen, schaute auf und nickte.

»Ja, er macht einen kleinen Spaziergang. War viel Neues für ihn in der kurzen Zeit.«

»Er ist halt kein Profi. Oder irre ich mich?«

»Das hast du natürlich sofort gemerkt, was?«, lächelte

Wiebke. Scheinbar gleichgültig zuckte Polette mit den Schultern. Dabei beobachtete sie ihre Chefin ganz genau. Verhielt sich Wiebke anders ihr gegenüber? Verschwieg sie ihr irgendwas?

»Was ist der denn von Beruf?«

»So genau weiß ich das gar nicht, ehrlich gesagt. Er arbeitet in irgendeiner Behörde in Lübeck und hat sich eine längere Auszeit genommen. Er braucht dringend Abwechslung von der stickigen Büroluft, hat Derya gemeint. Ich wollte nicht genauer nachfragen. Vielleicht hat er ein Burnout oder so was. Irgendwann erfahren wir bestimmt mehr darüber.«

Aha, in einer Behörde arbeitet er, überlegte Polette. So wie ein Bürohengst wirkt der eigentlich gar nicht auf mich.

»Und warum hast du ihn eingestellt? Du wolltest doch nur noch Profis nehmen in der Saison?«

»Die Saison ist ja fast vorüber, und du weißt doch selbst, wie schwierig es ist, zuverlässiges und vertrauenswürdiges Personal zu finden. Der Freund von Derya ist zumindest absolut vertrauenswürdig!«

Scheinbar so vertrauenswürdig, dass du ihm Dinge erzählst, die du vor mir geheim halten wolltest, ärgerte sich Polette in ihrem Innern. Sie spürte Wiebkes aufmerksamen Blick auf sich ruhen.

»Gefällt er dir nicht?«

»Was heißt hier gefallen? Ich kenne ihn ja gar nicht. Wird sich herausstellen, wie es mit ihm läuft …«

»Was für einen Eindruck hast du denn? Wenn du das nach so kurzer Zeit überhaupt schon sagen kannst. Kriegt er das hin?«

»Moin!«, schallte es durch den leeren Gastraum. Bolli, der ivorische Küchenhelfer, winkte den beiden Frauen fröhlich zu. Woher der immer seine gute Laune nahm, war Polette ein Rätsel. Ihr jedenfalls lag im Moment so einiges ganz schön quer und es fiel ihr schwer, ihren Missmut zu verbergen. Es war ihr ganz recht, das Gespräch mit Wiebke beenden zu können. Erfahren hatte sie kaum etwas über den neuen Kellner und was sie eigentlich wissen wollte, konnte sie eh nicht fragen. Sie stand auf.

»Ja, ich muss dann mal wieder. Wir haben einiges vorzubereiten für heute Abend.«

Die Sonne schien, ein leichtes Lüftchen wehte, und Angermüller hatte Lust auf erste Erkundungen. An der Ecke zum Schotterweg empfing ihn wieder Zigarettengestank aus dem abgerockten Kleinbus. Unglaublich! Diesmal war der Vorhang hinter der Frontscheibe ein Stück beiseitegeschoben und gab das spitze Gesicht eines langhaarigen Mannes frei, der gierig an seiner Zigarette zog, den Blick starr auf die »Alte Strandbude« gerichtet. Ob man ihn dort wohl kannte? Er würde danach fragen.

Angermüller schritt kräftig aus. Er ging in Richtung des Parkplatzes, auf dem Wiebke vor zwei Tagen nur knapp einem Überfall entgangen war. Der Ort war für die Tat gut gewählt. Ziemlich weit ab von den nächsten Häusern gelegen und ohne nächtliche Beleuchtung – die Geschichte hätte auch anders ausgehen können.

Kurz darauf erreichte er den Ort. Auf den über dem Strand sanft ansteigenden Hängen breiteten sich überall Ansiedlungen gleichartiger Häuser aus, alle mit Meerblick und kleinem Garten davor, bestehend aus einem Rasenstück, das eine niedrige Hecke umgab. Zum Teil hatten sich die Anlagen bis fast in die Ortsmitte hineingeschoben.

Ein richtiges Dorf war Schassau nie gewesen, es gab

weder einen Marktplatz noch eine Kirche, nur wenige, historische Gebäude, die früher einmal zum gleichnamigen Gut gehört hatten. Nach einem Bäcker oder einem Supermarkt hielt man vergeblich Ausschau. Doch mit ihrer Panoramalage und der Strandnähe boten die Ferienunterkünfte wahrscheinlich genau das, was den meisten Touristen am wichtigsten war, dachte Angermüller.

An der ersten Kreuzung wurde der Besucher von einem Schnellimbiss namens »Bratpfanne« empfangen, wo Brathähnchen hinter einer fettverschmierten Scheibe, traurig auf Kundschaft wartend, ihre Runden drehten. Drei Männer hingen um einen der Stehtische vor dem Geschäft und hielten sich an ihrem Nachmittagsbierchen fest. Diese Einrichtung zählte kaum zur ernst zu nehmenden Konkurrenz der »Alten Strandbude«.

Die Hauptstraße zog sich weiter den Hügel hinauf. Hier standen ein paar reetgedeckte Häuser in blühenden Gärten voller Stockrosen, Astern, Margeriten und Bauernhortensien. Dazwischen lag ein eher zweckmäßig wirkender 60er-Jahre-Bau, vor dem an einem Fahnenmast neben der schleswig-holsteinischen auch die griechische Flagge wehte. Tische und Stühle gruppierten sich im Schatten einer Eiche. An einer der Tafeln arbeitete sich eine Gruppe von älteren Herrschaften in Trauerkleidung durch Teller mit Bergen von Grillfleisch und Pommes frites. »Taverna Sirtaki«, kündete ein Schild über der Eingangstür. Ein Pappkamerad in griechischer Nationaltracht stand an der Straße und hob die Arme zum Tanz, auf seiner Brust präsentierte er die Speisekarte.

Das Angebot in einer reichlich lädierten Klarsichthülle war in ziemlich kleiner Schrift verfasst, und seine Lesbarkeit hatte unter Wind und Wetter zusätzlich gelitten.

Angermüller fummelte nach seiner Lesebrille. Die Auswahl war riesig – seitenweise kalte und warme Vorspeisen, Fleischgerichte in allen Variationen, Fisch, ein paar wenige vegetarische Gerichte, Nachspeisen. Der Kommissar mochte die griechische Küche, so wie er alle Küchen dieser Welt mochte. Allerdings musste die Zubereitung stimmen, und da war er bei der »Taverna Sirtaki« nun doch skeptisch.

Von der Trauergesellschaft schallten auf einmal freudige Rufe herüber. Eine korpulente Frau in folkloristisch anmutender Kleidung, deren weiter Rock ihre breiten Hüften unvorteilhaft betonte, servierte gerade eine Runde.

»Ah, Chrisoula, endlich! Ich hab schon gedacht, wir kriegen heute bei dir gar keinen Ouzo mehr!«

»Mensch, Ernst, was denkst du denn? Im ›Sirtaki‹ bekommst du doch immer vor und nach dem Essen deinen Ouzo! Und besonders netten Gäste wie euch serviert die Chefin auch mal einen zwischendrin.«

Augenzwinkernd verteilte sie die Gläser. Die meisten Trauergäste hatten rote Gesichter und Schweißperlen auf der Stirn, die riesigen Portionen erforderten ihren ganzen Einsatz. Jetzt griffen alle beherzt nach dem Schnaps.

»Jamas! Zum Wohl!«, wünschte Chrisoula mit einem kleinen, hoheitsvollen Kopfnicken.

»Kann ich Ihnen etwas empfehlen, mein Herr? Wir haben durchgehend warme Küche bis 21.30 Uhr.«

Ein professionelles Lächeln im Gesicht, war die Wirtin neben Angermüller getreten. Sie machte eine einladende Geste.

»Suchen Sie sich einen schönen Tisch und ich bringe Ihnen die Karte.«

»Nein danke, ich möchte nichts essen. Ich bin neu hier

und schau mich nur mal so um, wo man essen gehen kann. Gibt es noch andere Lokale in der Nähe?«

Sie hatte das dunkle, von Silberfäden durchzogene Haar zu einem Knoten frisiert, der ihr etwas Strenges verlieh, besonders als ihr Lächeln verlosch.

»Wir sind seit fast 30 Jahren im Ort. Ein weiteres griechisches Lokal gibt es hier nicht.«

»Muss nicht griechisch sein …«

»Dann schauen Sie bitte im Telefonbuch oder im Internet, mein Herr. Ich bin nicht die Auskunft, und außerdem muss ich mich um meine Gäste kümmern.«

Sie machte Anstalten zu gehen.

»Ich habe gehört, hier soll direkt am Strand so ein Restaurant sein, das ganz nett ist. ›Strandbude‹ oder so heißt es.«

Chrisoula hielt inne und sah Angermüller aus zusammengekniffenen Augen an.

»Vor allem ist es teuer. Kleine Portionen zu hohen Preisen. Manche Leute finden das schick. Ich ziehe ein reelles Preis-Leistungsverhältnis vor. Und wie sauber es in dieser ›Strandbude‹ zugeht, weiß man auch nicht, was man so hört.«

»Wieso, was haben Sie gehört?«

»Gar nichts, mein Herr. Meine Gäste warten. Einen schönen Tag noch!«

Sie ließ Angermüller stehen, lief an der Trauergesellschaft vorbei und verschwand im Eingang der »Taverna Sirtaki«. Nach einem Blick zur Uhr beschloss der Kommissar, über den Campingplatz zurück zum Strand zu gehen. Dabei konnte er kurz in der dortigen »Dünenstube« vorbeischauen. Ein Schild verwehrte Nicht-Campern den Einlass zum Platz, doch wenn man das Lokal besuchen wollte und nicht von der Meerseite kam, blieb einem nur dieser Weg. Angermüller entschied, das Verbot zu ignorieren und drückte sich an der Schranke vorbei auf das Gelände.

»Hey!«

Gerade mal sechs Schritte hatte er zurückgelegt, als hinter ihm der energische Ruf erschallte.

»Kann ich mal die Campingkarte sehen?«

Der Kommissar, selbst über 1,90, drehte sich um und sah sich einem noch größeren Kerl in Arbeitsoverall und Gummistiefeln gegenüber, den ein übergewichtiger brauner Hund mit traurigem Blick begleitete.

»Wieso das?«

»Weil Unbefugten der Zutritt verboten ist, und dich hab ich hier noch nie gesehen.«

»Ach, duzen wir uns? Ich hab Sie auch noch nie gesehen, und im Übrigen wollte ich zur ›Dünenstube‹. Oder ist die nur für Camper?«

In der kurzen Pause vor der Antwort des Mannes war ein lautes Furzgeräusch zu hören, bei dem der Hund erleichtert die Augen schloss. Gleich darauf begann es unerträglich zu stinken.

»Da lang, den Hauptweg, das ist der kürzeste«, brummte der Campingplatzchef nur und drehte sich wieder zur Einfahrt des Campingplatzes.

»Nehmen Se den man nich so ernst«, meinte eine mehr als dunkelbraun gebrannte Frau mit verwittertem Gesicht, die den gleichen Weg wie Angermüller nahm, »das war nur der Otto Kröger, dem gehört der Platz hier und der macht gern den Oberkontrolletti.«

Der Mann neben ihr, dessen Teint ebenfalls fast schwarz erschien, nickte zustimmend.

»Sie machen hier Urlaub?«

»Jou, unser Wohnwagen steht hier seit 40 Jahren!«, antwortete die Sonnenverbrannte und senkte dann vertraulich ihre Stimme. »Ich geb Ihnen noch einen guten Rat: Trinken Sie in der ›Dünenstube‹ keinen Kaffee! Das ist eine entsetzliche Plörre. Höchstens das Bier ist genießbar.«

»Und das Essen?«

»Da kann ich nix zu sagen. Wir gehen hier nicht essen. Aber ein Feinschmeckerrestaurant isses wohl nich.«

»Danke! Dann schönen Urlaub noch!«

Damit beschleunigte Angermüller seinen Schritt. Eine halbe Stunde war er schon unterwegs, und zur Pause noch viel länger wegzubleiben, würde vielleicht an seinem neuen Arbeitsplatz nicht so gut ankommen.

Die »Dünenstube« thronte auf einer Erhebung über dem Strand und bot von der Terrasse einen wunderbaren Blick auf die Ostsee. Eine Sammlung von Tafeln neben dem Eingang warb in Kreideschrift für die unterschiedlichsten Angebote von Ostseescholle bis Flammkuchen, von Sauerfleisch bis Currywurst und für einen Pott Kaffee und ein Stück Kuchen für 3,50 Euro.

Angermüller ließ den Blick über die Terrasse schweifen, die etwa zur Hälfte von Familien mit Kindern und älteren Leuten besetzt war. Drinnen im Lokal empfing ihn Balkanstubencharme mit Holzmobiliar und geblümten Gardinen. Fischernetze an den Wänden, Buddelschiffe und ausgestopfte Fische mit Patina sollten maritime Atmosphäre herstellen. Die letzte innenarchitektonische Umgestaltung schien sehr lange zurückzuliegen. Der Gastraum war leer, eine Duftmischung aus Kaffee und Frittierfett lag in der Luft, und nur eine Kellnerin in weißer Bluse und schwarzem Rock stand Bier zapfend am Tresen.

»Zur Toilette geht's da hinten links«, gab sie Angermüller Auskunft, ohne dass der danach gefragt hatte. Ehe er antworten konnte, stand neben ihm wieder der vierschrötige Typ vom Eingang, neben sich seinen altersschwachen Hund. Der Kommissar musste beim Anblick des kurzen, nicht mehr vollständigen Felles an einen schmutzigen Lederlappen denken. Das Tier sah völlig fertig aus und hechelte angestrengt.

»Toilettenbesuch ist nur für Restaurantgäste gratis. Kostet sonst einen Euro.«

»Das ist ja günstig«, meinte Angermüller, der im Stillen über die Bezeichnung Restaurantgäste staunte, »aber ich wollte mir nur kurz die Gaststube ansehen.«

»Die haste jetzt ja gesehen.«

Der Campingplatzchef machte eine ungeduldige Handbewegung in Richtung Ausgang, um den lästigen Besucher zu verscheuchen.

»Vielleicht können Sie mir noch sagen, wie ich auf schnellstem Wege von hier zur ›Alten Strandbude‹ komme?«, fragte der Kommissar, schon im Gehen. Offensichtlich die falsche Frage, denn statt einer Antwort zeigte ihm Otto Kröger wütend einen Vogel.

Oberhalb der Dünen endete das Gelände des Campingplatzes, der augenscheinlich als Urlaubsort sehr beliebt war. Die Lage direkt am Strand, ausgerichtet nach Süden, war ja auch perfekt. Ein Wohnwagen stand am anderen, die meisten von Dauercampern, mit eingefriedeten Vorgärten und festen Grillplätzen. Für Menschen, die in Ruhe und Abgeschiedenheit ihren Urlaub genießen wollten, war die Örtlichkeit weniger geeignet.

Auch am Ausgang zur Seeseite gab es eine Schranke, die aber offen stand. Während Angermüller durch den Sand stapfte, rekapitulierte er die Reaktion der beiden Gastronomen. Klar war, die Mitbewerber liebten Wiebkes Lokal nicht. Aber wahrscheinlich war das normal. Die »Strandbude« war als letzte dazugekommen und eine ernsthafte Konkurrenz mehr. Ob das als Motiv ausreichte, die Dinge zu tun, die ihm Wiebke geschildert hatte? Vielleicht aus Verzweiflung, wenn die Geschäfte nicht liefen und einem das Wasser bis zum Halse stand? Dem würde er wohl genauer nachgehen müssen.

Otto Kröger schien zumindest jemand, bei dem die Wut des Öfteren die Vernunft aushebelte. Für den versuchten Überfall auf Wiebke, den Georg als einzig wirklich bedrohlichen Vorfall einstufte, kam Kröger allerdings allein aufgrund seiner Körpergröße nicht in Frage. Aber natürlich konnte er auch jemandem den Auftrag dazu gegeben haben.

Mittlerweile war er an der »Alten Strandbude« angelangt, wo drinnen wie draußen Kaffeegäste um die Tische saßen. Morgen würde er sich um das italienische Restaurant direkt nebenan kümmern. Und natürlich musste er unauffällig seinen Kolleginnen und Kollegen auf den Zahn fühlen. Man konnte ja nie wissen, ob nicht doch jemand eine Rechnung mit der Chefin offen hatte. Er hatte es oft genug erlebt, dass Menschen, die zu feige waren, offen ihre Meinung zu sagen, ewig ihren Frust vor sich her schoben, bis sie zu anderen Mitteln griffen.

Plötzlich bemerkte Angermüller erstaunt, dass er leise vor sich hin summte. Und gleich darauf wusste er auch warum: Das Recherchieren, das Abwägen und Kombinieren, von dem er geglaubt hatte, es nicht zu vermissen, begann ihm richtig Spaß zu bereiten. Natürlich war sein Job lächerlich im Vergleich zu ihren Fällen beim K1. Doch wenn er damit das Problem von Deryas schöner Freundin lösen konnte, lohnte sich der Einsatz allemal.

KAPITEL V

Der Neue kehrte von seinem Spaziergang zurück, gerade rechtzeitig, um Wiebke beim Bedienen zu unterstützen. Auch für Kaffee und Kuchen kehrten die Leute gern in der »Alten Strandbude« ein. Polettes Backkunst hatte sich unter Einheimischen und Gästen mittlerweile herumgesprochen, und es machte ihr Spaß, neben den Klassikern wie Ostseetorte und Lübecker Nusstorte auch andere Kreationen anzubieten.

Eine Runde aus acht älteren Damen mischte den ganzen Laden auf, sie lärmten und kicherten, bestellten wild durcheinander, dann wieder um und ab, und schafften es fast, die stets so gelassen wirkende Wiebke aus der Fassung zu bringen, wie Polette bemerkte, als sie frische Linzer Schnitten in die Kuchenvitrine neben dem Tresen stellte.

»Na, Wiebke, nu zeig mal, was ihr so draufhabt, wo wir heute notgedrungen bei dir unsern Kaffeeklatsch machen müssen. Du bist mir doch nich böse, wenn ich das so sag, oder?«

Die mit Brillantringen geschmückten Finger griffen nach Wiebkes Hand.

»Eigentlich gehen wir doch immer zu deinem Nachbarn Mario Kaffee trinken, aber Renate hatte vergessen, dass die Montag Ruhetag haben. Dort sind die Tortenstücke übrigens größer und der Kaffee kostet 30 Cent weniger. Außerdem ist der Mario so ein reizender Gastgeber, weißt du! Leider ist er oft nicht im Lande. Der muss sich ja nicht nur um ein Lokal kümmern. Aber sehr charmant ist er und ein so hübscher Mann, nich Mädels?«

Die anderen Frauen bestätigten diese Feststellung eifrig, manche kicherten. Wiebke neigte als Antwort nur lächelnd den Kopf und entzog Frau Bellmann ihre Hand. Die stets elegant auftretende Annedore Bellmann, aus kleinen Verhältnissen kommend, hatte mit ihrem verstorbenen Mann durch eine lokale Drogeriekette ein riesiges Vermögen geschaffen. Jedermann hier kannte sie, jeder grüßte sie, man lud sie überallhin ein und sie wähnte sich allseits beliebt. Dass es nur die Macht des Geldes war, vor der die Leute sich verneigten, darauf wäre sie nie gekommen.

Die Bellmann gab sich gern als distinguierte Dame, die Wert auf feine Umgangsformen legt, die sie allerdings ganz schnell vergessen konnte, wenn es ums Finanzielle ging. Ihre fast 80 Jahre sah man der munteren, stets perfekt frisierten Frau nicht an und sie konnte immer noch reden, ohne Luft zu holen. Bei ihr kam niemand so leicht zu Wort. Selbstverständlich gab sie auch in der Damentruppe den Ton an.

Endlich war die ganze Tischgesellschaft bedient und für ein paar Minuten, in denen man sich über die Tortenstücke hermachte, herrschte Stille. Als das Geplapper wieder einsetzte und hin und wieder ein lustvolles Kreischen ertönte, riskierte Polette neugierig einen Blick. Aha, der neue Kellner! Er räumte gerade die leer gegessenen Teller der Damen ab und notierte weitere Wünsche. Dabei wurde er von oben bis unten kritisch beäugt. Polette kannte die meisten der Damen zur Genüge und wusste, dass der Neue als Nächstes mit zum Teil völlig indiskreten Fragen in die Mangel genommen wurde.

So war es auch. Aber dieser Georg wusste offensichtlich zu parieren, und das schien gut anzukommen. Seine Antworten ließen die Truppe immer wieder in aufgekratztes Gelächter ausbrechen, und als er den Tisch verließ, folgten ihm entzückte Blicke.

»Du kannst ja gut mit den alten Damen«, kommentierte Polette, als der Kollege mit einem Tablett Geschirr in die Küche kam.

»Na, wenn euer Nachbar, dieser Mario, so ein reizender Gastgeber ist, dann muss ich mir doch doppelt Mühe geben«, gab der neue Kellner mit einem Lächeln zurück. »Außerdem erinnern die mich an meine Schwiegermutter. An der hab ich lange geübt, wie man mit solchen Wesen umgeht.«

»Du bist verheiratet?«

Er sah sie betreten an.

»Das ist kompliziert. Also …«

»Entschuldige, ich wollte dir nicht zu nahe treten«, Polette hob abwehrend die Hände, »keine Lebensbeichte am ersten Arbeitstag!«

Sie lachte, Georg grinste.

»Magst du vielleicht was kosten? Ich hab dir einen Teller von unseren Tagesspezialitäten zusammengestellt.«

»Gern! Wenn die Damengesellschaft gegangen ist. Sie zahlen schon.«

Langsam und mit Bedacht probierte der Kollege erst den Tafelspitzsalat in seinem süß-säuerlichen Dressing und dann den Ziegenkäse auf Dhal von roten Linsen. Man sah ihm an, wie er die Geschmacksvarianten gründlich auslotete und genoss. Er nickte anerkennend.

»Das schmeckt alles ganz wunderbar! Bei dir kann man sich eine Menge abschauen.«

»Bist du Koch?«

»Leider nur in meiner Freizeit.«

»Und was ist dein eigentlicher Beruf? Ein gelernter Kellner bist du ja wohl nicht.«

Polette erntete einen überraschten Blick.

»Ach, merkt man das gleich? Dabei gebe ich mir doch richtig Mühe.«

Jetzt tat es ihr fast ein wenig leid, ihm so direkt gesagt zu haben, dass er kein Profi war.

»Na ja, ich merke das. Schließlich bin ich schon ewig in der Gastronomie.«

»Und wie bist du im Norden gelandet? So wie du sprichst, stammst du eher nicht von hier.«

»Ich bin aus Wien. Seit über fünf Jahren wohne ich in Schassau. Aber das ist eine andere Geschichte.«

Sie unterbrach sich. Gerne hätte sie jetzt eine Zigarette gehabt, denn sie spürte mal wieder die Trauer hochkommen, ließ stattdessen den Blick nach draußen schweifen. Nein, nur nichts anmerken lassen, das führte nun wirklich zu weit, vor diesem quasi Fremden ihr Leben auszubreiten.

»Jedenfalls bin ich von Anfang an hier dabei gewesen. Wiebkes Tante, Ille Martinsen, hatte an diesem Platz früher wirklich nur eine Strandbude, wo man Getränke, Fischbrötchen, Eis und so kaufen konnte. Die hab ich für sie weitergeführt, als sie das nach einem Unfall nicht mehr konnte. Und dann hatten Wiebke und ihre Tante die Idee, daraus ein richtiges Restaurant zu machen. Und so ist vor bald drei Jahren die ›Alte Strandbude‹ entstanden und ich bin als Köchin mit eingestiegen. Die Geschichte kannst du übrigens auch in unserer Speisekarte nachlesen.«

Eigentlich hatte sie ja wissen wollen, was dieser Georg für einen Beruf hatte, ärgerte sich Polette, und nun erzählte sie schon die ganze Zeit über sich. Aber der neue Kollege hörte ihr interessiert zu, auf eine angenehm geduldige Art, sodass sie, die sonst eher Zurückhaltende, viel mehr sagte, als sie beabsichtigte.

»Was ist denn nun dein Beruf?«

»Der ist ziemlich langweilig«, meinte Georg und zog eine Grimasse, »ich arbeite bei einer städtischen Behörde in Lübeck.«

»Und wo genau?«

»Bauamt.«

»Und was machst du da?«

»Baugenehmigungen, Bauaufsicht – Behördenkram halt.«

»Hört sich wirklich nicht so spannend an. Hast du das gelernt?«

»Ich hab mal Jura studiert, aber nicht zu Ende und bin so als Quereinsteiger bei der Stadt gelandet. Ist manchmal ziemlich öde, da hast du recht. Deshalb bin ich jetzt auch hier. Ich habe mir eine Auszeit gegönnt.«

»Und da genießt du nicht das Nichtstun, sondern nimmst den Kellnerjob hier an?«

»Ach, wir waren ein paar Wochen auf Reisen, das war wirklich schön. Aber seit wir wieder hier sind, da fehlt mir doch manchmal was, irgendeine Aufgabe. Und als Derya erzählte, dass ihre Schulfreundin so ein tolles Restaurant hat und bis zum Ende der Saison dringend jemanden zum Kellnern braucht, hab ich gedacht, das wäre eine ganz nette Abwechslung. Und wenn ich nebenbei von deinen Kochkünsten profitieren kann, ist das für mich perfekt.«

»Na, wenn das so ist, dann passt's ja.«

Von der Terrasse kam Wiebke mit einem Tablett herein, gefolgt von einer Frau, die lebhaft in Georgs Richtung winkte.

»Hallo, mein Schatz!«, rief sie quer durch das Lokal, »gleich hast du Feierabend!«

Ach ja, seine Freundin schon wieder! Stürmisch umarmte sie Georg dann und überhäufte ihn mit tausenderlei Fragen. Puh, was für eine anstrengende Person, dachte Polette.

»Na dann, servus! Wir sehen uns morgen«, verabschiedete sie sich schnell von dem neuen Kollegen, »ich geh mal wieder in meine Küche.«

Zu seinem zweiten Einsatz in der »Alten Strandbude« fuhr Georg am nächsten Nachmittag mit dem Zug nach Neustadt, wo Wiebke ihn mit dem Wagen abholen musste. Am Abend stand Korays Abreise bevor und Derya war zu nichts zu gebrauchen. Ohne Vorwarnung löste sie sich immer wieder in Tränen auf und jammerte über die bevorstehende Trennung von ihrem süßen, kleinen Jungen, sodass Georg nicht böse darüber war, ihrem emotionalen Ausnahmezustand entkommen zu können.

Die nächsten Tage in der »Alten Strandbude« zogen an Angermüller wie im Film vorbei. Die Landschaft, das Wetter, die Menschen – seinen neuen Alltag überlagerte eine unwirkliche, immerwährende Urlaubsatmosphäre. Noch war er gar nicht richtig angekommen, trotzdem schon fester Bestandteil des Teams und mit immer anderen Aufgaben konfrontiert. Ständig lernte er etwas hinzu und hatte bald das Gefühl, wie ein echter, perfekter Kellner zu agieren.

Was seine »Ermittlungen« anbetraf, ging es zwar langsam voran, aber das störte ihn, anders als in seinem Berufsalltag im K1, überhaupt nicht. Die Gespräche, die er häufig in den Pausen mit seinen Kolleginnen und Kollegen führte, hatten bisher so gut wie keine Verdachtsmomente ergeben. Dafür erfuhr er manche Kniffe und Tricks von der Küchenchefin, die genauso gern wie er über Speisen und deren Zubereitung fachsimpelte.

Auch die genaue Beobachtung der Gäste brachte keinerlei neue Erkenntnisse – abgesehen davon, dass seit seinem Hiersein nichts mehr vorgefallen war. Nicht, dass er das bedauerte, aber wenn etwas passiert wäre, hätte er wenigstens einen Anknüpfungspunkt gehabt.

Am dritten Tag war Finn auf der Terrasse der »Alten Strandbude« aufgetaucht. Er reckte neugierig den Hals, vor allem in Richtung der kleinen Eistruhe, in der sie fünf Sorten hochwertiger Kreationen aus einer Manufaktur anboten.

»Na, möchtest du ein Eis kaufen?«, fragte Angermüller.

Der Junge nickte und kam näher. Er besah sich die Preistafel, dann blickte er auf seine Handfläche, wo ein Geldstück lag, dann wieder auf die Tafel.

»Kann ich auch eine halbe Kugel kriegen? Ich hab nur 50 Cent.«

»Na klar. Welche Sorte möchtest du denn?«

»Schoko.«

Die Augen des Kleinen folgten durch riesige Brillengläser jeder von Angermüllers Bewegungen. Der füllte eine große Kugel vom Schokoladeneis in die Tüte und reichte sie ihm.

»Das ist aber eine ganze Kugel.«

»Heute gibt's die für neue Kunden zum halben Preis«, erklärte Angermüller ernst.

Der Junge nahm die Tüte entgegen, zahlte mit dem schon ganz warmen, feuchten Fünfzigcentstück aus seiner Hand und rannte glücklich nach draußen. Von da ab kam er täglich mehrmals. Bald wusste Angermüller, dass er aus Hamburg war, Finn Rohweder hieß, im nächsten Jahr in die Schule kam, aber schon jetzt ein bisschen schreiben und rechnen konnte, dass seine Mutter Kim Kellnerin war, zurzeit arbeitslos und eigentlich lieber Model sein wollte, dass sie auf dem Campingplatz Urlaub machten und er sich entsetzlich langweilte. Und, dass seine Mutter ihm eine Überraschung versprochen hatte. Doch die sei noch ein Geheimnis.

Finns Mutter sah Angermüller immer nur aus der Ferne. Oft lag die junge Frau mit der rotblonden Mähne neben dem Strandkorb in der Sonne und schien zu schlafen. Meist aber saß sie auf ihrem Handtuch, jeden Tag mit einer anderen Frisur, wie Angermüller auffiel, daddelte auf ihrem Handy herum, korrigierte ihr Make-up oder telefonierte. Noch nie hatte Angermüller sie mit Finn spielen sehen, dafür ein paar Mal am Nachmittag Kaffeetrinken beim Italiener nebenan. Im Gegensatz zu ihrem Sohn schien sie dieses Lokal der »Alten Strandbude« vorzuziehen.

An seinem dritten Tag erreichte ihn ein Anruf seines Kollegen Jansen. Nur einmal hatte er nach seinen verschiedenen Reisen kurz in der Possehlstraße vorbeigeschaut und Jansen nachträglich eine Flasche Rotwein zu dessen 34. Geburtstag vorbeigebracht. Bei der Gelegenheit hatte er den Neuen zu Gesicht bekommen, der für die Zeit seiner Abwesenheit Kommissar Claus Jansen zur Seite gestellt worden war. Sie hatten aber nur ihre Namen genannt, Guten Tag gesagt und sich die Hände geschüttelt. Dieser Sebastian Eichhorn war ein ausgesprochen gut aussehender Mann Ende 20. Er trug das blonde Haar modisch kurz und einen gepflegten Dreitagebart. Trotz der warmen Temperaturen hatte er das Jackett, das er zu schmalen Edeljeans trug, nicht abgelegt, die Füße steckten in eleganten schwarzen Schnürschuhen.

Angermüller hätte zu gern gewusst, was Jansen von seinem neuen Partner hielt, bot er doch zumindest äußerlich einen genauen Gegenentwurf zu dem modebewussten Kollegen. Jansen lief stets in Jeans, T-Shirt und Turnschuhen herum, und ohne seine knautschige Lederjacke ging gar nichts, da in ihren vielen Taschen unverzichtbare Utensilien verstaut werden konnten. Leider war bei seinem Besuch nicht viel Zeit zum Quatschen geblieben, denn das Team wollte gerade raus zu einer Zeugenbefragung.

»Hallo, Claus, na, wie läuft es so im K1? Wie geht's mit dem schicken Sebastian?«, meldete sich Angermüller aufgeräumt an seinem Handy und registrierte erstaunt, dass er sich über Jansens Anruf richtig freute.

»Na ja, geht so. Aber darüber wollt ich eigentlich gar nicht reden.«

»Schade.«

»Ich wollte dich zum Essen einladen. Da können wir auch in aller Ruhe schnacken.«

»Oh, das ist ja nett«, machte Angermüller leicht erstaunt, denn Esseneinladungen hatte es von Jansen bisher nicht gegeben. »Du kochst? Bei dir zu Hause?«

»Nee, nicht ich allein. Wir kochen. Und auch nicht direkt bei mir. Bei Anja-Lena.«

Aha, da hatte sich zwischen Jansen und der jungen Kollegin wohl wirklich so etwas wie eine Beziehung entwickelt, folgerte der Kriminalhauptkommissar und freute sich. Ja, die beiden passten gut zusammen.

»Was gibt's denn?«

»Irgendwas mit Mangold und Schafskäse, hat Anja-Lena gesagt, so genau weiß ich das nicht. Wie sieht's denn aus bei dir am Freitag oder Sonnabend so gegen 19 Uhr?«

Das war nun ein Problem, an das Angermüller gar nicht gedacht hatte. Die »Alte Strandbude« hatte noch bis Ende

September keinen Ruhetag, mit anderen Worten konnte er eine Abendeinladung eigentlich gar nicht annehmen.

»Okay, an diesem Wochenende … Da muss ich erst Derya fragen, irgendwas war da. Ich gebe dir bald Bescheid.«

»Jou, ahlns kloar. Und du erzählst dann von deinem ewig langen Urlaub.«

»Genau, das mach ich. Ich melde mich.«

Angermüller steckte sein Handy ein. Da musste er sich noch eine Ausrede einfallen lassen.

War der Alltag an Angermüllers Einsatzort bisher ohne die Zwischenfälle verlaufen, derentwegen er hier war, so änderte sich das, als er am späten Donnerstagnachmittag seinen Dienst antrat. Bestialischer Gestank schlug ihm entgegen. Da hatte wohl ein Gast einen kompletten Hundehaufen an den Schuhen ins Lokal getragen, war sein erster Gedanke. Wie unangenehm! Bei der Verfolgung der braungelben Spuren musste er aber feststellen, dass jemand mehrere Päckchen in Zeitungspapier eingewickelter, weicher Hundeausscheidungen vor den Eingängen der »Strandbude« verteilt hatte, das Ganze also wirklich ein gezielter Anschlag gewesen war. Angermüller brauchte nicht lange nachzudenken, wer für diesen stinkenden Angriff zuallererst in Frage kam.

Natürlich leugnete Otto Kröger hartnäckig jegliche Verantwortung für die Fäkalienattacke, als Angermüller ihn auf dem Campingplatz zur Rede stellte. Doch seine tiefe Genugtuung über diesen gelungenen Coup war Krögers Gesicht mehr als anzusehen. Der Kommissar drohte bei Wiederholung mit einer Anzeige, wusste allerdings selbst, dass seine Kollegen Wichtigeres zu tun hatten, als Hundefäkalien-Attentäter zu verfolgen. Derweil saß der Lederlappenhund kurzatmig neben seinem Herrchen, glotzte Angermüller mit seinen treuen Hundeaugen an und ließ mit einem lauten Geräusch seine bekannte Duftmarke entweichen.

Im Lauf der Woche hatte Angermüller auch Kontakt zum »La Gola Incantata« aufgenommen, besser, versucht aufzunehmen. Er hatte nur einen älteren, muffigen Kellner angetroffen, der nicht besonders gut Deutsch sprach und mit Sicherheit alles andere als ein Italiener war. Mit den Worten »Chef nicht da« wies er alle Fragen von sich und schien auch nicht verstanden zu haben, dass Georg ein Kollege aus dem Restaurant nebenan war. Oder es interessierte ihn schlicht nicht.

Aber als Angermüller heute dort fragte, ob man in dem italienischen Restaurant auch Opfer der tierischen Stinkbomben geworden war, taute der Mann sofort auf, fluchte laut in einer Angermüller unbekannten Sprache und äußerte in seinem bruchstückhaften Deutsch sofort den Verdacht, dass »Mann von Campingplatz« dahintersteckte.

Auf diese Weise war das Eis gebrochen, und der Kellner klagte dem benachbarten Kollegen sein Leid, dass er schon die ganze Woche den Laden so gut wie allein schmeißen musste.

»Da ist nur Jimmy, der Koch und hab ich noch dumme Frau zu Hilfe, die hat keine Ahnung von Service. Chef kommt erst am Wochenende wieder und bringt neue Kollege mit. Bin ich sehr froh!«

Auch ohne kriminaltechnische Untersuchung der Päckchen war Angermüller sich sicher, dass Kröger die Hinterlassenschaften seines Hundes beiden Lokalen vor die Eingänge gelegt hatte. Aber war diese Erkenntnis nun ein

Erfolg und der Urheber all der anderen Unregelmäßigkeiten enttarnt? Es hieß ja keineswegs, dass Kröger auch dafür verantwortlich war. Nach Meinung des Kommissars überstieg manches davon wahrscheinlich die Intelligenz des Mannes. Während des Auslotens dieser Möglichkeiten erinnerte er sich, dass er sich bei Jansen wegen der Essenseinladung melden musste. Um komplizierte Nachfragen zu vermeiden, sandte er ihm nur eine Kurznachricht, dass er leider am Wochenende an beiden Abenden schon etwas mit Derya vorhätte. Vielleicht würde es ja ein anderes Mal klappen.

Auf dem Weg zurück zur »Strandbude« fiel Angermüller der stumpfgraue Kleinbus auf, der heute wieder direkt gegenüber parkte. Ein Barkas war das, ging es ihm durch den Kopf, ein alter DDR-Kleintransporter, und so wie der hier aussah, hatte seit der Wende niemand mehr etwas für seine Pflege getan. Die sonst übliche Zigarettenrauchwolke waberte mal nicht aus dem Gefährt. Aber der Hohlwangige saß wieder hinter dem Steuer und stierte auf die »Alte Strandbude«, vielleicht auch ins Leere, das war nicht auszumachen. Angermüller musste Wiebke endlich fragen, ob sie diesen merkwürdigen Typen kannte, der in dem Auto zu wohnen schien. Das hatte er völlig vergessen, nachdem der Wagen die letzten beiden Tage nicht aufgetaucht war.

Die ersten Gäste saßen im Gastraum und auf der Terrasse beim Abendessen, und Angermüller stellte fest, dass er es tatsächlich bedauern würde, wenn sein Einsatz bald vorbei wäre, sosehr er auch hoffte, dass weitere unangenehme Zwischenfälle ausbleiben würden. Aber der Job machte ihm richtig Spaß, in der Kellner- wie der Ermittlerrolle, und er fand es keine Minute langweilig. Er fühlte sich wohl in der »Alten Strandbude«. Die Zusammenarbeit war angenehm, und Polette, die kleine, stämmige Küchenchefin mit dem unverkennbaren Wiener Akzent und dem energischen Wesen fand er zunehmend sympathisch. Vor allem kochte sie ausgezeichnet. Und dann war da natürlich seine schöne Chefin. Hinter ihrem stets freundlichen Lächeln spürte Georg etwas Trauriges, Hoffnungsloses, das sofort sein Mitgefühl weckte und den Wunsch, Wiebke besser kennenzulernen. Vielleicht gab es ja Wege, sie aus ihrer Schwermut zu holen.

Und dann ging es Georg natürlich um seine Ehre. Wahrscheinlich hatte Derya wahre Wunderdinge über seine Fähigkeiten als Polizist erzählt. In der Beziehung durfte er Wiebke also erst recht nicht enttäuschen.

KAPITEL VI

Das makellose Spätsommerwetter ließ das Geschäft in der »Alten Strandbude« florieren. Sie waren jeden Abend bis auf den letzten Platz besetzt, und was den Service betraf, hätten sie keiner weniger sein dürfen. Ein Glück, dass Georg sich so schnell eingearbeitet hatte. Die Vertrautheit, in der Wiebke mit ihm umging, hinderte Polette zwar, ihren Argwohn ihm gegenüber ganz abzulegen. Trotzdem war sie über seine Anwesenheit froh, nicht nur wegen seines engagierten Einsatzes im Service. Ob sie es wollte oder nicht, Wiebkes Angst vor den geschäftsschädigenden Machenschaften dieses Unbekannten hatte auch sie erfasst. Neben dem Lehrling Carsten, einem schmalen, hoch aufgeschossenen Jungen, und Bolli, eher klein und zierlich von Statur, der sich aus Selbsterhaltungstrieb sofort verkrümelte, wenn's brenzlig wurde, da er schon oft genug von rassistischen Dumpfbacken bedroht worden war, fand Polette es nicht schlecht, einen richtigen Mann im Laden zu haben. Und gestern, bei dem mehr als bösen Streich mit den Hundehinterlassenschaften, hatte Georg zumindest bewiesen, dass er nicht zimperlich war. Ohne Zögern war er den unappetitlichen Spuren nachgegangen und hatte diesen Kröger zur Rede gestellt. Vielleicht hörte die Sabotage nun ja auf, hoffte Polette.

Sie griff zum Plattiereisen, um die beiden vor ihr liegenden Kalbsschnitzel schön flach und dünn zu formen. Als Georg die Bestellung mit zwei doppelten Portionen

Erdäpfelsalat zum Wiener Schnitzel hereinreichte, hatte Polette nur einen kurzen Blick in den Gastraum geworfen. Na klar, die blondmähnige Rina und ihr muskelbepackter Freund saßen an einem Tisch auf der Terrasse, direkt vorm Fenster. Er hatte ein großes Glas Spezi vor sich, Rina ihren zweiten Gin Fizz, und ihre Hände wanderten ständig über die kräftigen Oberarme des jungen Mannes, die bunt tätowiert aus dem hautengen T-Shirt schauten.

»Bolli, nur eine Prise Salz bitte, nicht wieder eine Tonne!«, wies Polette den ivorischen Küchenhelfer an, den sie immer noch für den Urheber des Salzzwischenfalls in der letzten Woche hielt, obwohl er es vehement abgestritten hatte. Auch Wiebke glaubte an seine Unschuld. Auf Polettes Frage hin, wer denn bitte sonst dafür verantwortlich sein sollte, sie selbst oder Wiebke, verstieg sie sich zu der These, dass es Rina ja selbst gewesen sein könnte, um den Ruf der »Alten Strandbude« zu schädigen, was Polette völlig absurd erschien.

Baptiste Bolli jedenfalls, den alle nur bei seinem Nachnamen nannten, nickte gutmütig und zeigte seine blendend weißen Zahnreihen. Er hatte Polette einmal geschworen, dass er nichts damit zu tun hatte, und wenn sie ihm nicht glauben wollte, war das ihre Sache.

Es war wirklich Pech, dass ausgerechnet Rina und Ove die bis zur Ungenießbarkeit versalzenen Schnitzel serviert worden waren. Selbstverständlich war deren Reklamation absolut berechtigt. Doch Rina musste natürlich wieder einmal zeigen, dass man es sich mit ihr besser nicht verdarb, und legte einen sehr lauten Auftritt hin, der an unfeinen Schimpfworten und Beleidigungen kaum zu übertreffen war. Trotz mehrfacher Entschuldigung Wiebkes und dem Angebot sofort einwandfreien Ersatz zu liefern und für diesen Abend Gäste des Hauses zu sein, war Rina wütend aufgestanden.

»Los, komm Ove, wir gehen rüber zu Mario«, hatte sie ihren Freund kommandiert, der sofort aufsprang und ihr mit roten Ohren und einem dümmlichen Grinsen folgte, »da passiert uns so was nicht. Diesen teuren Schuppen hier betreten wir nie wieder!«

Inzwischen hatte Rinas Sinn fürs Materielle die Oberhand gewonnen. Eine Mahlzeit für zwei auf Kosten der Wirtin konnte sie sich einfach nicht entgehen lassen und saß deshalb heute hier.

»Na, das sind ja gigantische Portionen«, meinte Georg beim Abholen der beiden Wiener Schnitzel, »für besonders nette Gäste?«

»Im Gegenteil«, brummte Polette, »ich will nur einer besonders dummen Gans den Schnabel stopfen.«

Als er die Teller serviert hatte, erläuterte sie Georg den Salzzwischenfall und hielt mit ihrer Meinung über Rina nicht zurück.

»Das ist Alexandra Katharina Speckmüller, genannt Rina. Wie alt ist die? Vielleicht 30? Wer ist sie denn? Was kann sie? Was macht sie? Nichts. Lebt vom Geld ihrer Großmutter, die sie allerdings ziemlich kurzhält, soweit ich weiß, und wartet auf ihr Erbe.«

Polette hatte in ihren langen Berufsjahren gelernt, bei der Arbeit möglichst leise zu schimpfen, ohne dass die Gäste etwas davon mitbekamen. Sie schaffte es trotzdem, sich in Rage zu reden.

»Aber dieses dummdreiste Mädchen hält sich für was Besseres. Kommt mit ihrem Pferd angeritten, möchte bei uns natürlich den schönsten Tisch, erwartet einen Absacker aufs Haus, im ›Gola Incantata‹ ist sie Stammgast und lässt sich gern vom Chef persönlich hofieren – glaubt die, der steht auf kleine Dicke in viel zu engen Reithosen?«

»Ich denke nicht, dass er sie angewidert wegschicken wird. Schließlich wird Rina das ganze Bellmann-Vermögen mal allein erben«, warf Wiebke achselzuckend ein, die dazu gekommen war, »und damit hat sie mehr falsche Freunde, als du und ich uns wünschen würden.«

Wiebkes Gleichmut regte Polette noch mehr auf. Sie beendete das Thema lieber, zog sich grummelnd in ihre Küche zurück und konzentrierte sich auf die gerade hereingekommenen Nachspeisenbestellungen. Aber als sie Feierabend machten und Wiebke den Kollegen mit dem Wagen zum Zug nach Neustadt brachte, hatte sich ihr Groll schon wieder in Luft aufgelöst. Wie sollte sie Wiebke, die sich nie aufregte und von einer unglaublichen Gelassenheit war, auch böse sein?

Und zum Glück hatte ja die Mehrheit der Gäste ein angenehmeres Wesen als Alexandra Katharina Speckmüller. Rinas Großmutter, welche die Angewohnheit hatte, ihr nur oberflächlich bekannte Menschen auch über allzu Privates ins Vertrauen zu ziehen, hatte sich bei Polette bitter über Rinas Mutter beklagt. Ihre Tochter habe gegen ihren ausdrücklichen Widerspruch jenen Herrn Speckmüller geheiratet, dessen Namen Rina trug. Ingo Speckmüller arbeitete in Berlin als Fachkraft für Kreislauf- und Abfallwirtschaft.

»Weißt du, was das ist, Polette?«, hatte Annedore Bellmann mit Entsetzen in der Stimme gefragt und sich an ihre Perlenkette gefasst. »Ein Müllmann ist das! Findest du das nicht ungeheuerlich, mir so einen Schwiegersohn zuzumuten?«

Müllmann sei doch ein ehrlicher und wichtiger Beruf, wollte Polette erwidern. Aber die Bellmann ließ sie gar nicht zu Wort kommen.

»Da blieb mir doch gar nichts anderes übrig, als meine Tochter zu enterben«, fuhr sie mit Trauer in der Stimme fort, »was sonst hätte ich tun sollen?«

Als ob sie enge Vertraute wären, legte Frau Bellmann eine Hand auf Polettes Arm.

»Du kannst mich doch sicher verstehen, oder?«

Eine rein rhetorische Frage. Polettes Antwort interessierte sie nicht im Geringsten.

Und nun hoffte Annedore Bellmann wohl, ihre Enkelin, über deren verkorkste Schullaufbahn und berufliche Misserfolge sie Polette allerdings auch schon mit Entsetzen berichtet hatte, zu einer passablen Erbin heranzuziehen. Ob sie wohl Ove Dierks schon kennengelernt hatte, genannt Fisch-Ove, Rinas aktuellen Begleiter mit den beeindruckenden Muskelpaketen, dachte Polette ein wenig schadenfreudig? Er arbeitete als Fischverkäufer in einem Marktwagen. Ein ordentlicher Beruf, aber natürlich nicht nach Frau Bellmanns Maßstäben.

»Ausgerechnet jetzt, wo mein kleiner Koray am anderen Ende der Welt ist und ich ganz allein bin, bist du nie da«, maulte Derya beim Frühstück am Sonnabend, »jetzt sag nur noch, du arbeitest auch das ganze Wochenende über?«

»Ja sicher. Da ist doch bei uns am meisten los.«

»Bei uns …«

Derya zog ein Schmollgesicht. Sie, die Georg nach allen Regeln der Kunst zu diesem Job überredet hatte, war nach nur ein paar Tagen merklich weniger davon begeistert. Das Geschäft von ihrem Cateringservice boomte gerade, und sie sahen sich, wenn überhaupt, nur gegen Mitternacht, wenn er mit dem letzten Zug aus Neustadt in Lübeck anlangte, und morgens zu einem schnellen Frühstück.

»Das hab ich mir aber nicht so vorgestellt.«

»Ach Derya!«

Georg nahm ihre Hand, drückte einen Kuss darauf und sagte wie zu einem uneinsichtigen Kind: »Wessen Idee war das denn?«

Zur Antwort erhielt er einen theatralischen Seufzer.

»Offiziell arbeite ich als ganz normaler Kellner in der ›Alten Strandbude‹, und da muss ich mich den dort üblichen Arbeitszeiten anpassen. Aber es ist ja nicht für lange. Außer dieser Sache mit dem Hundehaufenattentat ist eh nichts mehr vorgefallen. Wenn das so bleibt, sind das noch ein paar Tage und dann ist's gut. Außerdem kannst du mich jederzeit besuchen.«

»Heute kann ich nicht. Ich muss ein großes Buffet für eine Silberhochzeit ausliefern.«

»Dann fährst du mich eben morgen Nachmittag hin und legst dich an den Strand. Und ich als dein persönlicher Sklave erfülle dir alle deine Wünsche«, versprach Georg.

»Echt jetzt?«, grinste Derya.

»Na ja, zumindest die nach Speis und Trank …«

Die Vorstellung, dass es mit den Zwischenfällen in der »Alten Strandbude« vorbei wäre, erwies sich allerdings noch am selben Tag als Trugschluss. Angermüller hatte eine ruhige Minute genutzt, um vor der Terrasse Ausschau nach dem Wetter zu halten. Die Frühabendsonne war plötzlich hinter Wolkenbänken verschwunden und ein dunstiges Zwielicht lag über dem Meer. Nach langer Zeit sah es mal wieder nach Regen aus. Im Wetterbericht hatten sie sogar kräftige Gewitter mit Sturmböen angekündigt.

Als er zurück in Richtung der »Strandbude« ging, sah der Kommissar eine Mercedes Limousine vorm »Gola Incantata« vorfahren – S-Klasse, weiß, bestimmt 40 Jahre alt. Während ein kräftiger, junger Mann in Lederjacke Weinkisten aus dem Kofferraum lud, stieg ein eleganter Herr im weißen Anzug aus der Fahrertür.

»Chef!«

Der einsame Kellner vom Nachbarrestaurant lief freudig auf den Mann zu, der ihm kurz auf die Schulter klopfte und dann im Innern des Lokals verschwand. Mario, von dem Angermüller in den vergangenen Tagen immer nur reden gehört hatte, war zurück.

Erste Windböen fegten über den Strand, die letzten Badegäste packten eilig ihre Taschen. Auch aus den Strandkörben der »Alten Strandbude« waren schon die Leute geflohen. Angermüller klappte die Tischchen hoch und trug die Polster in die kleine Abstellkammer neben dem Haus. Auf der Terrasse herrschte ebenfalls Aufbruchsstimmung, die Rechnungen wurden verlangt, denn die meisten Gäste wollten wohl im Trockenen nach Hause kommen.

Nur einige wenige waren an Tischen im Gastraum sitzen geblieben und trotzten dem Wetterumschwung. Doch plötzlich machte sich auch hier Unruhe breit, Leute hielten sich die Servietten vor Mund und Nase, manche husteten, einige standen auf, andere riefen laut nach der Rechnung – und dann roch Angermüller es auch. Ein unglaublich ekelhafter Geruch zog durch den Raum. Der Kommissar wusste sofort, was es war, diese beißende Mischung aus Schweiß, Erbrochenem und ranziger Butter. In seinen Studentenzeiten hatten Kommilitonen das Zeug ein paar Mal zur Störung von Vorlesungen unliebsamer Dozenten benutzt. Es war ein Gestank, den man nie wieder vergaß.

Wiebke, die gerade einen Tisch abkassierte, hob ihre Nase in die Luft und sah ihn irritiert an.

»Das ist Buttersäure. Die Leute sollen so schnell wie möglich das Lokal verlassen, und für heute Abend kannst du den Laden auf jeden Fall vergessen«, sagte er leise zu ihr, »ich kümmer mich.«

Draußen jagte der Wind Papierfetzen und Schwaden getrockneter Algen über den Sand. Angesichts des anwachsenden Sturms, öffnete Angermüller schnell nur ein paar Fenster, die mit Haken gesichert werden konnten, und sorgte für frische Luftzufuhr. Er band sich ein feuchtes Küchentuch vor Mund und Nase, ließ sich von Polette, die mit angewidertem Gesicht in den Gastraum gekommen war, ein Paar Einweghandschuhe aus der Küche geben und machte sich auf die Suche.

Es dauerte eine Weile, dann entdeckte er ein Marmeladenglas ohne Deckel, das hinter einer Stütze der Bank, die sich unter den Fenstern um den Gastraum zog, abgestellt war. Ganz langsam, um nichts zu verschütten, holte er es hervor. Es war vielleicht einen Zentimeter hoch mit einer wässrigen Flüssigkeit gefüllt. Er beugte sich noch einmal hinunter und förderte ein paar Lappen zutage, neben denen sich schließlich auch der Deckel des Glases fand. Angermüller verschloss damit behutsam das Behältnis und besorgte sich aus der Küche eine Plastiktüte. Er würde Mehmet von der Spurensicherung bitten, das Marmeladenglas auf Fingerabdrücke zu untersuchen, wenn er auch noch nicht wusste, wie und womit er diese abgleichen sollte.

Der Himmel war von einem dunklen Lila bedeckt, es fielen erste schwere Tropfen, als er die Tüte durch den Hinterausgang nach draußen trug. Den Blick auf seine hochriskante Fracht gerichtet, wäre er fast mit einer Frau zusammengestoßen, die sich unter einem Dachvorsprung gerade ihre knallgrüne Funktionsjacke überzog. Sie trug Jeans, T-Shirt und solche merkwürdig geformten Sandalen, die angeblich gesund und fußfreundlich sein sollten.

»Entschuldigung! Wir sind gleich wieder weg. Haben nur einen geschützten Platz gebraucht, um unsere Regenjacken anzuziehen und die Sachen in den Rucksack zu packen.«

Jetzt sah Angermüller auch den Mann, fast identisch gekleidet und ebenso im Rentenalter wie seine Begleiterin, der einen Stapel Papiere in einen Rucksack stopfte. Des Öfteren hatte er die beiden den Strand oder die Promenade entlanglaufen sehen, immer im Pärchenlook und in strammem Tempo, nie ohne eine Tüte, in der sie unachtsam weggeworfenen Müll sammelten. Als Gäste waren sie ihm bisher nicht in der »Strandbude« aufgefallen. Trotzdem fragte er:

»Waren Sie nicht eben bei uns im Restaurant?«

Beide verneinten energisch.

»Ganz bestimmt nicht. Wir waren eben beim Italiener drüben, aber nicht etwa zum Essen. Wir wollten mit ihm reden, aber der hat ja nur seinen Profit im Kopf«, schimpfte der Mann, zog ein Papier aus seinem Rucksack und wollte es Angermüller geben, der aber keine Hand frei hatte.

»Moment, bin sofort wieder da.«

Der Kommissar lief um die Ecke in die Müllbucht und stellte das Glas in der Plastiktüte vorsichtig hinter den Mülltonnen ab, um es zwischenzulagern. Als er zurückkam, drückte ihm der Mann mehrere Papiere in die Hand.

»Lesen Sie das mal! Unsere Natur ist in Gefahr, auch das FFH-Gebiet hier.«

»Was für ein Gebiet?«

»Dieser Küstenabschnitt ist ein Schutzgebiet nach der europäischen Fauna-Flora-Habitat-Richtlinie«, erklärte die Frau mit einer gewissen Strenge, »aber merkt man was davon?«

Angermüller schüttelte den Kopf. Er wusste immer noch nicht, wovon sie redete.

»Im Gegenteil, die wollen hier alles zubetonieren! Immer mehr Tourismus, immer mehr Ferienhaussiedlungen und jetzt noch diese Marina! Hauptsache, der Rubel rollt. Dabei wachsen hier so seltene Pflanzen wie das Breitblättrige Knabenkraut und der Knöllchen-Steinbrech, beide auf der Roten Liste! Nicht zu reden von den vielen Zugvögeln, die hier rasten und denen man die Nahrungsgrundlage nimmt!«

»Okay, wir starten mal, bevor der Sturm vollends losbricht«, meinte der Mann und schnallte sich den Rucksack auf den Rücken, »ich hab Ihnen auch eine Unterschriftenliste dazugepackt. Legen Sie die doch mal aus. Tschüss!«

Er lächelte schief, dann sprinteten die beiden los. Schnell lief Angermüller zurück ins mittlerweile leere Lokal, legte Flyer und Papiere zu seiner Jacke und schloss alle Fenster auf der dem Wind zugewandten Seite. Anschließend gesellte er sich zu seinen Kollegen, die mit Faszination das wilde Naturschauspiel über Strand und Meer verfolgten, das jetzt losbrach. Die aufgewühlte See brodelte grauweiß im Licht der herabfahrenden Blitze, auf die jeweils ein infernalisches Krachen folgte, während der Wind bedrohlich ums Haus fauchte.

»Bei diesem Wetter wären wahrscheinlich sowieso nicht so viele Leute zu uns gekommen«, meinte Wiebke, »insofern trifft uns diese Buttersäureattacke zum Glück nicht so hart. Ich finde, es riecht auch schon viel weniger.«

»Ja, wir haben wirklich Schwein gehabt, dass es der Verursacher nicht geschafft hat, das Zeug im Raum zu verteilen. Wahrscheinlich ist er gestört worden. Nur ein paar Tropfen auf dem Fußboden oder den Stühlen hätten tagelange Schließung bedeutet. Außerdem hättest du für viel Geld eine auf Buttersäure spezialisierte Reinigungsfirma engagieren müssen.«

Wiebke nickte stumm, und Georg spürte plötzlich ein starkes Bedürfnis, sie in den Arm zu nehmen, sie zu trösten, das traurige Lächeln auf ihrem Gesicht durch ein glückliches zu ersetzen. Doch die Aura von Einsamkeit, die um die Chefin wehte und ihr etwas Unnahbares verlieh, hinderte Georg daran. Außerdem standen Polette, Bolli und Carsten um sie herum.

»Leider habe ich nicht mitbekommen, wer dort auf der Bank gesessen hat. Ich war draußen am Aufräumen«, bedauerte Angermüller, »wahrscheinlich hat derjenige die Aufbruchshektik vor dem Gewitter genutzt, um das Zeug zu platzieren. Hast du jemanden gesehen, Wiebke?«

Sie schüttelte resigniert den Kopf.

»Ich war viel zu beschäftigt mit Abkassieren, weil plötzlich alle gleichzeitig zahlen wollten. Eigentlich dachte ich, der Tisch wäre frei gewesen.«

»Sollte das ein schlechter Joke sein, oder was?«, wollte Carsten wissen, und Bolli fragte: »Was ist eigentlich genau passiert?«

»Na ja, das war ein astreiner Anschlag mit Buttersäure, und das ist nicht mehr witzig«, erwiderte Angermüller, »wenn das Zeug ausgelaufen wäre, hätte Wiebke den Laden für ein paar Tage vergessen können und einen dicken finanziellen Schaden gehabt.«

»Aber wer macht so was? Und warum?«

»Auf jeden Fall jemand, dem die ›Alte Strandbude‹ gegen den Strich geht, würde ich denken. Neid, unliebsame Konkurrenz, eine alte Rechnung – keine Ahnung.«

»Vielleicht steckt da auch der olle Kröger dahinter wie neulich mit der Hundescheiße?«

»Vielleicht.«

Polette schwieg, aber das Unbehagen war ihr anzusehen, zumal ihr klar war, dass es nicht der erste Versuch war, der Strandbude zu schaden. Angermüller wusste, dass Wiebke der Küchenchefin, der sie voll und ganz vertraute, vor Kurzem von den anderen Vorfällen erzählt hatte. Auch er hielt Polette, die er auf Ende 40 schätzte, für absolut zuverlässig. Von ihr wurde Wiebke regelrecht bemuttert, auf manchmal etwas ruppige Art, aber durchweg herzlich.

Der ätzende Gestank hatte sich großenteils verzogen, und sie beschlossen, im Restaurant abzuwarten, bis sich das tobende Wetter gelegt hatte, und die Zeit für ein gemeinsames Essen zu nutzen. Polette und die beiden Küchenhelfer stellten eine bunte Auswahl von Gerichten zusammen, Georg deckte den Tisch, während Wiebke die Einnahmen zusammenrechnete und die Kasse machte.

Zwischendurch rief Derya aufgeregt an. Auch in Lübeck wütete das Unwetter. Nach der Auslieferung des Silberhochzeitsbuffets hatte sie es gerade noch nach Hause geschafft, bevor Blitz, Donner und Regen einsetzten.

»Bis du Feierabend hast, wird das ja hoffentlich vorbei sein.«

Als Angermüller ihr von dem Buttersäure-Anschlag erzählte, fühlte Derya sich mehr als bestätigt.

»Na siehst du! Es war genau richtig, dich in Wiebkes Restaurant als Undercover-Agent einzuschleusen. Und wer hatte die Idee?«

»Du natürlich, mein Schatz!«

Der Stolz auf ihren genialen Einfall ließ sie ihren Unmut über Georgs dauernde Abwesenheit vergessen.

»So, ich muss dann mal«, beendete er das Gespräch, »wir essen jetzt alle zusammen, und ich denke, spätestens um elf bin ich bei dir in Lübeck.«

Polette und ihre Helfer servierten Risotto mit Pfifferlingen, Pasta mit geröstetem Broccoli und eine Fisch-Vindaille auf Linsen. Sie nahmen Platz an einem großen Tisch und ließen es sich schmecken. Den unerwartet freien Abend schienen alle zu genießen, und Georg hatte die Gelegenheit, Bolli und Carsten ein bisschen genauer unter die Lupe zu nehmen. Das festigte nur seinen bereits vorhandenen Eindruck, dass sie völlig loyal zu ihrem Arbeitsplatz und zu ihrer Chefin standen, ja, sie schienen Wiebke regelrecht zu verehren.

»Ich habe vorhin ein Paar hinter dem Haus getroffen, sehr engagierte Naturschützer. Hier, falls ihr euch informieren wollt: Ich habe eine Menge Papier von ihnen bekommen.«

Wiebke nahm sich einen Flyer und warf einen kurzen Blick darauf.

»Ach ja, das waren bestimmt die Kleefelds. Sie haben ja nicht unrecht, wenn sie für die Förderung eines behutsamen, nachhaltigen Tourismus sind. Manchmal übertreiben sie allerdings ein bisschen.«

»Du kennst sie?«

»Die kennt hier jeder. Zwei ehemalige Lehrer, die nach ihrer Pensionierung der Natur wegen hierhergezogen sind. Und dann brach der große Bauboom aus, und jetzt wehren sie sich mit Händen und Füßen gegen alles, was den Tourismus fördern könnte. Wir hatten anfangs auch mit denen Probleme.«

Polette nickte.

»Dabei haben wir uns wirklich an sämtliche Vorgaben des Naturschutzes gehalten«, erklärte sie, »haben keinen Halm vom Dünengras niedergemäht, nur bereits existierende Wege und Sichtachsen genutzt und wucherndes Buschwerk nicht angetastet. Auf unseren Nachbarn Mario sind sie allerdings richtig schlecht zu sprechen.«

»Warum?«

»Zu Beginn dieser Saison brannte plötzlich ein Streifen Dünengras, zufällig genau auf der Höhe vom ›Gola Incantata‹ und in den Abmessungen so perfekt, dass sie dort anschließend einen freien Blick über den Strand hatten. Wilde Brandrodung nennt man so was. Nur zu beweisen war es wohl nicht, dass Marios Leute dahintersteckten.«

»Um seine Ruhe zu haben, hat unser Nachbar dem Naturschutzverein der Kleefelds angeblich eine größere Summe gespendet«, ergänzte Wiebke.

»Tja, Geld regiert die Welt«, stellte Polette achselzuckend fest. »Aber die aufrechten Kleefelds führen ihren Kampf für die Tiere und Pflanzen trotzdem weiter.«

»Und was ist dieser Mario sonst so für ein Typ? Ich hab ihn heute zum ersten Mal gesehen, als er im weißen Anzug aus dem Auto stieg«, fragte Angermüller.

»Wir kennen ihn eigentlich kaum, oder Wiebke?«, meinte die Küchenchefin.

»Das ist richtig. Ich hatte auch noch nie ein längeres Gespräch mit ihm«, stimmte Wiebke zu. »Mario ist nicht ständig hier. Das Restaurant scheint ihm nicht zu gehören, er ist wohl der Geschäftsführer und wie man hört, noch von zwei, drei anderen an der Küste.«

»Die Küche halt ich für ziemlich mittelmäßig, die Pizza ist höchstens okay«, stellte Polette fest, »trotzdem, der

Laden läuft gar nicht schlecht, und die meisten Schassauer lieben ihren Mario.«

Der Sturm schien langsam abzuziehen, nur hin und wieder schoss ein Blitz herab, doch bis der Donner folgte, verging mehr Zeit. Mittlerweile war es nach zehn, die Stunden waren unmerklich schnell vergangen, so angeregt hatten sie sich unterhalten und dabei viel gelacht. Selbst Wiebke hatte bei Bollis Erzählungen über seine Anfangszeit in Deutschland voller komischer Missverständnisse und Merkwürdigkeiten manchmal mehr als gelächelt. Doch hinter dieser lockeren Stimmung war der Schock über den heutigen Zwischenfall deutlich spürbar. Vor allem Wiebke und Polette kamen immer wieder darauf zu sprechen.

»Das war wirklich knapp heute.«

Wiebke sah nachdenklich in die Dunkelheit vor den Fenstern.

»Irgendwie ist es ein unangenehmes Gefühl, seinen Nachbarn nicht trauen zu können.«

»Hast du denn einen konkreten Verdacht?«, fragte Angermüller.

»Nicht direkt. Es kann ja jeder sein, zum Beispiel der Kröger, der scheinbar ernsthaft glaubt, wir schnappen ihm die Gäste weg. Oder der Italiener, der uns die bessere Strandlage neidet, seit er das Lokal übernommen hat. Und der das Geld und die Leute hat, sich nicht selbst die Hände schmutzig zu machen.«

»Die Griechen vom ›Sirtaki‹ sind auch nicht grad unsere Freunde«, warf Polette ein, »erzählen gern irgendwelche G'schichteln über uns.«

»Stimmt«, erinnerte sich Angermüller an die Andeutungen der Wirtin über mangelnde Sauberkeit in der »Strandbude«.

»Aber wer weiß, vielleicht auch die Naturschützer, die treiben sich fast jeden Tag hier herum«, sinnierte Polette weiter, »die würden den Strand doch am liebsten nur Pflanzen und Tieren reservieren.«

»Da fällt mir etwas ein, was ich schon lange fragen wollte: Da steht öfter so eine Rostlaube an der Ecke gegenüber, ein alter DDR-Kleinbus. Da drin sitzt ein Typ, der raucht, schaut hier rüber und …«

»Ach, du meinst Eddy!«, sagte Wiebke mit einem Lächeln, bevor Georg den Satz beenden konnte.

»Du kennst ihn?«

»Ja. Als wir vor drei Jahren die ›Strandbude‹ zum Restaurant umgebaut haben, ist er plötzlich aufgetaucht und hat jede Gelegenheit ergriffen, sich nützlich zu machen. Wir haben ihm immer was dafür gegeben und er war zufrieden.«

»Ja, der ist ein armes Würschtl und total bescheiden«, mischte sich Polette ein, »wenn ich ihm was zum Essen angeboten hab, hat er immer nur eine Semmel mit Käse gewollt, das war für ihn ein Festschmaus.«

»Der Eddy ist wirklich sehr geschickt, und nach der Eröffnung hatte er sich so unentbehrlich gemacht, dass er unser Haushandwerker blieb.«

»Ja, bis vor ein paar Wochen, da gab's einen Ärger.«

»Was war los?«

»Der Eddy kann nicht ohne Zigaretten. Ich mein, ich rauch ja auch – leider, aber ich geh natürlich immer nach draußen. Und er hatte beim Arbeiten, egal wo, auch hier drin, wo es ja ein gesetzliches Rauchverbot gibt, immer die Tschick im Mund. Wir haben es ihm verboten, weil auch Gäste sich beschwerten, aber da konnt'st gar nix machen.«

»Und als es mal wieder deswegen Streit gab«, fuhr Wiebke fort, »hab ich ihm gesagt, er braucht nicht mehr wiederkommen, solange er das mit dem Rauchen drin nicht abstellt. Seitdem ist er nicht mehr bei uns gewesen.«

»Der Eddy is net bös, der is einfach a bisserl narrisch.«

Polette wedelte anschaulich mit der Hand vor ihrem Gesicht herum.

»Aber ihr wisst schon, dass er oft da drüben steht mit seinem Bus und euch beobachtet?«

»Ja, klar. Aber beobachten ist ein bisschen zu hoch gegriffen, glaub ich«, wehrte Wiebke ab, »der Eddy ist ein Sonderling. Irgendwie menschenscheu. Der ist Ende der 90er mit seinem Bus hier aufgetaucht, hat Tante Ille erzählt, das war damals schon ein Oldtimer. Er hat sich mit Hilfsarbeiten und Transporten über Wasser gehalten. Er hat keine Familie und lebt scheinbar in seinem ollen Auto, genau wissen wir das nicht. Wahrscheinlich wartet er nur darauf, dass wir ihn mal wieder um Hilfe bitten. Da er aber seine Qualmerei keinesfalls lassen wird …«

»Kann er leider lange warten«, beendete Polette den Satz.

»Dieser Eddy kennt sich also gut mit den baulichen Gegebenheiten hier drin aus?«, fragte Angermüller.

»Ja, natürlich. Er hat sogar den Kasten draußen gebaut, in dem die ganze Elektrik zusammenläuft.«

»Wo auch die Kühlanlagen drüber gesteuert werden?«

Wiebke bestätigte mit einem Nicken. Das fand Angermüller höchst interessant. Aber er wollte nicht weiterbohren. So eine Fragerei würden Bolli und Carsten von einem Kollegen sicher merkwürdig finden. Bestimmt konnte er bei anderer Gelegenheit diesem Eddy auf den Zahn fühlen. Allerdings, so wie Wiebke und Polette über ihn sprachen, schienen sich beide nicht vorstellen zu können, dass er irgendetwas mit den Vorfällen zu tun hatte.

Polette stand auf und holte einen Milchrahmstrudel mit Vanillecreme aus der Küche. Diese Nachspeise war so köstlich, dass augenblicklich keiner mehr über missgünstige Nachbarn oder den rauchenden Eddy nachdachte. Eine genussvolle Stille machte sich in der Runde breit.

»Vielen Dank, Polette, das war wirklich alles wahnsinnig gut«, lobte Angermüller die Köchin und tupfte sich den Mund mit einer Serviette ab, »und die Nachspeise war die beste, die ich seit Langem hatte.«

Er zückte sein Handy, um zu sehen, ob es Zeit war, zum Bahnhof zu fahren, als er die Eilmeldung auf dem Sperrbildschirm entdeckte: Schwerer Sturm an der Lübecker Bucht – Zugverkehr eingestellt wegen Sturmschäden. Er las die komplette Meldung.

»Bis mindestens morgen Mittag fahren keine Züge von hier nach Lübeck. Da sind Bäume auf die Gleise gestürzt. Auch auf der Autobahn gibt es Sperrungen. Mmh …«, machte Angermüller nachdenklich, »heute Nacht komme ich wohl nicht mehr nach Lübeck.«

Einen Moment sahen sich alle ratlos an, dann meinte Wiebke: »Du kannst im Haus von Tante Ille übernachten, wenn du möchtest. Da gibt es ein kleines Gästezimmer.«

»Das wäre natürlich praktisch. Ich ruf kurz bei Derya an.«

KAPITEL VII

Als Polette am Sonntagmorgen aus der Tür trat, strahlte der Himmel in unschuldigem Blau, als ob es das Wetterinferno am Vorabend nie gegeben hätte. Nur abgerissene Zweige am Straßenrand, auch einige dickere Äste, die am Boden lagen, zeugten von den Kräften, die gestern getobt hatten.

Voller Spannung machte sich Polette auf den Weg zur »Alten Strandbude«. Die Luft war mild und der Parkplatz am Strand fast so voll wie an einem Tag in der Hochsaison, obwohl schon der erste September vorbei war. Würden sie das Restaurant heute öffnen können? Würde sich der ätzende Gestank komplett verzogen haben?

Sie hoffte es.

Aber es gab noch etwas anderes, das sie rätseln ließ. Gestern Abend gegen elf waren sie alle zusammen aus dem Restaurant aufgebrochen. Carsten hatte Bolli auf seinem Roller mitgenommen und Wiebke war mit Polette und Georg im Auto den kurzen Weg gefahren. Vor Ille Martinsens Haus hatten sie sich von Polette verabschiedet. Wiebke hatte ihren Schlüssel herausgeholt, und sie war mit Georg im Eingang des Nachbarhauses verschwunden.

Irgendwann in der Nacht war Polette durstig aufgewacht. Leider hatte sie vergessen, sich eine volle Wasserflasche neben das Bett zu stellen. Seufzend war sie aufgestanden und in die Küche geschlurft, hatte sich ein Glas Wasser eingegossen, es in großen Zügen ausgetrunken und dabei aus dem Küchenfenster gesehen. Zufällig streifte ihr Blick das Nebenhaus. Durch einen Vorhang im ersten Stock fiel unruhiger Kerzenschein. Das musste im Gästezimmer sein, denn seit ihrer Gehbehinderung hielt sich Ille ausschließlich im Erdgeschoss auf. Polette sah auf die Uhr, es war kurz nach zwei, und Wiebkes Wagen stand immer noch vor dem Nachbarhaus.

Als Polette um sechs aufgestanden war, weil sie es nicht mehr im Bett aushielt, war das Auto verschwunden. Ob das wohl irgendeine Bedeutung hatte, rätselte sie. In den knapp drei Jahren, die sie sich kannten, hatte es kein männliches Wesen in Wiebkes Leben gegeben, nicht einmal die Spur davon. Würde sich das jetzt ändern? Doch in der nächsten Sekunde rief sie sich zur Ordnung. Nowak, was schert dich das? Das geht dich aber auch gar nichts an. Hauptsache, sie ist glücklich. Gerade du müsstest wissen, dass das Leben so verdammt kurz ist und manchmal noch viel kürzer, als man denkt!

Gegen halb neun wurde Georg wach. Die Sonne schien durch die Vorhänge und tauchte das kleine Zimmer in helles Licht. Er war allein. Tief und fest hatte er geschlafen und nicht mitbekommen, dass Wiebke gegangen war. Ein Zettel lag auf dem Nachttisch: »Tante Ille weiß Bescheid, dass du hier bist. Bis später in der ›Alten Strandbude‹!«

Als er kurz darauf die Treppe nach unten nahm, so leise wie möglich, öffnete sich eine Tür.

»Guten Morgen, junger Mann. Sie müssen nicht so schleichen. Ich bin schon lange wach. Ich bin Ille Martinsen, Wiebkes Tante«, begrüßte ihn die alte Frau mit kräftiger Stimme. An ihrer großen, schlanken Gestalt und den tiefblauen Augen, die ihn interessiert musterten, war die Familienähnlichkeit mit ihrer Nichte unschwer erkennbar.

»Guten Morgen, Frau Martinsen, mein Name ist Georg Angermüller. Ich bin neu in der ›Alten Strandbude‹.«

Frau Martinsens Händedruck war fest und kraftvoll.

»Ich hab schon von Ihnen gehört, Georg. Wie wär's mit Kaffee?«

»Ja, danke, einen Kaffee nehme ich gern.«

»Schön, dann kommen Sie man.«

Sie wendete mit ihrem Gehwagen und ging in die Küche voraus, wo sie sich langsam auf einem Stuhl am Tisch niederließ.

»Auf Besuch war ich leider nicht eingerichtet. Ich kann Ihnen nur Marmeladenbrot zum Frühstück anbieten. Aber die Quittenmarmelade ist zumindest selbst gemacht«, entschuldigte sie sich, während sie die bereitgestellten Becher voll Kaffee goss.

»Vielen Dank, aber ich wollte Ihnen wirklich keine Umstände machen, Frau Martinsen. Ich bin Ihnen schon dankbar, dass ich hier übernachten konnte. Nachdem der Sturm gestern Nacht alle Verbindungen nach Lübeck gekappt hatte, kam ich nicht mehr nach Hause.«

»Das sind keine Umstände, ich tu das gern. Ich hab ja Platz genug.«

Ein herzliches Lächeln erhellte Frau Martinsens sonst eher ernstes Gesicht. Sie schnitt für jeden eine Scheibe Vollkornbrot ab.

»Wiebke bleibt manchmal auch über Nacht hier, wenn sie keine Lust hat, noch nach Hause nach Oldenburg zu fahren.«

Über ihre Kaffeetasse hinweg sahen Angermüller die blauen Augen prüfend an.

»Sie sind also Georg, der neue Kellner? Gefällt Ihnen die Arbeit in Wiebkes Restaurant?«

»Lange bin ich noch nicht da, aber, ja, ich bin sehr zufrieden mit dem Job.«

»Sie sehen gar nicht wie ein Kellner aus, wenn ich das mal so sagen darf.«

»Stimmt, ich bin kein Profi. Wiebke hatte meiner Freundin erzählt, wie dringend sie jemand für den Service sucht, und da ich beruflich grad eine Auszeit nehme, passte es halt«, erklärte Georg. »Aber ich hoffe, dass ich trotz meiner Unerfahrenheit eine Hilfe bin. Es ist nur für eine Übergangszeit, so lange, bis wieder eine feste Kraft gefunden ist.«

Die alte Frau nickte. Dann aßen beide schweigend und tranken ihren Kaffee. Da Georg nicht wusste, wie viel Wiebke ihrer Tante von den Problemen erzählt hatte, die seit einiger Zeit die »Alte Strandbude« plagten, und er keine unnötige Aufregung verursachen wollte, sagte er lieber nichts weiter dazu. Seine Gastgeberin war ohnehin eher schweigsam. Er ließ seinen Blick durch die Küche schweifen und blieb an den Familienfotos hängen, die auf einem Bord an der Wand hinter Wiebkes Tante standen.

»Na, erkennen Sie Ihre Chefin?«, fragte die alte Frau.

Georg schüttelte den Kopf und stand auf, um besser sehen zu können. Ille Martinsen deutete auf eines der Bilder hinter sich.

»Ja, das ist schwierig. Ist schon sehr lange her. Wiebke war damals erst 16.«

Jetzt, wo er es wusste, erinnerten ihn zumindest die Augen des jungen Mädchens mit den dunklen Locken an die Wiebke von heute.

»Ihre Nichte hat sich wirklich sehr verändert«, bestätigte Georg, »aber nicht zu ihrem Nachteil. Und sie hat die gleichen Augen wie Sie«, fügte er mit einem Lächeln an.

Abwehrend hob seine Gastgeberin die Hände.

»Och nee, ich bin eine alte Tante. Aber meine Nichte, ja, die ist eine sehr schöne Frau.«

Einen Moment blieb Georg stehen, betrachtete noch einmal das Foto mit der dunkellockigen Schönheit und ließ seine Augen über die restlichen Bilder gleiten. Immer wieder derselbe Mann und zwei Jungs, alle fröhlich lachend, manchmal in Fischerkluft, eine junge, blonde Frau, in der er sein Gegenüber erkannte und auf einem Foto ein ausnehmend hübscher Junge, vielleicht zwölf, mit den gleichen Veilchenaugen und schwarzen Locken wie Wiebke.

»Dieser Junge sieht Ihrer Nichte ja unglaublich ähnlich.«

»Er ist ihr Bruder.«

Frau Martinsen seufzte.

»Ach ja, Tomaso war so ein hübscher, begabter Junge …«

Die alte Frau brach ab, in ihren Augen glitzerten Tränen. Für einen Augenblick war es still in der Küche. Dann räusperte sich Georg.

»Ja, der Kaffee hat gutgetan und Ihre Quittenmarmelade ist große Klasse, Frau Martinsen. Ich mach mich dann auf den Weg zur ›Strandbude‹«, er stand auf, »vielen Dank noch einmal für alles!«

»Da nich für, Georg. Und sagen Sie Tante Ille zu mir, so nennen mich hier alle.«

»Alles klar, Tante Ille!«

»Sie finden allein raus? Ich bin nicht mehr so gut zu Fuß.«

Als er auf dem Weg zum Strand war, hatte Georg endlich Zeit, ungestört seinen Gedanken nachzuhängen. Nach der letzten Nacht gab es wieder ein paar Fragezeichen mehr in seinem Leben. Die Stunden mit Wiebke, die einfach so geschehen waren, weil er ihre Trauer nicht ertrug, sie aus ihrer Einsamkeit holen wollte, würden sie etwas verändern? Zwischen ihr und ihm? Und sonst in seinem Leben? Wie aufs Stichwort meldete sich sein Handy.

»Hallo, Derya.«

»Guten Morgen, mein Schatz, wie war's bei Wiebkes Tante?«

»Ich hatte ein Dach über dem Kopf, hab gut geschlafen und eben mit Tante Ille gefrühstückt. Gerade laufe ich zur ›Strandbude‹.«

»Wie lange arbeitest du heute?«

»Bis wir schließen, denke ich.«

»Was? So lange, von morgens bis spätabends?«

»Ach Derya, ich hab dir doch erzählt, was hier passiert ist. Und gestern warst du noch so stolz drauf, mich hier eingeschleust zu haben. Heute muss ich auf jeden Fall vor Ort sein.«

»Ja, klar, versteh ich. Aber ausgerechnet heute am Sonntag …«

Ihre Gefühle konnte Derya nur schwer verbergen. Meist allerdings gab sie sich eher fröhlich, und man erlebte sie selten schlecht gelaunt. Doch heute konnte Georg sehr deutlich spüren, dass sie mit seiner Auskunft nicht zufrieden war. Wahrscheinlich ärgerte sie sich am meisten darüber, selbst die Sache eingefädelt zu haben, von der Georg so in Beschlag genommen wurde, und deshalb nicht einmal ausgiebig darüber meckern zu können.

»Auch bei privaten Ermittlungen gibt's keinen Sonntag und keinen pünktlichen Dienstschluss. Aber du wolltest mich doch heute eh besuchen kommen. Es ist schönstes Strandwetter!«, versuchte er sie zu locken.

»Muss ich mir noch mal überlegen«, antwortete sie ohne große Begeisterung.

»Ja, mach das. Ich würde mich freuen.«

Würde er das wirklich? Ehrlicherweise musste er sich eingestehen, dass es ihm egal war. Es gab gerade so viele Dinge, die ihn beschäftigten, dass Deryas Frust über den vermasselten Sonntag ganz weit hinten rangierte. Er packte sein Handy ein. Eddys alter Barkas stand heute nicht an seinem Platz. Vielleicht war er vor dem Sturm gestern an eine geschützte Ecke weiter weg vom Strand geflüchtet.

Interessiert schaute Georg zur Terrasse des »Gola Incantata«, an dem er eben angelangt war. Dort saß Mario, der Chef im weißen Anzug, eine verspiegelte Sonnenbrille im Gesicht, vor sich auf dem Tisch einen Espresso, eine Tageszeitung und mehrere Handys. Und neben ihm stand Finn mit seiner Mutter Kim, die wild gestikulierend auf den Mann einredete. Der Junge machte kein sehr glückliches Gesicht und zog immer mal wieder an dem kurzen Kleidchen von Kim. Die schaute ihren Sohn nur irritiert an, schob seine Hand weg und fuhr fort mit ihrer Tirade.

Jetzt schien der Mann genug zu haben. Er nahm seine Sonnenbrille ab. Das Gesicht gebräunt, dunkles Haar, graue Schläfen – er war ein gut aussehender Typ, sein Alter schwer zu schätzen. Mit einem spöttischen Lächeln sagte er etwas zu Kim, was diese noch mehr aufzuregen schien, denn so laut, dass auch Angermüller es verstehen konnte, schrie sie: »Du bist so was von niederträchtig! Wie kommst du darauf, so etwas Gemeines zu behaupten? Schämst du dich eigentlich gar nicht?«

Während er ihr irgendetwas entgegnete, erhob sich Mario, und aus seinen Gesten schloss Angermüller, dass er das Gespräch für beendet erklärte. In dem Augenblick stürzte sich Finns Mutter auf den Restaurantchef und riss ihn an den Haaren.

»Wenn du glaubst, du kannst dich einfach stur stellen und bist raus, dann täuschst du dich aber! Du wirst bezahlen, das versprech' ich dir!«, schallte ihre Drohung von der Terrasse herüber.

Der Mann lächelte, richtete seine Frisur, die Kim durcheinandergebracht hatte, und schob die Frau einfach zur Seite. Beiläufig strich er Finn übers Haar, schüttelte seinen Kopf und ging auf den Eingang des »Gola Incantata« zu. Kurz davor drehte er sich um und drohte Finns Mutter mit dem erhobenen Zeigefinger. Er lächelte nicht mehr.

»Ja, guten Morgen! Ich dachte, die Niki macht heute Frühdienst!«, begrüßte ihn Polette erstaunt, als Georg durch den Hintereingang in die Restaurantküche kam, »aber gut, dass du hier bist. Wer hätte gedacht, dass heute so ein perfekter Tag sein wird. Da wird einiges los sein, und bisher ist Niki noch nicht aufgetaucht.«

»Guten Morgen, Polette! Die Züge fahren erst ab Mittag wieder regelmäßig und das lohnt sich nicht, dann noch nach Lübeck zu fahren, wenn ich abends schon wieder Dienst hab. Außerdem dachte ich, nach dem Buttersäure-Attentat gestern sollten wir besonders wachsam sein. Wer weiß, auf was für dumme Gedanken diese Leute noch kommen.«

»Da hast du natürlich recht«, stimmte Polette ihm zu.

»Ich war gespannt, wie heute Morgen hier drin die Luft sein würde«, fuhr sie fort, »als ich gekommen bin, hab ich zuerst alle Fenster und Türen aufgerissen. Der Gestank ist doch so gut wie verschwunden, findest du nicht?«

Georg hielt prüfend seine Nase hoch.

»Stimmt. Das Zeug hat sich anscheinend ganz verzogen. Das war echt Glück!«

»Dann können wir ja öffnen. Es ist eh gleich zehn. Wo Niki wohl bleibt?«

Während Georg die Restauranttür aufschloss, die Polster auf den Terrassenmöbeln und in den Strandkörben verteilte, begann sie sich auf die Frühstücksbestellungen vorzubereiten. Die »Alte Strandbude« war bekannt und beliebt als Ort für das Sonntagsfrühstück, das eine appetitliche österreichisch-norddeutsche Mischung war. Polette schob die Kaisersemmeln, die Nuss- und die Mohnkipferl in die Röhre, schlug Eier auf für das Omelette mit Krabben, verteilte den fertigen Liptauer und den Topfenkäse auf Servierschälchen und stellte hausgemachte Sanddorn- und Ribiselkonfitüre sowie Rapshonig bereit. Katenschinken, Räucherfisch, Schwarzbrot und Käse aus der Region rundeten das Angebot ab.

»Kannst du bitte mal rangehen, Georg?«, rief sie ins Restaurant, als das Telefon klingelte.

»Niki lässt sich entschuldigen. Sie hat gerade ihren Freund ins Krankenhaus gebracht. Verdacht auf Blinddarm. Na, umso besser, dass ich heute hier bin.«

»Ja, das passt.«

Langsam füllte sich die Terrasse, und auch im Restaurant nahmen einige Gäste Platz. Polette bereitete die Frühstücke nach Georgs Bestellungen zu, er bediente, plauderte mit den Gästen, räumte ab – er hatte sich erstaunlich schnell eingearbeitet, kam bei den Gästen gut an und war ein sehr angenehmer Kollege, fand die Küchenchefin. Als Wiebke gegen zwölf erschien, hatten sie schon einen beeindruckend hohen Umsatz gemacht, und auch das Geschäft mit Mittagessen und Nachmittagskaffee lief hervorragend. Obwohl sie mehr als beschäftigt war, schickte Polette ab und zu einen prüfenden Blick zu Wiebke und Georg. Was war heute Nacht in Tante Illes Haus gewesen? Gab es im Verhalten der beiden irgendeine merkbare Veränderung? Sie wartete vergebens auf Zeichen der Annäherung, auf Signale neuer Vertrautheit. Wiebke und Georg arbeiteten perfekt Hand in Hand, waren von kollegialer Freundlichkeit zueinander, aber nicht mehr. Total professionell.

Polette rief sich selbst zur Ordnung, dass es sie ja wirklich nichts anging, was zwischen zwei erwachsenen Menschen passierte, und ließ das Grübeln sein. Als sie in einem ruhigen Moment am Nachmittag mal wieder auf eine Zigarette hinter der »Alten Strandbude« stand, hörte sie vom Italiener gegenüber eine aufgebrachte, laute Stimme. Neugierig lugte sie über den Sichtschutz und sah ein vertrautes Bild. Wie immer, wenn der Chef im Lande war, hielt er auf der Terrasse Hof. Ein smarter junger Typ, den sie schon öfter bei Mario gesehen hatte, verabschiedete sich, brauste auf einem Motorrad davon. Nun war der olle Kröger dran. Er brüllte in gewohnter Manier auf sein Gegenüber ein. Mario saß völlig entspannt am Tisch. Seine offensichtlich gelassenen Antworten waren nicht zu verstehen. Polette hörte nur von Kröger die Stichworte Parkplatz, mein Grund und Boden, Geld, Betrug, Halsabschneider und wusste, es war das alte Thema. Der Campingplatzchef wollte die Realitäten, die er selbst durch den Verkauf eines Teils seines Landes an den Italiener, wie im Übrigen auch vor drei Jahren an Tante Ille, geschaffen hatte, einfach nicht anerkennen. Seine Geschäfte liefen wohl nicht so, wie er das gern gehabt hätte, und es wurde immer offensichtlicher, dass Kröger unter einem Alkoholproblem litt, seit ihm seine Frau mit einem Camper aus Duisburg abgehauen war. Außerdem munkelte man von hohen Schulden, ausgerechnet bei Mario, mit Krögers Land als Sicherheit.

Wie konnte der Campingplatzbesitzer nur so blöd sein? Niemals hätte Polette sich von dem geschäftstüchtigen Italiener auch nur die geringste Summe geliehen. Auch fand sie manche der Typen, die regelmäßig beim Nachbarn auftauchten, ganz schön zwielichtig. Wer weiß, was für Geschäfte da liefen. Aber sie war von Natur aus eh ein vorsichtiger Mensch, weshalb sie auch zu dem netten Georg erst einmal etwas mehr Abstand hielt.

An den Moment, als Mario in der »Alten Strandbude« aufgetaucht war, um sich als neuer Nachbar vorzustellen, erinnerte sie sich noch ganz genau. Im April letzten Jahres hatte er plötzlich mit zwei riesigen Rosensträußen im Lokal gestanden. Ja, er sah gut aus, er war gepflegt, hatte ausgezeichnete Manieren und war über die Maßen freundlich. Er überreichte Wiebke und ihr je einen Strauß, sprach von guter Nachbarschaft, von Solidarität unter Geschäftsleuten und vom Synergieeffekt zweier professionell geführter Restaurants. Weder war es dumm, was er sagte, noch wollte er sich einschleimen, ja, er wirkte sogar ziemlich sympathisch. Und trotzdem beharrte die vorsichtige Polette auf dem förmlichen »Sie« und blieb ihm gegenüber auch sonst auf der Hut. Allein dieses Projekt »Blue Lagoon«, das alle Leute ganz verrückt machte angesichts der unglaublichen Renditen, die Mario prognostizierte, weckte ihr angeborenes Misstrauen. Polette fragte sich, was wohl ihr Hannes von dem umtriebigen Mario gehalten hätte, und wusste sofort, dass der ihn zu den Lackaffen sortiert hätte, mit denen er nichts zu tun haben wollte.

Wiebke, deren professionelle Freundlichkeit sich stets mit höflicher Distanz verband, hatte eh kaum etwas gesagt, und auch als sie wieder allein waren, hatte sie keinen Kommentar zu ihrem neuen Nachbarn abgegeben.

In ziemlich kurzer Zeit hatte Mario dann die Sympathie der Schassauer erobert. Einer der wenigen, der immer wieder Zoff mit ihm hatte, war der olle Kröger – aber mit wem fing der keinen Streit an?

Polette nahm einen letzten Zug. Eigentlich interessierte sie das alles nicht. Hauptsache, der Spuk in der »Alten Strandbude« hatte bald ein Ende und sie könnten wieder in Ruhe arbeiten, schloss sie ihre Mutmaßungen ab, schmiss die aufgerauchte Kippe in die Tonne und ging zurück in ihre Küche.

Derya hatte dann doch keine Lust gehabt, Georg zu besuchen und sich an den Strand zu legen. Koray hatte sich aus Santiago gemeldet, und sie wollten nachher zum ersten Mal seit seiner Abreise skypen. Das Gespräch mit ihrem Sohn hatte für Deryas Mutterherz natürlich oberste Priorität.

Am späten Nachmittag flaute der Betrieb in der »Alten Strandbude« etwas ab. Wie immer am Sonntag blieben die Schassauer am Abend lieber zu Hause vor dem Fernseher und bereiteten sich in Ruhe auf den Wochenbeginn am nächsten Morgen vor. Sie bestellten Pizza im »Gola Incantata«, was unschwer am Motorengeräusch des immer wieder startenden Pizzabotenrollers zu erkennen war.

Der Nachbar im weißen Anzug stand vor dem Eingang des Restaurants und zündete sich eine Zigarette an. Das ist die Gelegenheit, den Mann endlich ein bisschen abzuklopfen, dachte Angermüller und lief hinüber.

»Guten Abend, ich bin der Neue in der ›Alten Strandbude‹. Ich will mich nur kurz vorstellen. Ich heiße Georg.«

Er streckte dem anderen seine Hand hin. Der schaute ihn kurz prüfend an, dann lächelte er und schlug ein.

»Ich bin Mario. Das finde ich gut, wenn Nachbarn sich kennenlernen. Magst du auch eine?«

Er bot Angermüller eine Zigarette an, was dieser freundlich ablehnte.

»Habt ihr den Sturm gut überstanden?«, erkundigte sich der Italiener, der fast akzentfrei Deutsch sprach.

»Ja, zum Glück ist der ›Alten Strandbude‹ nichts passiert und die Kunden sind eh geflohen, als das Unwetter näher kam.«

»Bei uns ist auch alles okay. Hat ja wirklich mächtig geblasen.«

Nach einer Pause fragte Mario plötzlich: »Willst du den Laden eigentlich übernehmen?«

Angermüller schüttelte den Kopf.

»Nein, wie kommst du darauf?«

»Bist du wirklich nur ein Kellner? Wenn ich da an meine Mitarbeiter denke …«

Der Nachbar ließ ein irgendwie abschätziges Lachen hören.

»Na ja, mit einsteigen will ich vielleicht, irgendwann. Momentan arbeite ich im Service und schau mir das Ganze erst mal in Ruhe an.«

»Also doch! Hab ich mir gedacht. Gute Idee!«

Mario klopfte ihm jovial auf die Schulter.

»Guten Abend, die Herrschaften«, grüßte er plötzlich zur Strandpromenade und neigte höflich den Kopf. Das Ehepaar Kleefeld zog vorbei, wie immer im Partnerlook und mit Müllsammeltüte. Sie grüßten zwar zurück, doch es wirkte eher unwillig als freundlich.

»Stammgäste?«, fragte Angermüller.

»Oh nee, die haben noch nie bei uns gegessen, glaub ich. Ist denen wahrscheinlich nicht gesund genug, oder was weiß ich. Aber sag mal: Wie laufen die Geschäfte so da drüben?«

»Sehr gut, würde ich sagen. Ist ja auch kein Wunder bei der Superlage direkt am Strand und dem tollen Einrichtungsdesign. Dazu noch die erstklassige Küche – so was gibt's hier selten.«

»Unsere Küche ist aber auch nicht schlecht, hörst du?«, protestierte Mario grinsend.

»Klar. Zumindest scheint eure Pizza sehr beliebt zu sein.«

»Ja, immer am Sonntag raucht unser Pizzaofen ohne Pause. Aber stimmt schon, die Lage von euch ist erste Sahne, das hab ich auch gleich gesehen. Hätte es gerne übernommen, das Lokal. Aber leider will die alte Martinsen ja nicht verkaufen.«

»Warum sollte sie auch? Ist doch eine echte Erfolgsgeschichte, die ›Alte Strandbude‹.«

»Was macht ihr denn so für Umsätze?«

»Kann ich nicht sagen.«

»Auch nicht so ungefähr?«

Georg hob bedauernd seine Hände.

»Betriebsgeheimnis, was?«

Mario boxte ihn leicht gegen den Oberarm.

»Schon klar. Bist loyal zu deiner schönen Chefin. Das gefällt mir, Georg!«

Dachte er das wirklich, oder war es Spott? Angermüller konnte es nicht einschätzen und kam wieder auf das zu sprechen, weshalb er hier war.

»Ja, es gibt ohnehin genug Leute, denen der Erfolg der ›Strandbude‹ nicht in den Kram passt.«

»Wieso?«

»Ach, in letzter Zeit sind so einige merkwürdige Sachen vorgekommen.«

»Was für merkwürdige Sachen denn?«, fragte Mario alarmiert, und wieder traf Angermüller ein prüfender Blick. Er war ein vorsichtiger Mensch, der Nachbar. Der Kommissar überlegte, welche Vorfälle er ansprechen sollte, um zu sehen, wie sein Gesprächspartner reagierte.

»Mal lag eine tote Ratte vor der Tür, mal hatte jemand den Strom für die Kühlanlage von außen abgedreht …«

Mario fing an zu lachen.

»So was kommt vor!«

»Und gestern Abend haben wir ein offenes Glas mit Buttersäure im Gastraum gefunden. Zum Glück hat niemand das Zeug ausgekippt, das wäre ein Schaden von mehreren Tausend Euro gewesen.«

»Na ja, das ist nicht mehr ganz so lustig. Aber bei uns hat jemand vor ein paar Tagen Päckchen mit stinkender Hundekacke rund ums Restaurant verteilt. Dass das nur der Kröger gewesen sein konnte, wusste selbst mein Chefkellner sofort.«

»Ja, stimmt. Hat er bei uns auch gemacht.«

Der Roller des Pizzaboten kam wieder angeknattert. Die Dämmerung senkte sich langsam über den Strand. Ein silbergrauer Wagen mit Hamburger Nummer fuhr mit offenem Verdeck an ihnen vorbei, darin eine elegant gekleidete Frau, die ihnen zuwinkte. Sie parkte ein paar Meter weiter auf dem Strandweg. Mario schmiss seine Kippe weg.

»Georg, ci vediamo! Ich muss dann mal wieder, die Arbeit ruft.«

»Ja, stimmt, ich auch. Schönen Abend!«, verabschiedete sich Georg. Der Nachbar nickte und lief auf die große, schlanke Frau zu, die inzwischen ausgestiegen war. Die beiden umarmten sich und gingen engumschlungen ins Restaurant.

Als Georg die »Alte Strandbude« wieder betrat, belegte auswärtiges Publikum ein paar Tische im Innenraum, und nur wenige Plätze auf der Terrasse waren besetzt, da es mit der Dunkelheit merklich abzukühlen begann. Zwar hatte Wiebke gemeint, sie könne die zu erwartende, ruhige Abendschicht allein übernehmen, doch nach dem Buttersäurevorfall vom Vortag hatte Georg es für geboten gehalten, weiterhin wachsam zu sein.

»Na gut«, hatte die Chefin mit einem kleinen Lächeln genickt, »man kann nie wissen. Das ist sicher vernünftig. Danke.«

Regelmäßig nahm Angermüller die Personen ins Visier, die das Lokal betraten oder auf der Terrasse Platz nahmen. Bisher war der Abendbetrieb normal verlaufen, keine Auffälligkeiten.

Der Chef des »Gola Incantata« war nicht so leicht einzuschätzen, ging es Georg durch den Kopf. So offen und freundlich, wie er sich gab, kein Wunder, dass er bei den Leuten hier beliebt war. Doch er machte auch den Eindruck, genau zu wissen, was er sagen und was er verschweigen wollte. Ganz gewiss war er ein gewiefter Taktierer, und das Thema Geld spielte bei ihm eine große Rolle. Ausschließen konnte man nicht, dass er etwas mit der Sabotage an der »Alten Strandbude« zu tun hatte, und auf jeden Fall war er ein Typ, den man nicht unterschätzen durfte.

»Herr Kellner, dürften wir bei Ihnen bestellen?«

»Bin sofort bei Ihnen«, beschied Georg, der gerade draußen Getränke serviert hatte, freundlich den Gast, der sich mit seiner Begleiterin unterdessen in der Nähe des Tresens installiert hatte. Er griff sich zwei Speisekarten und brachte sie zum Tisch der Neuankömmlinge. Der Typ grinste breit. Verblüfft sah Angermüller ihn an. Gerne hätte er sich in diesem Moment unsichtbar gemacht, und dieser Wunsch verstärkte sich erst recht, als die mit dem Rücken zu ihm sitzende Frau sich nach ihm umdrehte.

»Georg!«

Astrid und Martin! Was wollten die hier? Na ja, blöde Frage, wahrscheinlich wollten sie zu Abend essen. Mit dem Auto fuhr man von Lübeck nach Schassau in einer guten halben Stunde.

»Georg«, wiederholte Astrid, die mindestens so überrascht war wie er, »kellnerst du etwa hier?«

Im Blick seiner Frau lagen Verwirrung, Unverständnis und Missbilligung. Vor allem Letzteres bewirkte, dass Georgs erster Schrecken sich in aufsässige Bockigkeit wandelte.

»Warum bist du so erstaunt? Ja, ich arbeite hier«, sagte er so selbstverständlich wie möglich, »es ist ein Notfall. Die Wirtin ist eine alte Freundin von Derya und suchte dringend eine Aushilfe. Und ich hab ja momentan viel Zeit.«

»Du arbeitest als Aushilfskellner?«

Der Ton, in dem Astrid diese Feststellung traf, machte noch deutlicher, was sie von Georgs Ausflug in die Gastronomie hielt.

»Hoffentlich kriegt das niemand aus der Familie mit. Oder von unseren Freunden.«

Mein Gott! Hatte Astrid keine anderen Sorgen? Sofort hatte Georg die pikierten Gesichter seiner strengen Schwiegermutter und seiner spießigen Schwägerinnen vor sich. Aus dem Augenwinkel sah Angermüller, wie Polette zwei Teller mit Tafelspitzsalat auf der Ausgabefläche bereitstellte und dabei interessierte Blicke in seine Richtung warf.

»Darfst du das überhaupt?«

Astrid schaute mehr als skeptisch.

»Du als Kriminalbeamter?«

»Nicht so laut, bitte!«

Seine Frau zog nur die Brauen hoch und verstummte. Die Küchenchefin sah mit gleichgültigem Gesicht zu ihnen herüber. Neben ihr stand inzwischen auch Wiebke. Mit einer ausholenden Geste legte Georg die aufgeschlagenen Speisekarten vor Astrid und Martin, der auch während des kurzen Dialogs nicht aufgehört hatte zu grinsen. Dieses Grinsen ärgerte Georg irgendwie.

»Habt ihr schon einen Getränkewunsch?«

Am besten, er benahm sich so professionell wie möglich.

»Was hältst du von einem Prosecco zum Anstoßen?«, fragte Martin und griff nach Astrids Hand. Sie schien kurz zu zögern.

»Ach doch, ein Glas, da sage ich nicht Nein. Dabei bleibt es dann aber auch. Ich fahre.«

»Wie du möchtest.«

»Ihr habt wohl was zu feiern?«

Georg hoffte, es klang beiläufig. Über die Art der Beziehung zwischen seiner getrennt von ihm lebenden Frau und deren Kollegen war er sich noch nie im Klaren gewesen. Eigentlich hatte er gedacht, Martin wäre ihm egal. Doch in solchen Momenten, da sich eine Vertrautheit zwischen den beiden zeigte, die ihn an seine eigene glückliche Vergangenheit mit Astrid erinnerte, spürte er – nein, nicht Eifersucht. Aber dass ausgerechnet so ein Waschlappen wie Martin, der vor allem schwafeln konnte ohne Ende, sich aber, wenn's drauf ankam, wie nach Astrids schwerem

Unfall vor einem Jahr, verdrückte, sein Nachfolger werden könnte, das nagte an seinem Selbstwertgefühl.

»Wie man's nimmt«, erwiderte Martin aufgeräumt, »ich habe endlich die Scheidung eingereicht, bin auf dem besten Weg, wieder ein freier Mann zu werden.«

»Glückwunsch.«

Knapper konnte er kaum noch werden.

»Dann überlasse ich euch mal der Speisekartenlektüre. Solltet ihr eine Empfehlung wollen, sagt Bescheid. Prosecco kommt gleich.«

Ihre Scheidung war ein Thema, um das sich Astrid und er bisher aus den verschiedensten Gründen herumgedrückt hatten. Immerhin lebten sie seit fast zwei Jahren nicht mehr zusammen. Vielleicht wäre so ein amtlicher Akt ein ordentlicher Schlusspunkt, dachte Angermüller. Dann würde er sich endlich von der Illusion verabschieden, die Zeit zurückdrehen, ihre Beziehung erneuern zu können. Immer mal wieder gab es solche schwachen Momente zwischen Astrid und ihm. Doch danach musste er jedes Mal ernüchtert feststellen, dass sie sich schon viel zu weit voneinander entfernt hatten.

KAPITEL VIII

Der Türöffner summte und Polette trat ein.

»Guten Morgen, Ille!«, rief sie in den kleinen Treppenflur. »Hättest du wohl einen Kaffee für deine Nachbarin?«

»Na, aber klar, mien Deern! Komm rein in die gute Stube, die bei mir in der Küche ist.«

Vor sich die Regionalzeitung, daneben einen großen Kaffeepott, saß Ille Martinsen an ihrem Küchentisch und schaute ihrer Besucherin munter entgegen.

»Wie schön, Polette! Hab dich ja kaum zu Gesicht gekriegt in letzter Zeit.«

»Tut mir leid. Bei uns war einfach unglaublich viel los. Und wenn ich dann endlich zu Hause war, brauchte ich Zeit für mich allein.«

»Musst dich nicht entschuldigen, mein Mädchen. Das versteh ich gut. Ist doch schön, wenn die ›Alte Strandbude‹ so prima läuft.«

»Ja, und jetzt sind wir personell wieder besser aufgestellt, nachdem wir Ersatz für unsere abhandengekommene Alenka gefunden haben.«

»Ja, hab ihn gestern schon kennengelernt euren Georg. Wie stellt er sich denn so an?«

»Die Arbeit scheint ihm Spaß zu machen, er ist freundlich zu den Leuten und hat eine Engelsgeduld. Und für eine Aushilfe, die nicht vom Fach ist, ist er gar nicht so schlecht.«

»Siehst du, ich hab ihm auch gleich gesagt, dass er gar nicht aussieht wie ein Kellner.«

»Und weißt du, was er sonst macht?«

Die alte Dame schüttelte den Kopf.

»Mir hat er erzählt, dass er eigentlich Beamter ist, in Lübeck. Er hat sich ein paar Monate Auszeit genommen. Beim Bauamt ist er wohl, aber genau weiß ich es nicht.«

»Wie so einer sieht er aber genauso wenig aus«, stellte Ille sogleich fest. Ansonsten wusste sie noch weniger als Polette.

Die Szene vom Vorabend, die sie so irritiert hatte, oder besser die eine Bemerkung ging Polette einfach nicht aus dem Kopf. Die aufgeregte, blonde Frau hatte die Formulierung »Du als Kriminalbeamter« benutzt, da war sie sicher. Wiebke, die es genauso gehört haben musste, behauptete später, kein einziges Wort verstanden zu haben. Na ja, die hatte bestimmt kein Interesse daran, dass man erfuhr, dass sie einen echten Polizisten zu Hilfe geholt hatte. Einerseits war ein Kriminaler natürlich eine geniale Idee, um herauszubekommen, wer hinter den merkwürdigen Vorfällen steckte. Doch dass auch sie selbst nichts von Georgs wahrer Identität erfahren sollte, kränkte Polette zutiefst, war es doch ein weiterer Hinweis, dass Wiebke kein großes Vertrauen in sie hatte.

Polette hatte Georg zum Feierabend, nachdem das Paar gegangen und Wiebke außer Hörweite war, auf die beiden angesprochen. Er hatte sie aufmerksam angesehen und ihr erklärt, dass die Blonde seine Frau Astrid war und ihr Begleiter ihr Kollege Martin. Was Martin darüber hinaus für sie war, wusste Georg offensichtlich nicht so richtig, und das schien ihn zu ärgern.

»Astrid und ich leben seit fast zwei Jahren getrennt. Irgendwie fehlte uns beiden aber bisher die Entschlusskraft, uns scheiden zu lassen. Das ist halt kein rein rationaler Schritt, nach fast 18 Jahren …«

Er hob hilflos die Schultern und tat Polette in seiner Ratlosigkeit irgendwie leid.

»Aber vielleicht müssen wir endlich Nägel mit Köpfen machen«, fügte er an, »Martin jedenfalls hat gerade seine Scheidung eingereicht.«

Wie der Kollege das anstellte, wusste Polette nicht, doch nach seinem sehr persönlichen Geständnis brachte er sie auf eine einfühlsame Art zum Reden, sodass sie ihm fast ihr ganzes Leben erzählte. Angefangen von ihrem Weggang aus Österreich als junge Köchin, über die verschiedenen Stationen in den besten Hotels Europas und in Übersee, bis sie schließlich auf dem Kreuzfahrtschiff anheuerte, wo sie ihren Hannes kennenlernte, durch den sie in Schassau gelandet war. Hier hatte sie geendet.

»Da bist du ja wirklich in der Welt rumgekommen! Daher rührt also deine Globetrotterküche.«

Um über Hannes zu reden, kannte sie den Neuen noch zu wenig. Sie wäre dann nur wieder traurig geworden, wie immer, wenn sie von der Liebe ihres Lebens und deren Ende erzählte. Auch nach vier Jahren fühlte sich der Verlust noch wie eine tiefe Wunde an, und ihre Tränen musste der Kollege nicht sehen. Außerdem ärgerte sie sich ohnehin, wieder selbst ins Erzählen gekommen zu sein. Sie war doch sonst nicht so eine Schwätzerin! Ihre Frage nach Georgs Verbindung zur Kriminalpolizei hatte sie nicht gestellt. Nun war es zu spät. Wiebke, die während ihres Gesprächs Kasse machte und die Einkäufe für die nächste Woche plante, hatte zur Uhr gedeutet. Es wurde Zeit zum Aufbruch, wenn Georg den letzten Zug nach Lübeck erwischen wollte.

Doch bei nächster Gelegenheit würde Polette ihn klipp und klar fragen, ob er bei der Kripo wäre. War ja nix dabei.

»In jedem Fall ist es gut, dass wir Georg im Moment als Aushilfe haben. Unsere Niki will ja weniger arbeiten, und schließlich haben wir noch bis Ende des Monats jeden Tag geöffnet«, sagte Polette zu Ille und beendete damit die eigenen Mutmaßungen über den Kollegen. Die Nachbarin nickte.

»Und solange dieses wunderbare Wetter anhält, könnt ihr ihn bestimmt gut brauchen.«

»Ja, ist das Wetter nicht unglaublich für September? Magst du nicht auch mal wieder in der ›Strandbude‹ vorbeikommen, Ille?«

»Och, ich will euch doch nich auf die Nerven fallen«, wehrte die alte Frau ab.

»Das tust du ganz bestimmt nicht! Magst morgen Nachmittag kommen? Wir holen dich mit dem Auto ab – und für dich back ich auch eine Ostseetorte!«

Natürlich hatte er sich nicht die Illusion gemacht, unbemerkt in der Polizeidirektion in der Possehlstraße vorbeischauen zu können. Doch ausgerechnet vor dem Eingang Ameise in die Arme zu laufen, war schon ein Volltreffer.

»Wie? Etwa schon vorbei deine Sonderferien?«

Kein Gruß, keine Anrede, schon gar keine Freundlichkeit – so und nicht anders kannte der Kriminalhauptkommissar den Kriminaltechniker, dessen richtiger Name Andreas Meise war.

»Grüß dich, Andreas! Ich freu mich auch, dich zu sehen. Geht's dir gut?«

Der nicht sehr groß gewachsene Kollege warf ihm einen Blick zu, als ob er an seinem Verstand zweifelte.

»Weißt du, ich hab plötzlich so Sehnsucht nach euch bekommen, dass ich nicht anders konnte, als heute vorbeizuschauen«, grinste der Kommissar.

Kopfschüttelnd setzte Ameise seinen Weg fort und ließ Angermüller einfach stehen. Zumindest fragte er auch nicht weiter nach, was ihn hierherführte. Der Kommissar war nicht böse, dass Ameise außer Haus war, so konnte er Mehmet Grempel in aller Ruhe bitten, ihm einen Gefallen zu tun. Der junge Kriminaltechniker, Mutter Türkin, Vater Oberfranke, stammte aus Coburg, Angermüller war in einem Dorf im Landkreis aufgewachsen. Zwar hatten sie über den Dienst hinaus bisher keine privaten Kontakte, aber Mehmet war ein sehr umgänglicher Typ und Angermüller mochte ihn. Außerdem machte er einen wirklich guten Job.

Zu dem Buttersäurefund, den er kriminaltechnisch untersuchen lassen wollte, erzählte Georg, dass jemand das Zeug in Deryas Wagen deponiert hatte, als die Heckklappe offen stand, während sie einen Auftrag auslieferte. Vielleicht ein konkurrierender Cateringservice?

»Ein Glück, dass Derya die Tüte gleich entdeckt hat. Wenn die Buttersäure in das Wageninnere gelangt wäre – ich mag gar nicht dran denken!«

Angermüller hoffte, die Geschichte klang plausibel, und bat Mehmet um Diskretion.

»Na klar«, versicherte ihm der junge Kollege, der sich freute, ihn zu sehen, und versprach, sich das Behältnis bald vorzunehmen.

»Ich melde mich, wenn ich damit durch bin. Wollen doch mal sehen, dass wir den finden, der deiner Freundin Ärger machen will!«

»Danke dir, Mehmet! Hast was gut bei mir.«

Beim Verlassen des Behördenhochhauses kam ihm Jansens neuer Partner eiligen Schrittes entgegen. Wie hieß der noch? Jedenfalls schien er in wichtigen Angelegenheiten unterwegs zu sein, seinem konzentrierten Gesichtsausdruck nach zu urteilen. Dieser Eichhorn – ja, das war sein Name – lief grußlos an Angermüller vorbei, hatte ihn wohl gar nicht wahrgenommen. Auch gut. Je weniger Leute von seinem Besuch und der Buttersäuregeschichte erfuhren, umso besser.

Am späten Nachmittag trat Angermüller seine Schicht an. Kurz nach ihm traf Bolli, der Küchenhelfer, ein. Wochentags teilten sich Carsten und er die Schichten. Sonnenschein, keine Wolke am Himmel, ein mildes Lüftchen, Temperaturen um die 20 Grad – das Wetter war herrlich. Trotzdem wurden die Feriengäste merklich weniger, und auch in der »Alten Strandbude« waren nur zwei Tische auf der Terrasse und ein Strandkorb besetzt. Wiebke war zu einer Gärtnerei gefahren, wo sie die Abholung der Kübel mit Olivenbäumchen und Oleanderbüschen ins Winterlager besprechen wollte, die demnächst anstand.

»Nichts los heute«, sagte Georg zu Polette, die neben ihm am Tresen lehnte, »bin gespannt, wie es heute Abend wird.«

»In der Woche eher ruhig, denke ich, und heut ist eh Montag. Die Schulferien sind in ganz Deutschland vorbei, und die Ostsee ist nicht gerade bekannt für so ein Traumwetter um die Jahreszeit. Wir gehen mit Riesenschritten auf das Saisonende zu«, kommentierte die Küchenchefin.

»Georg, bist eigentlich von der Kiberei?«, fragte sie ihn übergangslos mit gesenkter Stimme.

»Wie bitte?«

Von hinten hörte man Bolli mit Töpfen klappern und leise vor sich hin singen. Polette winkte Georg vom Durchgang zur Küche weg und schaute ihn prüfend an.

»Bist du ein Bulle?«

Hatte er doch das richtige Gefühl gehabt! Schon gestern Abend, nachdem Astrid und Martin hier gewesen waren, hatte er Polettes Verhalten sonderbar gefunden, anders als sonst. Die Kollegin hatte trotz ihres unbeteiligten Gesichtsausdrucks Astrids Bemerkung also sehr wohl verstanden. Aber das war ja kein Problem. Dass sie ganz gewiss nicht hinter den merkwürdigen Vorkommnissen steckte, wusste er inzwischen.

»Ja, ich bin ein Bulle«, antwortete er deshalb einfach, »wenn ich mich auch eher als Kriminalbeamten bezeichnen würde.«

Auf seine spöttische Bemerkung ging Polette nicht ein.

»Und wie bist du hier bei Wiebke gelandet?«

»Eigentlich hat das meine Freundin eingefädelt. Die beiden kennen sich aus der Schulzeit, haben sich neulich zufällig getroffen, und Wiebke berichtete von euren Problemen. Zurzeit nehme ich ein Sabbatical, das stimmt wirklich, und Derya dachte wohl, ich langweile mich. Und da hatte sie die Idee, ich könnte in der ›Alten Strandbude‹ doch undercover als Aushilfe arbeiten, um den Saboteuren auf die Weise auf die Spur zu kommen und möglichst auch weitere Attacken zu verhindern. Mein Einsatz ist eine rein private Sache.«

»Wiebke hat mir davon überhaupt nichts gesagt.«

»Wir hatten das so vereinbart, dass niemand von meinem richtigen Beruf erfährt, damit der oder die Täter nicht gewarnt sind. Außerdem möchte ich keine Schwierigkeiten bekommen wegen unerlaubter Nebentätigkeit. Ist also eine reine Vorsichtsmaßnahme, das hat nichts mit dir oder mit mangelndem Vertrauen zu tun.«

»Na ja …«

Sie gab sich mit seiner Antwort zufrieden, aber Georg spürte, dass Polette doch gekränkt war, nicht eingeweiht worden zu sein. Hinter ihrer robusten Art verbarg sich wohl ein sensibleres Wesen, als man vermutete, das hatte Georg schon des Öfteren wahrgenommen.

»Hast denn inzwischen rausgefunden, welcher böse Mensch hinter den gemeinen Streichen steckt, Herr Gendarm?«, lenkte Polette mit leicht spöttischem Unterton weg von der Frage des Vertrauens.

Angermüller schüttelte den Kopf.

»Leider nicht. Das Behältnis mit der Buttersäure habe ich heute einem unserer Kriminaltechniker zur Untersuchung gegeben. Mal schauen, ob es da brauchbare Spuren gibt. Ohne Spuren ist es halt auch für einen Profi schwierig, einen Anknüpfungspunkt zu finden.«

»Geht es nicht auch immer um das Motiv?«

»Ja, schon. Konkurrenzneid, Rache, umweltpolitische Gründe – da haben wir in unserem Fall ja einiges zur Auswahl. Macht die Sache nicht einfacher. Und einen Zeugen hat es bisher auch nicht gegeben.«

Jeder ins Nachdenken versunken, standen sie schweigend da. Als die Gäste im Restaurant anzeigten, dass sie zahlen wollten, begab sich Georg zum Abrechnen zu ihren Tischen.

»Ich geh mal an die Luft«, teilte ihm Polette mit und deutete mit einer Geste an, dass sie eine Rauchpause einlegte.

Georg war gerade dabei abzuräumen, als ihm Polette vom Hintereingang winkte, dass er kommen solle. Sie schob ihn in die Ecke mit den Abfalltonnen und deutete über den Sichtschutz in Richtung des »La Gola Incantata«. Er lugte darüber. Der kräftige junge Mann, der am Sonnabend mit dem Chef angekommen war und der neben seinem Kellnerjob sowohl als Fahrer wie auch als Bodyguard zu fungieren schien, stand mit verschränkten Armen in der Eingangstür des Nachbarrestaurants, direkt vor ihm Finns Mutter, die offensichtlich wortreich und mit vielen Gesten Einlass begehrte. Der Typ sagte nichts, blickte finster, blieb stehen wie ein Denkmal und schüttelte nur langsam seinen Kopf. Schließlich deutete er zu dem Tampen, der den Eingang versperrte und an dem das Schild »Montag Ruhetag« baumelte.

Plötzlich begann die junge Frau wie von Sinnen gegen seinen Brustkorb zu trommeln.

»Ruhetag? Das ist mir doch egal! Ich weiß, dass er da ist. Das ist sowieso eine Privatangelegenheit. Lass mich sofort durch!«, kreischte sie.

Jetzt erst sah Angermüller den kleinen Finn auf dem Strandweg vor dem »Gola Incantata« stehen. Er heulte.

»Okay Chef«, rief der Kraftprotz über die Schulter. Offensichtlich hatte er von drinnen eine Anweisung bekommen. Er packte Kim, die vergeblich strampelte, mit den Armen um sich schlug und laut schrie, trug sie wie eine leichte Puppe zurück hinter die Absperrung und hob warnend seinen Zeigefinger.

»Uhlalalala«, machte Bolli beeindruckt, der sich ihnen zugesellt hatte, »sehr starker Mann!«

Die junge Frau griff nach der Hand des heulenden Finn.

»Na warte, Mario, ich komme wieder! Denkst du, so kannst du mich loswerden? Ha, niemals! Du wirst schon sehen, was du davon hast«, drohte sie mit sich überschlagender Stimme, den Blick auf die Fenster im ersten Stock gerichtet, und zerrte ihren Sohn in Richtung Campingplatz.

»Jessas, des Mädel ist vielleicht geladen!«, sagte Polette beeindruckt, »was hat ihr der Herr Nachbar nur getan, dass sie so böse auf ihn ist? Und das alles vor ihrem Sohn. Kann einem wirklich leidtun, das Kind.«

»Tja, der Finn ist so ein lieber, kleiner Kerl«, meinte Angermüller.

»Armer Junge«, nickte auch Bolli und verzog sich wieder in die Küche.

»Sag, was denkst du eigentlich über den Mario? Könnte der hinter den Schweinereien stecken?«, wollte Georg wissen.

»Keine Ahnung. Die meisten Schassauer waren sofort von ihm und seinem Lokal begeistert. Sie haben dem neuen Italiener förmlich die Bude eingerannt.«

»Ach wirklich?«

»Ja, ich hab's ja neulich schon gesagt, die Speisen sind dort nicht einmal besonders billig und die Qualität maximal durchschnittlich. Ich hab mir die ellenlange Karte angeschaut und gesehen, was die Lieferanten da drüben so ankarren. Die verarbeiten in der Küche reichlich Fertigware, da ist keine Sauce, keine Nudel hausgemacht, das Tiramisu kommt aus der Großpackung genau wie die Lasagne. Aber in Schassau ist man, was Restaurants betrifft, halt nicht gerade verwöhnt.«

»Ja, da hast du wohl recht. Und wie läuft der Laden?«

»Geht so. In der Saison, wenn's bei uns voll ist, gehen manche zu ihm rüber, und er hat natürlich so ein paar Fans, die seine Stammgäste sind. Der Mario wollt halt auch unbedingt mit den Einheimischen gut Freund werden, und die meisten aus dem Dorf sind seinem Charme in null Komma nix erlegen. Na ja, und für solche Leute wie Annedore Bellmann, die immer hören will, wie großartig sie ist, da ist der Mario natürlich ideal. Und ihre Enkelin erst! Ein Lächeln hier, ein galanter Spruch da und schon frisst sie einem wie ihm aus der Hand.«

»Er hat also die hiesigen Damen im Sturm erobert.«

Polette winkte ab.

»Nicht nur! Auch die Männer haben ihn sofort in ihre Runden aufgenommen. Man konnte fast meinen, sie empfinden es als Ehre, wenn er ihren Vereinen beitritt. Der Mario hat unglaublich schnell ein enges Beziehungsnetz im Dorf aufgebaut.«

»Wie kommt's, was glaubst du?«

»Ich denk, das ist vor allem wegen seiner Blue Lagoon Marina. Viele versprechen sich davon einen ordentlichen Aufschwung für den Tourismus und natürlich satte Gewinne für sich selbst, obwohl das bisher nur ein Fantasiegebilde ist«, die Küchenchefin schnitt eine Grimasse, »der Lockruf des Geldes eben. Und ich muss ehrlich sagen, ich würde nie mit unserem Nachbarn Geschäfte machen. Außerdem hab ich da drüben schon merkwürdige Typen gesehen, da möcht ich lieber nichts mit zu schaffen haben.«

»Was meinst du?«

»Ich hab keine Ahnung«, lachte sie, »nur gesunde Vorurteile. Mario, Italiener, dunkle Geschäfte, Mafia, was weiß ich!«

»Tja, kann natürlich sein«, nickte Angermüller, »und du und Wiebke? Wie kommt ihr mit Mario aus?«

Polette schaute unschlüssig.

»Weiß nicht. Eigentlich haben wir so gut wie keinen Kontakt, insofern auch keine Probleme. Er hat sich hier vorgestellt, als er damals das Lokal übernommen hat, sehr nett, mit zwei Blumensträußen, aber sonst … Er ist ja oft auch gar nicht hier.«

»Was gibt es denn da drüben so Interessantes?«, fragte Wiebke beim Anblick von Georg und Polette, die in Richtung des »Gola Incantata« spähten. Sie trug einen großen Strauß Gladiolen im Arm.

»Ach, unser Mario hatte Ärger mit einer jungen Frau. Keine Ahnung, warum«, meinte Polette, »und da sind wir ins Ratschen über unseren Nachbarn gekommen.«

Gemeinsam gingen sie zurück ins Restaurant. Wie erwartet wurde es ein sehr ruhiger Abend, sie schlossen um kurz nach neun, eine Stunde später war Georg in Lübeck und fuhr mit dem Rad zu Derya. Bei einem kleinen Abendessen berichtete sie ihm von Korays ersten Eindrücken aus Chile und wollte dann hören, was der Undercoverdetektiv herausgefunden hatte. Georgs Auskunft stellte sie nicht gerade zufrieden.

»Na ich hoffe, du schnappst den Übeltäter bald, damit du mit deinem Job wieder aufhören kannst. Wir sehen uns ja überhaupt nicht mehr!«

»Was willst du, mein Schatz, ich bin doch bei dir! Und außerdem öffnet die Strandbude ab Oktober eh nur noch abends von Freitag bis Sonntag.«

»Willst du damit sagen, dass du dann nur noch Wochenendeinsätze hast?«

Empört pustete sie sich eine Locke aus der Stirn.

»Na, schönen Dank!«

»Derya, wer hat sich das Ganze denn ausgedacht?«

Sie verdrehte die Augen.

»Ja, ich weiß! Aber vor allem hab ich Wiebke gesagt, dass du ein erstklassiger Profi bist und noch jeden Verbrecher zur Strecke gebracht hast. Ich warte also auf Erfolgsmeldungen. Du darfst mich nicht blamieren, hörst du!«

Das war durchaus ernst gemeint, wusste Georg.

KAPITEL IX

Noch am Vorabend hatte Polette die Mohn-Biskuitböden für die Ostseetorte nach Illes Rezept gebacken, wollte sie nun mit Stachelbeeren und Vanillesahne füllen und mit Marzipan umhüllen. Doch als Wiebke zur Frühschicht in der »Alten Strandbude« eintraf, legte Polette das Rührgerät beiseite. Sie musste endlich loswerden, was ihr auf der Seele lastete.

»Guten Morgen! Hast du einen Moment Zeit? Ich wollte dich was fragen.«

»Ja, natürlich. Was gibt's?«, hatte Wiebke ein wenig überrascht geantwortet.

»Also, es ist nicht so, dass ich böse bin, nur irgendwie – verwirrt, weil …«, sie schaute der Restaurantchefin direkt in die Augen.

»Warum hast du mir denn nichts davon gesagt, dass Georg bei der Kripo ist?«

»Keine Ahnung. Ich fand das nicht wichtig«, Wiebke erwiderte verwundert ihren Blick, »er ist ja rein privat hier und je weniger Leute von seinem Polizistenjob wissen, desto besser, hat er gesagt. Damit er ganz unauffällig seine Ermittlungen anstellen kann.«

»Ja, aber – wir sind doch Partnerinnen! Vertraust du mir denn nicht mehr? Dass du mir gar nichts von den ganzen Vorfällen erzählt hast, das fand ich schon nicht richtig. Warum nimmst du diese unangenehmen Geschichten immer so ganz allein auf dich? Und jetzt das. Ich plauder eh nichts aus! Und du und ich, wir ziehen doch an einem Strang – dachte ich jedenfalls immer …«

Im ersten Augenblick blieb Wiebke stumm. Sie schien über Polettes Worte nachzudenken.

»Es tut mir leid. Ich wollte dich nicht ausgrenzen«, kam es schließlich zögerlich, »du hast natürlich mein vollstes Vertrauen, Polette. Und du hast recht: Die ›Alte Strandbude‹, das sind vor allem du und ich. Und wir sind ein Team.«

Wiebke ergriff ihre Hand.

»Alles gut?«

Die Küchenchefin registrierte erfreut die bei Wiebke seltene persönliche Geste und bestätigte mit einem ernsten Nicken. Dann stand sie auf und ging beschwingt zurück in die Küche, um die Torte nach Tante Illes Rezept zu vollenden.

Am Nachmittag holte Wiebke ihre Tante mit dem Auto zum Strand, nur die letzten Meter legte die alte Frau zu Fuß, gestützt auf ihre Gehhilfen, zurück. Sie trank zwei Tassen Kaffee und verzehrte ein großes Stück Ostseetorte. Zu Polette sagte sie, es schmecke ganz genauso wie bei ihr früher.

Anschließend saß Ille Martinsen in einem Strandkorb, freute sich, wenn jemand mit ihr ein Schwätzchen hielt, begrüßte Georg herzlich, als dieser zum Dienst erschien, aber sie blieb auch gern allein, genoss das strahlende Wetter und den weiten Blick auf die Ostsee. Als es draußen kühler wurde, legte ihr Polette eine Decke über die Beine und erkannte an ihrem weltvergessenen Blick, dass die alte Dame in Gedanken sehr weit weg war, wahrscheinlich bei ihrem Mann und ihren Söhnen, die irgendwo dort draußen geblieben waren. Bis der Sonnenball am Horizont die Hügel auf der anderen Seite der Lübecker Bucht berührte, hielt die Nachbarin draußen aus.

Das Geschäft in der »Alten Strandbude« lief an diesem wie an den folgenden Tagen zufriedenstellend, aber gemächlich. Polette nutzte die Zeit, um neue Rezeptideen auszuprobieren und fand in Georg einen kundigen und interessierten Tester. Seit das Geheimnis um seine Identität gelüftet war, hatte sie zu dem neuen Kollegen ein viel entspannteres Verhältnis. Die Zusammenarbeit mit ihm lief hervorragend, sie hatten viel Spaß zusammen und führten interessante Gespräche. Wiebke, die ein eher schweigsamer Mensch war, stand manchmal daneben, hörte zu, gab nur hin und wieder einen Kommentar und stimmte selten auch mal in ihr Lachen ein. Doch sie schien die Situation trotzdem zu genießen.

Am Mittwochnachmittag, Georg hatte gerade einen Tisch abkassiert, meldete sich Jansen erneut wegen der verschobenen Einladung zum Essen. Verdammt, daran hatte er gar nicht mehr gedacht.

»Ach ja! Das ist nett, dass du anrufst, Claus.«

Er ging zum Telefonieren hinter das Restaurant und suchte krampfhaft nach einer Ausrede.

»Tja, ich fürchte, am kommenden Wochenende wird das nichts.«

Gegenüber stand Mario rauchend vor dem »Gola Incantata«, wie immer im weißen Anzug, und winkte ihm zu. Zerstreut beantwortete Angermüller den Gruß des Nachbarn.

»Also, ich hab Derya bei einer Buffetauslieferung geholfen, mehrere schwere Kisten geschleppt und muss dabei irgendwie eine falsche Bewegung gemacht haben. Jedenfalls hab ich jetzt unglaubliche Rückenprobleme und kann überhaupt nicht sitzen.«

»Das kommt davon. Du sollst doch nicht arbeiten in deiner wohlverdienten Auszeit, Kollege!«, frotzelte Jansen. »Aber das ist natürlich doof. Dann melde dich doch einfach, wenn du wieder an einem Tisch sitzen kannst.«

»Mach ich.«

»Na, dann gute Besserung!«

»Danke.«

Erleichtert packte Georg sein Handy weg. Vor dem »Gola Incantata« hielt irgend so ein weißes Angeberauto. Dazu passten die beiden Typen, die aus dem Wagen stiegen und scheinbar kein Klischee auslassen wollten: die Klamotten, die Sonnenbrillen, wie sie sich mit lässiger Langsamkeit auf Mario zubewegten, der sie schon erwartet zu haben schien – Angermüller kam sich vor wie im Kino. Die drei begrüßten sich mit Faustcheck und Wangenküsschen. Der ältere Besucher legte vertraulich seinen Arm um Mario, und so verschwanden die drei im Restaurant. Jetzt verstand Angermüller, welche merkwürdigen Typen Polette neulich gemeint hatte. Die Assoziation Mafia drängte sich auch ihm sofort auf. Sollte Mario wirklich in dieser Liga spielen, kam er für die Zwischenfälle in der »Strandbude« allerdings erst recht nicht in Frage, denn mit so einem Kleinkram würde der sich dann gar nicht abgeben.

In der »Alten Strandbude« lief der Betrieb die nächsten Tage angenehmerweise ohne Zwischenfälle. Mehmets Bemühungen um Spurensuche auf dem Buttersäurebehältnis waren leider ergebnislos geblieben, und beim Inhalt handelte es sich um eine handelsübliche Mischung, die beispielsweise zur Vergrämung von Maulwürfen genutzt wurde. Georg tappte also weiterhin völlig im Dunkeln, was die Urheber der stinkenden Attacke anbetraf. Und Eddy mit seinem Raucherbus war auch nicht wieder aufgetaucht.

»Bolli! Was hast du denn gemacht?«

Erschrocken sah Polette den jungen Mann an, der am Freitagnachmittag mit einem blauen Auge und einem großen Pflaster auf der Stirn zur Arbeit auftauchte. Auf ihren lauten Ausruf hin steckte Georg seinen Kopf alarmiert um die Ecke.

»Mittwoch nach Feierabend zwei Männer haben mich geprügelt.«

Wie meist war Bolli mit dem Fahrrad nach Hause gefahren. Er wohnte am anderen Ende des Dorfes zur Untermiete bei einem alten Mann. Die Schläger hatten mit Bierdosen vor dem Schnellimbiss gestanden und, als sie ihn sahen, angefangen, beleidigende Pöbeleien wegen seiner Hautfarbe zu brüllen. Bolli, der schon mehrfach mit ihnen aneinandergeraten war, hatte ihnen nur einen Stinkefinger gezeigt und war schnell weitergefahren. Doch, besoffen wie sie waren, hatten sich die beiden auf ihre Mopeds gesetzt und ihn kurz vor seinem Haus eingeholt. Er hatte sich zwar gewehrt, doch die Männer waren mindestens einen Kopf größer als er und zu zweit. Inzwischen hatte sein Vermieter den Lärm bemerkt und die Polizei gerufen. Die rassistischen Suffköppe waren ihre Führerscheine los und hatten eine Anzeige wegen Körperverletzung und Beleidigung am Hals, beendete Bolli mit einem zufriedenen Grinsen seine Erzählung.

»Na ja, besser wär's gewesen, du wärst denen überhaupt nicht in die Hände geraten«, kommentierte Wiebke, die sich dazugesellt hatte. Mit seinem Job in der »Alten Strandbude« hatte der Überfall auf Bolli ja wohl nichts zu tun, dachte Angermüller, der dahinter erst einen gezielten

Anschlag vermutet hatte. Jedenfalls waren alle froh, dass dem jungen Mann nicht mehr passiert war.

An zwei Abenden war Derya zur »Alten Strandbude« gekommen, um Georg abzuholen. Gelangweilt saß sie an ihrem Tisch, solange er noch beschäftigt war. Hin und wieder wechselte Wiebke ein paar Worte mit ihr. Deryas anfängliche Begeisterung für seinen Job als verdeckter Ermittler hatte erheblich nachgelassen, und das Warten auf ihn nervte sie offensichtlich.

»Georg, ich habe übrigens kein Problem damit, wenn du deinen Job hier beenden willst«, sagte Wiebke plötzlich zu Georg, als der sich am Freitagabend von ihr verabschieden wollte.

»Es ist seit einer Woche nichts mehr vorgekommen, die Saison geht dem Ende zu – ich glaube, oder hoffe, der Spuk ist vorbei.«

Derya, die danebenstand, gab sich völlig unbeteiligt, doch natürlich war Georg klar, wer hinter Wiebkes Angebot steckte.

»Ich würde vorschlagen, ich mache noch das Wochenende und dann sehen wir weiter. Einverstanden?«

Wiebke schenkte ihm ein Lächeln. Er wusste im selben Augenblick, dass ihm etwas fehlen würde, wenn er nicht mehr hier kellnerte.

»Wie du willst, Georg. Dann bis morgen!«

Ganz gegen ihre Gewohnheit sprach Derya auf der Fahrt nach Lübeck nicht viel, und Georg hatte auch keine Lust zu reden. Ihm war nicht klar, ob Derya verschnupft war, weil er nicht sofort seinen Einsatz in der »Alten Strandbude« beendet hatte, oder aber, ob sie dachte, dass er über ihre Einmischung sauer war und das Thema lieber ruhen lassen wollte. Letztlich war es auch egal. Er sagte, er sei unglaublich geschafft, ließ sich vor seiner Wohnung absetzen, gab ihr zwei Wangenküsschen und wünschte eine gute Nacht.

Das andauernde Traumwetter bescherte dem Restaurant wieder einen erfolgreichen Sonnabend, und am Sonntagabend gab es speziell für Georg eine Überraschung: Steffen und David kamen zum Essen.

»Was führt euch denn hierher?«

Die beiden amüsierten sich über die Maßen, als sie das verdutzte Gesicht sahen, das er bei ihrem Anblick machte.

»Wir haben einen ganz heißen Tipp aus der Nachbarschaft bekommen …«, antwortete Steffen mit einem verschmitzten Lächeln. Die Villa, in der Steffen von Schmidt-Elm mit seinem Mann David, einem rotgelockten Engländer, wohnte, stand auf dem Nachbargrundstück von Deryas Behausung. Zwar war Georg nicht begeistert, dass seine Freundin geplaudert hatte, doch andererseits wusste er um die absolute Diskretion des Rechtsmediziners.

»Du scheinst aber nicht nur für ein Praktikum im gastronomischen Service hier zu sein«, stellte Steffen in gedämpftem Ton fest, obwohl sie an einem weit von den nächsten Gästen entfernten Tisch saßen, »unsere nette Nachbarin sprach etwas kryptisch über eine private Ermittlung?«

»Das ist eine längere Geschichte. Zusammengefasst gab es in letzter Zeit mehrere, wie soll ich sagen, Sabotageversuche, mit denen man dem Lokal schaden wollte. Den letzten am Sonnabend vor einer Woche.«

»Was ist passiert?«

»Eine Buttersäureattacke. Zum Glück kam derjenige nicht dazu, das Zeug im Gastraum zu verteilen. Insofern ist es glimpflich abgegangen.«

»Und bist du schon zu Erkenntnissen über den Urheber gekommen?«

»Leider nichts Konkretes. Natürlich gibt es ein paar Personen, die ein Motiv haben könnten, aber ohne Spuren, ohne Zeugen kommt man halt nicht weit.«

Während er antwortete, spürte Georg seine Unzufriedenheit mit der Situation. Von Erkenntnissen konnte man überhaupt nicht reden und auch der Begriff Ermittlungen war für das, was er unternommen hatte, sehr hoch gegriffen. Plötzlich erschien ihm seine Undercovertätigkeit in der »Alten Strandbude« geradezu lächerlich. Im Grunde war er hier Kellner und sonst nichts. Und so viel Spaß er daran hatte, wahrscheinlich sollte er den Job doch bald beenden.

»Ja, dann würde ich sagen, ihr schaut euch mal an, was man hier an Gaumenfreuden zu bieten hat und wählt was Schönes aus.«

Er legte den Freunden die liebevoll gestaltete Speisekarte vor.

»Ich bin gleich wieder bei euch.«

Die beiden Männer tafelten ausgiebig. Als Vorspeise hatten sie sich zur Vindaille vom Dorsch raten lassen, einem Gericht mit kreolischem Einschlag und als Hauptgericht Polettes Steirisches Apfelhendl gewählt. Steffen war Georgs ältester und bester Freund in Lübeck. Kennengelernt hatten sie sich aus beruflichen Gründen, doch neben anderen Gemeinsamkeiten hatte sie vor allem ihre ausgeprägte Leidenschaft fürs Kochen und Genießen bald zu Freunden werden lassen.

»Wer würde vermuten, dass man in dieser abgelegenen Ecke am Strand solche exotischen Köstlichkeiten serviert! Ich bin wirklich sehr angetan, Schorsch! Wie gut, dass Derya uns von deinem Einsatz erzählt hat.«

Der Rechtsmediziner war einer der wenigen hier im Norden, der Georg mit der fränkischen Version seines Namens ansprach.

»Wie man's nimmt«, Georg wiegte seinen Kopf, »abgemacht war, dass sie keiner Menschenseele davon etwas sagt.«

»Von uns erfährt niemand was! Aber ich bin froh, dank Deryas kleiner Indiskretion erleben zu dürfen, wie perfekt du den Service zelebrierst«, grinste Steffen.

David nickte zustimmend und fragte: »Was könntest du uns als Dessert empfehlen, dear George?«

»Heute haben wir süße Scheiterhaufen mit Vanilleeis, einen Rahmkoch mit Marillenröster oder eine Pannacotta auf Himbeerspiegel.«

Seine Freunde waren hochzufrieden. Immer wieder äußerte Steffen seine Verwunderung über diese Perle der Kulinarik mitten in einer Wüste, wie er sich ausdrückte, und als Georg mit Polette an ihren Tisch kam, um sie vorzustellen, lobte er die Kreationen der Köchin über die Maßen. Natürlich freute sie sich sehr über seine Komplimente, auch weil sie ihm sofort seine Kennerschaft anmerkte.

Es war kurz nach zehn, und da sie im Lokal ohnehin Feierabend machen wollten, nahm Georg das Angebot an, mit seinen Freunden zurück nach Lübeck zu fahren.

»Das Wochenende ist vorbei, Georg«, sprach Wiebke ihn an, als er sich verabschieden wollte, »danach wollten wir doch entscheiden, ob du bleibst.«

Obwohl er selbst kurz zuvor mit dem Gedanken gespielt hatte aufzuhören, kam Wiebkes Frage für ihn nun doch überraschend. Er zögerte.

»Kommt ihr denn allein klar?«

»Ich denke schon. Der Betrieb ist viel weniger geworden in den letzten Tagen, das schaffen wir.«

»Ich dachte eher an die gefälschten Hinweisschilder, den versuchten Überfall, die Buttersäureattacke und so weiter. Leider habe ich bisher nicht rausfinden können, wer dahintersteckt.«

»Das ist in Ordnung. Lass uns optimistisch sein und annehmen, es ist vorbei.«

Wiebke schenkte ihm ihr bezauberndes Lächeln, und er spürte sein Herz aufgehen.

»Wir müssen im Übrigen noch deine Bezahlung regeln, Georg.«

»Wiebke, ich will kein Geld. Abgesehen davon, dass ich ohne Genehmigung meines Dienstherrn sowieso keins nehmen darf. Aber ich war wirklich gern bei euch.«

»Wenn das so ist … Aber dann überlege ich mir was anderes. Ganz umsonst soll dein Einsatz nicht gewesen sein.«

»Wie gesagt, ich hab's gern gemacht. Und ich hoffe, diese merkwürdigen Zwischenfälle haben wirklich ein Ende.«

»Sollte wieder irgendwas passieren, Georg, melde ich mich sofort bei dir!«

»Versprochen?«

Wiebke nickte. Georg verabschiedete sich von ihr und spürte dabei die Distanz, die sie stets umgab, sodass er sie nur ganz kurz umarmte und gleich wieder losließ. Ganz anders Polette, die sich aus der Küche dazugesellt hatte und ihn fest drückte. Ihr traten tatsächlich Tränen in die Augen.

»Georg, du wirst mir fehlen!«

»Ihr mir auch! Aber ich besuche euch bestimmt ab und zu. Und solltet ihr aushilfsweise jemanden für den Service brauchen – bis Ende des Jahres bin ich noch frei. Und ich mach das natürlich gerne!«

Auch Bolli, der Küchenhelfer, ließ es sich nicht nehmen, Angermüller mit einer herzlichen Umarmung zu verabschieden. Der sagte noch einmal »tschüß« und »bis bald«, war ziemlich gerührt, drehte sich schnell um und verließ das Lokal, um sich den Freunden anzuschließen, die draußen auf ihn warteten. Kurz warf er einen letzten Blick auf die »Alte Strandbude«. Schon ein merkwürdiges Gefühl, dass er nun nicht mehr dazugehören sollte. Auch zum »Gola Incantata«, bei dem wieder die sonntägliche Pizzatime gewesen war, schaute er noch einmal. Der silbergraue Sportwagen, der gleiche wie letzten Sonntag, den er früher am Abend drüben hatte stehen sehen, war verschwunden. Auf dem Parkplatz stand nur der weiße Oldtimer des Chefs. Zwar trug der Wind gedämpfte Musikfetzen aus der offen stehenden Tür, aber im Restaurant brannte kaum noch Licht, man schien Feierabend gemacht zu haben.

An der Ecke zur Strandpromenade holte sie Bolli mit seinem klapprigen Fahrrad ein, fröhlich winkend auf dem Weg in den Feierabend. Eddys abgetakelter Kleinbus parkte heute wieder an derselben Stelle. Die Gardinen waren zugezogen, der Insasse schien zu schlafen. Georg empfand wirklich ein bisschen Wehmut, nun nicht mehr jeden Tag in die mittlerweile vertraute Umgebung zurückzukehren, die er samt ihren Menschen zu schätzen gelernt hatte. Und vor allem wegen einer ganz bestimmten Person tat es ihm sehr leid …

»Schorsch, da hatten wir ja richtig Glück, wenn das dein letzter Arbeitstag hier war!«, stellte Steffen fest.

»Ja. Wir hatten gesagt, dass wir das heute entscheiden.

In der Nachsaison ist nicht mehr so viel los. Und wir hoffen, dass auch diese merkwürdigen Zwischenfälle vorbei sind. Viel konnt' ich eh nicht ausrichten.«

Auf dem Weg zum Auto lief vor ihnen einer, dessen Gang etwas unsicher wirkte. Als sie ihn einholten, erkannte ihn Georg.

»Der ist Lokalpolitiker, hat neulich bei uns zu Mittag gegessen«, meinte er leise zu seinen Freunden, »ganz nüchtern scheint der nicht mehr zu sein. Ob der in diesem Zustand Autofahren will? Keine gute Qualifikation fürs Bürgermeisteramt.«

»Der ist Bürgermeister?«

Steffen staunte.

»Er will es erst werden.«

Mit seinem Autoschlüssel wedelnd ging der Mann auf einen schwarzen SUV auf dem Parkplatz zu.

»Guten Abend. Sie wohnen bestimmt in der Nähe. Wir können Sie gern mitnehmen«, bot Steffen freundlich an, als sie ihn eingeholt hatten.

»Wieso? Da ist doch mein Wagen«, antwortete der Angesprochene und schaute sie verständnislos an. Angermüller roch seinen alkoholgeschwängerten Atem. Insgesamt wirkte er etwas derangiert. Auf dem über der Schulter hängenden Jackett prangten dunkle Flecke, sein Hemdkragen stand offen und die Krawatte baumelte locker um seinen Hals.

»Herr Stahmer, wir fahren Sie wirklich gern nach Hause«, wiederholte Angermüller, der sich glücklicherweise des Namens erinnerte.

»Kennen wir uns?«

»Wir sind uns einmal begegnet. Ich bin aus dem Restaurant am Strand.«

Kaum hatte er das gehört, brauste Stahmer auf: »Sind Sie etwa bei diesem Mario, diesem Gangster? Mit dem bin ich fertig, sag ich Ihnen!«

»Ich arbeite in der ›Alten Strandbude‹.«

»Ah, bei der schönen Frau Wiebke! Das geht in Ordnung. Wissen Sie, Ihr Nachbar, der hat mir gedroht! Mir! Der wird schon sehen, was er davon hat. Auf seine Baugenehmigung kann der warten, bis er schwarz wird!«

Er hielt kurz inne. Dann fragte er: »Und was wollten Sie nun von mir?«

»Wir wollen gar nichts von Ihnen, außer, Sie sicher nach Hause zu bringen. Sie mögen doch bestimmt nicht noch ins Röhrchen pusten müssen heute Nacht?«

»Da haben Sie recht. Sehr gut, mein Freund!«

Angermüllers Hinweis hatte sichtlich gewirkt. Frank-Johann Stahmer reichte ihm den Wagenschlüssel, nannte eine Adresse in Neustadt und ließ sich brav auf dem Beifahrersitz nieder. Kaum war der Motor gestartet, fielen ihm die Augen zu und er begann laut zu schnarchen.

David und Steffen fuhren hinter dem SUV her. Nach zehn Minuten hatten sie Stahmers Haus erreicht. Angermüller weckte ihn. Er war sofort hellwach, bedankte sich höflich für die nette Geste und ließ sich seinen Autoschlüssel aushändigen. Dann marschierte er schnurstracks zur Haustür, wo er freundlich salutierte, bevor er im Haus verschwand. Georg stieg zu seinen Freunden in den Wagen, und sie machten sich auf den Heimweg nach Lübeck.

MONTAG, 18. SEPTEMBER

KAPITEL X

Auch wenn er schon jetzt mit einer Art Wehmut an die Zeit in der »Alten Strandbude« dachte, freute sich Georg doch, seine Tage wieder frei gestalten zu können. Allerdings wurmte ihn die Vergeblichkeit seines Einsatzes mehr, als er zugeben wollte. Es war seine ganz persönliche Niederlage. Derya hatte ihn bei Wiebke vollmundig als genialen Ermittler angepriesen und er hatte so gut wie nichts herausgefunden über die Urheber der Zwischenfälle. Das fand er ziemlich peinlich. Um sich abzulenken, dachte er beim Aufwachen darüber nach, welche Köstlichkeiten aus Polettes Küche er demnächst einmal nachkochen wollte.

Als ihn Steffen und David bei Derya abgesetzt hatten und er ihr das Ende seines Jobs in der »Strandbude« verkündet hatte, war sie ihm begeistert um den Hals gefallen. Dass sie nun wieder mehr Zeit miteinander verbringen würden, ließ sie erst einmal vergessen, wie erfolglos sein Einsatz geblieben war. Derya genoss das gemütliche Frühstück zu zweit, bis der aufdringliche Ton von Georgs Handy erklang.

Die Entscheidung über das Ende seines Jobs in der »Alten Strandbude« war in der Nacht zuvor ziemlich spontan gefallen. Niki, die am Montagmorgen allein den Frühdienst übernehmen sollte, da Wiebke und Polette zu Terminen und Besorgungen nach Lübeck gefahren waren, hatte davon nichts erfahren. Und jetzt hatte sie eine dicke Erkältung erwischt. Deshalb rief sie folgerichtig bei Georg an, ob er ihren Dienst übernehmen könne. Der brauchte nicht lange zum Überlegen.

»Klar, kein Problem! Ich fahr sofort los und hol mir bei dir den Schlüssel.«

Zuvor allerdings hieß es, Derya die neue Lage zu erklären. Wie zu erwarten, war seine Freundin nicht begeistert, dass sein erster freier Tag sich sogleich wieder in Nichts auflöste. Nachdem Georg ihr aber die Notlage deutlich gemacht hatte, fuhr sie ihn trotzdem mit ihrem Wagen nach Schassau.

»Das war total nett von dir, Tausend Dank!«, verabschiedete er sich und gab ihr einen Kuss. Sie seufzte.

»Ach ja, das ist das Problem. Ich bin einfach immer viel zu nett«, sagte sie, »aber heute Abend kochst du für mich!«

»Ich schwöre!«

Derya hob den Daumen ohne ihn anzuschauen, legte den Gang ein und fuhr davon.

So hatte dieser Montag begonnen, ein Zufall hatte dafür gesorgt, dass er doch wieder seinen Kellnerjob machte. Nur aufgrund dieses Zufalls war er auf den toten Mario gestoßen und wartete jetzt deshalb an der »Alten Strandbude« auf das Eintreffen der Polizei. Den kleinen Finn hatte er in die Obhut von Erika und Karl-Heinz gegeben, die auf der Terrasse bereits die aufgelöste Putzfrau betreuten, und allen auf Kosten des Hauses ein Getränk gebracht, Finn ein Eis.

Immer wieder wechselte Georg zwischen Terrasse und Hinterausgang und lugte hinüber zum »Gola Incantata«. Aber nur das Schild »Montag Ruhetag« schaukelte sanft im Wind, sonst war dort alles ruhig. Im Übrigen war auch Eddys rollendes Raucherstübchen von der Ecke gegenüber verschwunden.

Auf der Terrasse der »Strandbude« installierte sich ein junges Paar mit einem Kinderwagen, der schon bedrohlich wackelte, bis kurz darauf lautes Babygeschrei einsetzte und die am Strand gerade wieder eingetretene schläfrige Ruhe zerriss. Die junge Frau nahm das Kleine auf den Arm, das sich einfach nicht beruhigen ließ, bis sie es entnervt an ihren Mann weiterreichte.

Angermüller näherte sich ihrem Tisch und fragte höflich nach ihren Wünschen. Der Mann bestellte einen Milchkaffee.

»Haben Sie auch Cappuccino mit Sojamilch?«, fragte seine Frau.

»Haben wir.«

»Und die Croissants, sind die aus Weizenmehl?«

»Wir haben Vollkorndinkelcroissants und klassische französische aus Weizenmehl.«

»Dann nehme ich ein Dinkelcroissant und einen Cappuccino mit Sojamilch.«

»Gerne.«

Obwohl der junge Vater es liebevoll wiegte, schrie das Baby immer noch. Die junge Frau erhob sich, nahm ihm ungeduldig das Kind ab, streichelte ihm nervös den Rücken und lief sichtlich gestresst zwischen den Tischen hin und her.

Georg war schon an der Tür zum Gastraum, als sie ihm hinterherrief: »Sind die Dinkelcroissants vegan?«

»Die sind mit Butter gebacken. Es gibt vegane Muffins, Banane oder Cranberry, und wir haben auch Bagels.«

»Dann bitte lieber einen Cranberrymuffin.«

»Alles klar.«

Angermüller verzog sich nach drinnen und nutzte die Gelegenheit, um wieder einen Kontrollblick zum Nachbarn zu werfen. Dort war alles unverändert. Schnell machte er die Bestellungen der Gäste fertig und brachte sie an den Tisch. Das Baby hatte sich beruhigt beziehungsweise hatte sich Erika seiner angenommen und schob sanft schuckelnd den Kinderwagen auf der Terrasse hin und her.

Georg spürte eine wachsende Nervosität. Irgendwie war es eine merkwürdige Situation. Er hatte die Polizei alarmiert, er würde als Zeuge gehört werden und seinen Kollegen gegenüberstehen – auf der anderen Seite der Absperrung. Er würde nur Hinweise geben dürfen, konnte aber nicht selbst eingreifen. Und letztlich würde man ihn natürlich fragen, was er hier machte. Na ja, das würde noch ein Spaß werden.

Kurz hinter Ratekau stauten sich auf der A 1 in Richtung Norden mit einem Mal die Autos. Es ging immer langsamer vorwärts, und bald herrschte Stop and Go.

»Da muss vor uns wohl ein Unfall passiert sein. Am besten wir fahren bei Pansdorf ab und nehmen die Route über Scharbeutz«, schlug Wiebke vor, die am Steuer saß und gähnte.

»Ja, ist wahrscheinlich vernünftig«, stimmte Polette zu und musste ebenfalls gähnen. »Bist auch so kaputt? War ganz schön anstrengend, unser Vormittag.«

»Stimmt, und außerdem hab ich schlecht geschlafen.«

Hinter ihnen lag ein dicht gedrängtes Programm: Am frühen Morgen hatten sie zuerst einen Termin bei einem Fischhändler wahrgenommen, mit dem sie zukünftig zusammenarbeiten wollten. Danach hatten sie sich einen neuen Wein- und Feinkosthandel angeschaut, wo man ihnen großzügig Kostproben aus dem Angebot servierte, gleich einiges eingekauft, und schließlich noch in einem

Markt für Gastronomiebedarf nach einem neuen Fleischmesser und einem passenden Salamander zum Warmhalten und Überkrusten gesucht. Letzteres war angesichts des geringen Platzangebots in der Küche der »Alten Strandbude« nicht ganz einfach.

Ihren Kopf gegen den Holm gelehnt, ließ Polette die Landschaft an sich vorüberziehen: Wiesen, Wäldchen, Weiden, dann schmucke Häuser mit gepflegten Gärten, manche mit einem Schild davor »Ferienwohnung frei«. Die Straße führte sie direkt auf das ziemlich neue Luxushotel zu, ein mächtiges Gebäude, direkt an den Strand gestellt, das vielen Alteingesessenen die Aussicht verdarb. Hier bogen sie nach links auf die Strandallee ab, die kleine Hotels, Restaurants und Läden säumten.

Am liebsten mochte Polette den Teil der Strecke, der direkt am Strand entlang führte und einen weiten Blick auf die Lübecker Bucht ermöglichte. Heute bevölkerte eine überschaubare Zahl von Badegästen die Strandkörbe, manche saßen auf Handtüchern, die Mehrzahl spazierte am Saum des Meeres entlang. Nur wenige Segelboote und ein paar Motorjachten waren auf dem Wasser unterwegs, das unter einem sanft blauen Himmel im Sonnenlicht funkelte. Weit hinten am Horizont begegneten sich zwei Fähren.

Wie meist beim Anblick der Ostsee musste Polette an Hannes denken. Sie hatte sich so auf das Leben mit ihm, auf die verheißungsvoll vor ihnen liegende Zukunft gefreut. Aber dann war er gegangen, vor mehr als vier Jahren schon, und er fehlte ihr immer noch so. Wahrscheinlich würde das nie aufhören. Es gab Tage, da spürte sie den Verlust besonders deutlich. Da war eine kalte, schwarze Leere um sie herum, die sie tieftraurig machte. Ach Hannes!

Er war hier oben geboren und aufgewachsen, er war sein

ganzes Leben über die Ozeane gefahren, und schließlich hatten sie hier seine Asche dem Meer übergeben, so wie er es bestimmt hatte. Deshalb würde sie hier nicht mehr weggehen. Als das dunkle Jahr überstanden war, hatte Polette begriffen, dass hier jetzt ihr Zuhause war, weil auch ihr Hannes hier war, überall, ganz nah, das spürte sie.

»Ach ja.«

An manchen Tagen entrang sich ihr dieser Seufzer zehnmal, zwanzigmal.

»Polette, alles gut?«

Ein fragender Blick von der Fahrerseite.

»Ja, alles in Ordnung.«

Sie lächelte verlegen. War halt heut mal wieder so ein Seufzertag. Wiebke fragte nicht weiter. Ganz kurz nur strich sie Polette über die Schulter. Sie redeten nicht viel über ihre Befindlichkeiten, wie immer, und blieben still, bis sie schließlich die »Alte Strandbude« erreichten. Während sie den Kofferraum entluden, deutete Polette zum »Gola Incantata«, vor dem ein Polizeiauto stand.

»Schau mal, da drüben!«

Außer dem üblichen Tampen, an dem das Schild »Montag Ruhetag« baumelte, spannte sich ein rot-weiß gestreiftes Absperrband vor dem Zugang des Restaurants. Ein uniformierter Polizist stand dahinter, ein anderer saß mit zwei Personen an einem Tisch auf der verglasten Terrasse.

»Merkwürdig.«

Wiebke schüttelte den Kopf.

»Und wieso ist die Tür zu?«, fragte sie gleich darauf irritiert, als sie den Zugang zur Küche der »Alten Strandbude« verschlossen fand. Sie schleppten ihre Einkäufe außen herum zum Terrasseneingang.

»Und was ist das jetzt?«

Die Tafel, auf der üblicherweise die tagesaktuellen Spezialitäten angepriesen wurden, versperrte ihnen den Weg.

»Heute bis 13 Uhr geschlossen«, las Polette laut und schaute suchend auf die Terrasse, »wo steckt denn Niki?«

Vom einzig besetzten Tisch stand eine ältere Frau auf, die Polette als die Stammkundin vom Campingplatz erkannte, die fast täglich mit ihrem Mann mal auf einen Cappuccino, mal auf ein Bier vorbeikam.

»Moin! Wir halten hier die Stellung«, erklärte sie mit ihrer tiefen Stimme und zeigte zu ihrem Mann, neben dem ein kleiner Junge saß, »so lange, bis euer Kellner wieder da ist.«

»Unser Kellner? Wieso?«, fragte Wiebke, die genauso wenig wie Polette verstand, was das alles bedeuten sollte. »Was ist denn los?«

Die Frau zeigte mit dem Kinn in Richtung des Nachbarrestaurants.

»Beim Italiener hat's einen Toten gegeben. Der Georg ist drüben. Die Polizei will mit ihm reden.«

Endlich war der Streifenwagen aufgetaucht. Erika und Karl-Heinz, die sich freuten, für etwas nützlich sein zu können, versprachen, auf der Terrasse der »Alten Strandbude« aufzupassen und sich auch um Finn zu kümmern, dessen Mutter ihn nicht zu vermissen schien. Angermüller hatte den Hinterausgang zugesperrt, die Tafel vor den Eingang gestellt und darauf den Laden für vorübergehend geschlossen erklärt. Mit der immer noch ziemlich aufgelösten Putzfrau im Schlepptau hatte er sich beeilt, nach nebenan zu kommen, bevor die beiden Uniformierten am Fundort großen Schaden anrichten konnten.

Die Kollegen, die dem Polizeiauto entstiegen, der eine vielleicht 30 und gut im Futter, der andere bestimmt 20 Jahre älter, hager, mit leidendem Gesichtsausdruck, waren ihm noch nie begegnet. Umso besser, da musste er nicht gleich dumme Fragen beantworten.

»Guten Tag, ich hab vorhin den Notruf gewählt, Georg Angermüller mein Name. Ich bin aus dem Restaurant nebenan.«

»Moin«, grüßte der Jüngere ohne aufzusehen, während er suchend im Kofferraum herumwühlte. Sein Kollege nickte nur kurz, drehte sich um und setzte sich zielstrebig in Richtung Restauranteingang in Bewegung.

»Entschuldigung! Wie gesagt, ich hab Sie angerufen, und die Dame hier hat den Toten gefunden.«

»Darf ich mir vielleicht erst selbst ein Bild machen, was da drinnen überhaupt los ist?«

Der Hagere schüttelte genervt den Kopf und ging einfach weiter.

»Vorsicht! Sie müssen aufpassen, dass sie nirgends reintreten. Da drinnen ist ein ziemliches Blutbad, und die Lichtverhältnisse sind sehr schlecht«, versuchte der Kommissar Schlimmeres zu verhindern. Ohne Erfolg.

»Scheiße, was ist das für eine Sauerei hier!«, ertönte es im nächsten Moment aus dem Restaurant, »man sieht die Hand vor Augen nicht!«

»Was'n los?«, rief der jüngere Kollege.

»Mann! Ich hätt mich hier beinah langgelegt«, beschwerte sich der andere von drinnen.

Resigniert verdrehte Angermüller die Augen und pustete laut die Luft aus. Lass die einfach machen, sagte er sich, es ist nicht dein Fall, es geht dich nichts an, da können sich andere mit rumärgern. Der jüngere Kollege hatte inzwischen das Band mit der Aufschrift »Polizeiabsperrung« zwischen die Pfosten gespannt, an denen das Ruhetagsschild hing, damit nun endlich jeder wusste, wo es etwas zu gaffen gab.

»Also, ich helfe in dem Restaurant da drüben aus und müsste zurück. Vielleicht wollen Sie meine Personalien aufnehmen?«, schlug Georg vor, als der Streifenbeamte wieder vor dem Lokal auftauchte. Doch der war so damit beschäftigt, das Blut von den Sohlen seiner Polizeistiefel auf einem Stück Rasen abzutreten, dass er gar nicht antwortete.

»Okay. Ich muss. Hier ist Ihre Zeugin. Wenn Sie irgendwas von mir brauchen, Sie finden mich drüben in der ›Alten Strandbude‹.«

»Moment!«

Jetzt kam Leben in den Hageren. Er fingerte ein Notizbuch und einen Stift aus seiner Jackentasche. Dann sah er sich suchend um und bedeutete Angermüller und der Putzfrau, sich mit ihm an einen der Tische im Freien zu setzen.

»Ihr Name?«

Angermüller nannte seine Daten. Als Beruf gab er einfach Beamter an, was der Mann ohne Nachfrage notierte. Er beantwortete alle Fragen nach dem Wann und Wie er den Toten gefunden hatte. Sehr wissbegierig war der Polizist nicht.

Eigentlich wäre es besser hierzubleiben, um einen professionellen Ablauf zu gewährleisten, ging es Angermüller durch den Kopf. Aber er konnte Wiebkes Laden ja nicht so lange allein lassen. Es war gleich Mittag, und selbst an einem Montag kamen doch ein paar Gäste in die »Alte Strandbude«.

»Dann geh ich mal. Tschüss.«

»Jou, tschüss. Die Kripo ist bestimmt gleich da. Die melden sich bei Ihnen.«

KAPITEL XI

Im Schloss drehte sich ein Schlüssel und gleich darauf betrat Georg durch den Personaleingang die Küche. Polette fand, dass er nicht so entspannt wie sonst wirkte.

»Georg! Was ist passiert? Was machst du hier? Wo ist Niki?«

»Grüß dich, Polette. Niki ist krank. Sie hat mich heute früh angerufen. Da hab ich halt ihre Vertretung übernommen …«

»Hallo, Georg! Was ist hier los?«

Auch Wiebke, die wohl die beiden reden gehört hatte, kam aus dem Gastraum angelaufen.

»Hallo, Wiebke«, grüßte Georg die Restaurantchefin und machte ein ernstes Gesicht.

»Wie gesagt, Niki hat eine dicke Erkältung erwischt und kann nicht arbeiten. Sie wollte euch nicht bei euren Terminen in Lübeck behelligen, und weil sie noch nicht wusste, dass ich offiziell in der ›Strandbude‹ aufgehört habe, hat sie heute Morgen gleich bei mir angerufen. Deshalb bin ich hier. Ich hoffe, das ist jetzt kein Problem?«

»Nein, natürlich nicht«, entgegnete Wiebke, »im Gegenteil, vielen Dank, dass du so spontan eingesprungen bist. Aber warum ist die ›Strandbude‹ geschlossen? Und was macht die Polizei bei unserem Nachbarn?«

Georg seufzte.

»Das ist leider eine schlimme Sache: Mario ist tot. Seine Putzfrau hat ihn heute Morgen gefunden.«

»Was?«

Polette griff sich an den Hals, sie spürte ihr Herz heftig schlagen.

»Wurde er etwa ermordet?«

Sie flüsterte fast. Georg nickte.

»Tod durch Fremdeinwirkung, auf jeden Fall. Ich hab die Polizei gerufen und musste bei den Streifenpolizisten eine erste Zeugenaussage machen.«

Wiebke sah ihn mit großen Augen an.

»Wirst du jetzt ermitteln?«, fragte sie ihn.

»Auf keinen Fall. Ich bin ja nicht im Dienst. Allerdings …«

Er zögerte. Tatsächlich wirkte der sonst so ruhige Georg ziemlich nervös.

»Ja?«

»Sicher werden die Kollegen mit mir reden wollen und fragen, was ich hier mache. Wir sind befreundet und ich hab rein privat in den letzten Tagen manchmal ausgeholfen, okay? So wie auch heute, weil jemand ausgefallen ist.«

Wiebke verstand sofort.

»Ja, genau«, stimmte sie zu, und auch Polette nickte.

»Danke«, er lächelte ein wenig unsicher, »ich möchte nämlich keinen Ärger mit meinen Vorgesetzten wegen unerlaubter Nebentätigkeiten bekommen.«

»Natürlich. Aber setz dich doch erst mal raus auf die Terrasse, Georg. Versuch ein bisserl zu entspannen. Magst einen Kaffee?«

»Gern.«

»Dann komm.«

Polette nahm ihn am Arm und zog ihn nach draußen, die Restaurantchefin folgte ihnen.

»Wir machen zuerst den Laden wieder auf. Aber du hast frei. Jetzt sind wir ja da.«

»Ach Wiebke, deine Tante hat vorhin angerufen. Ich weiß nicht, was sie wollte. Ich hab gesagt, du meldest dich bei ihr.«

»Danke, mach ich gleich.«

»Wir würden uns gern verabschieden«, rief die Stammkundin, die mit ihrem Mann und dem Kind immer noch auf der Terrasse aushielt, als sie nach draußen kamen.

»Vielen Dank, dass Sie auf unseren Laden aufgepasst haben«, lächelte Wiebke, die zu ihnen an den Tisch getreten war, »kommen Sie doch mal auf ein Abendessen vorbei. Sie sind herzlich eingeladen.«

»Och, der Georg hat so nett gefragt und wir haben das doch gern gemacht. Das tut nu wirklich nich nötig …«

»Trotzdem, Sie sind herzlich willkommen«, bekräftigte Wiebke erneut.

»Na, wenn Sie das so sagen. Da freuen wir uns natürlich über, oder Karl-Heinz?«

Ihr Mann nickte und strich dem Jungen übers Haar.

»So Finn, dann gehen wir mal. Wir haben ja den gleichen Weg.«

»Danke für das Eis«, rief das Kind dem Kriminalhauptkommissar zu, »tschüss!«

Angermüller winkte, und die drei verschwanden in Richtung Campingplatz. Während Wiebke sich um die Gäste kümmerte, die an einigen Tischen Platz genommen hatten, brachte Polette für Georg eine Wiener Melange. Er tat ihr leid. Hoffentlich bekam er nicht wirklich Schwierigkeiten für seine Hilfsbereitschaft.

Der Blick, den man von hier auf die Ostsee hatte, war wie immer bei Sonnenschein zauberhaft, doch Angermüller hatte dafür keinen Gedanken. Jeden Moment würden sie hier auftauchen. Die Frage war nur noch, wer. Er nahm den letzten Schluck seines Milchkaffees und sah auch schon die schmal geschnittenen Jeans, das modische Jackett und die schwarz glänzenden Schuhe und Wiebke, wie sie den smarten jungen Mann an seinen Tisch verwies.

Der Blonde steuerte auf ihn zu, schob die Sonnenbrille aufs Haar und zückte mit professionellem Griff seinen Dienstausweis.

»Eichhorn, Kripo Lübeck, Tach. Herr Angermüller?«

Angermüller nickte. Fast war er erleichtert, dass nur der Neue aufgetaucht war. Der schien sich gar nicht zu wundern, ihn hier anzutreffen.

»Sie haben die Kollegen gerufen?«

»Ja, hab ich.«

»Können Sie mir bitte schildern, wie sich das mit dem Fund des Toten genau zugetragen hat?«

Dem Kriminalhauptkommissar dämmerte, dass sich Eichhorn wohl gar nicht an ihn erinnerte. Umso besser, vielleicht käme er doch ohne großes Aufsehen aus der Sache raus. Also bemühte er sich um eine möglichst exakte Beschreibung der Vorgänge am Morgen.

»Kannten Sie Neron Gjolaj?«

»Wen bitte?«

»Neron Gjolaj. So heißt der Tote oder so steht es jedenfalls in seinem Ausweis.«

»Ah ja. Hier nannten den Mann alle nur Mario.«

»Also, kannten Sie ihn, diesen Mario oder Neron oder wie auch immer?«

»Ich hab ihn manchmal drüben vor dem Restaurant gesehen, einmal hab ich mit ihm ein paar Worte gewechselt. Ich bin ja nur in den letzten zwei Wochen ab und zu mal in der ›Alten Strandbude‹ gewesen. Also ›kennen‹ kann man wirklich nicht sagen.«

Natürlich ging Angermüller so einiges durch den Kopf, was er in diesen Septembertagen beim Nachbarn drüben beobachtet hatte. Auch was es mit dem anderen Namen auf sich hatte, hätte er zu gerne gewusst. Doch lieber würde er für sich allein seinen Vermutungen nachgehen und ein paar Nachforschungen anstellen, als die Kollegen vom K1 auf sich aufmerksam zu machen.

»Und ist Ihnen heute Morgen irgendetwas aufgefallen? Ungewöhnlicher Lärm, ein fremdes Auto, fremde Personen drüben auf dem Grundstück?«

Angermüller hob bedauernd die Schultern.

»Dass dort bei offener Tür Opernmusik lief, kam öfters vor. Und wie ich schon gesagt habe: Erst durch das aufgeregte Geheul der Putzfrau wurde ich alarmiert und bin sofort zum ›Gola Incantata‹ gelaufen. Mir ist niemand begegnet, und da schien auch sonst keiner zu sein.«

So. Schon klappte Eichhorn sein kleines Notizbuch zu. Angermüller atmete erleichtert aus.

»Moin«, sagte da eine wohlbekannte Stimme.

Wie naiv kannst du eigentlich manchmal sein, fragte sich Georg in dem Moment und blickte Jansen entgegen, der mit undurchdringlicher Miene auf ihn zusteuerte.

»Grüß dich, Claus. Schön, dich zu sehen, wenn auch die Umstände …«

Dass ihm der Kollege die vorgespielte Unbefangenheit abnahm, war ziemlich unwahrscheinlich. Sie bildeten schon so viele Jahre ein Team. Sie kannten sich wahrscheinlich ähnlich gut wie ein altes Ehepaar.

»Na klar, bist du das, Angermüller«, brummte Jansen, »wär' ja auch zu komisch gewesen, wenn es noch einen mit dem Namen gegeben hätte. So, Kollege Eichhorn, ich mach dann weiter. Du wolltest ja das Büro des Opfers untersuchen.«

»Aber natürlich, jetzt weiß ich, warum Sie mir gleich so bekannt vorkamen. Sie sind doch der mit dem Sabbatjahr! Na, da werden die Kollegen aber staunen«, freute sich Eichhorn. Als Antwort bekam er nur ein Schulterzucken. Das hatte Angermüller noch gefehlt, dass dieser eitle Geck das an die große Glocke hängte. Eichhorn federte von seinem Stuhl hoch und knöpfte das Jackett zu.

»Dann wollen wir doch mal sehen, wie weit die albanische Mafia da drüben ihre Finger drin hat.«

»Albanische Mafia? Gibt es konkrete Hinweise?«, fragte Angermüller interessiert und sah dem Kollegen hinterher, wie er mit großen Schritten die »Alte Strandbude« verließ.

»Das Opfer ist Albaner. Zumindest haben wir einen albanischen Pass bei ihm gefunden.«

»Ich glaube, hier haben alle gedacht, dass er Italiener ist. Er wurde auch nur Mario genannt.«

»Ja, das ist interessant«, sagte Jansen nur, der offenbar weder Georgs Einschätzung hören, noch Informationen preisgeben wollte. Er setzte sich auf den frei gewordenen Stuhl und heftete seinen Blick auf Angermüller.

»Mich interessiert eigentlich viel mehr, was du hier machst, Herr Kommissar.«

»Ganz einfach: Wiebke, die Chefin dieses Lokals, ist eine alte Freundin von Derya. In letzter Zeit gab's immer wieder Probleme wegen Personalengpässen.«

Georg gab sich Mühe, alles so selbstverständlich wie möglich klingen zu lassen.

»Und als wir neulich mal hier waren, hat Wiebke mich gefragt, ob ich vielleicht ab und zu aushelfen könnte, weil ich doch zurzeit nicht im Dienst bin. Ja, und das hab ich dann ein paar Mal gemacht.«

»Als Koch?«

»Nein, im Service.«

»Du als Kellner?«

Das Gesicht seines Kollegen drückte Unglauben aus. Überhaupt lag dem irgendwas quer.

»Mmh. Hoffentlich gibt das keinen Ärger …«

»Wieso? Ich tu nur einer Freundin einen Gefallen«, gab sich Angermüller gelassen, »ab und zu mal.«

»Hast du ihm das auch gesagt?«

Jansen deutete hinter sich.

»Weder Eichhorn noch die Kollegen von der Streife haben danach gefragt. Ich hab meinen Beruf mit Beamter angegeben und gut war's.«

Sein Partner sah ihn weiter mit diesem seltsamen Blick an.

»Wie geht's eigentlich deinem Rücken?«, fragte er plötzlich.

Daran hatte Angermüller überhaupt nicht mehr gedacht, dass er mit der Rückenausrede Jansens Essenseinladung vor ein paar Tagen zum zweiten Mal ausgeschlagen hatte.

»Besser, deutlich besser!«

»Das freut mich.«

Natürlich machte ihm der Kollege keinen neuen Terminvorschlag. Einen Moment saßen sie sich schweigend gegenüber.

»Wenn du öfters in Schassau gewesen bist, kannst du mir denn mehr über euern Nachbarn erzählen?«

»Ich fürchte nicht. Nur ein einziges Mal hab ich ganz kurz mit dem gesprochen, das war Sonntag vor einer Woche. Was soll ich sagen, er war nicht unsympathisch …

Soweit ich weiß, war er der Geschäftsführer vom ›Gola Incantata‹, und ich glaube, auch noch von zwei, drei anderen Lokalen. Deshalb hat er sich nicht ständig hier aufgehalten. Vielleicht wissen Wiebke oder Polette mehr über ihn, obwohl die auch nicht viel Kontakt mit ihrem Nachbarn hatten.«

»Wiebke, und weiter?«

Angermüller nannte seinem Kollegen die vollständigen Namen der beiden Frauen.

»Kann es eigentlich Raubmord gewesen sein?«, wagte er sich nach einer kurzen Pause vor.

»Sieht nicht danach aus.«

»Wisst ihr schon Genaueres?«

Sein Kollege machte eine vage Geste.

»Und wenn, dann brauchst du es nicht wissen.«

Wieder stand ein frostiges Schweigen zwischen ihnen.

»Brauchst du mich noch?«

»Nö, im Moment nich«, murmelte Jansen ohne aufzusehen. Angermüller stand auf. Die Situation zwischen ihnen war mehr als unangenehm. Jansen fühlte sich verarscht, er ahnte, dass ihm sein Partner etwas verschwieg. Und das Blödeste war, Georg konnte ihm nicht die Wahrheit sagen, was seinen Einsatz betraf. Immerhin hatte er zwei Wochen durchgehend regelmäßig bei Wiebke gearbeitet. Mochte er auch bisher keinen Lohn dafür erhalten haben, er hätte diese Nebentätigkeit genehmigen lassen müssen. Und von Jansen Stillschweigen über die Geschichte fordern, wollte er keinesfalls, denn das hieße, ihn in die Sache mit hineinziehen und womöglich der Gefahr eines Disziplinarverfahrens auszusetzen. Verdammte Tat!

Er sah Claus Jansen hinterher, der zum Gastraum ging, um mit den beiden Frauen zu sprechen. Ach ja, es würde sicher eine Weile dauern, die Missstimmung zwischen ihnen auszuräumen. Nun hoffte er vor allem, dass Wiebke und Polette nichts Falsches über sein Engagement in der »Alten Strandbude« erzählen würden.

Er schaute um die Ecke, was sich beim Nachbarn tat. Inzwischen parkten mehrere Dienstwagen vor dem Restaurant gegenüber, und wie Angermüller es erwartet hatte, drückte sich, angelockt durch das Flatterband mit der Aufschrift »Polizeiabsperrung«, eine Traube von Menschen davor herum, um einen Blick auf das Geschehen zu erhaschen. Wie jedes Mal, wenn er das an einem Tatort beobachtete, fragte er sich, woher diese Gier nach grausamen, blutigen Einzelheiten kam? Erwarteten die Gaffer wohlige Momente des Schauderns, froh, nicht selbst Opfer geworden zu sein? Die Kollegen hatten vor der offen stehenden Restauranttür einen Sichtschutz aufgestellt, sodass für die Schaulustigen nichts sichtbar war, was diese aber nicht davon abhielt, weiter so nah dran wie möglich zu verharren und neugierig die Hälse zu recken. Angeregt mit den Umstehenden schwatzend, immer wieder jemanden grüßend, stand auch die griechische Gastwirtin in der Menge. Auch sie schien das Schauspiel zu genießen. Schließlich entdeckte er Finns Mutter Kim. Der Junge war nirgends zu sehen.

Bisher hatte Angermüller sich gedanklich noch gar nicht mit der Bluttat dort drüben auseinandergesetzt. Zu sehr war er mit seiner eigenen, vertrackten Lage beschäftigt gewesen. Doch natürlich wollte auch er wissen, was im »Gola Incantata« genau geschehen war, was hinter Marios Tod steckte. Vielleicht sollte er versuchen, mit Finns Mutter zu sprechen. Auf eine Weise schien sie Mario besser zu kennen. Und sie hatte mehr als einmal gezeigt, dass sie mit ihm etwas für sie sehr Wichtiges zu klären hatte.

Langsam bewegte sich Angermüller in Richtung des »Gola Incantata« und musste über sich selbst den Kopf schütteln. Da hatte er sich sein Sabbatical erkämpft, weil er sich so berufsmüde fühlte, sich nach einer Auszeit sehnte, und nun, da er durch Zufall über eine Leiche stolperte, spürte er fast ein Bedauern, nicht selbst die Ermittlungen leiten zu können.

Ums Eck neben dem Restaurant sah er Marios weiße Mercedes-Limousine stehen. Angermüller stellte sich neben die junge Frau, die unruhig ihren Kopf, den heute zwei dicke Zöpfe zierten, hin und her drehte und immer wieder den Blick über die Absperrung schweifen ließ. Als er sie mit »Hallo, Frau Rohweder« ansprach, zuckte sie erschrocken zusammen.

»Wer sind Sie? Woher wissen Sie meinen Namen?«

»Finn hat mir den Namen gesagt. Ihr Sohn hat sich mir ganz ordentlich vorgestellt«, lächelte Angermüller, »ich heiße Georg. Wir kennen uns aus der ›Strandbude‹.«

»Ach, Sie sind das, der Kellner mit dem Eis«, sagte sie wenig begeistert, als sie ihn erkannte. »Finn hat vorhin erzählt, da wäre ein toter Mann im Restaurant gewesen und Sie hätten die Polizei gerufen. Stimmt das?«

»Das stimmt leider. Aber viel hat Ihr Junge zum Glück nicht mitbekommen. Ich habe ihn schnell nach draußen gebracht, als er in der Tür auftauchte«, beruhigte der Kommissar die Mutter. Doch die seelische Verfassung ihres kleinen Sohnes schien sie gar nicht zu interessieren.

»Wer ist denn eigentlich der Tote?«

Sie zwinkerte nervös, und ihre Stimme zitterte leicht bei der Frage.

»Mario, der Chef vom …«

Weiter kam Angermüller nicht. Tränen schossen Kim in die Augen und wohl um nicht aufzuschreien, presste sie eine Faust vor den Mund, drehte sich weg und rannte davon.

Gerade überlegte er, wie er es wohl anstellen konnte, noch einmal einen Blick ins Innere und auf den Tatort zu werfen, da kam Mehmet im weißen Overall hinter dem Paravent hervor und ging zum Wagen der Spusi. Schnell drängte sich Angermüller zu dem Kriminaltechniker durch.

»Hallo, Mehmet!«

»Angermüller! Hab schon gehört, dass du hier bist. Was machst du hier?«

Da dank Eichhorns Gequatsche wohl die meisten schon von seiner Anwesenheit wussten, brauchte er sich nicht mehr zu verstecken. Mehmet schien sich jedenfalls über das Zusammentreffen zu freuen, er war eben ein netter Typ.

»Das Restaurant gegenüber gehört einer Freundin …«

»Und du hast also das Opfer gefunden? Ist ja wirklich ein verrückter Zufall!«

»Erzählt das der Eichhorn?«, verärgert schüttelte Angermüller seinen Kopf. »Das ist nicht korrekt. Ich hab den Mann nicht gefunden, das war die Putzfrau, die kam schreiend aus dem Lokal gelaufen, und dann bin ich halt schauen gegangen und hab die Kollegen alarmiert. Aber sag mal, könnte ich …?« Angermüller deutete zum »Gola Incantata«. »Ich muss euch nämlich was zu den Fußspuren sagen.«

»Moment, ich hol nur schnell mal meine Kamera aus dem Auto, dann nehm ich dich mit rein.«

Als sie nebeneinander hinter die Absperrung gingen, boxte Mehmet ihn leicht gegen den Arm.

»Gib's zu, dir fehlt was ohne den Job, gell?«

»Na ja …«

»Wat is dat hier für eine Sauerei! Bleibt bloß außer Schussweite, Kollegen, sonst werd ich ungemütlich!«

Offensichtlich hatte Ameise sie hereinkommen hören. Ihnen den Rücken zugewandt, machte er seinem Spitznamen alle Ehre, kroch langsam über den Boden, von Kopf bis Fuß in Schutzkleidung gehüllt und ging seiner gewohnten, peniblen Spurensuche nach. Er vermaß die Ausmaße der Blutlache, brachte Nummerntafeln an und packte Haare sowie zwei Zigarettenkippen in durchsichtige Druckverschlussbeutel aus Plastik.

Angermüller, in seiner Alltagskleidung, blieb gleich hinter dem Eingang stehen, um nicht wertvolle Spuren zu zerstören. Im hellen Licht der geöffneten Restaurantbeleuchtung erinnerten ihn die Fußabdrücke unangenehm an den Streifenpolizisten und an seine eigene Unachtsamkeit. Mario lag immer noch auf dem Bauch, manche der Blutflecke auf seinem weißen Anzug schimmerten inzwischen bräunlich, das Blut auf dem Kunststofffußboden wirkte an den Rändern angetrocknet. Vier, fünf Stubenfliegen tanzten aufgeregt über dem Körper.

Mehmet umkreiste mit der Kamera vorsichtig den Liegeort und hielt die Position und die Körperhaltung des Opfers sowie sämtliche umliegende Fundstücke fest.

»Hast du die beiden umgestürzten Hocker abgelichtet?«, fragte Ameise.

»Ja, hab ich im Kasten«, meldete Mehmet.

»Die Scherben hinter dem Tresen hast du auch schon?«

»Ja, auch die.«

»Dann pack die gleich mit ein.«

»Aye aye, Sir!«

Der Kriminaltechniker warf Mehmet einen spurensicheren Plastikbeutel zu, und der sammelte mit seiner behandschuhten Rechten vorsichtig die Reste zweier zerbrochener Gläser ein. Scheinbar fühlte Ameise sich bemüßigt, bei seinem jungen Kollegen keine Langeweile aufkommen zu lassen, denn gleich darauf fragte er:

»Hast die schönen Sohlenabdrücke gesehen? Die müssen auch erfasst werden.«

»Kommen sofort dran.«

»Ich fürchte, die bringen euch nicht viel weiter«, kommentierte Angermüller, den der Kriminaltechniker noch gar nicht entdeckt hatte, aus dem Hintergrund. Blitzartig fuhr der herum.

»Sach ma, was suchst du denn hier, Angermüller?«

Ihm hatte Eichhorn seine Anwesenheit noch nicht gesteckt. Mit Ameise, wenig erstaunlich, redeten die meisten nur das Nötigste, und das dienstlich.

»Zufall. Ich bin rein privat hier.«

»Dann kannste deine guten Ratschläge auch für dich behalten«, knurrte Ameise.

Der Kriminalhauptkommissar beachtete den Einwurf des Kollegen gar nicht.

»Es gibt zwei Arten Fußspuren. Die einen sind von dem langen Dünnen von der Streife, der draußen Wache hält, und die anderen sind von mir.«

Andreas Meise, den alle hinter seinem Rücken nur Ameise nannten, weil auf dem Namenschild seines Büros die Abkürzung A. Meise stand und er ziemlich klein von Statur war, sah Angermüller entgeistert an.

»Und wieso trampelst du in deiner Freizeit mal so eben durch unseren Tatort?«

»Ach, Andreas …«

In kurzen Worten schilderte Angermüller den Sachverhalt, wofür er nur ein kurzes Gegrummel erntete.

»Dann mach bei dem Kollegen gleich einen Abdruck, Mehmet, und bei dem von der Streife auch, damit wir das vergleichen können.«

»Zu Befehl!«

Hinter Ameises Rücken verdrehte Mehmet die Augen, holte das Abdruckset aus seinem Spusi-Koffer und befasste sich mit Angermüllers Schuhwerk.

»Und hoffentlich taucht die Rechtsmedizin bald mal auf, damit wir hier vorankommen. Mistvieh!«

Wütend schlug Ameise nach einer einsamen Wespe, die suchend um ihn herumtaumelte.

Mehmet packte die fertigen Abdruckblätter in Klarsichtfolie, während Angermüller sich zum Gehen wandte. Viel ließ sich aus der Szene durch bloße Inaugenscheinnahme eh nicht herauslesen. Erst die Ergebnisse der Spurensicherung und vor allem der Rechtsmedizin würden weiterführende Erkenntnisse bringen.

Klar war, dass Jansen ihm gegenüber nicht sehr auskunftsfreudig sein würde. Der war eingeschnappt. Hoffentlich kam er nicht hinter die ganze Wahrheit über seinen Job in der »Strandbude«, dann fühlte er sich nur noch hintergangen, und die Eiszeit zwischen ihnen würde gar nicht mehr aufhören.

Vielleicht aber könnte Steffen ihm ein paar Fragen beantworten, ganz im Vertrauen, unter besten Freunden, falls er heute als zuständiger Rechtsmediziner hier auftauchen sollte. Angermüller fühlte auf einmal eine innere Spannung, die gar nicht unangenehm war. Vor seinem inneren Auge tauchten immer mehr Puzzleteile auf, die mit Mario und seinem Ableben zu tun haben konnten. Sein detektivischer Ehrgeiz war geweckt. Er würde als Erstes eine Liste anfertigen mit all den Leuten, die zu Mario in irgendeiner Form in Beziehung standen. Das war immer ein erster Schritt, um einen Überblick zu bekommen und eine Art Systematik in das Rätsel zu bringen.

Einem kleinen Fiat, der vor dem »Gola Incantata« vorfuhr, entstieg der muffige Kellner, und auf der Beifahrerseite quälte sich der Bodyguardtyp aus dem engen Gefährt. Die beiden guckten ziemlich dämlich auf die vielen Menschen und die Polizeifahrzeuge, die vor dem Lokal versammelt waren. Als Angermüller sich umsah, trafen sie gerade vor der Absperrung auf Sebastian Eichhorn. Es wurde heftig diskutiert und gestikuliert, und schließlich eskortierten die Streifenpolizisten die beiden Männer auf die Terrasse, wo sie an einem Tisch mit Eichhorn Platz nahmen. Schade, dachte der Kommissar, dass er schon zu weit weg gewesen war, um etwas von dem Wortwechsel zu verstehen.

Er bog um die Ecke der »Alten Strandbude« und stieß fast mit Jansen zusammen.

»Musste jetzt wieder kellnern?«

»Ach i wo«, Georg bemühte sich um ein fröhliches Gesicht, »das war ein Notfall heute Morgen. Jetzt ist die Chefin selbst ja wieder da.«

»Na dann …«

Damit ließ Jansen ihn stehen und lief hinüber zum »Gola Incantata«.

Zur Mittagszeit kamen erstaunlich viele Gäste in die »Alte Strandbude«.

»Das ist nicht zu glauben! Erstochen worden ist der Mario, hat der Kriminaler gesagt, und ich glaube, wir profitieren wirklich von dem grauslichen Mord nebenan. Mit so einem Andrang hätte ich an diesem Montagmittag nicht gerechnet.«

Polette schaute mit Missfallen zu den besetzten Tischen, während sie zwei Teller mit hoch aufgetürmten Surf & Turf Burgern auf die Anrichte stellte.

»Gaffen macht hungrig, scheint's. Auch wenn mir der Mario als Person egal ist – ich kannte den ja gar nicht – find ich das alles ein bisserl makaber.«

»So ist das Leben, Polette. Das nimmt keine Rücksicht auf private Gefühlslagen«, meinte Wiebke achselzuckend, »das haben wir wahrscheinlich alle schon mal erlebt.«

»Da hast eh recht.«

Zwar wusste Polette nicht, was Wiebke schon Derartiges widerfahren war und umgekehrt, da sie beide ihre persönlichen Geschichten lieber für sich behielten, doch natürlich stimmte, was Wiebke sagte.

»Aber weißt was: Mir macht das Angst, was dem Mario passiert ist«, gestand Polette, als die Chefin das goldbraun gebackene Steirische Apfelhendl bei ihr abholte, das sich zu einem heimlichen Renner in der »Strandbude« entwickelt hatte.

»Wieso? Wovor hast du Angst? Das hat doch nichts mit uns zu tun?«

»Weiß man's? Der bei uns diese ganzen unheimlichen G'schichten veranstaltet hat, vielleicht geht der Mario auch auf das Konto von dem.«

Zweifelnd sah Wiebke sie an.

»Ich weiß nicht. Kann ich mir nicht vorstellen.«

»Ach schau, da kommt einer, der vielleicht was dazu sagen kann. Übrigens: Bolli kommt erst am Nachmittag. Ich könnt im Moment tatsächlich den Georg als Hilfe brauchen.«

»Frag ihn doch einfach.«

Strahlend sah Polette dem Ankommenden entgegen.

»Georg, gut dass du da bist! Wenn du Zeit hast, könntest du mir ein bisserl in der Küche helfen. Siehst du, was draußen los ist?«

»Wahnsinn! Ja, natürlich, ich kann dich gern unterstützen.«

Bald arbeiteten sie gemeinsam eine Bestellung nach der anderen ab, waren das perfekte Team, alles funktionierte wie am Schnürchen. Nach einer Weile ebbte der Ansturm schließlich ab.

»Das macht richtig Spaß mit dir, Georg! Warum hast du nicht gleich bei mir in der Küche angefangen?«

»In der Küche bin ich halt ein Naturtalent«, grinste Georg, »aber wie du weißt, ging's bei meinem Einsatz um was anderes, und als Kellner kriegt man mehr mit. Sag, hat der Kollege eben nach mir und meiner Arbeit gefragt?«

Bei seiner letzten Frage wirkte Georg ein wenig besorgt auf Polette.

»So nebenbei. Wir haben beide nur gesagt, dass du ein paar Mal ausgeholfen hast, so wie heute. Und er hat nicht weiter nachgefragt. Du brauchst dir also keine Sorgen machen.«

»Und sonst?«

»Er hat alles Mögliche über Mario wissen wollen. Aber da konnten wir ihm nicht so richtig mit dienen. Wir wurden einzeln gefragt, wann wir gestern Abend gegangen sind, ob uns irgendwas aufgefallen ist und so. Aber uns ist nichts aufgefallen. Offensichtlich waren wir auch nicht verdächtig«, lächelte Polette, dann machte sie eine besorgte Miene, »aber, sag mal Georg, ich hab so ein ungutes Gefühl: Glaubst du, das hängt zusammen, diese ganzen komischen Dinge, die bei uns passiert sind, und der Mord an Mario?«

Auch Wiebke, die am Durchgang zum Tresen lehnte, sah Georg aufmerksam an. Der wiegte zweifelnd seinen Kopf.

»Schwierige Frage. Noch weiß man ja gar nicht, was dahintersteckt. Der eine Kollege denkt an die albanische Mafia. Na ja, ein bisschen verfrüht vielleicht. Aber man muss alle Möglichkeiten abklopfen.«

Er schaute die beiden Frauen an.

»Wusstet ihr eigentlich, dass der Mario vermutlich gar kein Italiener war? Sie haben einen albanischen Ausweis bei ihm gefunden. Da heißt er Neron, und der Nachname irgendwas mit G.«

»Ehrlich? Also, den Italiener hab ich ihm voll geglaubt!«, staunte Polette.

»Alle hier haben doch gedacht, der ist Italiener«, stellte auch Wiebke fest.

»Tja. Aber zurück zu deiner Frage, Polette: Ich glaube nicht, dass es einen Zusammenhang zwischen dem Mord und den Sabotageversuchen bei euch gibt, also dass die Gefahr einer Gewalttat für euch zugenommen hat.«

Georg sah die beiden Frauen an.

»Ich weiß, so eine Tat hinterlässt auch bei den Menschen in der Umgebung, die damit gar nichts zu tun haben, ein merkwürdiges Gefühl. Ein Mord macht immer Angst. Aber das ist ja ganz normal, wenn gleich nebenan was Schreckliches passiert ist. Ihr müsst euch aber keine Sorgen machen, denke ich.«

»Wenn du als Fachmann das sagst …«

So richtig überzeugt klang Polette nicht. Auch Wiebkes Gesicht drückte Zweifel aus.

»Hättest du bitte ein Blatt Papier für mich, Wiebke?«, bat sie der Kommissar. »Ich muss mir ein paar Sachen notieren und geh mich dann ein bisschen umhören.«

KAPITEL XII

Nebeneinander in einer akkuraten Reihe aufgestellt, den Blick nach Südwesten, reihte sich Wohnwagen an Wohnwagen. Hier herrschte Ordnung. Die meisten der mobilen Sommerhäuser verfügten über ein geräumiges Vorzelt, vor dem eine kleine Terrasse lag, manche davon mit einem niedrigen Zaun eingefriedet, andere von einem hohen Sichtschutz umgeben. Auch ein Stellplatz fürs Auto war bei vielen vorhanden. Man war auf Dauercamping eingerichtet, so wie Erika und Karl-Heinz, die seit Jahrzehnten hier Urlaub machten. Trotz des immer noch makellosen Wetters saßen nur wenige Leute in ihren Vorgärten in der Sonne.

Viele der verwaisten Wohnwagen sahen so aus, als ob ihre Besitzer sie schon auf die Wintersaison vorbereitet hätten, Vordächer waren eingerollt, Sichtschutzzäune abgebaut, die Satellitenschüsseln, ohne die hier nichts ging, eingeklappt.

Der Platz, an dem Finn und seine Mutter ihr Zelt aufgestellt hatten, lag ganz am Ende der ersten Reihe, wie der Junge erzählt hatte. Hinter Angermüller erklang ein Motorengeräusch, dann ein lautes, ungeduldiges Hupen. Noch bevor er sich umdrehte, wusste der Kommissar, wer da hinter ihm drängelte. Er wich keinen Millimeter, sondern blieb mitten auf dem Weg stehen und drehte sich um, sodass Kröger mit seinem Kleintraktor wohl oder übel bremsen musste.

»Bei dir piept's wohl? Aus dem Weg!«

»Guten Tag, Herr Kröger«, sagte Angermüller freundlich zu dem bereits dunkelrot angelaufenen Campingplatzbesitzer. Auf einem kleinen Anhänger lag der treue Begleiter seines Herrn. Der altersschwache Hund hob den Kopf, öffnete kurz ein Auge und drehte sich wieder in Schlafposition.

»Wat treibst du dich hier schon wieder rum? Verschwinde, aber zackig!«, überschlug sich Krögers Stimme.

»Ich will jemanden besuchen, der erstaunlicherweise auf Ihrem Platz hier Urlaub macht.«

»Quatsch nich! Hau ab!«

»Also, ich gehe in aller Ruhe meinen Besuch machen. Sollten Sie damit ein Problem haben, holen Sie einfach die Polizei. Unten beim Italiener finden Sie reichlich davon. Sie wissen doch bestimmt, was da passiert ist?«

Der eben noch tobende Mann wurde plötzlich erstaunlich still.

»Wieso? Wieso soll ich das wissen? Wat hab ich damit zu tun?«

»Das frag ich Sie.«

Nach einer Schrecksekunde hatte sich Kröger im Griff.

»Das geht dich gor nix an. Und jetzt mach Platz hier!«

Mit seinem dösenden Hund auf dem Anhänger rauschte er an Angermüller vorbei, kaum dass der einen Schritt zur Seite gemacht hatte.

Die Abteilung für Tagesgäste und Zeltbewohner war ein Stück Wiese in der hinteren Ecke des Platzes, umgeben von einer Hecke, dahinter gleich der Strand. Einen offiziellen Zugang gab es hier nicht, aber durch stete Nutzung hatte man sich diverse Durchlässe im Gestrüpp geschaffen. Nur drei Zelte und ein Wohnmobil standen in großem Abstand voneinander mit dem Rücken zur Hecke. Vor einem lustig blau-orangefarbenen Iglu, dem kleinsten der hier aufgestellten Zelte, lag Finns Mutter auf einer Liege und tippte auf ihrem Handy herum.

»Hallo, ist Finn auch da?«

Ihr Gesicht war hinter einer riesigen Sonnenbrille verborgen. Sie schaute kurz auf und beschäftigte sich gleich wieder mit ihrem Handy.

»Was wollen Sie von Finn?«

»Eigentlich nur mal schauen, wie's ihm geht, nach dem, was er heute Vormittag erlebt hat.«

»Dem Jungen geht's gut. Morgen fahren wir nach Hause.«

»Ach, so plötzlich?«

»Wieso plötzlich?«

Die junge Frau hob ihre dunkle Brille an und warf Angermüller einen misstrauischen Blick zu.

»Wir sind sowieso schon viel länger hier als geplant.«

»Dann hat Finn wohl inzwischen die große Überraschung bekommen?«

Bei diesen Worten hob Kim wieder das Gesicht.

»Was?«, fragte sie ungehalten.

»Das hat mir Ihr Sohn neulich erzählt, dass eine große, aber noch geheime Überraschung auf ihn wartet.«

Genervt nahm sie die Sonnenbrille ab. Sie sah sehr jung aus, und die Zöpfe verstärkten diesen Eindruck noch. Anfang 20 war sie, schätzte Angermüller.

»Sie müssen nicht alles glauben, was Ihnen der Junge erzählt. Eine geheime Überraschung! Manchmal geht die Fantasie mit ihm durch. Und jetzt hätte ich gern wieder meine Ruhe, verstanden?«

»Aber Mama! Du hast es mir doch versprochen!«

Wahrscheinlich war er durch einen Durchschlupf in der Hecke gekommen. Jedenfalls stand Finn plötzlich vor ihnen, in einer nassen Badehose und schnatterte vor Kälte. Seine Mutter sprang auf, riss ein Handtuch von einer Zeltleine und begann ihn trocken zu rubbeln.

»Warum hast du kein Handtuch mit zum Strand genommen?«

»Vergessen. Was ist mit meiner Überraschung?«

»Da sehen Sie, was Sie mit Ihrem blöden Gerede angerichtet haben! Es gibt keine Überraschung, Finn, kapiert! Und jetzt hol deine trockenen Klamotten aus dem Zelt.«

Der Kommissar konnte sehen, dass das Kind mit den Tränen kämpfte. Trotzdem kroch Finn brav ins Zelt und kam mit einem Bündel Kleidung heraus, das ihm seine Mutter hektisch und nicht gerade liebevoll überzog. Ein Auto näherte sich dem Zeltplatz. War das ein Dienstwagen?

Ja, es war ein Dienstwagen, und heraus stiegen Jansen und Eichhorn.

»Ach nee«, grinste Eichhorn blöd bei Angermüllers Anblick. Jansen sagte nichts, sein Blick dafür umso mehr.

»Frau Rohweder?«

Sie nickte.

»Kripo Lübeck. Jansen mein Name, das ist mein Kollege Eichhorn. Wir würden gern mit Ihnen sprechen.«

Unsicher schaute sie zu den Dienstausweisen, die man ihr entgegenhielt.

»Wir würden gern allein mit Ihnen sprechen«, wiederholte Jansen bärbeißig in Angermüllers Richtung.

»Ja, dann gehen wir mal, Finn. Ich wollte dich sowieso zu einem Eis einladen.«

»Ich hatte heute aber schon eins.«

»Na und? Ich glaube, du verträgst auch ein zweites, oder?«

»Klar! Super!«, strahlte der Junge, wischte sich die Tränen aus den Augen und griff nach Angermüllers Hand.

»Ist das in Ordnung?«, fragte Georg noch in Kims Richtung. Die reagierte kaum, machte eine zustimmende Kopfbewegung und schien völlig durcheinander.

»Sind das Polizeimänner?«, wollte das Kind wissen.

»Ja.«

»Und warum sind die bei Mama?«

Genau das hätte Angermüller auch gern gewusst.

»Das kann ich dir leider nicht sagen, Finn«, antwortete er wahrheitsgemäß, »die sind ganz nett. Ich hab auch schon mit denen gesprochen.«

Der Junge gab sich mit der Antwort zufrieden. Auf dem Weg kam ihnen schon wieder Kröger mit seinem Kleintraktor entgegen. Der Kommissar wappnete sich für eine weitere überflüssige Auseinandersetzung mit dem Mann und war überrascht, als der ganz zahm fragte, ob die Polizisten noch bei Finns Mutter wären.

»Ja, sind sie. Und warum interessiert Sie das?«

»Och, weiß nicht. Die wollten vielleicht auch noch zu mir …«

»Gut möglich. Die ermitteln wahrscheinlich in alle Richtungen. Und Sie waren ja auch nicht gerade gut Freund mit Mario, oder?«

»Du bist ja verrückt! Wie kommst du denn auf die Idee?«

»Haben Sie nicht heute Morgen gesagt, dass Sie mit dem Pizzabäcker nebenan Ärger hätten wegen der Werbeschilder auf vermeintlich Ihrem Grund und Boden?«

Mit dieser Feststellung hatte Angermüller die Grenze überschritten.

»Na, jetzt reicht's aber! Wie kommst du denn da drauf, du Klugschnacker?«, brüllte Kröger.

»Schönen Tag noch!«, antwortete Angermüller nur, fasste Finns Hand fester und ging einfach weiter. Der Junge drehte sich immer wieder staunend zu Kröger um, der immer noch vor sich hin schimpfte, schließlich aber sein Gefährt in Bewegung setzte und davonfuhr.

»Warum ist der Mann so böse?«

»Der ist, glaube ich, fast immer so. Das hat nix zu bedeuten. Hör einfach nicht hin.«

Finn nickte. Der Kommissar kehrte wieder zu seinen begonnenen Überlegungen zurück. Vielleicht hatte der Bodyguard den Kollegen erzählt, wie Kim vor ein paar Tagen seinen Chef unbedingt sprechen wollte und ihm gedroht hatte, nicht lockerzulassen. Oder aber, sie hatten im »Gola Incantata« etwas gefunden, dass auf Kim hinwies. Hatte die junge Frau den Mord auf dem Gewissen? Sie hatte irgendeine Rechnung mit dem Mann offen gehabt, und genug Wut schien sich in ihr auch angestaut zu haben. Wie ärgerlich, dass er Jansen nicht einfach fragen konnte, warum sie mit Finns Mutter sprechen wollten.

Wie immer in ihren Rauchpausen stand Polette in der Müllbucht hinter der »Alten Strandbude«. Heute ging ihr Blick nicht aufs Meer, sondern zum Nachbarn. Immer noch blieben Grüppchen von Neugierigen drüben vorm Italiener stehen. Eigentlich war da nichts zu sehen, weil die Polizei ja den Paravent vorm Eingang angebracht hatte. Nur ab und zu liefen Männer in weißen Schutzanzügen geschäftig zu den Fahrzeugen, die an der Strandpromenade parkten. Ein Streifenpolizist passte auf, dass sich kein Unbefugter hinter die Absperrung bewegte. Er schien nicht sehr auskunftsfreudig zu sein. Wenn einer der Gaffer das Wort an ihn richtete, schüttelte er nur stoisch den Kopf.

Hoffentlich kriegen die den Täter bald, dachte Polette. Weder Wiebke noch Georg hatten sie überzeugen können, dass das Geschehen beim Nachbarn nichts mit den Zwischenfällen in der »Strandbude« zu tun hatte. Sie fand das alles nur unheimlich.

»Ich habe gerade mit Tante Ille telefoniert«, sagte Wiebke, als Polette von ihrer Rauchpause zurückkam, »morgen früh muss ich mit ihr nach Lübeck. Sie hat endlich einen Termin bei diesem Sportmediziner, über den sie wahre Wunderdinge gehört hat. Sie hofft wohl, dass er ihr helfen kann, wieder besser laufen zu lernen.«

»Ich würde ihr so wünschen, dass es klappt. Das ist wirklich absolut bewundernswert, dass deine Tante die Hoffnung nicht aufgibt.«

Polette stellte einen Käsekuchen mit Cranberries und eine Apfel-Schmand-Torte in die Vitrine neben den Guglhupf. Schon saßen die ersten Kaffeegäste drinnen wie draußen. Auch Annedore Bellmann hatte mit einer Freundin in einer Ecke nahe dem Tresen Platz genommen. Kaum erblickte sie Polette, winkte sie ihr aufgeregt zu. Polette kam nicht drum herum, sie an ihrem Tisch persönlich zu begrüßen.

»Ach Polette«, ihr Gesicht war von Trauer umflort, »ist das nicht schrecklich, was nebenan passiert ist? Ich sag eben zu meiner Freundin – Luise Nissen, Polette, ihr kennt euch ja schon – Luise sag ich, die Welt wird immer schlimmer, oder?«

Hoheitsvoll nickte Luise Nissen unter ihrem mit altrosa Schleier geschmückten Strohhut. Polette hielt die Frau für ziemlich einfältig, nicht zuletzt deshalb tauchte sie wahrscheinlich häufiger in Annedore Bellmanns Begleitung auf. Die mochte Gefolgsleute, die sie bewunderten, ihr in allem recht gaben und nie widersprachen.

»Jedenfalls tut mir das von Herzen leid um den Mario. Das war ein so feiner Mann, sah gut aus, hatte Manieren. Polette, wer tut so was nur?«

Polette versuchte achselzuckend ein freundliches Lächeln.

»Keine Ahnung, dafür ist die Polizei ja hier. Die werden den Täter bestimmt finden. Kann ich Ihnen was bringen, oder haben Sie schon bestellt?«

Die Damen orderten Kaffee und Käsekuchen mit Sahne, doch so schnell ließ die Bellmann sie nicht ziehen.

»Ja, unsere Polizei! Wir haben drüben kurz geschaut, und ich hab den einen Beamten gefragt, ob sie schon wissen, wer's gewesen ist. Ganz freundlich! Erst hat er gar nichts gesagt und mir dann so eine freche Antwort gegeben, das glaubst du nicht! Stimmt doch, Luise?«

Der rosa Schleierhut signalisierte empörte Bestätigung. Endlich wollte Polette sich zurückziehen, doch flugs schnappte Annedore Bellmanns Hand nach der ihren. Sie war noch nicht fertig.

»Und weißt du, was das Schlimmste ist, liebe Polette? Meine Enkelin ist mit den Nerven völlig am Ende, so hat sie die traurige Nachricht mitgenommen. Meine arme, kleine Rina ist in Tränen ausgebrochen. So hab ich das Kind noch nie erlebt!«

Endlich durfte Polette ziehen. Die arme, kleine Rina – allein diese Bezeichnung lief schon völlig an der Realität vorbei. Und dass Rina wegen Marios Tod heiße Tränen vergießen würde, konnte Polette sich schon gar nicht vorstellen. Aber vielleicht schlugen nur ihre Vorurteile gegen die zukünftige Millionenerbin durch. Im Grunde war ihr Rinas Seelenlage sowieso herzlich egal.

»Mmh, das wird schwierig morgen mit Tante Illes Termin in Lübeck«, empfing sie Wiebke bei ihrer Rückkehr am Tresen.

»Wieso?«

»Niki hat's richtig erwischt. Die liegt immer noch mit Fieber im Bett. Morgen Vormittag Vertretung machen kann sie auf keinen Fall.«

»Das ist ja blöd. Den Termin muss Ille auf jeden Fall wahrnehmen. Aber weißt was, notfalls schaff ich das auch allein. Is ja eh nimmer so viel los.«

»Ja, glaubst du? Das wäre natürlich am einfachsten. Wahrscheinlich sind wir rechtzeitig zurück. Der Termin ist schon um acht.«

»Is eh klar, kein Problem. Hier, die Bestellung von Frau Bellmann. Ich verschwind dann mal wieder in meine Küche.«

Sie machte sich daran, die Ochsenbäckchen anzuschmoren, denn dieses Gericht brauchte vor allem Zeit. Jetzt wo die Abende kühler wurden, mochten die Gäste bestimmt das zarte Fleisch in seiner kräftigen Soße, dazu Kartoffel-Selleriepüree und Wirsinggemüse, eine ideale Kombination. Und Georg würde das bestimmt auch schmecken. Georg!

»Wiebke, weißt was: Lass uns doch den Georg fragen wegen morgen Vormittag!«

Die Chefin stellte ihr Tablett mit leerem Geschirr auf dem Tresen ab.

»Nein, das möchte ich nicht.«

»Aber warum denn nicht? Der kommt bestimmt gern!«

»Trotzdem, ich möchte das nicht«, Wiebke schüttelte entschieden den Kopf, »ich möchte nicht, dass er unsretwegen irgendwelche Schwierigkeiten in seinem Job bekommt. Der heutige Tag ist sowieso schon ein Risiko für ihn gewesen.«

»Aber man kann ihn doch wenigstens fragen. Er kann ja Nein sagen.«

»Ich würde es nicht tun.«

Damit war für Wiebke die Diskussion beendet, und sie widmete sich der Zubereitung von Cappuccino und Latte macchiato.

Auf dem Weg vom Campingplatz zur »Alten Strandbude« sah Georg den Wagen seines Freundes Steffen ankommen. Er winkte ihm zu, ohne zu wissen, ob dieser ihn auch wahrgenommen hatte. Es war klar, dass Angermüller mit Finn in seiner Begleitung den Tatort keinesfalls aufsuchen konnte. Auch wenn das Kind sich nichts anmerken ließ, hatte der kurze Blick auf den toten Mario am Morgen es wahrscheinlich genug durcheinandergebracht.

Sie nahmen sich einen Tisch auf der Terrasse. Georg stellte einen Becher mit sämtlichen fünf Eissorten zusammen.

»Boah! So ein großes Eis hab ich ja noch nie gehabt! Danke!«

»Bitte! Dann lass es dir schmecken.«

Glücklich griff der Junge nach dem Löffel. Als Polette die beiden bemerkte, setzte sie sich zu ihnen.

»So, meine Ochsenbäckchen schmoren für ein paar Stunden, da brauchen die mich gar nicht dazu, und anschließend sind die so was von zart! Die werden dir schmecken, Georg.«

»Hört sich gut an! Ich hoffe, ich kann davon kosten.«

»Sag mal«, sie senkte ihre Stimme und schaute sich nach Wiebke um, die gerade Gäste im Lokal bediente, »wir haben morgen früh wieder einen Engpass. Wiebke muss ihre Tante zum Arzt nach Lübeck fahren und Niki ist immer noch krank …«

Was für ein genialer Zufall! Gerade hatte er darüber nachgedacht, wie er es anstellen könnte, weiterhin Nachforschungen zu Marios Ableben zu betreiben. Natürlich war es riskant, wenn er morgen wieder den Kollegen vor der Nase herumlief, aber das ließ sich ja vielleicht vermeiden. Ein Problem war nur, dass er kein eigenes Auto zur Verfügung hatte und er nicht wusste, wie er von Neustadt nach Schassau kommen sollte. Mit dem Fahrrad benötigte man fast eine halbe Stunde, sodass er ab Lübeck mehr als eine Stunde unterwegs wäre. Die hilfsbereite Derya konnte er nicht ständig als Chauffeuse überstrapazieren. Warum eigentlich fragte er nicht Astrid? Die verfügte immer noch über die alte Familienkutsche und brauchte das Auto nur sehr selten. Das war eine Idee!

»Da bin ich natürlich da. Ich mach das wirklich gerne! Dann morgen früh so gegen halb zehn?«

»Wunderbar! Wie lang bleibst heut noch?«

»Mal schaun, ob die Kripo mich noch als Zeugen braucht. Und ansonsten steh ich euch natürlich bei Bedarf als Aushilfe zur Verfügung.«

»Des wird net nötig sein, glaub ich. Montagabend«, meinte Polette, »obwohl, man weiß ja net, wie blöd die Leut sind. Vielleicht kommen heut grad viele, wegen der Reklame da drüben!«, sie warf einen vielsagenden Blick in Richtung »Gola Incantata«. »Na, ich schau mal wieder nach meinen Ochsenbäckchen.«

Georg saß nachdenklich neben dem Jungen, der andächtig die riesige Eisportion aus dem Becher löffelte und die drei Waffeln für späteren Genuss ordentlich auf den Unterteller stapelte. Der Kommissar war in Gedanken bei seinen Kollegen und deren Vorgehen. Während die Kriminaltechnik den Fundort der Leiche untersuchte und abklärte, ob dies auch der Tatort war, hatten Jansen und Eichhorn die anderen Räumlichkeiten in Augenschein genommen. Hatte sich die Tatwaffe irgendwo gefunden und stammte sie aus der Küche oder hatte der Täter sie mitgebracht? Was war mit den Gläsern und der Grappaflasche, die Angermüller auf dem Tresen hatte stehen sehen? Auch eine Champagnerflasche hatte sich da befunden, ohne die Folie, aber noch mit Korken, soweit er sich erinnerte. Welche Hinweise gab es im Büro? Was hatte seine Kollegen zu Kim geführt? Ein Anruf auf dem Anrufbeantworter? Vielleicht ein Hinweis des Bodyguards, der sie letzten Montag gehindert hatte, mit Mario zu sprechen? Eine SMS auf Marios Handy? War der Kröger nur ein schimpfendes Großmaul oder steckte mehr hinter seiner Wut auf Mario? Dem Mann vom Campingplatz brannten ja wahrlich schnell die Sicherungen durch. Und was war an der Verbindung zur Mafia wirklich dran?

Diese und noch viel mehr Fragen gingen Georg durch den Kopf. Er hoffte, dass seine Kollegen noch einmal bei ihm vorbeikommen würden. Aus seiner Hemdtasche holte er ein Papier.

»Was ist das?«, fragte Finn zwischen zwei Löffeln Eis und lugte über den Tisch.

»Ach, nur ein paar Sachen, die ich mir aufgeschrieben habe, damit ich sie nicht vergesse.«

»Einkaufszettel?«

»So ähnlich.«

Der Junge nickte verständig, knabberte genüsslich an der ersten Waffel und widmete sich dem Rest des Eisbechers.

In die Mitte seiner Aufzeichnungen hatte Georg den Namen des Opfers geschrieben und drum herum gruppierten sich die Personen, die in einer irgendwie gearteten Beziehung zu ihm standen. Manche mit Anmerkungen, manche mit Frage-, andere mit Ausrufezeichen versehen. Vielleicht war es keine große Hilfe für die Ermittlungen, aber immerhin ein Anfang.

Eigentlich rechnete Angermüller fest damit, das Team noch einmal zu sehen, zumindest Jansen, denn sie hatten sich ja noch nicht einmal voneinander verabschiedet. Und außerdem wären die Kollegen doch dumm, sinnierte er, wenn sie nicht das Wissen über all die Dinge nutzen würden, die er während seiner Zeit in der »Alten Strandbude« so aufgeschnappt hatte. Nun gut, sie kannten natürlich nicht das Ausmaß, in dem er in Schassau tatsächlich tätig gewesen war, und sie sollten es auch nicht so genau erfahren. Aber schließlich war er bei der Kriminalpolizei und hatte deswegen einen anderen, genaueren Blick auf seine Umgebung. Sie konnten also wirklich nur davon profitieren.

Im selben Moment aber wusste er, Jansen, Eichhorn und die anderen würden auch ohne ihn klarkommen und den Fall aufklären. Sie brauchten ihn nicht wirklich. Das schmerzte irgendwie. Tief in seinem Inneren hielt er sich wohl für unersetzlich, dachte er peinlich berührt.

Noch etwas anderes ging ihm durch den Kopf: Wie waren ihm in den letzten Monaten vor seinem Sabbatical die täglichen Besprechungen in der Possehlstraße schwergefallen. Er hatte das Gefühl gehabt, von den immer gleichen Routinen gelähmt zu werden. Ihm fehlte plötzlich die Neugier, der Ehrgeiz, der Biss, einen Fall so lange durch die Mangel zu drehen, bis sie endlich zu einem befriedigenden Ergebnis kamen. Auch seine Leute zu motivieren war ihm unendlich schwergefallen, so ermüdet und ausgelaugt wie er sich manchmal fühlte.

Heute aber würde er nichts lieber tun, als mit den anderen bei schlechter Luft und noch schlechterem Kaffee unter dem Neonlicht in einem der Besprechungsräume zu sitzen, Ermittlungsergebnisse zu sammeln, Asservaten zu sichten, Hypothesen zum Tathergang und Theorien über Tatverdächtige zu diskutieren. Litt er nach drei Monaten außer Dienst schon an Entzugserscheinungen? Irgendwie unzufrieden faltete er seine Stoffsammlung zum Fall Mario zusammen und steckte sie in die Hemdtasche.

KAPITEL XIII

»Hallo, Finn, bist du fertig mit Eis essen?«

»Mama!«, freute sich der Junge, als er seine Mutter erblickte. »Ja, schon lange! Aber das war das riesigste Eis meines Lebens. So groß Mama, ehrlich!«

Er beschrieb mit beiden Händen einen kleinen Berg über dem geleerten Becher.

»Hast du dich auch dafür bedankt?«, fragte sie mit einem kurzen Blick in Angermüllers Richtung. Sie wirkte nicht so kratzbürstig wie sonst, eher still und niedergeschlagen.

»Das hat er natürlich, Frau Rohweder. Und wie lief es bei Ihnen?«

»War okay«, sagte sie, ohne Angermüller anzusehen, der gern genauer gefragt hätte, aber schon aus Rücksicht auf Finn darauf verzichten musste.

»Na, dann komm mal, Finn. Ich hab dein Fahrrad mitgebracht. Wir müssen noch nach Pelzerhaken, was einkaufen fahren.«

»Muss ich mich von Ihrem Sohn gleich verabschieden? Reisen Sie morgen ab?«

»Morgen nicht. Ich weiß noch nicht wann.«

Auch bei dieser Antwort schaute sie nicht in Angermüllers Richtung.

»Tschüss Georg und danke noch mal!«, winkte Finn, als er mit seiner Mutter abzog. »Bis morgen!«

»Ja, bis morgen!«

Hatte die Verlängerung ihres Aufenthaltes etwas zu

bedeuten, überlegte Angermüller? Gehörte Kim zu den Verdächtigen? Er musste eine Gelegenheit finden, mit ihr allein zu sprechen. Vielleicht morgen. Jetzt musste er erst einmal etwas anderes regeln.

»Hallo, Astrid, ich bin's. Sag mal, könnte ich für die nächsten Tage das Auto haben?«

Es war kein Problem. Astrid war offensichtlich gerade beschäftigt, weshalb sie auch nicht weiter nachfragte, und sie verabredeten, dass er den Wagen am Abend am Wakenitzufer abholen würde.

Aufs Neue legte er seine Aufzeichnungen vor sich auf den Tisch. Frank-Johann Stahmer, der war ihm eingefallen, als er über die Grappagläser vom Tresen im »Gola Incantata« nachdachte. Ganz sicher hatten die Kriminaltechniker sie auf Fingerabdrücke untersucht und eingetütet. Er überlegte, um welche Zeit sie am Abend zuvor dem Mann auf dem Parkplatz begegnet waren. Es musste kurz nach zehn gewesen sein, denn er war schon um Viertel vor elf bei Derya in Lübeck eingetroffen. Eigentlich hätte er Jansen schon vorhin den Tipp mit dem Möchtegernbürgermeister geben müssen. Aber sein Partner hatte ihn so deutlich spüren lassen, dass diese Ermittlungen ihn nichts angingen, dass er keine Lust gehabt hatte, ihm seine Erkenntnisse aufzudrängen.

»Na, Herr Georg, schreiben Sie einen Roman?«

Mit einem vergnügten Zwinkern stand eine schick gekleidete Dame plötzlich neben ihm, an ihrer Seite eine korpulente ältere Frau mit altrosa Schleierhut. Neugierig schielte die Elegante zu den Papieren auf dem Tisch. Schnell schob Angermüller seine Notizen zusammen.

»Einen Roman? Gott bewahre …«

Wer war das noch? Er hatte sie auf jeden Fall im Lokal schon mal gesehen. Sie musterte ihn mit einem Hyänenlächeln. Ach ja, das war diese sagenhaft reiche Witwe, die neulich mit dem aufgekratzten Damenkränzchen zu Gast gewesen war.

»Einen Roman schreiben, das könnte ich glaube ich nicht, Frau Bellmann.«

Leutselig legte sie ihm eine Hand auf den Arm.

»Das war nur ein kleiner Scherz, Herr Georg, muss auch mal sein, nich? Das Leben ist ja sowieso spannender als jeder Roman. Wenn ich nur denke, was dem armen Mario passiert ist …«

Ihr Gesicht verzog sich von fröhlich auf tief betrübt, die altrosa Begleitung nickte kummervoll.

»Früher gab es hier oben bei uns so was nicht. Und jetzt? Einbrüche, Überfälle, sogar Morde. Jeden Tag liest man davon in der Zeitung. Die Welt wird immer schlechter! Man fühlt sich ja seines Lebens nicht mehr sicher. Ist das nich so?«

Die Kriminalstatistik verzeichnete in den letzten Jahren mal einen leichten Anstieg, mal einen leichten Rückgang von Straftaten, und die Aufklärungsquoten wurden immer besser. Doch Angermüller wusste, es hatte keinen Sinn, einer Annedore Bellmann zu widersprechen. Beinahe wollte er sie mit dem Hinweis auf seine fähigen Kollegen beruhigen, aber gerade noch rechtzeitig korrigierte er sich.

»Unsere Polizei kümmert sich ja schon. Die werden den Täter fassen. Darauf können Sie sich verlassen.«

»Unsere Polizei«, echote die Bellmann abfällig, »da haben wir aber einen ganz anderen Eindruck! Nich wahr, Luise?«

Luise nickte gehorsam. Angermüller sagte nichts. Frau Bellmann wusste in allem Bescheid, auch über die Arbeit der Polizei. Sie konnte einem die Welt erklären.

»Dann wollen wir auch mal wieder los. Wir müssen doch im Club den Bazar mit vorbereiten. Komm, Luise!«

Geschäftig trippelte die Bellmann davon, ihre rosa behütete Freundin im Schlepptau.

»Tschüss, Frau Bellmann«, rief Wiebke, die gerade zu ihm auf die Terrasse gekommen war, den beiden nach, doch die hörten sie gar nicht mehr.

»Na, was wollte mein Kollege von euch?«, fragte Angermüller gespannt.

»Er hat viel über Mario wissen wollen. Mit wem er Kontakt hatte, Freunde, Verwandte, ob er oft Besuch von Fremden hatte, ob er sich Feinde gemacht hat. Ich weiß gar nicht mehr, was der Mann alles gefragt hat.«

Wiebke ließ sich neben Georg am Tisch nieder. Wie meist bei der Arbeit im Restaurant trug sie ein schlichtes weißes Shirt zu einer schwarzen Hose. Sie erschien ihm so bezaubernd wie immer, wenn sie heute auch ein wenig erschöpft wirkte.

»Aber ich glaube, wir konnten ihm nicht so richtig weiterhelfen. Du weißt ja, wir hatten wenig mit unserem Nachbarn zu tun, und außerdem war er oft gar nicht in Schassau.«

»Und hat Jansen irgendwas zu mir gesagt?«

Die Frage hatte Georg schon die ganze Zeit auf dem Herzen gelegen.

»Nein, kein Wort.«

»Das ist gut«, stellte er erleichtert fest, »aber sag mal, war ja richtig viel los heute! Vielleicht wird der Abend genauso. Soll ich lieber hierbleiben? Du wirkst ein bisschen geschafft.«

Sie entzog ihm ihre Hand, auf die er fürsorglich die seine gelegt hatte, schenkte ihm aber wieder das Lächeln, das er so liebte.

»Danke, das ist sehr nett von dir. Aber ich will dich nicht in noch mehr Schwierigkeiten bringen. Das ist mir alles unangenehm genug.«

»Das braucht es wirklich nicht zu sein! Das Risiko einzugehen, war ganz allein meine Entscheidung. Wer konnte denn ahnen, was jetzt passiert ist.«

So richtig überzeugen konnte er Wiebke nicht.

»Sei ganz beruhigt, Georg, wir schaffen den heutigen Abend auch ohne dich. Ich glaube eigentlich nicht, dass es sehr voll werden wird.«

Sie sah auf die Uhr.

»Soll ich dich jetzt zum Bahnhof bringen? In einer halben Stunde geht ein Zug nach Lübeck.«

»Danke, lieber später, wenn's dir recht ist. Ich will noch mal bei meinen Kollegen vorbeischauen.«

Erstaunen breitete sich auf Wiebkes schönem Gesicht aus.

»Findest du das eine gute Idee? Und wenn die dann doch genauer wissen wollen, wann und wie oft du hier gewesen bist?«

Angermüller stand auf.

»Ach, ich glaub nicht, dass die das wollen, sonst hätten die schon längst danach gefragt. Und außerdem kann ich denen ja vielleicht wertvolle Tipps zum Fall Mario geben«, meinte er.

»Aber du hast vorhin doch gesagt, du darfst gar nicht ermitteln.«

»Ja, na ja, mach ich ja auch gar nicht, nicht so direkt jedenfalls.«

Nach der wochenlangen beruflichen Abstinenz war die alte Lust erwacht, sich auf eine Fährte zu begeben, ohne zu wissen, wo sie hinführte. Er konnte nicht unbeteiligt bleiben, das müsste doch auch Wiebke verstehen. Und als Privatermittler zu arbeiten hatte einen besonderen Reiz. Als sie sein schiefes Grinsen sah, schüttelte Wiebke besorgt den Kopf.

»Tu was du für richtig hältst. Wenn du deshalb Probleme bekommst, bin ich jedenfalls nicht mehr verantwortlich.«

»Natürlich nicht«, bestätigte er, »aber wenn ich auf dein Angebot zurückkommen darf: Könntest du mich so zwischen fünf und sechs zum Bahnhof fahren? Um die Zeit ist es ja meistens ruhiger im Restaurant und euer Lehrling Carsten ist schon da.«

Auch Wiebke erhob sich.

»Ja, das kann ich gern machen.«

Plötzlich hatte Georg das Bedürfnis, sie in seine Arme zu schließen. Sie wirkte so allein, strahlte eine Art von Verletzlichkeit aus, die ihn tief berührte. Doch die kurze Vertrautheit der gemeinsamen Nacht war schon lange verflogen. Er ahnte, wie Wiebke reagieren würde, und strich ihr nur zärtlich über die Schulter.

»Danke«, sagte er. Sie lächelte erstaunt.

Jansen und Eichhorn waren nicht mehr da, als Angermüller am »Gola Incantata« anlangte. Das war natürlich eine echte Enttäuschung. Nicht nur, weil er gern mehr erfahren hätte und umgekehrt sein Wissen hatte beisteuern wollen. Nein, auch persönlich war er enttäuscht, dass Jansen sich nicht noch einmal bei ihm hatte blicken lassen. Der Riss zwischen ihnen ging also viel tiefer, als er gedacht hatte. Er musste sich unbedingt etwas überlegen, womit er diese Missstimmung aus der Welt schaffen konnte. Schließlich müssten sie irgendwann wieder im Team zusammenarbeiten.

Am meisten schien Claus sich über seine Notlüge geärgert zu haben, mit der er die Einladung zum Essen ausgeschlagen hatte. Vielleicht sollte Angermüller doch das Gespräch mit ihm suchen, ganz privat, und ihm die volle Wahrheit über seinen Einsatz in der »Alten Strandbude« erzählen? Verlass war auf den Kollegen, das wusste er, der würde nicht quatschen. Da er selbst den ganzen Ärger verursacht hatte, war es wohl an ihm, den ersten Schritt zu machen, um ihn aus der Welt zu schaffen.

Die beiden Kriminaltechniker verstauten gerade ihre Sachen im Auto.

»Sind die anderen schon weg?«, fragte Angermüller.

»Siehste noch einen?«

Ameise schob mit verbissenem Gesicht seine Sachen in den Kofferraum, dann murrte er: »Nur dein Herr von und zu aus der Rechtsmedizin hat auf sich warten lassen. Jetzt ist er da drin noch am Wühlen. Vielleicht kannste dem mal sagen, er soll hinne machen. Wir müssen nämlich auf den warten, bevor wir alles dicht machen können. Und wir wollen so langsam mal abhauen.«

Der schwarze Wagen eines Bestattungsinstituts näherte sich langsam über die Strandpromenade.

»Wenn die Jungs mit der Kiste schon kommen, wird es nicht mehr lange dauern«, versuchte Mehmet seinen Kollegen zu beschwichtigen. Der hörte gar nicht auf ihn und meckerte weiter vor sich hin. Angermüller kannte keinen Menschen, der so dauerhaft miese Laune hatte wie Ameise. Nur, weil er wirklich der gründlichste und genaueste Kriminaltechniker war, den er kannte, ein wahrer Meister seines Fachs, gelang es Angermüller, diesen Stinkstiefel irgendwie zu ertragen.

Er betrat das Restaurant, wo sein Freund Steffen von Schmidt-Elm im weißen Overall neben seinem Patienten hockte, den man inzwischen auf den Rücken gedreht hatte, was den Anblick nicht angenehmer machte.

»Hallo, Steffen.«

»Schorsch, sei gegrüßt. Hätte nicht gedacht, dich so schnell wiederzusehen. Wie kommt's, dass du hier bist?«

»Ach, das ist eine längere Geschichte, erzähl ich dir vielleicht später. Sag mal, kannst du schon was zur Todeszeit sagen?«

»Mit allen Vorbehalten würde ich auf einen Zeitraum zwischen 22 und zwei Uhr tippen. Ich denke, er hat noch eine kurze Weile gelebt nach den Stichen. Wahrscheinlich war der große Blutverlust todesursächlich. Bisher habe ich sechs Einstiche gezählt, mit ziemlicher Sicherheit ausgeführt von einem Rechtshänder. Genaueres dazu und zu allem anderen, erst wenn ich ihn auf dem Tisch hatte.«

Er unterbrach sich, stand auf und schaute zu seinem Freund.

»Aber sag mal: Bist du wieder im Dienst, weil dich das hier so interessiert?«

»Nein, bin ich nicht. Aber natürlich will ich wissen, was passiert ist. Außerdem kann ich meinen Kollegen vielleicht ein paar wertvolle Hinweise geben. Schließlich hab ich in den letzten Wochen einiges mitbekommen.«

»Ist ein bisschen heikel, oder? Wo du doch offiziell gar keinen Nebenjob annehmen darfst ohne Genehmigung.«

»Ja, schon, aber wird schon schiefgehen.«

Steffen winkte in Richtung Eingang. Die zwei Männer in schwarzen Hosen und weißen Hemden mit schwarzen Krawatten, zwischen sich einen Metallsarg, die abwartend in der Tür gestanden hatten, setzten sich in Bewegung.

»Na gut, ich muss dann mal. Wir bringen ihn ins Institut.«

»Eine Frage noch: Würdest du angesichts dieses Blutbades von Übertöten sprechen?«

»Möglich. Kann aber auch sein, dass das Opfer sich gewehrt hat. Deutliche Kampfspuren hat die Kriminaltechnik allerdings nicht erwähnt. Ganz genau weiß ich das alles nach der Obduktion.«

Die Sargträger zogen Schutzhandschuhe über, breiteten einen schwarzen Leichensack neben dem Toten aus und legten ihn gemeinsam darauf. Mit einem leisen Sirren schloss sich der lange Reißverschluss. So verpackt hoben sie das Opfer in den Sarg. Zurück blieb auf dem Boden eine riesige Blutlache. Der Rechtsmediziner zog die Gummihandschuhe aus, räumte Thermometer, Schere, Pinzette und andere Utensilien in seinen Koffer und klappte ihn zu.

»So, das war's. Jetzt geht's ins Institut.«

»Kann ich dich heute Abend mal anrufen, Steffen?«

»Selbstverständlich, Schorsch. Auf dem Handy erreichst du mich jederzeit.«

Sie gingen zusammen nach draußen. Im Westen stand die Sonne tief über der Küste, die Strandkörbe warfen lange Schatten, abendliche Kühle machte sich breit. Steffen schälte sich aus seinem Overall, unter dem er wie stets ein geschmackvolles Outfit trug, heute ein gelbes Polo zu einer dunkelgrauen Leinenhose und hellgrauen Wildlederslippern. Der Leichenwagen fuhr los, und der Rechtsmediziner machte sich ebenfalls auf den Weg. Mehmet löschte im Restaurant das Licht, schloss die Eingangstür ab und klebte ein Polizeisiegel über den Türspalt.

»Tschüss Angermüller. Wann fängst du eigentlich wieder bei uns an?«, wollte Mehmet wissen.

»Nach Neujahr.«

»Boah, hast du's gut!«

»Wie man's nimmt. Ein paar Mal hatte ich schon das Gefühl, mir fehlt was.«

»Echt? Würde mir nicht fehlen der Job, glaube ich.«

»Sach ma, ihr Quatschköppe, wie lange wollt ihr noch sabbeln?«, rief Ameise ungehalten aus dem Dienstwagen herüber, »Ich will auch mal Feierabend haben!«

»Also der da drüben fehlt mir ganz bestimmt nicht!«, sagte Angermüller. »Wie hältst du das bloß mit dem aus?«

Mehmet lachte.

»Ach, ich hör da gar nicht hin, wenn der rummosert. Ja, dann genieß deine Freiheit, vor allem bei diesem Superwetter. Du hast echt ein Schwein! Noch mal tschüss und bis irgendwann.«

»Ja, mach's gut Mehmet, bis demnächst!«

Vielleicht würde es ja gar nicht so lange dauern, bis sie sich wiedersahen, dachte Angermüller, der so einige Fragen an die Kriminaltechnik auf seiner Agenda hatte.

Unentschlossen blieb er vor dem »Gola Incantata« stehen. Er hatte noch eine halbe Stunde, bis Wiebke ihn zum Bahnhof bringen wollte. Mit Blicken scannte er den Boden, die Hecke, die sich ums Haus zog, sowie das Gebäude selbst und begann langsam das Restaurant zu umrunden. Wäre ja durchaus möglich, dass sich Hinweise auf das Geschehen letzte Nacht fanden.

Doch es fand sich nichts, nicht einmal ein Kaugummipapier, die Kollegen hatten alles gründlich abgegrast, was ja auch irgendwie erfreulich war. Die Fenster an der Rückseite des Hauses waren vergittert, genauso wie der Hintereingang, vor dem ein Rollgitter montiert war, an dem ein Vorhängeschloss hing. Von hier war wohl niemand ins Innere gelangt.

Das Wahrscheinliche war, dass die Eingangstür gestern Nacht offen gestanden hatte. Als Angermüller mit seinen Freunden zum Parkplatz gegangen war, tat sie das jedenfalls. Er erinnerte sich an leise Musikklänge und dass er im Restaurant ein schwaches Licht gesehen hatte. Das Personal war um die Zeit bestimmt schon im Feierabend, die Küche schloss im »Gola Incantata« um 21.30 Uhr, hatte Polette erzählt. Angermüller versuchte sich die Szene vorzustellen. Nur der Chef hatte sich noch im Restaurant aufgehalten. An der Bar hatte er mit jemandem Grappa getrunken. Und das war wohl kein Wildfremder gewesen. Entweder jemand, der an dem Abend im Lokal gegessen hatte, ein Stammgast vielleicht, oder ein Freund, der ihn zu später Stunde besucht hatte, ziemlich sicher aber jemand, den Mario kannte. Und dann stand da noch die unvollständig geöffnete Flasche Prosecco auf dem Tresen. Aber das, was man hatte feiern wollen, war offensichtlich ausgefallen. Was da wohl geschehen sein mochte, grübelte Angermüller?

Gerade wollte er um die Ecke der Rückfront biegen, als er sah, dass sich zwei Leute an dem seitlich am Haus angebrachten Briefkasten zu schaffen machten. Ein Mann und eine Frau, identische Sweatshirts, beide mit Rucksack – das konnten nur die Naturschützer sein. Was wollten die da? Sollte er sie stören? Oder lieber nur beobachten?

Einen Moment stand Angermüller still. Die Frau versuchte etwas aus dem Briefkasten zu angeln, was ihr aber nicht gelingen wollte. Der Einwurfschlitz war viel zu eng für ihre Hand. Der Mann redete auf sie ein, was er sagte, konnte der Kommissar nicht hören, aber es wurde aufgeregt im Flüsterton diskutiert und gestikuliert, und beide warfen immer wieder nervöse Blicke zur Strandpromenade. Den Briefkasten schienen Angermüllers Kollegen übersehen und nicht geleert zu haben.

Wie vom Donner gerührt drehte sich das Paar nach ihm um, als er plötzlich direkt hinter ihnen »Guten Abend« sagte.

Der Mann fand als Erstes die Sprache wieder.

»Ja, guten Abend. Ich kenne Sie doch! Sie sind der Kellner aus der ›Alten Strandbude‹.«

»Genau, Herr Kleefeld.«

Der Umstand, dass er nur der Kellner aus der Nachbarschaft war, gab dem Selbstbewusstsein des Naturfreundes offensichtlich Auftrieb.

»Und was machen Sie hier? Wieso schleichen Sie hier herum?«, fragte er barsch.

»Das Gleiche wollte ich Sie auch fragen. Wieso versuchen Sie, sich widerrechtlich Postsendungen anzueignen?«

»Wie bitte? Das geht Sie ganz bestimmt nichts an, das ist allein unsere Privatsache.«

»Ob das die Polizei auch so sieht? Immerhin ist heute ein Mord passiert. Und zwar genau hier.«

»Kümmern Sie sich gefälligst um Ihre eigenen Angelegenheiten, Sie Schlaumeier! Verschwinden Sie!«

Frau Kleefeld fasste ihren Mann, der mehr als aufgebracht war, am Arm, wollte ihn beruhigen. Doch der schüttelte sie nur unwillig ab.

»Wissen Sie, wir haben versehentlich etwas eingeworfen, das gar nicht für den Herrn Mario bestimmt war, ein für uns sehr wichtiges Dokument. Deswegen sind wir hier«, erklärte sie stockend und versuchte ein Lächeln.

Angermüller glaubte ihr kein Wort. Es musste sich um etwas handeln, das ihnen schaden würde, wenn die Polizei darauf stieß, sie womöglich verdächtig machte.

»Ich würde Ihnen auf jeden Fall raten, das sein zu lassen. Sie kriegen richtig Ärger, wenn die Polizei das mitbekommt. Und ich sage Ihnen, die kriegen raus, wer sich an dem Briefkasten zu schaffen gemacht hat.«

»Das funktioniert ohnehin nicht, Jürgen«, meinte die Frau, »ich krieg das aus dem engen Ding nicht raus.«

»Hast du es denn richtig versucht? Meine Hände sind leider noch größer …«

»Siehst du, hier: Ich hab mich verletzt, es blutet schon.« Sie hielt ihm vorwurfsvoll ihre Hand vors Gesicht.

»Verdammter Mist!«

»So wichtig finde ich das jetzt nicht. Dann ist das halt so.«

Angermüllers Gegenwart störte die beiden scheinbar nicht. Sie diskutierten einfach weiter.

»Das ist mal wieder typisch Ute! Beim ersten Versuch gleich aufgeben. Nur weil so ein klugscheißerischer Kellner dir in die Quere kommt!«

Auch wenn ihm bewusst war, dass er großen Ärger bekommen könnte, fasste Angermüller einen Entschluss.

»Sie müssen mir das nicht glauben, aber mein Name ist Georg Angermüller, ich bin Kriminalhauptkommissar bei der Polizeidirektion Lübeck. Als Kellner war ich nur im Rahmen eines Sondereinsatzes tätig. Insofern empfehle ich Ihnen dringend, meinen Rat anzunehmen.«

»Kann ich Ihren Dienstausweis sehen?«, fragte Herr Kleefeld im Befehlston. Der Kommissar hatte ihn nicht dabei.

»Der steckt in meiner Jacke in der ›Alten Strandbude‹. Wenn Sie wollen, kommen Sie doch gleich mit, dann können Sie sich selbst überzeugen.«

»Das mache ich, sofort!«

»Jürgen, lass doch bitte! Selbst wenn das nicht stimmt mit der Kripo …«, versuchte seine Frau ihn zurückzuhalten, »das bringt doch nichts. Du kannst nicht mehr verhindern, dass die Polizei davon erfährt.«

»Du immer mit deinem Fatalismus!«, ereiferte sich ihr Mann, und im nächsten Moment stürzte er sich mit einem wütenden Schrei auf Angermüller. Der, einen halben Kopf größer und insgesamt viel kräftiger, packte blitzschnell Herrn Kleefelds Handgelenke und hielt ihn auf Abstand.

»So, das reicht. Sie reißen sich jetzt zusammen und gehen nach Hause. Oder wollen Sie eine Anzeige wegen tätlichen Angriffs auf einen Polizeibeamten?«

Der Mann rieb sich die Handgelenke und sah Angermüller nicht an.

»Wollen Sie mir nicht sagen, was Sie aus dem Briefkasten so dringend zurückhaben wollen?«

Wie ein verstocktes Kind sah Kleefeld zu Boden und blieb stumm. Wäre seine Frau allein gewesen, hätte sie vielleicht geredet, doch so warf sie nur besorgte Blicke auf ihren Mann und schwieg ebenfalls.

»Okay. Meine Kollegen werden sich sowieso bei Ihnen melden. Schönen Abend dann noch.«

Einen Moment schauten ihn die Kleefelds erstaunt an, dann machten sie sich schnellstens davon, ein harmlos wirkendes, älteres Ehepaar, das sich für den Erhalt der Natur an der Küste einsetzte – koste es, was es wolle.

»Carsten, als Nächstes putzt du bitte den Salat, alles klar?«, teilte Polette dem Lehrling seine Arbeit zu. »Ich geh mal kurz nach draußen.«

Die ganze Zeit schon hatte sie Ausschau nach Georg

gehalten. Er sollte doch auf jeden Fall ihre Ochsenbäckchen kosten, die heute wieder perfekt gelungen waren, das Fleisch zart und aromatisch, die Soße kräftig, samtig – ein Traum!

Ah, da kam er. Polette ging schnell zurück in die Küche. Auf einen gewärmten Teller häufelte sie einen Löffel Kartoffel-Sellerie-Püree, darauf legte sie ein Stück Fleisch, verteilte die Soße darüber und setzte eine kleine Portion Wirsing daneben.

»Na, hast noch Zeit für eine kleine Kostprobe?«

Er war kaum durch den Personaleingang in die Küche getreten, da hielt sie Georg den Teller entgegen.

»Ja, dafür immer!«, sagte er nach einem Blick auf die Uhr.

Gespannt beobachtete Polette, wie er mit Sorgfalt kleine Portionen auf die Gabel lud und sie langsam und genüsslich verzehrte.

»Ganz wunderbar, Polette, das schmeckt wieder fantastisch! Auch dieses Rezept musst du mir unbedingt aufschreiben.«

»Das is eh einfach. Die Ochsenbäckchen kochen sich fast von allein. Brauchst halt ein gutes Fleisch und Geduld, das ist fast alles«, lächelte Polette zufrieden.

»Magst einen Nachschlag?«

»Danke, nein. Ich würde gern, aber Wiebke fährt mich gleich zum Bahnhof, ich muss noch einiges erledigen heute Abend.«

»Wart einen Moment!«

Polette verschwand kurz in ihrer Küche. Als sie wiederkam, drückte sie ihm ein in Alu eingeschlagenes Päckchen in die Hand.

»Damit du für zu Hause einen Nachtisch hast. Vielleicht machst noch ein Pflaumenkompott dazu.«

»Danke, Polette!«

»Na dann, bis morgen.«

»Ja, bis morgen.«

Wenig später war Wiebke vom Bahnhof zurück in der »Strandbude«.

»Sag einmal, hab ich das richtig gehört, ihr habt euch bis morgen verabschiedet? Was heißt das?«

»Hat es dir Georg nicht gesagt?«

»Ich hab ihn nicht gefragt, weil ich mir schon denken kann, wie das gelaufen ist …«

»Also, ich hab ihm nur erzählt, dass du morgen Vormittag mit Tante Ille nach Lübeck musst, weiter nichts. Und da hat er von sich aus angeboten, morgen einzuspringen.«

Wiebke warf ihr einen zweifelnden Blick zu.

»Ich weiß, ich wiederhole mich, aber ich möchte nicht, dass er meinetwegen in seinem Job Schwierigkeiten bekommt.«

»Ach Wiebke, Georg ist ein erwachsener Mensch. Der kann das selbst entscheiden. Es gibt wirklich keinen Grund, dir deswegen Gedanken zu machen.«

KAPITEL XIV

»Papa! Na, das ist ja eine Überraschung!«, rief Julia bei seinem Anblick und fiel ihm um den Hals. »Kommst du zu uns zum Abendessen?«

Die begeisterte Begrüßung seiner Tochter vertrieb die Melancholie, die Angermüller jedes Mal erfasste, wenn er als Besucher vor dem Haus in der kleinen Straße nahe der Wakenitz stand. Wie viele glückliche Jahre hatten sie hier zusammen verbracht, Astrid, die Zwillinge und er, bis – na ja, bis sich seine Frau und er voneinander weg entwickelten, bis Astrid immer mehr an ihm zu kritisieren fand, seine pragmatische Lebenssicht, seinen unaufgeregten Umgang mit Kindererziehung, seine angebliche Unzuverlässigkeit und natürlich seinen familienfeindlichen Job. Die Gewissheit, jeder auf seine Art anders und trotzdem eine Einheit zu sein, war irgendwann verschwunden. Und da hatte er sich entschieden auszuziehen. Gleichwohl blieb die Erinnerung an die besseren, gemeinsamen Zeiten bestehen, eine bittersüße Erinnerung, die ihn zuweilen traurig machte und ihn manchmal an der Entscheidung zur Trennung doch zweifeln ließ.

»Hallo, Julia, nein, ich komme nicht zum Essen. Ich wollte mir bei Mama nur das Auto abholen.«

»Schade«, bedauerte seine Tochter, »komm rein. Mama telefoniert.«

Sie gingen durch den Flur und durch die Küche, an die sich ein kleines Esszimmer in einer Art Wintergarten anschloss, hinter dem ein grünes Geviert lag. Der Hof war nicht sehr groß, aber immerhin verfügte er über ein Rasenstück mit Blumenbeeten ringsum und einer gemütlichen Sitzecke am Haus.

»Nächste Woche haben Judith und ich ja Geburtstag. Nimm dir da auf keinen Fall was vor!«

»Natürlich nicht! Gibt's wieder ein großes Fest?«

Julia lächelte und wiegte den Kopf. 16 Jahre alt wurden sie und ihre Schwester Judith, fast schon erwachsen die beiden und immer hübscher.

»Das wird nicht verraten. Überraschung!«

Astrid saß auf einem Gartenstuhl, hielt das Telefon ans Ohr und hatte einen angestrengten Gesichtsausdruck. Sie hob die Hand zu einem stummen Gruß.

»Ach, Martin«, sagte sie gerade. Georg kannte diesen Tonfall. Irgendetwas missfiel seiner Frau. Da er nicht notgedrungen lauschen wollte, zog er sich ins Haus zurück. Julia blieb neben ihrer Mutter sitzen. Georgs Handy meldete sich. Derya – als er ihre Nummer sah, fiel ihm ein, was er für heute Abend versprochen hatte. Sie wollte wissen, wann sie zu ihm zum Essen kommen sollte.

»Sagen wir um acht? Mir ist was dazwischengekommen, ich bin grad noch beim Einkaufen.«

»Was gibt's denn Leckeres?«

Er hatte noch keine Ahnung, was er auf die Schnelle kochen sollte.

»Verrat ich nicht. Bis dann!«

Erleichtert packte er sein Handy weg. Astrid stand mit einem amüsierten Lächeln in der Tür. Er wusste genau, was sie in diesem Moment dachte: Dass er eine Verabredung verbaselt hatte – mal wieder.

»Guten Abend, Georg. Du willst den Wagen holen, nehm ich an.«

»Genau. Wann soll ich ihn zurückbringen?«

»In den nächsten Tagen benötige ich ihn nicht, vielleicht am Wochenende.«

Sie schaute ihn an.

»Wozu brauchst du das Auto eigentlich?«

Sollte er ihr eine Geschichte erzählen oder lieber bei der Wahrheit bleiben?

»Ich hab die nächsten Tage noch in Schassau zu tun. Derya braucht ihren Lieferwagen selbst fürs Catering, und ich kann sie nicht immer bitten, mich zu fahren, selbst wenn sie Zeit hat. Und Wiebke hat auch ihre Verpflichtungen.«

»Was hast du in Schassau zu tun? Kellnerst du etwa immer noch in diesem Restaurant?«

Statt einer Antwort hob Georg den Daumen und verzog sein Gesicht zu einer lustigen Grimasse. Astrid lachte nicht.

»Ach, Georg«, sie schüttelte tadelnd ihren Kopf, »ich finde das nicht witzig.«

Nach einem tiefen Ausatmen sagte er:

»Es gab ein Tötungsdelikt im Nachbarrestaurant, und ich will die Kollegen ein wenig unterstützen. Liebe Astrid, ich tue bestimmt nichts, was deinem Ansehen oder dem unserer Familie schaden könnte. Vielen Dank, dass du mir den Wagen leihst.«

Seine Frau seufzte. Georg lehnte sich aus der Hintertür in den Garten und winkte Julia zum Abschied, die aufsprang und es sich nicht nehmen ließ, ihn noch einmal zu umarmen.

»Wo steckt eigentlich deine Schwester?«

Julia verdrehte die Augen.

»Bei Jakob natürlich.«

Dass ihre Schwester schon seit längerem möglichst viel Zeit mit ihrem Freund verbrachte, schien nicht ihren Beifall zu finden.

Georg war zufrieden mit sich. Wie er es geschafft hatte, in der knappen Zeit ein ordentliches Abendessen zuzubereiten, war wirklich eine bemerkenswerte Leistung. Zu dem Dhal von roten Linsen hatte er Rosinenreis und Halloumi-Käse serviert und als Dessert Polettes Reindling mit Sahne und Pflaumenkompott aufgetischt.

»Oh, das war ganz wunderbar, Aslanım«, seufzte Derya glücklich, »das tust du hoffentlich wieder öfter für mich, solange du noch Zeit hast.«

Aslanım, mein Löwe, nannte Derya ihn, wenn es besonders harmonisch zwischen ihnen war. Eigentlich war Georg dieser Kosename ein bisschen peinlich, aber zum Glück nannte sie ihn nur selten in der Öffentlichkeit so und wenn, dann würden die wenigsten Leute wissen, was dieses Wort bedeutete.

»Ich bin ja so froh, dass dein Einsatz in Wiebkes Restaurant endlich beendet ist. Lass uns darauf trinken!«

Jetzt wurde es schwierig, denn Georg hatte Derya noch nicht auf den aktuellen Stand der Ereignisse gebracht. Sie wollte aufstehen, um den Rakı und zwei Gläser zu holen.

»Warte mal. Also … ich muss dir was erzählen …«

Deryas wechselnde Gesichtsausdrücke illustrierten lebhaft Georgs Worte: Entsetzen über den Mord, ungläubiges Staunen, dass er sich in die Ermittlungen der Kollegen einmischte und deutlicher Unmut über sein weiteres Vorhaben.

»Du willst jetzt aber nicht hören, dass ich das in Ordnung finde? Das ist doch unglaublich riskant! Wenn deine Chefs das mitbekommen, kriegst du einen Riesenärger!«

»Mach dir keine Sorgen, ich pass schon auf, dass ich denen nicht dauernd vor der Nase rumlaufe. Und übrigens …«

Steffen hatte seine Untersuchungen noch nicht beendet, als Georg ihn anrief, und vorgeschlagen, er solle doch später vorbeikommen. Dann könnten sie in aller Ruhe reden, und außerdem hätte er ein paar Flaschen eines ganz ausgezeichneten Gewächses erworben, welches er unbedingt kosten müsse. Von Derya mit misstrauischen Blicken bedacht, tätschelte Georg ihre Hand.

»… ich muss gleich noch mal weg.«

Sie zog ihre Hand weg und stand auf.

»Ich auch. Ich fahre nämlich zu mir nach Hause.«

»Du willst schon gehen? Ich bin mit Steffen verabredet«, erklärte Georg, »ich hoffe, er kann mir schon ein paar Details von seinen Untersuchungen erzählen. So lange wird das nicht dauern. In einer guten Stunde bin ich zurück. Bist du jetzt sauer?«

»Wie kommst du denn darauf? Alles schön. Unser erster gemeinsamer Abend seit Langem. Glücklicherweise hab ich dich rechtzeitig daran erinnert, dass du kochen wolltest. Wir haben zusammen gegessen, und nun gehst du zu deinem Rechtsmedizinerfreund, um blutige Details zu diskutieren, und ich geh nach Hause. Ist doch perfekt!«

So aufgebracht hatte Georg seine Freundin selten erlebt.

»Ich kann ja anschließend zu dir kommen. Dann können wir noch was zusammen trinken und …«

»Das wird nicht klappen. Ich glaube, ich gehe heute ganz früh schlafen. Mach's gut, Georg!«

Keine Rede mehr von ihrem Löwen, keine glücklichen Seufzer, kein nettes Lächeln – Derya schulterte ihre Tasche und ließ ihn allein am Esstisch sitzen. Georg sank auf seinem Stuhl zurück. Das war heute schon der zweite Mensch in seiner Umgebung, den er verärgert hatte, er ganz allein, fast schon der dritte, wenn er Astrids tadelnde Worte einrechnete. Musste er sich Sorgen machen? Was machte er falsch? Hatte Astrid recht, wenn sie ihn ganz schön selbstbezogen fand, weil sein Beruf immer vorging? Dieses Mal gab es nicht einmal eine dienstliche Verpflichtung. Er hängte sich ganz privat in diese Ermittlung und ja, es konnte Schwierigkeiten geben.

Es schien, als habe er den Bogen überspannt. Jetzt musste er nicht nur bei Jansen für gut Wetter sorgen, mit Derya hing der Haussegen mehr als schief. Manchmal bist du wirklich nicht sehr geschickt, Angermüller, sagte er sich. Allerdings war es letztlich Deryas Vorschlag gewesen, der ihn in die »Alte Strandbude« und zu dem Mordfall geführt hatte. Trotzdem müsste er wohl überlegen, wie er aus dem Schlamassel wieder rauskam. Er schnappte sich seinen Hausschlüssel, ging nach draußen und schwang sich aufs Fahrrad. Von Derya oder ihrem Wagen war nichts mehr zu sehen, die war wahrscheinlich schon zu Hause.

Schweigend saßen sich die beiden Männer in ihren Sesseln gegenüber. Sie schnalzten leise mit der Zunge, während sie andächtig dem Kreisen der roten Flüssigkeit in ihren Gläsern zusahen.

»Na, was hältst du davon? Wie schmeckt er dir?«

Noch einmal schnupperte Georg an dem Wein in seinem Glas.

»Ein sehr feiner Stoff«, lobte er dann, »für einen Pfälzer Pinot Noir von unglaublicher Dichte, tolle Fruchtaromen, edle Holzwürze – absolute Klasse!«

»Schön, dass du meiner Meinung bist. Dann war es ja nicht falsch, mir davon eine Reihe von Flaschen zuzulegen. David hat der Wein auch geschmeckt, aber er ist nicht so ein Kenner wie du, Schorsch.«

»Danke, zu viel der Ehre!«, freute sich Georg, »Ich hab auch eine Neuerwerbung zu Hause, einen Tauberschwarz, auf der Maische vergoren und im Holzfass ausgebaut. Im Glas entwickelt er einen ganz feinen Duft nach Brombeere, nach Heidelbeere und der Geschmack geht zur Wildkirsche mit wunderbar samtiger Struktur. Den musst du demnächst bei mir kosten!«

»Ich komme gerne. Das hört sich fantastisch an! Aber, lieber Schorsch, du bist ja nicht allein wegen meines Pinot Noir hier …«

Steffen stellte sein Glas ab, setzte seine filigrane Lesebrille auf und griff nach dem Notizbuch, das vor ihm lag.

»Die Obduktion haben wir erst morgen Vormittag, wie immer. Jansen, dein Stellvertreter Eichhorn und Staatsanwalt Lüthge geben sich die Ehre. Viel Neues kann ich dir also noch nicht sagen, nur Folgendes: Der Angriff erfolgte von hinten, offensichtlich völlig überraschend und sehr schnell. Und du hattest gefragt, ob man von Übertöten sprechen kann.«

Angermüller nickte.

»Also, das kann man meines Erachtens nicht. Es gibt insgesamt acht Stiche, sehr saubere Stiche, unterschiedlicher Tiefe, mit einem schmalen, ziemlich langen und extrem scharfen Gegenstand ausgeführt. Vielleicht ein Tranchiermesser, ein Fleischmesser oder Ähnliches aus Damaszenerstahl, vielleicht auch Keramik, sehr hartes Material auf jeden Fall. Drei der Stiche sind von den Rippen gebremst worden, einer hat wohl die Lunge erwischt. Wie weit die anderen vier Blutgefäße oder auch das Herz getroffen haben, weiß ich erst morgen. Dieser Täter wollte den Mann töten. Punkt. Jemand im Blutrausch hätte viel öfter zugestochen, auch gern in den Hals, selbst dann noch, wenn das Opfer längst nicht mehr am Leben gewesen wäre.«

»Ob Mario seinen Mörder kannte?«, überlegte Angermüller. Die Freunde griffen nach ihren Weingläsern und tranken.

»Zumindest schien er völlig arglos zu sein, denn er drehte dem Täter offensichtlich den Rücken zu«, stellte Steffen fest.

»Und hat mit ihm etwas getrunken oder wollte es erst noch. Eine Grappaflasche stand auf dem Tresen mit zwei benutzten Gläsern und daneben eine halb geöffnete Champagnerflasche. Hinter dem Tresen habe ich zwei zerbrochene Sektgläser gesehen«, erinnerte sich Georg.

»Ist ja ein skurriler Zufall, dass ausgerechnet du die Leiche gefunden hast, Schorsch!«, wunderte sich Steffen. »Du hattest doch gestern deinen letzten Arbeitstag. Wieso warst du heute schon wieder in der ›Alten Strandbude‹?«

In wenigen Worten erzählte Angermüller seinem Freund, wieso er am Morgen Nikis Schicht übernommen hatte.

»Aber gefunden hat die Putzfrau die Leiche. Ich wurde erst durch ihr Schreien alarmiert.«

»Also wirklich alles Zufall! Und nun möchtest du die Aufklärung am liebsten selbst übernehmen? Langweilst du dich in deinem Sabbatical?«

Mit einer Mischung aus Neugier und Spott ruhte Steffens Blick auf ihm.

»Oder geht es nicht ohne dich?«

»Hab dir ja schon heute Nachmittag gesagt, dass ich in der Zeit in Schassau eine Menge mitbekommen habe. Natürlich kriegen die Kollegen das allein hin. Aber es wäre doch bedauerlich, wenn mein Insiderwissen nicht zum Einsatz käme.«

Nach einer kleinen Pause fügte er mit einem Schmunzeln hinzu:

»Und ein bisschen Abwechslung ist natürlich auch nicht schlecht …«

»Das hab ich mir gedacht. Ich drücke dir die Daumen, Schorsch«, versicherte Steffen, »auch dass du keine Probleme mit deiner Dienststelle bekommst.«

»Da pass ich schon auf. Was viel unangenehmer ist: Jansen ist richtig sauer auf mich. Er meidet mich, wo er kann. Der wusste nichts von meinem Ding in Schassau und fühlt sich hintergangen, weil er mich bei einer Notlüge ertappt hat, mit der ich seine Essenseinladungen ausgeschlagen habe, als ich in der ›Strandbude‹ kellnern musste.«

»Ja, das wird nicht so leicht sein, das Problem zwischen euch aus der Welt zu schaffen«, bestätigte Steffen, nachdem Georg ihm die ganze Geschichte erzählt hatte, »den Jansen halte ich für einen ganz Empfindlichen, trotz seiner flapsigen Art. Wahrscheinlich ist es wirklich am besten, du weihst ihn in deinen Undercovereinsatz in der ›Alten Strandbude‹ ein. Wenn überhaupt, dann kannst du ihn nur mit so einem Vertrauensbeweis milde stimmen.«

»Und wozu rätst du mir bei Derya?«

»Schorsch, was ist los? Zwischenmenschliche Krisen an allen Ecken?«

»Derya ist beleidigt. Sie dachte, mein Kellnerjob wäre endlich vorbei und ich hätte wieder mehr Zeit für sie. Und nun passiert dieser Mord. Dafür kann ich ja nichts. Und dass ich mich um diesen Fall kümmern muss, ist doch klar, oder?« Georg redete sich warm. »Wenn wir einmal dabei sind, kannst du auch gleich noch Astrid zu den Verprellten nehmen. Aber das ist ja nichts Neues, dass meine Noch-Ehefrau mich für verplant, unzuverlässig und gedankenlos hält.«

»Ach, tut sie das?«

»Ja, ja, schon länger. Sag mal«, er schaute fragend zu seinem Freund, »stimmt das? Bin ich unzuverlässig? Bin ich gedankenlos?«

Ein Lächeln glitt über Steffens Gesicht.

»Ach Schorsch, lass dich davon nicht verunsichern. Ich meine, ich bin ja nicht mit dir verheiratet, aber ich kenne dich auch schon sehr lange und bisher sind mir diese Eigenschaften nicht an dir aufgefallen.«

»George, ich bin auch nicht mit dir verheiratet, sondern mit diesem Herrn da, aber du bist wirklich ein netter Kerl, wie ihr hier sagt. Guten Abend zusammen!«

David, der gerade nach Hause gekommen war, steckte seinen roten Lockenkopf zur Tür herein und grinste.

»Aber ich will euch nicht weiter stören. Ich muss noch ein bisschen arbeiten, bevor ich morgen zu meinem Meeting nach Florenz fliege. Also dann, bis demnächst mal wieder: See you!«

Als wegen seines Fachwissens gefragter Restaurator von Wandgemälden in Kirchen und Klöstern kam Steffens Mann viel in Europa herum.

»Gute Reise, David!«, wünschte Angermüller und kam auf die kritische Haltung seiner Frau ihm gegenüber zurück.

»Meinen Einsatz in Wiebkes Restaurant fand Astrid übrigens ausgesprochen peinlich. Was, wenn jemand unserer Verwandten oder Freunde mich dort gesehen hätte?«

Steffen hüstelte.

»Na ja, Astrid hatte schon immer so etwas Strenges, und, wenn ich das sagen darf, manchmal auch Borniertes. Dafür hat die Erziehung durch deine lübsche Noch-Schwiegermutter Johanna schon gesorgt.«

»Ach ja«, seufzte Georg, »lass uns über Angenehmeres sprechen. Konntest du den Todeszeitpunkt enger eingrenzen?«

»Nach Lage und Verfärbung der Totenflecke, die sich mit stärkerem Druck noch wegdrücken ließen, würde ich sagen zwischen 21 und ein Uhr, allerdings mit Einschränkung aufgrund des hohen Blutverlustes. Hilft dir das weiter? Mehr Informationen kann ich dir momentan leider nicht liefern.«

»Sagen wir mal so, es grenzt von den Leuten, die als Täter in Frage kommen könnten, zumindest niemanden aus.«

»Weihst du mich in deine Überlegungen ein?«

Aus seiner Hosentasche zog Georg seine Notizzettel, legte sie auf den Tisch und strich die inzwischen ziemlich zerknitterten Papiere glatt.

»Ah, das Whiteboard für die Hosentasche«, amüsierte sich Steffen.

»Es muss ja kein anderer damit arbeiten. Ist nur eine kleine Gedächtnisstütze für mich.«

Georg erzählte seinem Freund von Kim und dem kleinen Finn, vom cholerischen Campinglatzbesitzer Kröger, vom Naturschützerpaar Kleefeld am Briefkasten und von der gut aussehenden Frau mit dem Hamburger Sportwagen.

»Deinen Zeitangaben zufolge könnte die Tat durchaus schon stattgefunden haben, als wir die ›Alte Strandbude‹

verließen. Ich wette mit dir, auf den Grappagläsern finden sich die Fingerabdrücke des Bürgermeisterkandidaten, den wir gestern nach Hause gefahren haben. Und der schien ziemlich sauer auf das Opfer zu sein.«

»Ah ja, das ist ja eine ganze Reihe Leute. Und hast du dir über ein Motiv Gedanken gemacht?«

»Leider verfüge ich nicht über die Kenntnisse meiner Kollegen, die den Laden durchsucht haben, weiß nicht, ob etwas gestohlen wurde, kann keine Überprüfung im Polizeicomputer wegen vermuteter mafiöser Verbindungen anstellen. Ich kann nur mühsame Kleinarbeit leisten.«

»Was dich offensichtlich nicht verschreckt«, stellte Steffen fest, »aber glaubst du eigentlich, es könnte einen Zusammenhang zwischen den mysteriösen Vorkommnissen in der ›Alten Strandbude‹ und dem Mord geben?«

»Hab ich auch überlegt. Auf jeden Fall gibt es keinen logischen Zusammenhang. Ich hatte mit dem Mordopfer noch vor ein paar Tagen über die Anschläge gesprochen, aber Mario hat nicht gesagt, dass bei ihm auch was vorgekommen ist. Und genauso wenig glaube ich, dass er der Urheber ist. Mit so einem Kleinkram gibt der sich, meiner Einschätzung nach, nicht ab.«

»Außerdem zählten dann auch deine Chefin und ihre Leute zu den Verdächtigen«, argumentierte Steffen.

»Genau«, nickte Georg, »und das glaube ich nun wirklich nicht. Wiebke und Polette haben ein eher distanziertes Verhältnis zu ihrem Nachbarn gehabt, und wenn da jemand die Konkurrenz fürchten musste, dann eher Mario die ›Alte Strandbude‹ als umgekehrt.«

»Weißt du denn schon, wie du weiter vorgehen willst?«

»Ach, ich mach das ganz spontan. Wenn ich schon mal als Privatermittler und mein eigener Herr unterwegs bin.

Auf jeden Fall hab ich mir für diese Woche den Wagen von Astrid geliehen.«

»Wirklich? Und sie weiß, warum du ihn brauchst?«

»Ich hab's ihr gesagt.«

»Wie fand sie das?«

Georg machte eine unentschiedene Schulterbewegung.

»Ist mir egal. Ohne eigenes Auto wäre es viel zu umständlich. Und alles hängt natürlich davon ab, wo meine Kollegen gerade stecken. Will die zwar unterstützen, aber möglichst unauffällig. Außerdem springe ich morgen Vormittag noch mal in der ›Alten Strandbude‹ ein.«

Steffen hob sein Glas.

»Na, dann wünsch ich viel Erfolg!«

»Danke dir! Ich ruf dich morgen mal an, wenn ich darf?«

»Aber natürlich Schorsch, jederzeit.«

KAPITEL XV

Sie reagierte nicht. Drei Nachrichten in wohlgewählten, netten Worten hatte er ihr im Laufe des Morgens aufs Handy geschickt und keine Antwort erhalten. Aber er wollte nicht anrufen. Wer weiß, ob sie das Gespräch annehmen würde und wenn ja, konnte er sich die Diskussion, die er führen müsste, lebhaft vorstellen. Derya war eingeschnappt, und es brauchte wahrscheinlich einige Bemühungen, sie wieder gewogen zu machen.

Im Zwischenmenschlichen hatte er zurzeit wirklich keinen Lauf, wie gestern schon Steffen festgestellt hatte. Auch als Wiebke gegen halb elf von Tante Illes Arztbesuch aus Lübeck zurückkam, lagen so etwas wie atmosphärische Störungen über ihrem Zusammentreffen. Dass die gemeinsam verbrachte Nacht eine absolute Ausnahme gewesen war, wohl den Aufregungen jenes stürmischen Tages geschuldet, hatte er längst kapiert. Auch an Wiebkes unterkühlte Art, hinter der er die sie stets umgebende Traurigkeit spürte, hatte Georg sich längst gewöhnt. Sie störte ihn nicht und tat dem Zauber, den sie auf ihn ausübte, keinen Abbruch.

Auch wenn sie nicht gerade unfreundlich war, merkte er deutlich, dass seine Anwesenheit nicht ihren Beifall fand. Er hatte sein Kommen nicht mit ihr abgesprochen, vielleicht war es das. Sie war schließlich die Chefin. Plötzlich fühlte er ein Unbehagen, empfand sich als aufdringlich. Auch war seine Mitarbeit an diesem Dienstagmorgen wirklich völlig überflüssig. Das Saisonende machte sich trotz der stabilen Schönwetterlage nun doch bemerkbar. Neben den Dauercampern Erika und Karl-Heinz, die wie immer ihren Cappuccino genossen, war nur noch ein Tisch auf der Terrasse mit zwei Gästen besetzt. Außerdem hatte Georgs Hiersein inzwischen ganz andere Gründe, was Wiebke wahrscheinlich nicht entgangen war.

Polette war die Einzige, die sich ehrlich freute, als Georg in der »Alten Strandbude« aufgetaucht war. Sie redeten über ein paar ihrer neuen Kreationen, wie die japanische Wasabi-Ramensuppe oder die Fajitas zu feinen Streifen vom Biorind mit Chilibohnen, Tomaten-Zwiebel-Chutney und Guacamole. Wiebkes Auftauchen hatte ihre Plauderei beim Kaffee abrupt beendet. Georg trank schnell seine Tasse aus und verabschiedete sich.

Etwas unschlüssig stand er auf der Strandpromenade herum, misstrauisch beäugt von Eddy, der an seinem Barkas lehnte und – natürlich – rauchte. Der Himmel dehnte sich in einem zarten Blau, und immer noch verbreitete die Septembersonne angenehme Wärme. Nachdem er sich vergewissert hatte, dass nirgendwo in der Nähe ein Wagen seiner Lübecker Kollegen parkte, entschloss sich Angermüller, drüben beim »Gola Incantata« einen Blick zu werfen.

Das Restaurant zu betreten hatte er nicht vor, nur noch einmal ums Haus gehen, die Gedanken laufen lassen, sich vorstellen, was wie passiert sein konnte und warum. Wegen des Polizeisiegels auf der Eingangstür war es ohnehin nicht möglich, unbemerkt in den Innenraum zu gelangen.

Angermüller kniff die Augen zusammen. Das war doch …! Der amtliche grüne Aufkleber war beschädigt, da hatte tatsächlich jemand das Siegel gebrochen und nicht nur das! Auch das Schloss war gewaltsam geöffnet worden. Mit wenigen Schritten war er an der Tür. Sie war nur angelehnt. Er schob sie langsam auf, besser, wollte sie aufdrücken, da wurde sie ihm nach drinnen aus der Hand gerissen. Jemand stieß ihn unsanft zur Seite, sodass Angermüller zwar nicht fiel, aber ins Straucheln kam. In dem Moment drängte sich eine große Gestalt an ihm vorbei nach draußen, die Kapuze eines Hoodies tief im Gesicht, rannte mit langen Schritten los und war sogleich um die Hausecke verschwunden. Keine Chance, denjenigen zu erkennen oder einzuholen.

Jetzt gab es keinen Grund mehr für falsche Zurückhaltung. Angermüller zog sich ein Paar Schutzhandschuhe über, die er glücklicherweise bei seinem Aufbruch am Morgen eingesteckt hatte, und betrat leise das Restaurant. Im diffusen Licht des Gastraumes schaute er nach allen Seiten, ob sich dort noch jemand verbarg. Das schien nicht der Fall zu sein. Zwischen Tresen und Treppe erinnerte der Umriss des Opfers in Kreide neben der mittlerweile getrockneten Blutlache an die Gewalttat in der Nacht von Sonntag auf Montag.

Zwei weiße Papierbögen leuchteten auf der Treppe aus dem Halbdunkel. Der Einbrecher schien also auch im oberen Stockwerk gewesen zu sein. Die Papiere aufklaubend schlich Angermüller vorsichtig die Stufen hoch, doch auch hier befand sich niemand. In dem engen Flur standen zwei Türen offen. Hinter der einen lag ein Schlafzimmer, gerade ausreichend für ein großes Bett und einen Nachttisch, hinter der anderen ein winziges Büro. Die aufgerissenen Schübe, die überall verteilten Papiere und Büroutensilien wiesen diesen Raum als das Ziel des Eindringlings aus. Und über dem Schreibtisch stand die Tür eines Panzerschranks offen, der scheinbar mehr antik als sicher war. Das Bild, das ihn verdeckt hatte – eine Replik von Tischbeins Goethe in der Campagna –, lag auf dem Boden.

Erst jetzt wandte Angermüller seine Aufmerksamkeit den beiden Papieren von der Treppe zu. Nachdem er deren Text überflogen hatte, entfuhr ihm ein beeindrucktes Boah! Was er da in den Händen hielt, war eine Art Schuldschein, formlos abgefasst, über die stolze Summe von 20.000 Euro. Und was ihn vor allem beeindruckte, war der Name, der da stand. Bingo! Sofort meinte er zu wissen, wer ihn vorhin an der Tür weggestoßen hatte.

Dieser Erkenntnis konnte er sich nicht lange erfreuen, denn plötzlich hörte er ganz leise Geräusche aus dem Gastraum. War der Einbrecher zurückgekommen? Keine schöne Vorstellung. Ganz behutsam schob sich Angermüller aus der Tür und spähte nach unten. Nein, der Einbrecher war es nicht …

»Nehmen Sie die Hände über den Kopf und bleiben Sie stehen!«, wurde Angermüller laut befohlen, unterstrichen durch eine auf ihn gerichtete Waffe, »Polizei!«

»Na, das ist ja wohl der Hammer! Was machen Sie denn hier?«

Entgeistert starrte ihn sein schnieker Stellvertreter an. Dessen Waffe zielte immer noch auf ihn, weshalb Angermüller nicht wagte, seine Arme zu senken. Endlich tauchte auch Jansens Gesicht am Ende der Treppe auf. Bei Georgs Anblick schüttelte er verärgert den Kopf.

»Kannst deine Waffe wieder einstecken, Eichhorn«, knurrte er den Kollegen an, »und du kannst deine Arme runternehmen, Angermüller. Und dann verrätst du mal, was du hier machst.«

In Georgs Kopf drehten sich die Argumente. Er durfte nichts Falsches sagen.

»Ach, die Obduktion habt ihr also schon hinter euch«, stellte er in harmlosem Tonfall fest, was Jansens Augen sich auf zwei bedrohliche Schlitze verengen ließ.

»Wüsste nicht, was dich das zu interessieren hat. Was machst du hier, Angermüller?«

»Also, ich bin vorhin zufällig hier vorbeigekommen …«

»Zufällig, ja?«

Der Sarkasmus in Jansens Stimme war nicht zu überbieten.

»Genau. Dabei ist mir das beschädigte Polizeisiegel aufgefallen. Ich bin näher ran, sah das geknackte Schloss und wollte gerade die angelehnte Tür aufdrücken, da wurde sie von innen abrupt geöffnet, jemand stieß mich zur Seite, sodass ich fast gestürzt wäre, und rannte um die Ecke davon. Erst danach habe ich das Restaurant betreten.«

»Und das sollen wir Ihnen glauben!«

Eichhorn wirkte völlig fassungslos.

»Was haben Sie hier gesucht? Wieso tragen Sie überhaupt Schutzhandschuhe?«

»Die Handschuhe hab ich immer dabei, das ist so eine Angewohnheit, und ich wollte die Ermittlungen natürlich nicht durch zusätzliche Spuren erschweren«, versuchte Angermüller zu erklären.

»Aber warum, Angermüller? Sie sind nicht im Dienst. Sie können doch hier nicht so einfach …«

»Lass man, Eichhorn, ich mach weiter. Schau du dich im Büro um. Den Tresor hast du gestern ja wohl übersehen. Und wir gehen nach unten, Angermüller.«

Jansen setzte sich Georg gegenüber an einen Tisch, die Arme verschränkt, die Miene unbewegt.

»So, jetzt lass mal hören, welchen Grund es für dich gibt, hier einfach so reinzuspazieren. Illegalerweise reinzuspazieren.«

»Es ist so, wie ich gesagt habe. Wären das Siegel und die Tür nicht aufgebrochen gewesen, wäre ich nie auf die Idee gekommen. Außerdem wollte ich euch demnächst sowieso Bescheid sagen. Ich weiß, es war trotzdem nicht richtig. Aber kannst du das nicht verstehen? Einmal Bulle, immer Bulle«, wollte Georg humorvoll Jansens Verständnis einfordern. Doch der konnte sich nicht einmal die Andeutung eines Lächelns abringen.

»Aber was wolltest du da drin?«

»Nichts Bestimmtes. Plötzlich hat sich halt mein Polizisteninstinkt gemeldet.«

»Und, hat dein komischer Polizisteninstinkt zu irgendwelchen Erkenntnissen geführt?«

»Ja.«

Zum ersten Mal seit ihrem Zusammentreffen am Vortag sah ihn Jansen nicht genervt oder missgelaunt an, sondern mit echtem Interesse, und Angermüller ergriff die Gelegenheit, sich vielleicht in ein bessres Licht zu setzen. Immer noch hatte er das Papier von der Treppe in der Hand, schob es seinem Partner hin.

»Das ist so eine Art Schuldschein, immerhin über 20.000 Euro zu Wucherzinsen von zehn Prozent. Den habe ich auf der Treppe gefunden. Ich kenne die Person, auf die er ausgestellt ist. Und ich glaube, ich weiß auch, wer hier eingebrochen hat.«

»Alexandra Katharina Speckmüller«, las Jansen, »wer soll das sein?«

»Die Enkelin einer schwerreichen alten Dame aus Schassau. Sie wird von ihrer Oma wohl ziemlich kurz gehalten.

Da hat sie sich mit Marios Hilfe ihr Taschengeld erhöht und als Sicherheit mal eben Teile aus ihrem Erbe angegeben. Und die fetten Zinsen sind ihr egal. Erstens ist sie nicht sehr helle und zweitens scheint sie mit dem baldigen Ableben ihrer Großmutter zu rechnen. Ich wette, Rina hat ihren Freund hierhergeschickt, um den Schuldschein zu holen. Der Freund heißt Ove, mehr weiß ich nicht. Aber ob das was mit dem Mord zu tun hat, ist natürlich eine Frage, die nur ihr klären könnt.«

Jansen hatte aufmerksam zugehört und sich Notizen gemacht, hielt Angermüllers Hinweise wohl für wertvoll, trotzdem fragte er barsch:

»Sonst noch was?«

»Ihr seid gestern doch bei der jungen Frau gewesen, Kim Rohweder. Sie hatte eigentlich heute abreisen wollen, aber dann ihre Pläne geändert. Habt ihr gesagt, sie muss noch bleiben? Verdächtigt ihr sie?«

Der Gesichtsausdruck seines Gegenübers schwankte zwischen Erstaunen und Ärger.

»Sag mal, willst du eigentlich nicht verstehen, Georg? Unsere Erkenntnisse haben dich überhaupt nicht zu interessieren, du bist nicht im Dienst!«

»Aber sollten wir nicht kooperieren? Vielleicht würden euch meine Informationen weiterhelfen. Ich war immerhin einige Zeit vor Ort in Schassau und hab so manches mitgekriegt«, gab Angermüller zu bedenken.

»Dann spuck's einfach aus, wenn du noch was weißt«, blaffte Jansen.

»Also, ich glaube, ihr habt nicht nur den Tresor übersehen, sondern auch den Briefkasten draußen vorm Haus. Da solltet ihr mal reinschauen. Sicher habt ihr Unterlagen gefunden oder findet sie noch im Tresor zur Blue Lagoon

Marina, einem Riesenprojekt, für das Mario geworben hat und mit dem manche reich werden wollen, während es andere bekämpfen. Dazu findet sich wahrscheinlich was im Briefkasten. Ich will mich nicht aufdrängen, aber solltet ihr dazu Fragen haben, du kennst ja meine Nummer.«

Weder wollte Jansen hören, woher sein Wissen stammte, noch schien er Georgs Hinweisen weiter nachgehen zu wollen. Dieses unprofessionelle Verhalten, nicht jedes kleine Puzzleteil zu dem Fall so schnell wie möglich zu verifizieren, konnte sich Georg nur mit dem Gekränktsein über seine Unaufrichtigkeit erklären und dass er Jansen als seinen Partner nicht von Anfang an über seinen Job in der »Strandbude« ins Vertrauen gezogen hatte.

»War's das?«

Mit dem Kuli auf seinen Notizblock hämmernd, signalisierte Jansen, dass seine Zeit knapp war.

»Ich wüsste gerne, ob ihr tatsächlich auf irgendwelche Mafiaverbindungen gestoßen seid.«

Sein Kollege tat so, als habe er die Frage gar nicht gehört.

»Dann war's das von mir – für heute«, grinste Georg mit einer gewissen Genugtuung, denn er wusste um den Wert seiner Informationen. Einiges hatte er noch für sich behalten, da er bestimmten Dingen lieber erst selbst auf den Grund gehen wollte, bevor er den Kollegen seine Tipps weitergab.

»Okay, dann sind wir fertig.«

Jansen stand auf.

»Und wir laufen uns hoffentlich nicht so bald wieder über den Weg. Ich sag es dir noch einmal: Misch dich nicht in unsere Ermittlungen, Georg. Du weißt, du kannst tierisch Ärger kriegen, vor allem, wenn der Chef von deinem Gastspiel hier Wind bekommt.«

»Ich pass schon auf. Aber sag mal, ganz andere Frage: Wollen wir diese Woche nicht mal ein Bier zusammen trinken gehen?«

Sein Kollege warf Angermüller einen nicht ganz eindeutigen Blick zu.

»Mal sehen«, antwortete er knapp.

»Schön. Ich ruf dich an.«

An einer Ausfallstraße außerhalb von Neustadt Richtung Nordosten stand auf der grünen Wiese ein auffälliger, runder Bau eines offensichtlich ambitionierten Architekten. Hier residierte »Stahmers Autosalon«. Sowohl das gepflegte Freigelände, auf dem neben mächtigen, neuen SUVs hauptsächlich Gebrauchtwagen standen, wie auch das extravagante Firmengebäude mit dem Ausstellungsraum für die Neuheiten, sollten offensichtlich mit viel Glas, Marmor und Chrom den Eindruck von Luxus und Eleganz vermitteln, was erstaunlich war angesichts der hier vertretenen Automarken, die alle nicht zur Oberliga gehörten.

Angermüller parkte den betagten Volvo auf dem Firmenparkplatz und betrat den Ausstellungsraum, in dem die neuesten Modelle funkelten. Gerade hatte er den ersten Rundumblick geworfen, da eilte ein schicker junger Mann vom Empfangstresen herbei, knöpfte seine Anzugjacke zu und begrüßte ihn höflich.

»Kann ich Ihnen behilflich sein? Haben Sie schon bestimmte Vorstellungen?«

»Vielen Dank, ich wollte mich ein wenig umschauen.«

»Gut, wunderbar, alles in Ordnung. Dann lass ich Sie erst einmal in Ruhe schnuppern. Wenn Sie meine Hilfe brauchen, ich sitze da drüben, ein Wink genügt.«

»Alles klar, danke.«

Während er gemächlich an den ausgestellten Autos entlangging und leicht mit der Hand über den Lack der Motorhauben strich, warf Angermüller verstohlene Blicke in Richtung des runden, gläsernen Büros in der Mitte des Raumes. Dort saß hinter einem riesigen Schreibtisch der Mann, mit dem der Kommissar ins Gespräch kommen und am liebsten einen Kaffee trinken wollte, der Chef, Frank-Johann Stahmer.

Auf dem Empfangstresen hatte der Kommissar sofort die edle italienische Kaffeemaschine entdeckt, die für ein Autohaus wie dieses einfach Pflicht war. Als er die Runde fast beendet hatte und der junge Autoverkäufer gerade mit einem Telefonat beschäftigt war, näherte er sich zielstrebig Stahmers Büro und klopfte an die gläserne Tür. Es dauerte einen Moment, bis der Chef ein erkennendes Lächeln zeigte und von seinem Schreibtisch aufstand.

»Ah, mein Chauffeur von Sonntagnacht!«, begrüßte er Angermüller in jovialem Ton und drückte ihm die Hand. »Oder soll ich besser sagen: mein Schutzengel? Was führt Sie her?«

Bei der letzten Frage meinte der Kommissar so etwas wie Argwohn in seinen Zügen auszumachen. Ob Stahmer befürchtete, mit unangemessenen Forderungen konfrontiert zu werden, damit Angermüller über die Beinahe-Dummheit des Bürgermeisterkandidaten im Suff Stillschweigen bewahrte? Oder war da etwas viel Gravierenderes, von dem niemand erfahren durfte und das sich an jenem Abend zuvor im »Gola Incantata« abgespielt hatte?

»Kann ich was für Sie tun? Soll's ein neuer Wagen sein? Ich denke, über einen guten Preis könnten wir uns einig werden.«

Stahmer klopfte dem Kommissar kumpelhaft auf die

Schulter. Bis zu einem gewissen Grad schien es, als sei er durchaus bereit, für seine Chauffeurdienste, oder wofür auch immer, zahlen zu wollen. Angermüller winkte ab.

»Ich besitze gar kein eigenes Auto, leihe mir nur ab und zu eins.«

»Gut für die Umwelt, schlecht fürs Geschäft«, lachte Stahmer dröhnend, sein kleiner Bierbauch vibrierte, »Scherz!«

»Eine Freundin von mir will sich wahrscheinlich demnächst einen neuen Wagen anschaffen, und als ich eben hier vorbeikam, dachte ich, die Gelegenheit ist günstig, schau dich mal bei Herrn Stahmer um.«

»Und, das Richtige gefunden?«

»Das geht nicht so schnell. Ich fürchte, da muss ich noch eine ganze Reihe Händler abklappern.«

Angermüller gähnte.

»Entschuldigung, war spät gestern. Ich glaub, ich brauch erst mal einen starken Kaffee.«

»Na, da können wir doch helfen. Was darf's denn sein? Cappuccino, Espresso, Latte …?«

»Ein starker Espresso wäre genau richtig.«

»Kevin! Machst du uns zwei Espresso, schön stark?«

Sie nahmen Platz an einem der beiden Caféhaustische im Ausstellungsraum.

»Ich habe gleich einen Beratungstermin, aber den Kaffee, den gönn ich mir noch.«

Stahmer sah auf die Uhr. Mit dem offenen Kragen und den hochgekrempelten Ärmeln seines Hemdes wirkte er ausgesprochen tatkräftig, ein Mann, der wusste, was er wollte, und dafür tat, was notwendig war. Beiläufig stellte er fest: »Da war gestern bestimmt ganz schön Aufregung bei euch.«

»Wieso?«

»Na wegen Mario …«

»Ach so, ja, den ganzen Tag war die Polizei vor Ort und natürlich viele Gaffer.«

»Tja, wenn hier schon mal richtig was passiert!«, kommentierte der Autohändler spöttisch.

»Kannten Sie den Mario eigentlich näher?«

Erneut machte Angermüller Misstrauen in Stahmers Blick aus.

»Ich war ab und zu im Restaurant zu Gast, da wechselt man schon mal ein paar Worte«, meinte Stahmer und fragte übergangslos: »Und wie ist das so, bei der schönen Wirtin in der ›Strandbude‹ zu arbeiten?«

»Doch, ja, war ein guter Job. Jetzt ist allerdings die Saison zu Ende, und ich werde höchstens in Notfällen als Aushilfe einspringen.«

Beide Männer kippten das starke schwarze Gebräu, das Kevin ihnen in dickwandigen Tässchen mit Firmenlogo serviert hatte. Und dann traf Stahmers angekündigte Kundschaft ein. Der Chef stand auf und verabschiedete sich schnell. Auch Angermüller erhob sich kurz darauf, nickte dem Autoverkäufer zu und schlenderte nach draußen. Als er hinter dem Steuer des alten Volvo saß, zog er den verschließbaren Plastikbeutel mit Stahmers geleerter Espressotasse aus seiner Jackentasche und verstaute ihn im Handschuhfach.

Immer wieder überkam es sie, einfach so. Irgendetwas erinnerte sie an Hannes, etwas ganz Banales wie das Blau eines Männerhemdes, der Duft frischer Brötchen, eine Fähre, die am Horizont vorüberfuhr, und Polette fühlte wieder den Verlust, die Einsamkeit, der Hals wurde ihr eng und sie kämpfte gegen die Tränen, die ihr in die Augen stiegen. Eben war es die fürsorgliche Geste gewesen, mit der ein Gast seine Frau aus der Tür geleitete, die Polette tief in ihrem Inneren berührt hatte. Nie wieder würde Hannes so den Arm um sie legen.

»Ach ja«, seufzte sie wie so oft, klopfte die Asche ihrer Zigarette ab, die sie völlig vergessen hatte, und schaute gedankenversunken über die Strandpromenade.

»Hallo, Polette, alles in Ordnung?«, fragte Georg auf einmal neben ihr. Sie wischte sich schnell mit der Hand über die Augen.

»Klar. Muss irgendwie Asche reinbekommen haben …«

»Rauchen ist ungesund, sag ich doch!«

»Du kommst aber nicht zum Arbeiten her? Ich glaub, die Chefin mag das nicht. Die will nicht schuld sein, wenn du Ärger kriegst.«

»Diese Sorge ist zwar unnötig, aber ich bin wirklich nur zum Essen hergekommen. Kannst du mir denn was empfehlen, Frau Küchenchefin?«

»Was meinst zu der Ramensuppe, von der ich dir vorhin erzählt habe? Die ist herzhaft, bisschen scharf, frisch, die is einfach genial!«

Keine Viertelstunde später saß Georg vor einer Schüssel kräftiger, dampfender Brühe, aus der zwei Noriblätter ragten und in der neben den japanischen Ramen-Nudeln verschiedene Gemüse, Pilze, Shrimps, dünne Scheiben Schweinebraten und zwei wachsweiche Eierhälften schwammen, wie er sie in so einer Konsistenz noch nie gekostet hatte. Er rührte eine angemessene Dosis der hellgrünen Wasabi-Paste in die Suppe und widmete sich dann diesem neu entdeckten, vielfältigen Geschmacksgenuss, gespannt beobachtet von Polette.

»Und?«

Angermüller hob den Daumen.

»Sehr köstlich! Warum habe ich das erst jetzt entdeckt?«

Mit zufriedenem Gesicht lehnte sich Polette auf ihrem Stuhl zurück.

»Die mögen alle Männer«, sagte sie und bereute ihre Worte sofort, denn die Wasabi-Ramensuppe war eines von Hannes' Lieblingsgerichten gewesen, als er noch richtig essen durfte, bevor er in die Leidenszeit der Krankheit abtauchte. Sie blinzelte und schluckte heftig, um die aufsteigenden Tränen zu unterdrücken. Doch Georgs forschendem Blick schien ihre Gefühlsaufwallung nicht entgangen zu sein.

»Was ist, hab ich was Falsches gesagt?«

»Nein, du nicht.«

Polette schniefte und lächelte. Was sollte das, dachte sie, sie musste ihren Kummer nicht mehr vor Georg verbergen.

»Diese Suppe schmeckte Hannes auch immer so gut. Es ist mehr als vier Jahre her, dass er gestorben ist, aber die Trauer überfällt mich in bestimmten Momenten immer noch, ohne Vorankündigung. Ich kann gar nichts dagegen machen.«

»Das tut mir leid, Polette. Hannes war dein Mann?«

Polette nickte. Georg drückte ihr die Hand, und sie erzählte ihm von den glücklichen und unglücklichen Zeiten, die sie erlebt hatte.

»Wenn es dich immer noch so traurig macht, heißt es aber, dass ihr eine gute und glückliche Beziehung hattet, an die du dich gern erinnerst. Das ist doch schön.«

Ja, da hatte Georg recht. Sie war froh, sich ihm endlich geöffnet zu haben. Georgs zugewandte Art machte, dass sie sich wirklich verstanden fühlte.

»Das hat Tante Ille auch immer gesagt, als es mir so richtig schlecht ging. Und die kennt sich mit so was aus, das kannst mir glauben!«

»Wieso?«

»Innerhalb von zwei Jahren hat sie ihren Mann und zwei Söhne verloren.«

Die Küchenchefin berichtete Georg von den Schicksalsschlägen ihrer Nachbarin, von deren schwerem Unfall und wie die »Strandbude«, als sie tatsächlich noch eine Bude war, ihnen beiden geholfen hatte, mit dem Verlust zu leben und den Alltag wieder in den Griff zu bekommen.

»Für Wiebke scheint die ›Alte Strandbude‹ auch sehr wichtig zu sein«, stellte Georg fest, »an irgendetwas hat sie zu tragen, sie wirkt immer so … irgendwie so traurig.«

»Ja, das stimmt. Wir sind halt der Club der traurigen Frauen, Georg. Vielleicht passen wir deshalb auch so gut zusammen.«

Tatsächlich war Polette dieser Gedanke schon gekommen.

»Weißt du denn, was Wiebke für ein Problem hat?«

»Nicht so genau. Vielleicht ist es wegen ihres jüngeren Bruders, der scheint ziemlich krank zu sein oder behindert. Wiebke sorgt für den schon seit Jahren.«

»Ach, sie kümmert sich neben dem Restaurant noch um ihren kranken Bruder? Wie macht sie das?«

»Keine Ahnung. Er ist wohl in einem Heim untergebracht. Ich weiß das nur von Tante Ille. Und die erzählt nicht gerade viel. Aber gegen sie ist Wiebke ja so verschlossen wie eine Auster.«

Polette hatte bei den letzten Sätzen ihre Stimme gesenkt, da die Chefin von der Terrasse ins Restaurant kam.

»Georg! Ich dachte, du hättest dich heute Vormittag verabschiedet«, staunte Wiebke bei seinem Anblick.

»Keine Angst, ich will nicht kellnern. Ich hatte Hunger – und wo sonst bekommt man so ein exzellentes Essen?«

»Das stimmt natürlich. Selbstverständlich bist du immer unser Gast«, Wiebkes Gesicht verzog sich zu ihrem netten Lächeln, »wir müssen uns ja irgendwie noch für deine Mitarbeit hier revanchieren.«

»Auf jeden Fall!«, bekräftigte Polette, die Georg für den besten Mitarbeiter hielt, den sie je hatten.

»Vielen Dank, das nehme ich natürlich sehr gern an. Dann werden wir uns in der nächsten Zeit wahrscheinlich öfter sehen.«

»Ach, wieso das? Was hält dich in Schassau?«, fragte Wiebke überrascht.

»Na ja«, sagte er ein wenig zögerlich, »vielleicht kann ich meine Kollegen ein bisschen unterstützen. Schließlich bin ich einige Zeit vor Ort gewesen und hab manches mitbekommen.«

»Kannst du denn einfach so mitmachen bei den Ermittlungen, obwohl du nicht im Dienst bist? Ich dachte, du kriegst ziemlichen Ärger mit deiner Dienststelle?«

Georg verzog sein Gesicht.

»Läuft schon irgendwie.«

Polette fand Wiebkes zweifelnde Reaktion unpassend. Schließlich hatte Georg ihretwegen für seinen Einsatz in der »Strandbude« auch viel riskiert und außerdem war er ein erwachsener Mensch, ein sehr vernünftiger dazu, der selbst wusste, was er tat.

»Ich freu mich jedenfalls immer sehr, wenn du kommst«, sagte sie herzlich zu Georg und tätschelte seine Hand.

»Und ich freu mich immer, wenn ich bei euch beiden sein kann«, lächelte er und sah zu Wiebke. Doch die bekam das gar nicht mit. Er hat sich doch in unsere schöne Chefin verliebt, dachte Polette, hoffentlich merkt sie das irgendwann und freut sich drüber.

KAPITEL XVI

Er überquerte die Welsbachstraße und ging langsam zu seinem Wagen, den er gegenüber der Polizeidirektion auf dem öffentlichen Parkplatz abgestellt hatte. Hätte ihm jemand vor ein paar Monaten prophezeit, dass er es einmal bedauern würde, nicht mit den Kolleginnen und Kollegen in ihrem schmucklosen Besprechungsraum sitzen zu dürfen, nicht die verbrauchte Luft einzuatmen, bis endlich einer das Fenster aufriss, Ameises und des Behördenchefs ewig gleiche Sprüche zu ertragen, keinen frühen Feierabend zu haben und der banalen, zigfach geübten Routine zu folgen, Angermüller hätte nur mit dem Kopf geschüttelt. Er warf einen Blick hinauf zu den Fenstern im siebten Stock, hinter denen seine Kollegen sich gerade zu ihrer abendlichen Teamsitzung zusammenfanden. Wie gern hätte er jetzt mitgemacht, erfahren, was sie mittlerweile an Erkenntnissen zusammengetragen hatten, ob Jansen seinen Hinweisen nachgegangen war und ob es schon einen Verdächtigen gab.

Nach einem Telefonat mit Mehmet hatte er sich mit diesem vorm Labor getroffen, um ihm die Tasse aus Stahmers Autohaus zu übergeben. Angermüller hatte lange überlegt, was er als Begründung für die Untersuchung auf Fingerabdrücke nennen sollte, wollte dann wieder Deryas Cateringservice ins Spiel bringen. Doch Mehmet hatte sich einfach nur gefreut, ihn zu sehen und gar nicht weiter gefragt. Sie hatten noch kurz miteinander gequatscht, dann musste der Kriminaltechniker sich verabschieden.

»Ich melde mich morgen bei dir, Angermüller. Du hast es gut, kannst gleich chillen gehen. Ich hab noch Teamsitzung.«

Mehmet rollte genervt mit den Augen und zog davon. Um keinem der anderen Kollegen zu begegnen und neugierige Fragen zu provozieren, hatte der Kommissar extra einen Umweg durch die Polizeidirektion nach draußen genommen.

Das Nachdenken über die Bluttat im »Gola Incantata« erfüllte ihn innerlich mit Unruhe und Spannung. Er wollte etwas tun, wollte herausbekommen, was sich in jener Nacht zugetragen hatte, aber er war vollkommen isoliert, abgeschnitten von den meisten Informationen, konnte keinem die Fragen stellen, die ihm durch den Kopf gingen, hatte niemanden, mit dem er seine Überlegungen teilen konnte. Auf seinen Vorschlag per SMS, sich heute Abend vielleicht auf ein Bier zu treffen oder auch zum Essen, hatte Jansen nur geantwortet: »Heute nicht.« Immerhin hatte er geantwortet.

Am Nachmittag hatte Angermüller bei Steffen angerufen, der ihn bereitwillig über seine Erkenntnisse ins Bild setzte. Ursächlich für Marios Tod war ein hämorrhagischer Schock aufgrund des hohen Blutverlustes, da zwei der Stiche lebenswichtige Blutgefäße durchtrennt und einer die Lunge getroffen hatte.

»Apropos Lunge: Ich hatte ja schon gestern ein Keramikmesser als Tatwaffe nicht ausgeschlossen. Diese Messer sind sehr scharf und sehr hart, aber sie brechen leicht. Bei der Obduktion sind wir in der Lunge auf einen Fremdkörper gestoßen und tatsächlich, es ist ein winziges Stück von der Spitze genau eines solchen Messers. Es war an einer Rippe entlanggeschrammt und dabei abgebrochen.«

»Das ist ja sehr interessant. Damit steht die Tatwaffe also eindeutig fest.«

»Genau.«

»Leider wurde sie bisher nicht gefunden, soweit ich weiß«, bedauerte Georg.

Nach Untersuchung der Stichkanäle war Steffen sich endgültig sicher, dass es sich bei dem Täter um einen Rechtshänder handeln musste, der von hinten das Opfer attackiert hatte. Außerdem grenzte er den Todeszeitpunkt nun auf 23 Uhr plus minus eine Stunde ein. Sich genauer festzulegen hielt er für unseriös. Und er wies darauf hin, dass das Opfer wahrscheinlich eine halbe Stunde nach der ersten Attacke gestorben war. Georg hatte sich für die detaillierten Auskünfte seines Freundes bedankt. Leider halfen sie ihm momentan nicht viel weiter.

Nachdem er erkennen musste, dass er heute wohl nichts mehr erreichen würde, fiel Georg ein anderes Thema ein. Den ganzen Tag über hatte er sich nicht mehr bei Derya gemeldet – sie hatte aber auch nichts hören lassen. Was tun?

Eine Stunde später klingelte er an Deryas Tür.

»Hallo, was hältst du davon, wenn wir diesen schönen Crémant de Loire zusammen trinken, den ich gerade in einer Weinhandlung entdeckt habe? Ich hab extra einen aus der Kühlung genommen, hat schon die richtige Trinktemperatur.«

Fröhlich schwenkte er die Flasche vor ihrem Gesicht.

Sie schaute ihn aufmerksam an. Nach einem kurzen Zögern sagte sie: »Okay, ich nehme deine Entschuldigung an.«

Bald saßen sie mit dem erfrischenden, perlenden Getränk in der Küche und diskutierten über den vergangenen Abend, zu dem jeder seine eigene Interpretation hatte. Schließlich gestand Georg aber ein, er hätte Derya vielleicht früher über seine Pläne informieren müssen.

»Das stimmt, dann wäre ich auch nicht sauer gewesen«, meinte Derya. Dann fügte sie selbstkritisch an: »Na ja, jedenfalls nicht ganz so sauer. Das hat sich halt bei mir in den letzten Wochen aufgestaut, wo wir kaum Zeit füreinander hatten.«

»Aber es war deine Idee …«, erinnerte Georg seine Freundin mal wieder.

»Ich weiß. Du musst das nicht ständig wiederholen.«

Derya schaute Georg nicht an, konzentrierte sich auf ihr Glas und nahm einen großen Schluck Crémant.

»Und dann ist mein Einsatz in der ›Strandbude‹ nicht mal erfolgreich gewesen. Deine Freundin wird sich auch fragen, wie weit her es mit dem echten Profi ist, als den du mich bei ihr angekündigt hast.«

»Ach, ich glaube, das ist okay. Ich hab heute mit ihr telefoniert und sie sagte, du wärst eine große Hilfe gewesen, hättest Schlimmeres verhindert und ihnen ein sicheres Gefühl gegeben.«

Georg freute sich, das zu hören.

»Und jetzt kommen sie gut allein klar, meinte sie, du bräuchtest nicht mehr jeden Tag auf der Matte stehen. Das wäre ihr unangenehm, ständig über deine Zeit zu verfügen. Die Saison ist zu Ende, seit Längerem ist nichts mehr vorgekommen – also Wiebke glaubt, da passiert nichts mehr.«

»Ja, wahrscheinlich hat sie recht, hoffen wir mal«, nickte Georg.

»Bestimmt. Also fall denen nicht mehr so auf die Nerven.«

»Hat Wiebke gesagt, ich nerve?«

»Sie hat sich natürlich netter ausgedrückt, aber ich hab das so verstanden. Na dann Prost! Ich bin jedenfalls froh, dass das vorbei ist.«

»Trotzdem muss ich morgen wieder nach Schassau …«

»Aber Georg, wieso das denn?«

Ziemlich unsanft knallte Derya ihr Glas auf den Tisch.

»Vielleicht verstehst du das nicht, aber ich bin Polizist.«

»Aber außer Dienst! Und du hattest dich doch so auf deine Auszeit gefreut!«

»Ich versuch's dir zu erklären. Vor meiner Nase ist ein Mord geschehen. Ich habe in Schassau einiges mitbekommen, über die Leute, ihre Beziehungen. Das wäre doch eine ungeheure Verschwendung, mein Wissen für mich zu behalten!«

Derya verschränkte ihre Arme und schaute ihn unbewegt an. Georg musste ihr eine gute Begründung liefern.

»Und ich will auch denen helfen, die vielleicht zu Unrecht ins Visier der Kollegen geraten sind. Da gibt es zum Beispiel eine junge Frau mit einem sehr netten, kleinen Jungen …«, begann er zu erzählen.

Wieder einmal hatte sich Georg aus der »Alten Strandbude« verabschiedet. An der Ecke gegenüber lehnte Eddy an seinem Campingbus. Er verdrückte sich ins Innere, kaum dass er Angermüller gewahr wurde. Aber der hatte ohnehin anderes vor. Irgendwann würde er diesem schrägen Vogel allerdings auf den Zahn fühlen, denn es wurmte ihn mehr, als er zugeben wollte, dass er seinen Auftrag zur Aufklärung der Sabotage in Wiebkes Restaurant nicht erfüllt hatte, und in seinen Augen gab es durchaus einiges, das Eddy als Urheber der Anschläge verdächtig machte.

Konnte man im Schatten an diesem Nachmittag schon eine leichte Jacke vertragen, war die Luft an von der Sonne beschienen Stellen angenehm mild. Kim saß vor ihrem Zelt. Sie starrte nicht wie sonst auf ihr Handy, sondern auf ein mehrseitiges Schreiben, das sie vor sich ausgebreitet hatte. Die Sonnenbrille hatte sie abgenommen. Als Angermüllers Schatten plötzlich auf ihre Liege fiel, schreckte sie zusammen.

»Hallo, Frau Rohweder, ist Finn nicht da?«

Sie schaute hoch. Sie war heute nicht geschminkt und sah mit den hellgrünen Augen und den lustigen Sommersprossen fast kindlich aus.

»Hallo«, antwortete sie mit dünner Stimme, »Finn ist am Strand, mit einem Jungen eine Sandburg bauen.«

»Ach, hat er nun doch einen Freund gefunden? Das ist ja schön.«

»Ja, jetzt, wo wir hoffentlich bald abreisen …«

Mit einem Mal fing sie an zu weinen, ganz leise. Sie hielt den Kopf gesenkt und schluchzte vor sich hin.

»Frau Rohweder, was ist denn? Kann ich Ihnen helfen?«

Sie schüttelte den Kopf.

»Immer kommt bei uns alles zu spät. Uns kann niemand helfen. Finn und ich haben einfach immer nur Pech.«

»Was ist los? Ist Ihnen was Schlimmes passiert?«

Kim griff nach den Papieren und hielt sie Angermüller entgegen.

»Ich hatte recht. Ich hab es ja immer gewusst, und hier steht es jetzt Schwarz auf Weiß.«

Sie sprach leise und stockend.

»Er ist es. Ich hab das ja gleich nach der Geburt gesehen, die Augen, die großen Füße, die Ohren …«

Wieder rollten ihr ein paar Tränen übers Gesicht.

»Da hab ich ihn endlich gefunden und jetzt?«

Angermüller fasste sie leicht an die Schulter.

»Wen oder was meinen Sie, Frau Rohweder?«

Statt zu antworten, drückte sie ihm wortlos die Briefbögen in die Hand. Angermüller holte seine Lesebrille heraus. Genalyse Institut Hamburg, stand da als Absender. Das Schreiben bestätigte zu 99,9 Prozent aufgrund der DNA/DNS aus den Haarproben die Vaterschaft der getesteten Person. Beim Stichwort Haarprobe dämmerte dem Kommissar, wovon Finns Mutter sprach.

»Mario ist Finns Vater«, stellte Angermüller fest.

»Gestern wurde er ermordet und heute kommt dieser Brief. Das Leben ist wirklich verdammt ungerecht.«

Kim klang nicht böse, eher mutlos und voller Enttäuschung.

»Ich hatte so gehofft, Finn könnte endlich seinen Vater kennenlernen …«

»War das die große Überraschung, die sie ihm versprochen hatten?«

Sie bestätigte mit einem Nicken, griff nach ihrer Sonnenbrille und verbarg dahinter ihr kummervolles Gesicht. Mit einem Mal begann sie wieder zu sprechen, kaum hörbar, sodass Angermüller sich anstrengen musste, sie zu verstehen.

»Ich war 17, als ich Mario kennengelernt habe. Ich war neu in Hamburg, wollte immer als Model arbeiten. Alle sagten, du mit deinem Aussehen, deiner Figur, mit den tollen Haaren, du machst bestimmt eine internationale Karriere. Ich hab's geglaubt. Mario war ein Freund des Agenten, der mich managte. Das war ein mieser Typ, der nur was für einen tat, wenn man mit ihm in die Kiste stieg. Weil ich das nicht wollte, hatte ich nur ganz wenige Shootings und immer nur so belangloses Zeug, das kaum was einbrachte und einen erst recht nicht bekannt machte. Im Vergleich zu diesem Agentenkotzbrocken war Mario damals richtig nett. Er war großzügig, hatte immer Pillen oder was zu Rauchen dabei, gab einem auch mal ohne Bezahlung was ab.«

Natürlich ging Angermüller sofort die Frage nach Marios Verbindung zu albanischen Kartellen durch den Kopf, und was für eine fiese Masche es war, so ein junges Mädchen auf Drogen zu bringen, aber er hielt seinen Mund.

»Und an meinem 18. Geburtstag wurde ich Marios Freundin. Ich Schaf war stolz, dachte, das wäre jetzt die große Liebe. Prinzessin nannte er mich! Es dauerte gerade mal drei Monate, da war es vorbei, es gab eine neue Prinzessin und Mario war aus meinem Leben verschwunden. Und ich war schwanger. Ich hab ihn gesucht ohne Ende, aber Mario war weg aus Hamburg.«

Ihre Stimme war wieder fest. Kim nahm die Sonnenbrille ab und sah Angermüller an.

»Zuerst wollte ich abtreiben, dann wollte ich das Baby zur Adoption freigeben. Doch dann wuchs mein Bauch, ich spürte, wie dieses kleine Ding in mir sich bewegte, und plötzlich wusste ich, ich will das Kind haben. Und heute weiß ich auch, dass ich es Finn zu verdanken habe, dass ich von dem Drogenkram losgekommen bin, denn von dem Moment, wo ich das Baby behalten wollte, war ich clean.«

Etwas wie ein Lächeln glitt über ihre kindlichen Züge.

»Trotzdem, es ist wirklich nicht leicht. Eine Zukunft als Model kann ich wohl knicken, bin zu alt, kriege ganz selten einen Auftrag. Ich bin einfach nur eine alleinerziehende, zurzeit arbeitslose Kellnerin.«

Sie seufzte.

»Jahrelang hab ich versucht, Mario wiederzufinden. Ein paar Mal hatte ich es geschafft, ihn aufzuspüren, aber er hat immer nur behauptet, mein Kind wäre nicht von ihm, und dann war er wieder verschwunden. Und jetzt, wo es endlich bewiesen ist, dass er der Vater meines Kindes ist, wird er …«

Ihr Blick ging in die Ferne und sie schüttelte ihr rotblondes Haar.

»Was wollte die Polizei von Ihnen?«

»Was?«, fragte Kim verwirrt, die in Gedanken nicht ganz da zu sein schien.

»Was die Polizei von Ihnen wollte?«

»Ach, die haben meine Anrufe auf dem AB gehört. Klar, ich war so wütend, ich habe Mario beleidigt und fürchterlich rumgeschimpft, was aber nichts genützt hat. Der hat sich einfach stur gestellt. Und der Blödmann, der sein Bodyguard war, hat den Bullen erzählt, ich hätte seinen Boss bedroht, was so was von lächerlich ist. Was hätte ich Mario schon tun können?«

»Und die Polizisten haben gesagt, Sie sollen sich zur Verfügung halten?«

»Genau. Aber nach dem hier«, sie zeigte auf den Brief, »bleib ich hier nicht länger. Ich kann mir das auch gar nicht mehr leisten, außerdem hab ich mich auf einen Job in einem Café beworben. Die Bullen werden wohl einsehen, dass das völlig unlogisch wäre, wenn ich den Vater meines Kindes abmurksen würde. Zahlen sollte der endlich!«

»Hallo, Georg, was machst du hier?«

Mit einem ungefähr gleichaltrigen, etwas dicklichen Jungen im Schlepptau kam Finn angerannt.

»Ich wollte dich kurz besuchen. Du hast einen neuen Freund, sehe ich?«

Finn nickte zufrieden.

»Das ist Leon aus Berlin.«

»Ich bin gestern mit Oma und Opa angekommen. Wir wohnen da drüben in dem großen Wohnmobil, wir wollen die Nachsaison genießen«, kommentierte das Kind altklug.

»Und wir haben eine ganz tolle Burg gebaut, mit Wassergraben, mit Mauer und Turm, mit allem! Die müsst ihr euch unbedingt angucken!«

Mit immer mehr Teilnahme war Derya Angermüllers Schilderung von Kims Schicksal gefolgt.

»Was für eine traurige Geschichte! Manche haben wirklich nur Pech! Ich weiß, wie das ist, wenn du allein für ein Kind sorgen musst. Und dabei hat Korays Vater immer Unterhalt bezahlt, halt im Rahmen dessen, was er leisten konnte. Hoffentlich klappt das mit Kims neuem Job!«

»Das hoffe ich auch. Und das klappt natürlich nur, wenn die Kollegen einsichtig sind. Und da hab ich so meine Bedenken. Der Jansen verrennt sich manchmal, und seinen Partner, diesen schnieken Typen, kann ich überhaupt nicht einschätzen. Ich hab Kim gesagt, sie soll auf keinen Fall abreisen, bevor sie noch mal mit der Polizei gesprochen hat, und denen alles erzählen, was sie mir erzählt hat. Und ich versuche auch mit den Kollegen zu sprechen.«

Angermüller goss den Rest Crémant in ihre Gläser.

»Aber sei vorsichtig! Misch dich nicht in die Ermittlungen, das finden deine Kollegen bestimmt doof und melden das womöglich nach oben. Rede einfach ganz ruhig mit Jansen und erkläre ihm die Situation von der jungen Frau. Das wird der schon verstehen.«

»Genau das hab ich vor«, lächelte Georg und musste an die verfahrene Situation mit seinem Partner denken. So einfach wie Derya sich das vorstellte, würde es bestimmt nicht laufen.

»Mehmet, das ging ja schnell!«

Angermüller saß in der Sonne auf der Terrasse eines Cafés am Markt in Neustadt, hatte gerade ein köstliches Frühstück aus Rührei mit Krabben auf Schwarzbrot genossen und nippte an seinem zweiten Milchkaffee. Derya war ganz früh am Morgen zu Einkäufen für einen großen Cateringauftrag aufgebrochen.

»Was hast du herausgefunden?«

Aufmerksam lauschte Angermüller den Ausführungen des Kriminaltechnikers.

»Ach, wirklich? Wie bist du darauf gekommen?«

»Ich bin halt ein helles Köpfchen, Kollege«, lachte Mehmet.

Eine Abfrage der bundesweiten AFIS-Datei erfasster Fingerabdrücke hatte nichts ergeben, doch als der Kollege die Fingerspuren auf der von Angermüller angelieferten Tasse mit den am Tatort gesicherten abglich, hatte er einen Volltreffer gelandet. Wie Angermüller es sich gedacht hatte, stimmten sie mit denen auf einem der Grappagläser überein.

»Jansen und dieser Eichhorn sind heute Morgen schon zu dem Mann hingefahren.«

»Woher wisst ihr denn, zu wem die Fingerabdrücke gehören?«, wunderte sich Angermüller.

»Ziemlich sicher zu Frank-Johann Stahmer, dem Besitzer des gleichnamigen Autosalons. Als du mir die Tasse zum Untersuchen gegeben hast, auf der der Name von dem Autohaus stand, hab ich gegoogelt, wo das ist, und dann zwei und zwei zusammengezählt. Und im Büro des Restaurants haben Jansen und Eichhorn wohl Unterlagen gefunden, die auch auf diesen Namen lauten. Genaueres weiß ich darüber aber noch nicht.«

»Vielen Dank, Mehmet, sehr gute Arbeit! Ihr schafft das alles ja prima ohne mich. Vielleicht sollte ich mein Sabbatical ausdehnen.«

»Na, du bist gut! Kommst doch ohnehin erst in einer halben Ewigkeit zurück!«

Angermüller packte sein Handy weg und widmete sich wieder seinem Kaffee. Mit leisem Bedauern stellte er fest, dass seine Kollegen tatsächlich sehr gut ohne ihn klarkamen. Aber zumindest hatte er mit den Spuren auf der Espressotasse einen entscheidenden Hinweis gegeben, sagte er sich. Ob Mehmet den anderen davon erzählt hatte? Ach ja, von wegen Sabbatical ausdehnen – langsam wurde ihm immer klarer, dass er sich freute, wenn es vorbei war!

Wie sollte er weiter vorgehen? Wiebke hatte mehr als deutlich gemacht, dass sie seine Anwesenheit in der »Alten Strandbude« nicht gerade erfreute. Andererseits war es der perfekte Standort für Ermittlungen in Sachen Mario. Sollte er sich einfach darüber hinwegsetzen? Nein, er wollte Wiebkes Sympathie, die er immer noch zu haben glaubte, nicht aufs Spiel setzen. Er würde es Eddy gleichtun und das Auto als seinen Aufenthaltsort nutzen. Nur zum Mittagessen würde er die »Strandbude« aufsuchen, das würde ihm wohl niemand verwehren können.

Angermüller stellte den Volvo auf dem unbefestigten Parkplatz in Schassau unweit des Strandes ab, der heute fast leer war. Aufs Neue holte er seine Aufzeichnungen hervor und stellte fest, er brauchte sie nicht. Er hatte die Punkte im Kopf, denen er nachgehen wollte. Dann machte er sich zu Fuß auf den Weg. Es war ein komisches Gefühl, einfach so an der »Alten Strandbude« vorbeizulaufen. Niemand vom Team war zu sehen. Er fühlte sich ausgeschlossen, zurückgewiesen, zu seinem Leidwesen ausgerechnet von der Chefin, deren ganz besonderem Zauber er sich nicht entziehen konnte.

Vor dem »Gola Incantata« parkte der Lübecker Dienstwagen. Sollte er klopfen, sollte er warten, bis die Kollegen herauskamen? Auch hier gehörte er eigentlich nicht dazu. Er stand unentschlossen herum und überlegte, da kam Sebastian Eichhorn aus der Tür. Einhändig versuchte der gerade sich eine Zigarette aus einem Päckchen in den Mund zu stecken. Es dauerte einen Moment, bis er Georg bemerkte.

»Hej Angermüller! Was machen Sie schon wieder hier?«

»Ich mach grad 'ne Pause.«

Wovon, sagte Angermüller nicht. Eichhorn entzündete seine Zigarette und sah ihn durch den Rauch hinweg neugierig an.

»Ich dachte schon, Sie langweilen sich in Ihrer Auszeit und wollen Detektiv spielen.«

Er lachte meckernd, der Kommissar stimmte ein.

»Natürlich nicht, aber als Berufsbulle interessiert es einen schon, wenn nebenan ein Mord passiert. Das verstehen Sie doch sicher?«

»Ja, schon.«

»Und, wie läuft's denn so?«

»Super.«

»Gibt's irgendeinen konkreten Verdacht?«

Der junge Mann, wie immer in Edeljeans, figurbetontem Jackett und glänzenden, schwarzen Lederschuhen, zuckte gelangweilt mit der Schulter.

»Habt ihr schon mit dem Stahmer gesprochen?«

»Wie kommen Sie auf den?«

Trotz Eichhorns undurchsichtigem Gesichtsausdruck merkte Angermüller, dass er richtig lag.

»Ach, ich kenne mich in Schassau ganz gut aus, da macht man sich so seine Gedanken. Und auch in meinem Sabbatical lasse ich mein Hirn natürlich eingeschaltet. Ach, übrigens, auch wenn ich grad nicht im Dienst bin: Wollen wir uns nicht duzen?«, fragte er ganz spontan. Solange er die verfahrene Situation mit Jansen nicht geklärt hatte, wäre es nicht schlecht, wenigstens zu dessen Teampartner einen guten Draht zu entwickeln.

»Äh, ja, warum nicht?«, machte Eichhorn überrascht und streckte ihm die Rechte hin. »Ich bin der Sebastian.«

»Ich heiße Georg.«

Sie schüttelten sich die Hand. Was Angermüller für Arroganz gehalten hatte, war wohl eher Unsicherheit gewesen. Immerhin war er ein erfahrener Kollege, hatte einen höheren Dienstgrad und war mindestens 15 Jahre älter. Wie auch immer, der junge Mann wurde mit einem Mal richtig gesprächig.

»Ja, die Fingerabdrücke von dem Stahmer fanden sich am Tatort.«

»Auf einem Grappaglas, nehme ich an. Aber ihr habt noch was anderes gefunden, oder? Im Safe?«

Zwar schaute Eichhorn ziemlich erstaunt über Angermüllers Detailwissen, doch er bestätigte:

»Ja, eine Quittung über 10.000 Euro lag drin. Die

Summe hat Stahmer von Neron Gjolaj erhalten, also der, den du als Mario kennst.«

»Stand da, wofür er das Geld bekommen hat?«

»Für Beratungstätigkeit im Rahmen des Blue Lagoon Marina Projekts.«

Eichhorn sprach leise. Wahrscheinlich wollte er nicht, dass Jansen etwas von ihrer Unterhaltung mitbekam. Angermüller machte wie unbeabsichtigt ein paar Schritte weg von der Tür, Eichhorn folgte ihm, bis sie auf dem Kiesweg hinter dem Tampen standen, an dem mittlerweile ein handgeschriebenes Schild »Vorübergehend geschlossen« baumelte.

»Das ist ja interessant«, meinte Angermüller echt beeindruckt, »dieser Stahmer mischt in der Lokalpolitik mit und will Bürgermeister werden. Da könnte man fast an Bestechung denken! Habt ihr ihn gefragt, wofür genau er das Geld bekommen hat?«

»Hauptsächlich für seine Ortskenntnis, sagte er, und für das Herstellen von Kontakten.«

»Aha. Sonntagabend gab es übrigens Streit zwischen den beiden. Der Mario hat ihm mit irgendwas gedroht, und der Stahmer wollte wohl die Baugenehmigung für die Blue Lagoon Marina als Druckmittel einsetzen.«

Die Verblüffung im Gesicht des jungen Beamten wurde immer deutlicher.

»Mensch, woher weißt du das alles?«

»Ich hab dir doch gesagt, dass ich in den letzten Wochen so manches mitbekommen habe«, grinste der Kommissar und setzte nach einer Pause hinzu, »leider hat dein Partner mein Angebot zur Kooperation bisher abgelehnt.«

Man hörte drinnen jemanden die Treppe herunterspringen, und dann erschien Jansens Gesicht in der Tür, das bei Angermüllers Anblick zur undurchschaubaren Maske wurde.

»Hallo, Claus«, grüßte ihn sein langjähriger Partner freundlich.

»Moin«, kam es unwirsch zurück.

»Ich wollte nur fragen, ob ihr noch mal mit Kim gesprochen habt, dieser jungen Frau, die mit ihrem kleinen Sohn auf dem Campingplatz …«

»Danke, dass du uns sagst, was wir zu tun haben«, antwortete Jansen, ohne ihn anzusehen, »kommst du, Eichhorn?«

Umgehend schmiss der junge Kollege seine noch nicht ganz aufgerauchte Zigarette weg und folgte der knappen Aufforderung, aber nicht ohne hinter Jansens Rücken Angermüller ein Zeichen zu geben, dass sie in Kontakt bleiben würden.

KAPITEL XVII

Als er gegen Mittag die Terrasse der »Alten Strandbude« betrat, war Georg etwas verunsichert. Platz gab es reichlich, nur noch zwei andere Tische waren besetzt. Aber immer wieder schaute er nervös von der Speisekarte zur Tür. Deryas Formulierung vom »auf die Nerven fallen« hatte sich in seinem Kopf festgesetzt. Das wollte er nun wirklich nicht. So, wie er Wiebke gestern verstanden hatte, war er als Gast jederzeit willkommen – und nun war er ja wirklich nur zum Mittagessen hier.

»Hallo, Georg, bist du etwa zum Arbeiten da?«

Es war Niki, die ihm just diese Frage stellte. Sie klang noch etwas verschnupft.

»Nein, nur zum Mittagessen. Ich wüsste nicht, wo ich ein besseres bekommen könnte hier in der Gegend. Und du bist wieder gesund?«

»Ja, geht so. War nur eine dicke Erkältung.«

»Ist Wiebke gar nicht da?«

»Die hat irgendeinen Termin. Ich vertrete sie. Was magst du essen?«

Georg entschied sich für die große Salatschüssel, die je nach Geschmack mit Ochsenfetzen und gerösteten Nüssen, gepfefferten Mango Scallops oder gedünsteten Wantans mit Shrimpsfüllung serviert wurde.

»Und ein Wasser mit, bitte.«

Er ließ seinen Blick über die Ostsee gleiten. Sonne und harmlose Wolken wechselten sich ab, ein schwacher Wind bewegte die Fahnen am Strand, und nur wenige Boote waren auf dem Wasser zu sehen. Er musste an Jansen denken und daran, dass er ihn nicht unterschätzen durfte. Sein Partner war vielleicht manchmal etwas ruppig und wenig einfühlsam, aber er war nicht dumm. Sicher würde auch er folgern, dass Kim gar kein Motiv hatte, den mutmaßlichen Vater ihres Kindes zu töten. Die kamen sehr gut ohne ihn klar, die Kollegen, musste er sich zum wiederholten Mal sagen. Sicher konnte er wertvolle Hinweise liefern, aber aufklären würden sie den Fall auch allein. Niemand war unersetzlich.

»Na, Georg, was schaust so? Hast ein Problem?«

Die Küchenchefin war selbst zu ihm herausgekommen, um ihm sein Essen zu servieren.

»Hallo, Polette, nein, alles in Ordnung, hab nur so vor mich hin geguckt.«

»Schön, dass du da bist und guten Appetit.«

In der riesigen Schüssel, die Polette vor ihm abstellte, thronten Scallops, Ochsenfetzen und gedünstete Wantans nebeneinander auf bunten Blattsalaten, Früchten und Gemüsen, bestreut mit gerösteten Cashews, Granatapfelkernen und Frühlingszwiebeln.

»Einmal Schüssel spezial mit der ganzen Palette. Willst doch bestimmt alles mal probieren, oder?«, lächelte Polette unter ihren roten Löckchen. »Einen guten Appetit wünsch ich.«

»Danke!«, freute sich Georg, »und hier alles in Ordnung? Keine besonderen Vorkommnisse?«

»Alles ganz entspannt. Die Kühlung funktioniert, es gab keine tote Ratte auf der Schwelle und auch keine Stinkbombenattacke. Ist auch wenig los. Die Saison für Urlauber ist vorbei, und die für Saboteure hoffentlich auch.«

Sie nahm an seinem Tisch Platz und schaute zu, wie Georg ihrer Salatkreation mit Genuss zu Leibe rückte.

»Und, bist dem Mörder auf der Spur, Herr Gendarm?«

»Ich versuch's zumindest.«

»Trotz aller Warnungen, dass du Ärger kriegst?«

»Das mit dem Ärger bezog sich eigentlich nur auf den Job hier, von wegen unerlaubte Nebentätigkeit und so. Aber ich denke, das hat sich nach meinem Ausstieg erledigt. Die Kollegen wissen ja, dass ich einer Freundin nur ab und zu einen Gefallen getan habe«, entgegnete Georg mit einem Augenzwinkern.

»Stimmt doch auch irgendwie.«

»Irgendwie …«

Georg schob sich ein Stück Scallop mit Mango in den Mund, das gleichzeitig scharf und süß und nach Meer schmeckte.

»Mmh, köstlich! Also, in einem gewissen Rahmen kann ich auch privat ermitteln, solange ich mir keine hoheitlichen Befugnisse anmaße, zum Beispiel Straßen sperre, Leute festnehme, Durchsuchungen vornehme und so was.«

»Täusch ich mich oder langweilst dich in deiner Auszeit?«, fragte Polette. »Alle Berufstätigen träumen doch immer davon, ihren Job mal für so eine lange Zeit an den Nagel zu hängen.«

»Du, das war toll, als wir auf Reisen waren, da hab ich das richtig genossen. Aber hier zu Hause, wenn alle um mich rum arbeiten – da stellt sich schon manchmal Langeweile ein. Immer nur im Café sitzen, lesen, ins Museum gehen – das ist nicht meins. Aber so eine Auszeit wird einem ja auch gewährt, damit die Arbeit anschließend wieder mehr Spaß macht, und den Gefallen werde ich als vorbildlicher Mitarbeiter meinen Chefs wohl tun.«

»Dann kannst deine Kollegen also ganz offiziell unterstützen?«, meinte Polette.

»So einfach ist das leider nicht. Mein Partner, mit dem ich im Job zusammenarbeite, leitet die Untersuchung. Ich hab ihn neulich ziemlich verärgert, war dumm von mir, und jetzt straft er mich mit Missachtung. Außerdem macht der sich bestimmt so seine Gedanken, warum, wieso und wie oft ich hier gearbeitet habe, der kann ganz schön hartnäckig sein. Ich glaub zwar nicht, dass er mich anschwärzen würde, aber …«

»Mahlzeit und guten Appetit! Darf ich?«

Angermüller sah von seinem Teller auf.

»Danke, klar, setz dich doch, Sebastian. Das ist Polette, die Küchenchefin, Sebastian Eichhorn, ein junger Kollege. Aber ich glaub, ihr kennt euch schon.«

»Ja, stimmt. Darf's was zum Essen sein?«

»Gibt es noch diese Fajitas mit Rindfleisch und Chilibohnen?«

Polette bejahte.

»Die nehm ich, die waren super! Und ruhig schön scharf!«

»Wo hast du den Jansen gelassen?«, fragte Angermüller zwischen zwei Bissen, als sie allein waren.

»Der hatte keine Lust mitzukommen. Vielleicht ist er zu der Imbissbude im Ort. Manchmal ist der ein bisschen komisch.«

»Manchmal ja, aber in dem Fall liegt das wahrscheinlich an mir.«

»Wieso?«

»Unwichtig. Sag, die junge Frau mit dem kleinen Finn ist raus?«

Ein erstaunter Blick traf Angermüller.

»Ja, genau. Die hat nämlich gestern erfahren, dass der Ermordete der Vater ihres Sohnes ist.«

»Mmh, stimmt«, bestätigte der Kommissar.

»Deswegen war sie überhaupt hierhergekommen und hatte Kontakt aufgenommen, hat ihm sogar eigenhändig eine Haarprobe für den Vaterschaftstest abgenommen.«

»Stimmt, das hab ich mit eigenen Augen gesehen«, erinnerte sich der Kommissar der Szene auf Marios Terrasse.

»Echt?«, staunte Eichhorn. »Jedenfalls war uns beiden sofort klar, dass sie eigentlich kein Motiv haben kann.«

»Genau, das seh ich auch so.«

»Was du nicht alles weißt, Georg«, wunderte sich der junge Kollege erneut.

»Wie oft soll ich dir noch sagen, dass ich hier viel Zeit verbracht habe«, Angermüller zuckte mit der Schulter, »und der kleine Junge kam mich jeden Tag besuchen und ein Eis essen.«

»Ah ja. Was ich noch fragen wollte, wann hat dir eigentlich der Stahmer von seinem Streit mit diesem Mario erzählt?«

Eifrig machte sich Eichhorn Notizen, während Angermüller die Begegnung mit dem alkoholisierten Lokalpolitiker in der Sonntagnacht schilderte.

»Ihr solltet übrigens fragen, welche Klamotten er am Sonntag getragen hat. Der sah ziemlich derangiert aus, als wir ihn aufgegabelt haben. Und ich erinnere mich an irgendwelche Flecken auf seinem Jackett.«

»Das ist ja interessant! Wir kümmern uns drum.«

»Und was ist eigentlich mit den Angestellten aus dem ›Gola Incantata‹, die habt ihr doch auch schon befragt. Haben die nicht irgendwas mitbekommen?«

»Nee. Der Chef hatte den Koch und den Kellner, wie auch diesen Bodyguard oder Sekretär oder was, schon um halb zehn nach Hause geschickt, weil nichts mehr los war. Und bevor du fragst: Die drei sind von dort nach Lübeck gefahren und haben bis halb drei ihren Lohn verzockt. Wir haben das Alibi überprüft. Mario selbst wollte im Restaurant übernachten. Er hat zwar eine Wohnung in Hamburg, aber das machte er wohl meistens, wenn er in Schassau war. Es gibt im ersten Stock ein Schlafzimmer und ein winziges Bad.«

»Da waren also keine Gäste mehr, als sie Feierabend gemacht haben?«

»Der Chef wäre allein gewesen, als sie gingen, hätte aber noch jemanden erwartet, haben sie angegeben. Und das war wohl der Herr Stahmer, wie wir jetzt wissen. Und um den werden Jansen und ich uns nachher kümmern.«

Niki kam mit einem großen Teller, und der junge Kollege stürzte sich heißhungrig auf die Fajitas.

»Guten Appetit«, wünschte Angermüller, der seine Salatschüssel inzwischen geleert hatte, »wenn es dich beim Essen nicht stört, würd ich gern ein paar Fragen mit dir erörtern.«

»Stört nicht«, nuschelte Sebastian Eichhorn mit vollem Mund.

»Habt ihr den schon identifiziert, der gestern ins ›Gola Incantata‹ eingebrochen ist?«

Der junge Kollege nickte und schluckte einen großen Bissen hinunter.

»Ja. Dein Hinweis war richtig. Es war ein gewisser Ove Dierks, Fischverkäufer auf dem Markt und der Freund von dieser Alexandra Katharina …?«

»Speckmüller«, half Angermüller.

»Genau die. Die hat unglaublich Schiss vor ihrer Großmutter und wollte nicht, dass die von ihrem Deal mit Mario erfährt. Deshalb sollte ihr Freund unbedingt den Schuldschein beschaffen, wie sie gleich bei der ersten Befragung zugegeben hat. Das hat ja nun nicht geklappt.«

»Und seht ihr einen Zusammenhang mit dem Mord?«

»Eher nicht. Die beiden haben ein Alibi. Sie waren übers Wochenende bei den Eltern von der Speckmüller in Berlin und sind erst Montagvormittag wiedergekommen. Wir haben das schon überprüft.«

Eichhorns Hunger schien wirklich groß zu sein, denn die nicht gerade knappe Portion verkleinerte sich trotz des Gesprächs mit Angermüller in unglaublicher Geschwindigkeit.

»Da nichts gestohlen wurde, soweit wir bisher wissen, kommt der Freund wohl mit einer Anzeige wegen Hausfriedensbruchs davon. Aber ein richtiges Problem hat die junge Frau. Die muss das mit den 20.000 nämlich ihrer Oma erklären, und das wird bestimmt kein Spaß.«

Grinsend schob der junge Mann seinen sauber geleerten Teller beiseite. Dann holte er seine Zigaretten heraus.

»Darf man bei euch rauchen?«

»Hier draußen ja.«

Angermüller griff nach einem Aschenbecher vom Nebentisch.

»Sebastian, du hast doch von Anfang an die albanische Mafia ins Spiel gebracht. Ist da wirklich was dran, was meinst du?«

»Es gibt auf jeden Fall eine Verbindung. Fest steht, das Opfer war mal wegen Drogenhandels ein paar Monate im Gefängnis, in München war das, liegt aber ziemlich lange zurück. In den letzten zwei, drei Jahren ist er in dieser

Richtung nicht mehr aufgefallen. Es sieht so aus, als habe er sich auf seine Geschäftsführertätigkeit von mehreren Restaurants konzentriert, die allerdings öfter wechselten.«

»Ja, der hat sich ein richtiges Saubermannimage zugelegt und Kontakte zu Leuten geknüpft, die in der Gegend wichtig sind. Im Ort war Mario ziemlich beliebt. Geholfen hat ihm dabei sicher seine gut gefüllte Portokasse, wie wir jetzt wissen.«

»Richtig. Wir haben noch mehr Hinweise auf großzügig vergebene Darlehen und Spenden gefunden. Am interessantesten aber ist Folgendes: Die Restaurants, wie im Übrigen auch die Blue Lagoon Entwicklungsgesellschaft, gehören zu einer ziemlich unübersichtlichen, albanischen Holding aus echten und Scheinunternehmen. Die Albaner spielen mittlerweile weit oben mit im europäischen Drogengeschäft und müssen infolgedessen große Summen Bargelds in Umlauf bringen. Ganz sicher dient dieses internationale Unternehmensgeflecht der Geldwäsche, wie die Spezialisten von der Dienststelle gegen Organisierte Kriminalität annehmen. Aber die schauen noch mal genauer drauf und halten uns weiter auf dem Laufenden.«

Beeindruckt nickte Angermüller.

»Ah ja, dann hast du mit deiner Einschätzung nicht ganz falsch gelegen, toll!«

»Danke«, lächelte Eichhorn, sichtlich erfreut über das Lob.

»Es gab neben den Schuldscheinen im Safe ein Bündel Euronoten, über 20.000, und eine kleine Menge Marihuana, Koks und Amphetamine, vielleicht Eigenbedarf, vielleicht für ein paar Stammkunden in der Gegend. Nach dem richtig großen Drogengeschäft sah es aber eher nicht aus.«

»Habt ihr Marios Handy überprüft?«

»Der hatte drei davon, sind wir noch dabei. Auf der Festplatte seines Computers war nur Unverfängliches: die Vorlagen für die Schuldscheine, reichlich Material über Blue Lagoon, unwichtige E-Mails. Er hat wohl hauptsächlich über die Handys kommuniziert.«

»Und glaubt ihr, der Mord hat was mit seinen mafiösen Verstrickungen zu tun?«

»Wie gesagt, wir arbeiten inzwischen eng mit den OK-Fachleuten vom LKA zusammen. Mal sehen, ob uns das weiterbringt.«

Angermüller schwieg einen Moment, dann sagte er: »Also, ich hab ehrlich gesagt meine Zweifel. Die Mafia tötet, völlig skrupellos, aber nicht auf die Art. Ihre Killer morden schnell und effizient, die schießen mit allen Arten von Handfeuerwaffen, die morden nicht so, mit einem Küchenmesser.«

»Das hat Jansen auch gesagt.«

»Wenn man vom Teufel spricht«, murmelte Angermüller leise und sah seinem Partner entgegen, der auf ihren Tisch zukam.

»Hallo, Claus«, begrüßte er ihn freundlich. Zumindest bekam er ein Hallo als Antwort, eine deutliche Verbesserung ihrer Kommunikation, wie Angermüller registrierte, wenn es auch nicht gerade nett herüberkam.

»Los komm, Eichhorn, Mittagspause beendet. Schluss mit Schmöken. Wir haben zu tun«, trieb Jansen den jungen Kollegen an und hatte sich schon wieder Richtung Ausgang gewandt. Wie gut kannte Angermüller diese Ungeduld, die bei seinem Partner manchmal körperliche Symptome auszulösen schien, wenn er pausenlos mit einem Bein wippte oder mit den Fingern unablässig auf den Tisch trommelte.

»Ja, Moment«, bremste Sebastian Eichhorn und winkte Niki, der Kellnerin, »vielleicht sollte ich noch zahlen.«

Ein Glück, dass wir vorhin schon unsere Handynummern getauscht haben, dachte Georg, in Jansens Beisein wäre das überhaupt nicht möglich gewesen.

»Hallo, Georg!«

In Jeans und T-Shirt, einen kleinen Rucksack auf dem Rücken, stand Finn mit einem Mal am Tisch.

»Wir fahren nach Hause!«

»Ja, grüß dich, Finn! Freust du dich denn auf zu Hause?«

»Ja. Auf meine Spielsachen und auf den Kindergarten, da haben wir so eine tolle Rutsche! Und auf meinen Freund Tim, der wohnt bei uns im Haus.«

Der Kleine wirkte richtig glücklich. Mit einem riesigen Tramperrucksack auf den schmalen Schultern und einer Reisetasche in der Hand kam seine Mutter heran. Sie hatte das rotblonde Haar zu einem dicken Zopf geflochten, war auch heute ungeschminkt und sah unglaublich jung und zerbrechlich aus. Sie würdigte die Beamten, die gerade im Aufbruch begriffen waren, keines Blicks, Angermüller dagegen gab sie die Hand.

»Tschüß, Herr Georg und vielen Dank!«

»Wofür?«

»Na ja, das viele Eis für Finn und alles, was Sie sonst für ihn gemacht haben. Ich glaube, es hat ihm hier ganz gut gefallen, aber nur wegen Ihnen.«

»Das hab ich gern gemacht, Frau Rohweder. Sie haben wirklich einen klasse Sohn! Finn, komm her«, Angermüller hielt dem Jungen seine aufgespannte Rechte hin, die der freudig abklatschte.

»Mach's gut, Großer, und pass auf deine Mama auf!«

Jansen und Eichhorn waren gegangen, um Frank-Johann Stahmer erneut zu befragen. Angermüllers Hinweis auf den Streit in der Mordnacht und der Fund der Quittung im Safe von Marios Büro machten ihn zu einem Hauptverdächtigen. Angermüller war ganz zufrieden. Seine Informationen hatten die Ermittlungen gut vorwärts gebracht, und über seinen Kontakt zu dem jungen Kollegen hoffte er einigermaßen auf dem Laufenden zu bleiben.

Er holte seine Listen heraus, strich einige Punkte aus, die er für erledigt hielt. Trotzdem gab es immer noch viele Fragezeichen und manches Ungeklärte. Wer in Schassau hatte noch Geld von Mario erhalten und wofür? Vom Besuch der Hamburger Sportwagenfahrerin beim Opfer hatte er seinen Kollegen noch gar nichts gesagt. Und was hatten die Naturschützer im Briefkasten gesucht? Sebastian Eichhorn hatte sich gern an Angermüllers Wissen bedient. Allerdings hatte er darüber hinaus kaum etwas preisgegeben von dem, was sie bisher ermittelt hatten. Beim nächsten Kontakt musste er dem jungen Kollegen ein paar mehr von ihren Ermittlungsergebnissen entlocken.

Bevor er ging, schaute Georg in der Küche vorbei, wo Polette erste Vorbereitungen für die Abendschicht traf. Er bedankte sich für das köstliche Essen.

»Für dich immer gern, lieber Georg! Das hast du dir verdient, und außerdem bist du ein Kenner, der ein köstliches Mahl wirklich zu schätzen weiß, da macht die Zubereitung gleich doppelt so viel Freude.«

»Das ist gut, dann haben wir ja beide was davon. Wo steckt eigentlich Wiebke?«

»Die rief frühmorgens bei mir an. Es ist irgendwas mit ihrem Bruder. Niki konnte glücklicherweise einspringen.« Konzentriert fuhr Polette fort, von einem Stück Rindfleisch hauchfeine Scheiben abzuschneiden, die sie in eine Marinade aus Öl mit grünen Chilis, Knoblauch und Ingwer legte. Als Angermüller die auffällige weiße Klinge sah, lang und schmal, die widerstandslos in das Fleisch glitt, fragte er: »Sag, was ist das für ein Messer, mit dem du da arbeitest? Scheint ja wahnsinnig scharf zu sein?«

»Meine neueste Anschaffung: ein super Keramikmesser. Hat einen ergonomischen Griff für sichere Schnittführung und teilt eine Feder im Flug. Ganz wunderbar. Hier, nimm mal.«

Interessiert schaute Georg sich das Teil an. Es war sehr leicht, lag wirklich perfekt in der Hand, und die Klinge vermittelte einen Eindruck von extremer Schärfe.

»Wär auch was für den Hobbykoch, oder?«

»Mmh …«, machte Georg nachdenklich.

»Was sinnierst, Georg?«

Statt einer Antwort untersuchte er das Teil von allen Seiten. Die Spitze war unbeschädigt. Polette beobachtete ihn aufmerksam.

»Sag mal, so wie du das inspizierst, Herr Kommissar, könnt man fast glauben …«

Er schaute auf und nickte.

»Ja, mit so einem Keramikmesser wurde Mario ermordet.«

»Wirklich?«

Fassungslos schlug Polette die Hände vor ihrem Mund zusammen.

»Ist das wahr? Mit diesem Messer?«

»Nein, das ist nicht die Tatwaffe. Aber es war auch so ein Keramikmesser.«

»Stimmt, du hast recht. Dieses Messer hab ich ja erst seit Montag.«

Angermüller gab ihr das Messer zurück.

»Dann sei mal vorsichtig. Damit kann man sich ganz schön verletzen.«

»Bin ich eh. Ich hab schon länger Erfahrung mit Keramikmessern. Aber dass unser Nachbar mit genau so einem Ding ... Entsetzliche Vorstellung! Da werd ich jetzt immer dran denken müssen, wenn ich damit arbeite.«

»Das ist kein schöner Gedanke, da hast du recht. Aber wenn du so willst, gibt es in jeder Küche Werkzeuge, die sich als Mordwaffen eignen. Und selbst mit einer gefrorenen Rehkeule kann man töten!«

»Sei staad, bitte, ich trau mich sonst nix mehr anfassen.«

»Tja, da musst du durch! Und ohne die richtigen Messer, Spieße, Eisenpfannen und Fleischklopfer könntest du manche deiner köstlichen Speisen gar nicht zubereiten.«

»Da hast auch wieder recht.«

»Na dann, noch frohes Schaffen! Ich sag adé.«

»Wart, ich kommt mit raus«, Polette griff nach ihren Zigaretten, »Niki, bin mal kurz hinten draußen. Rufst mich bitte, wenn was is!«

»Ach, du Polette, mir fällt eben ein: Kannst du mir schnell eine Semmel mit Käse fertig machen?«

Die Küchenchefin warf Angermüller einen verdutzten Blick zu.

»Bist etwa nicht satt geworden von meiner Salatschüssel?«

Der Kommissar schmunzelte.

»War ja nur Grünzeug – nein, Quatsch! Ich will den Eddy besuchen. Als Nichtraucher kann ich ihm keine Zigarette anbieten, aber ich will nicht mit leeren Händen dastehen. Und du hast doch gesagt, der isst am liebsten Käsesemmeln.«

»Was willst von dem Gstörten?«

»Nur mal mit ihm reden. Vielleicht steckt er ja doch hinter den Attacken auf die ›Strandbude‹, immerhin kennt er sich hier bestens aus und hat, zumindest nach seinem verrauchten Weltbild, einen echten Grund, auf euch sauer zu sein.«

»Da hast recht. Aber ein armer Hund ist er auch. Ich mach dir zwei schöne Semmeln fertig. Und eine zuckerfreie Cola, ohne die nimmt er womöglich die Semmeln nicht. Bei ihm muss alles immer genau gleich sein, da hat der Eddy einen echten Patscher.«

Die tief stehende Nachmittagssonne malte lange Schatten auf den verlassen daliegenden Strandweg, ein leichter Wind brachte Kühle mit, Herbst erfüllte die diesige Luft. Wohl wissend, dass sein Insasse ihn aus dem Führerhaus beobachtete, näherte sich Angermüller dem alten Barkas, der wie immer auf der Ecke direkt gegenüber parkte. Der angeschmuddelte, karierte Vorhang war vor der Frontscheibe zurückgezogen, das Seitenfenster auf der Fahrerseite heruntergelassen, ein Arm hing lässig heraus. Zwischen den Fingern dampfte wie üblich der Rauch einer Zigarette.

Als Eddy bemerkte, dass ihm ein Besuch abgestattet werden sollte, zog er schnell seinen Arm nach drinnen und wollte das Fenster hochkurbeln. Doch Angermüller war schneller. Er drückte die Scheibe kräftig nach unten, sodass Eddy machtlos war.

»Hallo, Eddy, ich bin der Georg. Du hast mich vielleicht schon mal gesehen, ich kellnere in der ›Strandbude‹ drüben. Und ich soll dir das hier bringen, mit einem schönen Gruß von Polette.«

Angermüllers Ansprache schien den hohlwangigen Mann zu überfordern. Stumm starrte er den Kommissar an und schien über das Gehörte nachzudenken.

»Polette, ja?«, fragte er nach einer Weile, und als Angermüller bestätigte, schmiss er seine Kippe weg und griff nach der Papiertüte. Ausführlich inspizierte er den Inhalt.

»Käsesemmeln und Cola«, nickte er dann zufrieden, »zuckerfrei, von Polette. Warum?«

»Du hast ihnen immer viel geholfen und warst schon lang nicht mehr da. Und in der letzten Zeit gab's öfter Probleme in der ›Strandbude‹ …«

»Was'n für Probleme?«

»Ach, irgendjemand hat denen so böse Streiche gespielt und Polette will, dass das aufhört.«

Den Kopf schräg gelegt, fixierte Eddy den Kommissar, der seine Hand immer noch auf der Fahrertür liegen hatte. Eddy war auf der Hut. Mit zwei Fingern zwirbelte er eine Strähne seines dünnen, graublonden Haarschopfes.

»Was hab ich damit zu tun?«

»Na ja, Polette und Wiebke sagen, du hättest eine ganz schöne Wut auf sie, weil du nicht mehr für sie arbeiten kannst, wegen der Raucherei. Du weißt schon.«

So undefinierbar wie die Farbe seines Autos war auch die seiner Klamotten, wie im Übrigen auch die der Polster und Vorhänge. Es war der Einheitston zwischen Grau, Grün und Braun, den Wäsche annahm, wenn jemand einfach immer alle Farben zusammen in die Waschmaschine steckte. Es dauerte ein wenig, bis Eddy dämmerte, was Angermüller eben gesagt hatte.

»Hier, nimm die bescheuerten Käsesemmeln«, schrie er los, von einer Sekunde zur anderen total aufgebracht, »ich brauch die nicht. Ich komme auch ohne die bescheuerte

Polette und ohne die bescheuerte Wiebke klar. Und ich hab denen keine bösen Streiche gespielt!«

Er hielt Angermüller die Papiertüte entgegen und ließ sie fallen, als der nicht gleich zugriff.

»Nun behalt schon die Sachen. So war das doch nicht gemeint.«

»Doch, das war so gemeint. Aber ich hab nichts gemacht – ich nicht! Das sag denen mal!«

»Ist ja gut. Hier nimm.«

Angermüller hatte sich gebückt, um die Tüte vom Boden aufzuheben, und in dem Moment hatte Eddy in rasender Eile das Fenster hochgekurbelt. Er zeigte Angermüller, der die Tüte noch einen Moment vor sein Blickfeld hielt, einen Vogel. Da hängte der die Sachen einfach an den Außenspiegel, winkte zum Abschied und wandte sich in Richtung »Strandbude«.

»Und sag deiner Chefin, dass ich hierbleibe, ob ihr das passt oder nicht«, rief es plötzlich laut hinter ihm her, »irgendwann braucht die mich nämlich wieder. Die wird schon sehen!«

Gern hätte Angermüller mit Eddy über diese Demonstration seines Selbstbewusstseins gesprochen, doch da hatte der Fenster und Tür verrammelt, nicht ohne sich die Tüte mit den Käsesemmeln vom Außenspiegel gegriffen zu haben. Mit einem kranken Röhren und einer dunklen Abgaswolke startete der Kleinbus, wendete und fuhr davon. Sollte es doch eine Verbindung dieses Sonderlings zu den Sabotageakten geben? Angermüller wusste nicht, was er noch glauben sollte. Vielleicht musste er einfach weitere Käsesemmeln servieren, um den beleidigten Eddy zum Reden zu bringen.

KAPITEL XVIII

Erneut hatte Angermüller am Vorabend einen Versuch gestartet, seinen Partner zu treffen, sei es zum Essen, sei es auf ein Bier, und ihm eine SMS geschickt. Wieder hatte er eine Absage bekommen, diesmal etwas ausführlicher, mit der Begründung, sie säßen noch in einer Vernehmung, das Ende sei nicht absehbar. Mit wem und warum, hatte Jansen nicht geschrieben. Sicher konnte er sich denken, wie gern Angermüller das gewusst hätte, doch Rache war eben süß …

So hatte Georg bei Derya den Abend verbracht, der nach Längerem wieder einmal ausgesprochen harmonisch verlaufen war, was wahrscheinlich daran lag, dass kein Wort über den Mord von Schassau oder die Vorkommnisse in der »Alten Strandbude« gefallen war. Doch während Derya erzählte und plauderte, hatte Georg in seinem Kopf die Pläne für seine Recherche am nächsten Tag geschmiedet, überlegt, wann und wie er mit Sebastian Eichhorn wieder ein Treffen haben könnte, ob es Sinn hatte, noch mal mit dem Campingplatzbetreiber Kröger zu sprechen und wie er Eddys Vertrauen gewinnen konnte, der ja doch irgendwas am Laufen hatte mit der »Alten Strandbude« beziehungsweise deren Chefin. Ach ja, er verspürte so etwas wie Vorfreude auf den nächsten Tag. Langsam fand er Geschmack an seiner privaten Ermittlerrolle, die er sich selbst einteilen und ganz nach seinem Dafürhalten gestalten konnte. Außerdem würde er in der »Strandbude« zu Mittag essen, mit Polette plaudern, Wiebke treffen … Perfekt wäre es natürlich, würden ihm alle kriminaltechnischen Möglichkeiten, sämtliche Dateizugänge und der Austausch mit den Kollegen zur Verfügung stehen, doch dank seiner Kontakte zu Mehmet und Steffen, auch zu Eichhorn, blieb er ja nicht gänzlich uninformiert.

Es ging auf halb zehn am nächsten Morgen, und während Georg noch in aller Ruhe beim Frühstück saß, war Derya am Wirbeln für ein mediterranes Geburtstagbüffet, das sie am Abend ausliefern sollte. Schon ein paar Mal hatte sie nervös nach der großen Küchenuhr geschaut, die über der Tür zur Speisekammer hing.

»Wo Gül nur bleibt?«

Mit aller Kraft bearbeitete Derya den Hefeteig für eine Focaccia und pustete sich dabei die eine Locke, die ihr immer wieder in die Stirn fiel, aus dem Gesicht. Immer noch war Gül die einzige Mitarbeiterin bei »Deryas Köstlichkeiten«. Die Chefin hatte mehrere Versuche unternommen, noch jemanden für ihren Cateringservice zu finden, doch entweder die Bewerber erschienen gar nicht erst zum Probeeinsatz oder erwiesen sich als ungeschickt, sehr langsam oder unwillig – manchmal auch alles zusammen. Nur mit der eigenwilligen Gül lief es erstaunlicherweise hervorragend, was sicher auch daran lag, dass sie Derya die Rettung aus einer sehr bedrohlichen Lage verdankte, in die sie vor mehr als zwei Jahren geraten war.

»Ich versteh das nicht, sie ist doch so zuverlässig und weiß doch, dass heute dieser große Auftrag anliegt und wir noch eine Menge zu tun haben!«

»Hast du sie schon angerufen?«

»Sie geht nicht an ihr Handy.«

Derya wurde immer unruhiger. Gegen zehn ging schließlich das Telefon, und aus Deryas Reaktion schloss Angermüller, dass es keine guten Nachrichten gab.

»Sie kann nicht kommen«, erklärte Derya, nachdem sie aufgelegt hatte, und ließ sich kraftlos auf einen Stuhl plumpsen, »es ist ein Weisheitszahn. Sie hat wahnsinnige Zahnschmerzen, keine Tablette hat geholfen und jetzt ist sie auf dem Weg zu ihrem Zahnarzt. Der wird ihr wahrscheinlich den Zahn ziehen, und danach kannst du sie für heute vergessen. Verdammter Mist!«

Ein verzweifelter Blick traf Angermüller.

»Was soll ich denn jetzt machen? Ich schaff das unmöglich allein!«

Was blieb ihm anderes übrig? Er verabschiedete sich von seinen Plänen für den Tag. Bis zum späten Nachmittag würden die Vorbereitungen sicher dauern. Vielleicht konnte er dann wenigstens noch kurz mit Eichhorn sprechen und hören, was den Tag über so gelaufen war.

»Ich bin ja auch noch da.«

»Aslanım, mein Löwe, mein Schatz, das willst du für mich tun?«

Derya sprang auf und überhäufte ihn mit Küsschen.

»Danke! Du rettest mich! Vielen Dank!«

»Ist schon gut, Derya, lass uns loslegen. Womit soll ich anfangen?«

Sie waren den ganzen Tag gut beschäftigt. Sie schnippelten und hackten, rührten und kochten, würzten und buken in einer Wolke aus appetitlichen Speisedüften. Es entstand ein bunter Reigen mediterraner Köstlichkeiten wie marokkanischer Möhrensalat, Mozzarella auf Tomaten unter Rucola, eine Moussaka, Schafskäse mit Kräutern und scharfer Peperoni, verschiedene Beläge für Bruschetta und andere Crostini, eine Tarte mit Ziegenkäse, Feigen und Pinienkernen, und und und. Sie kosteten immer wieder und verfeinerten den Geschmack, bis am frühen Abend das Buffet zum Ausliefern bereitstand.

»Warum steigst du nicht bei mir ein? Wir sind doch das geniale Team!«

»Ja, schon, aber …«

Mit schräg gelegtem Kopf schaute ihn Derya abwartend an.

»Was aber?«

»Wenn ich ganz ehrlich bin: Am allerliebsten bin ich beim Kochen allein. Da kann ich meinen Gedanken nachhängen, das hat so was Meditatives.«

»Meditativ? Ach, ich find's klasse, wenn man dabei jemanden zum Quatschen hat.«

»Hab ich gemerkt.«

»Ey, du!«, machte Derya vorwurfsvoll und knuffte ihn in die Seite, Georg grinste.

»So Chefin, ich trag dir die Sachen zum Auto und dann hab ich Feierabend, okay?«

»Vielen Dank, du warst mir eine große Hilfe! Sehen wir uns heute Abend?«

»Ich weiß nicht. Vielleicht klappt es heute ja mit meiner Verabredung mit Jansen …«

Große Hoffnung machte Georg sich nicht, auch wenn sein Kollege, zumindest für seine Verhältnisse, von Tag zu Tag zugänglicher geworden war. Es war schon fast sechs. Hatte es einen Sinn, jetzt noch nach Schassau zu fahren? Am besten sollte er wohl zuerst mit Eichhorn telefonieren, hören, was so gelaufen war. Doch sein Versuch, ihn zu erreichen, war erfolglos. Derya war längst auf dem Weg zu ihren Kunden, er saß immer noch unentschlossen im Auto vor ihrer Tür, als sein Handy sich meldete.

»Okay, dann so gegen halb acht bei mir. Ich koch uns was. Bis später.«

Verdattert schaute Georg auf sein Handy. Er hatte eine Verabredung mit Jansen. Dann sandte er Derya die Nachricht, dass er den Besuch seines Kollegen erwartete, und sagte für den Abend ab. Derya schien zu ahnen, wie wichtig ihm dieses Treffen war und antwortete prompt mit einem Smiley.

Ein bisschen albern kam Georg sich schon vor, fast fühlte er sich wie bei einem ersten Rendezvous. Mit Bedacht hatte er ein paar Dinge fürs Abendessen besorgt, wohl wissend, dass sein Kollege gern Fleisch auf dem Teller und Bier im Glas hatte. Zwar hatte seine kulinarische Eingleisigkeit durch die Verbindung mit ihrer Kollegin Anja-Lena etwas an Offenheit gewonnen, doch Angermüller wollte, dass Jansen sich wohlfühlte und nicht durch ungewohnte Genüsse verunsichert wurde. Wat de Buer nich kennt … Wie oft hatte er sich diesen Spruch in den letzten Jahren anhören müssen.

Er öffnete eine Flasche San Giovese und goss sich ein Glas ein. Dann massierte er etwas Öl in die wunderbar marmorierten Entrecôtes vom Biorind und schnitt Pastinaken, Süßkartoffeln und Frühlingszwiebeln in grobe Stücke. Gerade bereitete er einen leicht scharfen Avocadoschmand, da klingelte es, früher als erwartet, an seiner Tür. Nachdem er geöffnet hatte, standen sich die beiden Männer einen Augenblick stumm gegenüber, beiden war ihre Verlegenheit ins Gesicht geschrieben, bis Claus Jansen seinem Gastgeber eine in Zeitungspapier eingewickelte Flasche Wein entgegenhielt.

»Für dich.«

»Danke, Claus, das wär aber nicht nötig gewesen! Komm rein in die gute Stube. Willst du ablegen? Womit kann ich dir was Gutes tun? Ein Bier, oder wollen wir deinen Wein …?«

Mit einem Schwall von Floskeln überspielte Angermüller seine Unsicherheit.

»Och, erst mal eine Hopfenkaltschale, wär gar nicht schlecht«, meinte Jansen und rieb sich geschäftig die Hände. Auch ihm war seine Hemmung deutlich anzumerken.

»Wunderbar! Folge mir unauffällig. Ich dachte, wir bleiben in der Küche, wenn's recht ist. Ich find's da ganz gemütlich.«

»Klar«, nickte Jansen und sah sich um, wie man sich an Orten umschaut, die man kaum kennt. Ein einziges Mal erst war er hier zu Gast gewesen, als Georg seine Einweihungsfeier gab, und das lag fast zwei Jahre zurück. Angermüller stellte eine Halbliter-Bügelflasche und ein Glas vor seinem Kollegen auf den Tisch.

»Hier, dein Pils. Ich glaube, du hast mal gesagt, du trinkst das ganz gern. Ist aus der kleinen Landbrauerei bei Neumünster.«

»Was du dir alles merkst!«

Mit einem Plopp öffnete Jansen das Bier und goss langsam davon ins Glas, bis es von weißem Schaum gekrönt wurde.

»Prost!«

»Prost Claus, ich bleibe beim Rotwein, wenn du erlaubst.«

Es entstand eine unangenehme Pause.

»Jou …«, sagte Jansen und Angermüller eröffnete gleichzeitig mit »Also …«.

Sie grinsten beide, Georg räusperte sich.

»Ja, also, als Erstes wollte ich mich bei dir entschuldigen …«

»Wieso entschuldigen?«, fragte Jansen erstaunt.

»Na ja, wegen meiner blöden Ausreden, als du mich zum Essen einladen wolltest. Weißt du, ich wollte dich nicht in Schwierigkeiten bringen, weil ich doch diesen Job bei Deryas Freundin in der ›Alten Strandbude‹ ohne offizielle Genehmigung …«

»Lass man gut sein. Ist schon okay«, brummte Jansen, »du wirst deine Gründe gehabt haben.«

»Ich möchte nur, dass du nicht denkst, ich vertraue dir nicht.«

Erstaunt schaute sein Gegenüber auf.

»Das hab ich nie gedacht. Ich war nur sauer, weil du mir offensichtlich irgendeinen Quatsch erzählt hast, von wegen Rückenproblemen und so. Der kann doch sagen, wenn er kein' Bock hat, hab ich gedacht.«

»Mann, Claus, nein! Ich hab mich wirklich über deine Einladung gefreut! Aber ich hatte nun mal versprochen, Wiebke zu helfen, und musste an den Abenden in der ›Alten Strandbude‹ anwesend sein. Es ging ja nicht nur ums Kellnern …«

Georg umriss seinem Kollegen in ein paar Worten den wahren Grund für seinen Job in Schassau.

»Echt? Du als Privatschnüffler am Ostseestrand? Undercover! Krass!«, lachte Jansen, was Angermüller auf eine Art peinlich berührte.

»Und, hast du den Übeltäter geschnappt?«

»Leider nicht, aber ich hab noch nicht ganz aufgegeben. Ein Eisen hab ich noch im Feuer. Apropos Feuer – wollen wir erst mal essen?«

»Ey super. Ick heff schon so'n Kniepen.«

Bald beugten sich die Teampartner über ihre Teller, auf denen die Röstaromen der Gemüse sich aufs Wunderbarste mit dem des zarten, saftigen Entrecôtes verbanden und von der leichten Schärfe des Avocadoschmands abgerundet wurden.

»Schmeckt klasse«, brummelte Claus Jansen mit vollem Mund. Er schien die Speisen zu genießen, allerdings wie immer im Schnelldurchgang, sodass er seinen Teller schon zur Seite schob, als Georg noch ein dickes Stück Fleisch vor sich hatte. Trotz der Mengen und der Schnelligkeit, in der Jansen diese seit jeher verputzte, nahm er nicht zu und blieb ein dünner Hering, was Angermüller von sich leider nicht behaupten konnte. Würde er all den Verlockungen erliegen, die ihm Appetit machten und den Mund wässerten, hätte er wahrscheinlich mehr als nur das leichte Übergewicht, von dem er seit Jahren einfach nicht weg kam.

Als sie beim Nachtisch saßen – Schokoladenkuchen, den er immer auf Vorrat buk und einfror, unter Vanilleeis – kam Angermüller auf das nächste Thema zu sprechen, das ihn umtrieb.

»Und wie läuft's mit der zügigen Aufklärung in Schassau?«

»Zügige Aufklärung« war einer der Lieblingssprüche ihres obersten Dienststellenleiters und im ganzen K1 mehr als verhasst.

»Erinner' mich bloß nicht an den Appels, den Dösbaddel! Der nervt bei jeder Teamsitzung.«

Jansen schob sich ein großes Stück Schokoladentorte mit Eis in den Mund, das in null Komma nix verschluckt war, dann fuhr er fort:

»Kannst dir ja vorstellen, was für ein elendes Geschäft dat is, wenn nur ein Team vor Ort ermittelt. Wir haben einfach keine Leute! Ich mein, wir sind immer zu wenig. Aber jetzt hat Nico Timm Urlaub und Thomas Niemann ist im Krankenhaus, hat sich die Gräten gebrochen.«

»Was hat er gemacht?«

»Fußball gespielt. Macht der ja oft am Wochenende. Und natürlich muss es gleich ein komplizierter Bruch am Fuß sein. Ich sach ja immer, Sport ist Mord.«

»Also nur du und Eichhorn. Wie läuft's mit dem?«

»Ja, geht so. Hast ja gemerkt, der ist immer gleich scharf auf große Dinger, Mafia und so. Es gibt Hinweise auf Drogengeschäfte, allerdings in eher bescheidenem Rahmen. Auch Geldwäsche ist ein Thema. Und ist ja richtig, dem müssen wir nachgehen. Aber ich glaub nicht an einen Zusammenhang mit dem Mord. Die Tat selbst sieht einfach nicht nach einer Mafia-Exekution aus.«

»Das hab ich dem Eichhorn auch schon gesagt.«

»Du bist mit dem in Kontakt, hab ich mitgekriegt.«

»Ich dachte, ich kann euch vielleicht unterstützen. Hab ich dir ja auch angeboten. Wo ich so lange in Schassau vor Ort war …«

Jansen sah ihn nachdenklich an, dann zuckte er mit der Schulter.

»Klar, hast recht, das könnte von Nutzen sein.«

Innerlich fiel Angermüller ein Stein vom Herzen. Jansen hatte endlich seinen Ärger überwunden und ihm verziehen.

»Dann erzähl doch mal, was habt ihr bis jetzt rausgefunden?«

»Das ist schnell gemacht. Wir mussten die junge Frau mit dem Kind ziehen lassen, hast du ja mitgekriegt, weil sie kein Motiv hatte, im Gegenteil. Und diese Speckmüller und ihr Freund haben ein Alibi, genau wie sämtliche Mitarbeiter aus dem Restaurant.«

»Hab ich auch gehört. Was ist mit dem Lokalpolitiker? Ihr hattet doch gestern eine Vernehmung in der Polizeidirektion, das war doch mit dem Stahmer, oder? Ist da nichts bei rausgekommen?«

»Tja, passte alles. Der hatte an dem Abend ein Treffen mit dem Opfer – war zur richtigen Zeit am richtigen Ort und hat ein Motiv: Mario wollte ihn mit den 10.000 Euro erpressen, die er ihm gegeben hatte, wollte das an die Presse geben, von wegen Politiker lässt sich kaufen und so. Er hat Stahmer Druck gemacht wegen der Baugenehmigung für dieses Blue Lagoon Projekt. Das hat der Stahmer alles zugegeben, aber er sagt, er war's nicht.«

»Und?«

»Wahrscheinlich stimmt das sogar. Schmidt-Elm ist sich zu 99 Prozent sicher, dass der Täter ein Rechtshänder gewesen ist. Und da hat der Stahmer gute Karten: Der ist Linkshänder. Mit dringendem Tatverdacht war also nix.«

»Ihr musstest ihn gehen lassen.«

»Ja, und die Kollegen mussten ihn sogar noch nach Hause fahren«, meinte Jansen frustriert, »ach, und die Flecke auf seinem Jackett, die du gesehen hast, das war Tomatensoße. Er hat mit Mario zu Abend gegessen, Nudeln mit Lammragout und sich schlicht und einfach bekleckert. Hast du noch ein Bier?«

»Klar.«

Konzentriert füllte Jansen erneut sein Glas.

»Morgen wollen wir uns den Campingplatzbesitzer noch mal vornehmen.«

»Den Kröger?«

»Genau. Ein Motiv hätte der auch, nämlich Schulden bei Mario über beide Ohren, für die er mit seinem Grundbesitz gradestehen muss und eine verstrichene Rückzahlfrist. Nächsten Monat hätte er diesem Mario ein weiteres Stück Land überschreiben müssen.«

»Und wo war er zur Tatzeit?«

»Das haben wir noch nicht genau feststellen können. Er hat am Sonntagabend in seiner Kneipe mit zwei Campern aus Thüringen gesoffen, die mittlerweile blöderweise abgereist sind. Seine Bedienung hatte er nach Hause geschickt. Wir sind jedenfalls dran.«

Die beiden Männer saßen schweigend über ihren Getränken, beiden war die Unzufriedenheit über den Stand der Dinge ins Gesicht geschrieben.

»Was ist mit den Naturschützern?«, fiel Angermüller plötzlich ein, »die Leute, die irgendwas aus dem Briefkasten fischen wollten?«

»Vergiss es.«

Jansen machte eine wegwerfende Handbewegung.

»Die sorgen sich um Feuchtwiesen und Meersenf und irgendwelche komischen Vögel. Sie hatten dem Mann einen echt dilettantischen Drohbrief gebastelt und mehrere Tausend Euro fürs Stillhalten gefordert, sonst würden sie so viel Widerstand organisieren, dass Blue Lagoon niemals gebaut werden könnte. Klar ist natürlich, die wollten die Kohle für sich selbst, und als sie mitkriegten, dass Mario umgebracht worden ist, hatten sie unglaublich Schiss, dass die Öffentlichkeit davon erfahren könnte, zumal sie vor ein paar Monaten schon mal eine größere ›Spende‹ entgegengenommen haben, wie einer Quittung in Marios Safe zu entnehmen war.«

»Und ihr Alibi?«

»Die waren Sonntag im Theater in Hamburg und haben dort bei Bekannten übernachtet. Leider.«

»Mmh, wirklich schade. So was Scheinheiliges!«, schimpfte Angermüller. »Da fällt mir was ein: An diesem und dem vorangegangenen Sonntag habe ich gesehen, wie eine Frau in einem silbergrauen Cabrio vorm ›Gola Incantata‹ vorfuhr. Nach der Art, wie sie sich begrüßt haben, könnte es Marios Freundin gewesen sein.«

»Ah ja, das hört sich doch interessant an.«

Jansen zog sein Notizblöckchen heraus, das er immer mit sich herumtrug und sah seinen Partner erwartungsvoll an.

»Eine gut aussehende, große Frau, schlank, Mitte 30 bis Mitte 40, blondes, lockiges Haar. Ich hab sie nur aus der Ferne gesehen. Der Wagen hatte eine Hamburger Nummer. Es war ein Zweisitzer, vielleicht BMW? So genau hab ich nicht hingeschaut.«

»Okay, ich klammere mich an jeden Strohhalm, notfalls auch an eine gut aussehende Blondine«, meinte Jansen, während er ein paar Notizen machte.

»Marios Auto hat auch ein Hamburger Kennzeichen, der hatte wohl dort seinen Hauptwohnsitz. Vielleicht findet ihr da auch die Frau. Oder die Durchsuchung der Handydaten bringt einen Hinweis.«

»Ich kümmer mich morgen gleich drum.«

»Da fällt mir ein: Gab es eigentlich einen Grund, warum Mario sich als Italiener ausgegeben hat?«

»Hat uns auch gewundert. Hat aber nichts zu bedeuten. Es gibt wohl viele albanische Wirte von italienischen Restaurants bei uns, die nach außen auf Italiener machen. Vielleicht denken sie, dass es besser fürs Geschäft ist.«

»Mmh, kann natürlich sein. Original italienische Pizza soll halt auch vom Italiener sein«, meinte Angermüller.

»Aber, ist das nicht verrückt, wie fast jeder im Ort mit Mario einen Handel eingegangen ist? Er hat bloß mit ein paar Scheinen zu winken brauchen und hatte die Leute im Sack.«

»Nur deine beiden Chefinnen, die haben sich anscheinend nicht kaufen lassen.«

»Zwei kluge Frauen eben«, lächelte Angermüller, »und außerdem ist die ›Alte Strandbude‹ eine unglaubliche Erfolgsgeschichte, was du deutlich an diesem Neider erkennen kannst, der den beiden während der Saison das Leben schwergemacht hat.«

»Sach ma, was ganz anderes«, wechselte Jansen das Thema, »wann fängst du bei uns wieder an?«

»Vermisst du mich etwa, Claus?«

Der verdrehte die Augen.

»Hab dir doch gesagt, was bei uns los ist. Wir brauchen dringend Verstärkung.«

»Eigentlich komm ich erst im Januar wieder.«

»Das is ja noch verdammt lang hin. Mannomann«, stöhnte Jansen, »Hauptsache es fällt nicht noch einer aus. Und dann noch ein verrückter Serienmörder hier an der Küste, und wir können den Laden dichtmachen.«

KAPITEL XIX

Es war früh am Morgen und Polette noch zu Hause, als sie der Anruf erreichte. Wiebke hörte sich gar nicht gut an. Am Tag zuvor war sie glücklich und erleichtert in der »Alten Strandbude« aufgetaucht. Ihr Bruder sei über den Berg, hatte sie gesagt. Aber eben hatte sie sich gemeldet, um Polette zu informieren, dass sie heute voraussichtlich nicht ins Restaurant kommen könne.

»Der Gesundheitszustand von Tomaso hat sich von gestern auf heute leider dramatisch verschlechtert. Er liegt auf der Intensivstation, hat eine Lungenentzündung und ist sehr geschwächt. Die Ärzte glauben nicht, dass er es schafft.«

Die Sorgen, die sie sich machte, schwangen deutlich in Wiebkes Stimme. So viel hatte sie noch nie über ihren Bruder preisgegeben. Polette wusste gerade mal, dass es ihn gab.

»Das tut mir leid, Wiebke, wirklich. Kann ich irgendwas für dich tun?«

»Danke, ich fürchte, da muss ich allein durch. Aber versuch bitte, Niki als Vertretung zu kriegen, und wenn die nicht kann, dann frag Bolli oder Carsten. So viel ist ja nicht mehr los, mit einem von den beiden im Hintergrund müsstest du das heute hinkriegen. Entschuldige, dass ich solche Umstände mache.«

»Schmarrn, das ist doch nicht der Rede wert, Wiebke. Aber vielleicht könnte Georg stattdessen kommen«, schlug Polette vor.

»Polette, ich dachte, das hätten wir endgültig geklärt, dass wir Georg nicht in Schwierigkeiten bringen wollen«, antwortete Wiebke kraftlos.

»Also ich hatte vorgestern ein längeres Gespräch mit ihm. So wie er das geschildert hat, ist es wirklich kein Problem, wenn er ab und zu bei einer Freundin aushilft. Und genau das würde er heute ja tun. Wenn Niki nicht kann, könnte ich ihn doch fragen.«

»Ich finde das nicht gut. Aber tu, was du für richtig hältst.« Damit hatte Wiebke das Gespräch beendet, die wohl nicht die Energie hatte, gegen Polettes Eigensinn anzugehen. Da sie keine schlechte Stimmung aufkommen lassen wollte, denn Wiebke hatte Sorgen genug, hatte Polette bei Niki angerufen, die aber erst gegen Abend Zeit hatte. Bolli erreichte sie nicht, und mit Carsten, dem Lehrling, allein einen ganzen Tag zu stemmen, das musste nun wirklich nicht sein.

Es war kurz nach neun. Polette frühstückte zu Ende und fuhr dann mit dem Rad zur »Alten Strandbude«. Sie war froh über ihren robusten Anorak. Am Himmel zogen violettblaue Wolkenberge vorbei, es wehte ein frischer Wind und die Sonne veranstaltete ein Wechselspiel von Licht und Schatten. Im Restaurant wurde sie von angenehmer Wärme empfangen. Sie begab sich gleich in die Küche und begann mit den Vorbereitungen für den Tag. Dann rief sie Georg an, der noch frühstücken wollte, bevor er sich auf den Weg nach Schassau machte, und zusagte, bis zum frühen Nachmittag bleiben zu können. Wunderbar, freute sich Polette, mit dieser Aussicht machte ihr die Arbeit gleich mehr Spaß.

Ihr Blick fiel auf das Keramikmesser, das abgespült im Abtropfgestell lag, und sogleich verspürte sie ein Unbehagen. Sie stellte sich ihren Nachbarn vor, den sie nur in einem weißen Anzug kannte, wie er in seinem Blut lag, und es fröstelte sie. Besser wäre es gewesen, Georg hätte sein Wissen für sich behalten. Auch wenn sie den Mann kaum gekannt hatte, die Art seines Ablebens ging ihr richtig an die Nieren. Und es gab etwas daran, das sie immer wieder ins Nachdenken brachte.

»Ach Hannes«, seufzte sie, wie so oft, »warum bist du nicht mehr da? Warum kannst du mir nicht mehr raten, was ich tun soll?«

Als sie und Hannes sich gefunden hatten, war ihr das Leben mit all seinen Fragen plötzlich so einfach erschienen. Neben seiner Fröhlichkeit und Großzügigkeit war es seine geradlinige Art, die Dinge anzugehen, die sie als Erstes beeindruckt hatte.

»Probleme sind dazu da, um gelöst zu werden«, sagte er mit fröhlicher Miene, beobachtete, überlegte, wog ab und fand eine Lösung, manchmal so einfach und naheliegend, dass Polette sich nur wundern konnte. Er schien über einen inneren Kompass zu verfügen, der ihn schnell und sicher zum Ziel führte. Auch wenn Polette eine vermeintlich völlig verfahrene Situation quälte, konnte sie immer darauf vertrauen, dass er ihr half, den richtigen Ausweg zu finden.

»Wenn du doch nur hier wärst, mein Schatz, du hättest bestimmt eine Idee, was ich tun soll.«

Noch einmal musste sie seufzen, sie konnte gar nichts dagegen machen.

»Ach Hannes, wenn du wüsstest, wie sehr du mir fehlst!«

Der melodiöse Ton des Telefons riss sie aus ihren Grübeleien. »Guten Morgen, Ille! Danke, mir geht's gut. Und du? Wir haben uns seit deinem letzten Besuch gar nicht mehr gesprochen.«

Auch wenn die alte Dame niemand war, der sich um Klatsch und Tratsch kümmerte, beschäftigte sie das Verbrechen, das sich in ihrer nächsten Nachbarschaft ereignet hatte, und sie schien besorgt um die Sicherheit von ihrer Nichte und Polette.

»Mach dir keine Gedanken, Ille. Georg meint, wir müssen uns keine Sorgen machen.«

Als ihre Nachbarin sich wunderte, woher ihr Aushilfskellner denn diese Gewissheit nähme, fügte Polette schnell an, dass auch die Polizei sich entsprechend geäußert hätte. Die alte Dame wusste bestimmt nichts über Georgs wahre Identität und über das Warum und Wieso seines Einsatzes in der »Alten Strandbude«. Sie musste es auch nicht wissen, da sie sich wahrscheinlich nur unnötig Sorgen machen würde.

Der Grund für Illes Anruf war, dass die Lampe in der Küche kaputt war und sie das Licht brauchte, um auf ihrem Lieblingsplatz Zeitung lesen zu können. Es war ihr furchtbar unangenehm, dafür anderer Leute Hilfe in Anspruch zu nehmen, da sie früher alle diese Handgriffe selbst erledigt hatte. Aber seit ihrem Fahrradunfall war sie dazu nicht mehr in der Lage. Eigentlich hatte Wiebke vorbeikommen wollen, aber die musste heute am Krankenbett ihres Bruders wachen.

»Wiebke bleibt wirklich nichts erspart. Das arme Mädchen! Was hat sie sich ihres Bruders wegen schon für Sorgen machen müssen. Na ja.«

Polette hörte deutlich die Bewegung in Illes Stimme.

»Könntest du wohl heute vorbeikommen wegen meiner Lampe? Aber nur, wenn du es wirklich einrichten kannst.«

»Ich hab noch eine bessere Idee: Ich schick dir den Georg, der kommt nachher eh zum Aushelfen. Und wenn du schon mal so ein kräftiges Mannsbild im Haus hast, überleg dir gleich, ob es nicht noch etwas für ihn zu tun gibt.«

»Aber du brauchst ihn doch im Restaurant.«

»Bei dem Wetter wird es bestimmt ziemlich ruhig heute. Ich schick ihn dir einfach, wenn's passt, und ruf dich vorher an.«

Die Sonne ließ sich nicht oft blicken an diesem Freitagmorgen, es sah nach Regen aus. Trotzdem hatte Angermüller ausgesprochen gute Laune und freute sich auf den Start in den Tag. Im Biomarkt um die Ecke Am Brink hatte er sich frische Brötchen geholt und genoss das Frühstück in seiner Küche mit einem kräftigen Käse vom Demeterhof aus der Region und hausgemachter Blaubeermarmelade seiner Mutter. Der Milchkaffee war heiß und von kräftigem Aroma. Angermüller brühte sich gleich eine zweite Tasse.

Als Polette vorhin angerufen hatte, ob er heute in der »Alten Strandbude« aushelfen könne, hatte er freudig zugesagt. Ohnehin hatte er vorgehabt, später nach Schassau zu fahren, nachdem ihm Jansen signalisiert hatte, dass er nichts mehr gegen seine inoffizielle Mitarbeit einzuwenden hätte.

Überhaupt Jansen! Die Missstimmung zwischen ihnen hatte Angermüller mehr belastet, als er sich eingestehen wollte. Nun, da sie sich ausgesprochen hatten, das gegenseitige Vertrauen wiederhergestellt war und sich endlich alles im Lot befand, ging es Angermüller richtig gut. Dabei hätte er nie gedacht, dass ihm die Beziehung zu seinem Kollegen so viel bedeuten würde.

Etwas enttäuschend fand er es, als er nach seiner Ankunft in Schassau von Polette hören musste, dass Wiebke voraussichtlich gar nicht ins Restaurant kommen würde. Er hätte sich gefreut, sie zu sehen. In den wenigen Wochen, die er hier verbracht hatte, war Wiebke ihm immer wichtiger geworden. Hinter ihrer so beherrschten, kühlen Fassade spürte er ihr verletztes, schutzbedürftiges Wesen, was ihn auf eine besondere Art rührte. Vor allem jetzt, wo die Sorgen um ihren sterbenskranken Bruder sie fast erdrückten, hätte er sich gewünscht, sie würde ihm vertrauen und sich von ihm beistehen lassen.

Natürlich war es gar keine Frage, dass er bei Tante Ille vorbeischauen würde, die Hilfe bei einigen haushaltstechnischen Dingen benötigte, wie Polette ihm sagte.

»Und im Übrigen: Sie weiß nichts von deinem wirklichen Job, und ich glaube, es ist besser, wenn es so bleibt. Sie soll sich nicht unnötig aufregen.«

Gerade wollte Georg sich auf den Weg zu Illes Haus machen, da erschien Annedore Bellmann im ansonsten leeren Lokal, ihr Anhängsel Luise Nissen im Schlepptau. Die Bellmann wirkte sehr echauffiert, trotzdem saß die Frisur perfekt wie immer. Sie ließ sich auf einen Stuhl sinken, ihre Begleiterin tat es ihr nach.

»Guten Tag, die Damen«, grüßte Georg freundlich und reichte den beiden die Speisekarten.

»Guten Tag, Herr Georg. Ich brauche zuerst was Kräftiges. Wenn Sie wüssten, was mir widerfahren ist! Es ist so unglaublich …«

Frau Bellmann fächelte sich mit der Speisekarte Luft zu. Georg, der sich denken konnte, wovon sie sprach, lächelte unverbindlich.

»Bringen Sie mir bitte so einen Kaffee mit einem Schnaps, wie heißt der noch? Irgendwas mit einer Kutsche …?«

»Einen Fiaker, meinen Sie?«

»Genau! Und bitte mit einem Doppelten.«

Luise, die offenbar jederzeit gesunden Appetit hatte, bestellte ein Stück Marzipantorte und ein Kännchen Kaffee. Polette hatte sich flugs in ihre Küche zurückgezogen, als Annedore Bellmann die »Strandbude« betreten hatte. Sie hatte nicht das Bedürfnis, den Kummerkasten der Dame zu spielen. Im Grunde war es eh egal, wer zur Verfügung stand, Frau Bellmann schüttete jedem gern ihr Herz aus, da war sie nicht wählerisch.

»Sag Luise, womit habe ich das verdient? Meine arme Rina, was für ein Unglück!«

Stumm und mit vorwurfsvollem Blick nickte Luise.

»Du glaubst ja nicht, wie mich das aufregt! Und du weißt ja, Aufregung ist Gift für mein Herz. Wie kann man sich nur vor solchen schlechten Menschen schützen?«, fragte Frau Bellmann, die so laut sprach, dass man auch hinter dem Tresen jedes Wort verstehen konnte. Jetzt richtete sie ihre kleinen Habichtaugen auf Angermüller, der gerade mit einem Tablett an ihren Tisch trat.

»Ach, Herr Georg, wenn Sie wüssten …«

Sie wartete auf seine Nachfrage, das war klar.

»So, einmal der Fiaker mit einem doppelten Schuss, die Marzipantorte und der Kaffee. Lassen Sie es sich schmecken, meine Damen.«

»Danke. Nicht dass Sie denken, ich fange immer schon um diese Tageszeit an, Alkohol zu trinken, Herr Georg. Aber heute kann ich nicht anders …«

Die Bellmann legte die brillantberingte Hand auf ihr Herz und atmete erschöpft aus. Angermüller erbarmte sich.

»Was ist Ihnen denn so Schlimmes passiert?«

Dieses Stichwort brachte sofort die Energie zurück.

»Die Polizei war in meinem Haus. Stellen Sie sich das

vor, in meinem Haus! Noch nie in meinem ganzen Leben hatte ich mit der Polizei zu tun! Ich wusste ja gar nicht, dass meine Enkelin einen neuen Freund hat. Sie hat sich scheinbar heimlich mit dem getroffen. Und stellen Sie sich vor, der ist in Marios Restaurant eingebrochen! Womöglich hat er den sogar …«

Sie schloss kurz die Augen, bevor sie fortfuhr:

»Und wissen Sie was: Er ist Fischverkäufer – allein Fischverkäufer! – und noch kriminell dazu, das mag man doch gar nicht glauben! Das arme Kind ist unter seinen schlechten Einfluss geraten und hat eine Riesendummheit gemacht. Aber wie soll man sich vor so etwas denn schützen?«

»Was hat Ihre Enkelin denn getan?«, fragte Angermüller scheinbar ahnungslos zurück, gespannt auf die Erklärung.

»Darüber möchte ich nicht sprechen. Ich bin mir aber ganz sicher, dass es nicht Rinas Idee war. Ohne diesen kriminellen Menschen hätte sie das niemals gemacht!«

»Wenn Sie von der Unschuld Ihrer Enkelin überzeugt sind, wird sich alles aufklären. Das ist doch eine gute Aussicht.«

Die Bellmann nickte.

»Das stimmt«, bestätigte sie halbherzig und griff nach ihrem Fiaker. Georg durfte sich zurückziehen. Er konnte sich nicht vorstellen, dass Frau Bellmann wirklich glaubte, was sie da behauptete. Auch er hatte die Enkelin erlebt und von Polette genug über sie gehört, um zu wissen, dass Rina der Boss in ihrer Beziehung zu Fisch-Ove war.

Polette warf ihm einen fragenden Blick aus ihrer Küche zu, als Georg zum Tresen kam. Leise schilderte er die Sache mit dem Einbruch und dem Schuldschein. Da er nicht im Dienst war, gab es für ihn auch kein Dienstgeheimnis, abgesehen davon, dass er Polette vollkommen vertraute. Die konnte nur den Kopf schütteln.

»Ich glaub auf gar keinen Fall, dass die Bellmann so naiv ist. Das ist nur ihre Version für die Öffentlichkeit, um das Gesicht zu wahren. Wahrscheinlich lässt sie Rina schon von ihrem Anwalt enterben. Was für eine grässliche, alte Schlange!«

Wenig später zahlte die Bellmann und gab ein mehr als mickriges Trinkgeld. Sie war mitsamt ihrer Getreuen am Ausgang, als plötzlich ihre empörte Stimme zu vernehmen war.

»Was wollen Sie hier? Wollen Sie etwa schon wieder zu mir? Ich verbitte mir das, in aller Öffentlichkeit!«

Das tiefe Brummeln des Antwortenden klang wohlbekannt in Angermüllers Ohren.

»Moin. Dat is ja man ne Oolsch«, Jansen verdrehte die Augen, »die hat mich gestern schon so vollgesabbelt«, er sah sich um, »gibt's hier einen Kaffee, Herr Kellner?«

»Selbstverständlich, der Herr. Was für einer darf's denn sein?«

»Na, so'n ganz normaler. Schwarz. So wie der, den wir im Büro immer trinken.«

In ihrem gemeinsamen Büro war Jansen seit jeher für die Kaffeezubereitung zuständig, und Angermüller war sich sicher, ein so mieses Gebräu ganz bestimmt nicht servieren zu können.

»Kommt sofort. Woher weißt du eigentlich, dass ich hier bin?«

»Ich bin bei der Kripo, hab so'n Polizisteninstinkt«, grinste der Kollege und steuerte einen Tisch am Fenster an.

Kurz darauf stellte Angermüller einen dampfenden Pott vor seinen Kollegen.

»So, einmal Kaffee schwarz für den Herrn, bitteschön.«

Sich selbst hatte er eine Schale Milchkaffee mitgebracht. Sie tranken schweigend und schauten nach draußen. Das Meer war unruhig, schimmerte graugrün, und in kurzen Sonnenmomenten leuchtete grell das Weiß der Schaumkrönchen auf den Wellenbergen auf. Bis auf zwei Hundebesitzer, die mit ihren Tieren am Wasser entlang tobten, war der Strand leer von Spaziergängern. In der Ferne wurden mit einem kleinen Radlader die Strandkörbe für das Winterlager eingesammelt und auf den Hänger eines Treckers gepackt. Mit dem Wetterumschlag war die Saison unweigerlich zu Ende. Abschied lag in der Luft.

Auch wenn Jansen so tat, als ob es sich nur um einen privaten Besuch handelte, war Georg fast sicher, dass er mit ihm seine neuesten Erkenntnisse durchsprechen wollte.

»Wo hast du deinen Partner gelassen?«, eröffnete er das Gespräch.

»Der versucht mal wieder, mit dem Campingplatz-Kröger, dem alten Gnatz, eine vernünftige Zeugenvernehmung durchzuführen. Die Saufkumpane aus Thüringen haben wir inzwischen gefunden und von den Kollegen dort befragen lassen. Aber die hatten beide so'n Filmriss, dass die sich an keine Zeiten mehr erinnern können, geschweige denn, ob der Kröger ständig mit ihnen zusammen war«, berichtete Jansen und verzog das Gesicht, »das macht ahlns kein Spaß mehr, sag ich dir.«

»Und sonst?«

»Nich viel …«

Die Frau im Cabrio war inzwischen ausfindig gemacht worden. Sie hieß Theresia Aldenhoven, wohnte in einem teuren Viertel an der Außenalster, war mit einem Hamburger Kaufmann verheiratet und Marios Geliebte. Die

Hamburger Fahnder hatten sie in Marios dortiger Wohnung angetroffen, für die sie einen Schlüssel besaß. Da sie ihn mehrere Tage nicht erreichen konnte, hatte sie sich Sorgen gemacht und dort nach dem Rechten sehen wollen.

»Eines seiner Handys hat das Opfer ausschließlich für die Kontakte zu dieser Frau genutzt. Heiße Sprüche, heiße Liebe, sach ich dir.«

Die Nachricht von Marios Ermordung hatte die Frau zutiefst getroffen. Gleichzeitig sorgte sie sich um die Diskretion der Beamten, da ihr Ehemann natürlich auf gar keinen Fall von ihrem Verhältnis erfahren sollte.

»Praktischerweise ist der Mann auf Geschäftsreise, hat zum einen ein Alibi und konnte von den Hamburger Kollegen nicht befragt werden. Aber Frau Aldenhovens Hausangestellte und eine Nachbarin haben übereinstimmend bestätigt, dass sie am Sonntag schon um zehn zu Hause war. Schwein gehabt, würde ich sagen.«

In der Miene seines Kollegen konnte Angermüller deutlich die Unzufriedenheit mit den bisher so erfolglosen Ermittlungen lesen, außerdem wippte unablässig sein linkes Bein. Das kannte Angermüller nur zu gut. Für den ungeduldigen Jansen war nichts schlimmer, als in einem Fall so auf der Stelle zu treten.

»Mann, Mann, Mann, uns läuft die Zeit davon!«

»Das tut mir leid, dass ihr nicht richtig weitergekommen seid«, versuchte der Kommissar seinen Partner aufzurichten, »aber du weißt ja, es braucht nur das eine lose Ende! Und wahrscheinlich liegt das direkt vor eurer Nase. Das müsst ihr nur erwischen. Dann könnt ihr den kompletten Fall von vorne bis hinten aufdröseln. Bestimmt seid ihr ganz nah dran.«

»Wer's glaubt …«, ein skeptischer Blick traf Angermüller, »und du als Kenner der Schassauer Verhältnisse, hast du denn noch was zu bieten?«

»Ich glaube, ich hab euch alles gesagt. So spontan fällt mir nichts mehr ein. Aber ich denk drüber nach, vielleicht hab ich irgendwas übersehen.«

»Na gut«, Jansen stand auf, »dann will ick mol wedder. Was muss ich für den Kaffee löhnen?«

»Geht aufs Haus.«

»Na denn, schönen Dank!«

»Ach Claus, wart einen Moment, ich komm gleich mit. Ich muss noch was erledigen.«

Angermüller sagte Polette Bescheid, zog schnell seine Jacke über und ging Jansen nach, der draußen auf ihn wartete.

»Was hast du vor?«

»Wiebkes alte Tante braucht Hilfe bei so ein paar kleinen Reparaturen im Haushalt. Ich mach das schnell zwischendurch, damit ich zur Mittagszeit wieder im Restaurant bin. Tante Ille wohnt gleich da oben am Hang, in einem der Reetdachhäuser.«

Sie bogen von der Promenade in den Strandweg ein, wo an der Ecke, wie so oft, Eddys alter Barkas stand.

»Sach ma, die Karre parkt aber auch ständig hier. Sieht ja fast aus, als ob da einer drin wohnt.«

»Gut erkannt. Eddy heißt der und ist so was von nikotinsüchtig, das hast du noch nicht gesehen! Bis vor Kurzem war der so eine Art Haushandwerker in der ›Alten Strandbude‹. Dann wurde ihm in den Gasträumen das Rauchen verboten. Seitdem ist er auf meine Chefinnen schlecht zu sprechen, steht fast jeden Tag mit seinem Bus da drüben und beobachtet das Restaurant.«

»Und warum?«, fragte Jansen verständnislos.

»Weiß ich nicht. Wahrscheinlich wartet er auf eine Entschuldigung und einen neuen Auftrag. Ich dachte erst, der steckt hinter den Sabotageakten der letzten Wochen, aber kann mir das nicht mehr vorstellen. Der ist ein echter Sonderling und ein armer Teufel dazu, ansonsten harmlos.«

»Ich hab eben nur so aus Quatsch gefragt, ob da einer drin wohnt. Ich dachte wirklich, das Ding steht da zum Abwracken.«

Mit nachdenklichem Gesicht hielt Jansen plötzlich an.

»Hast du mit dem über unseren Fall gesprochen?«

»Nee, so weit bin ich nicht gekommen. Mit Eddy zu kommunizieren ist nicht so einfach. Der spricht nicht mit jedem. Aber du hast recht. Ich glaub zwar nicht, dass der in die Sache verwickelt ist, aber immerhin hat er Sonntagnacht auch hier gestanden. Versuch dein Glück.«

»Mach ich gleich.«

»Dann hoffe ich mal, er lässt sich von deinem Dienstausweis beeindrucken«, wünschte Angermüller und klopfte Jansen auf die Schulter, »ach, da kommt kompetente Verstärkung für dich! Dann kann ja nix mehr schiefgehen.«

In einem kurzen, schwarzen Trenchcoat, den Kragen verwegen hochgeschlagen, federte Sebastian Eichhorn auf die beiden zu.

»Hallo. Gibt's was Neues?«, fragte er etwas verunsichert, angesichts des plötzlich so vertrauten Umgangs der beiden Männer.

»Das wollte ich eigentlich dich fragen, Eichhorn«, erwiderte Jansen missmutig.

»Nicht so richtig.«

Der junge Kollege warf einen fragenden Seitenblick auf Angermüller.

»Kann er hören. Du hast ihm ja sowieso 'ne Menge vertellt«, konnte Jansen sich nicht verkneifen zu kommentieren. Eine rote Welle lief über Sebastian Eichhorns Gesicht. Er hüstelte.

»Eben hat der Kröger behauptet, er sei pinkeln gegangen während seines Besäufnisses mit den zwei Campern und hätte zu dem Zeitpunkt seine Kellnerin nach Hause geschickt. Dann wäre er irgendwie in der Toilette eingeschlafen und erst aufgewacht, als einer seiner Saufkumpels ihn geweckt hat, weil sein Hund jaulte. Der wollte wohl Gassi gehen, was der Kröger dann auch mit dem gemacht hat. Natürlich kann er keine Uhrzeiten nennen.«

»Okay. Schade, dass der Hund die Uhr nicht lesen kann. Was sagt die Kellnerin?«

»Die konnte ich noch nicht sprechen. Die ›Dünenstube‹ öffnet erst abends. Aber wir haben ihre Adresse.«

»Gut, ihr habt zu tun, ich auch. Drück euch die Daumen, Kollegen«, verabschiedete sich Angermüller, »vielleicht sehen wir uns später.«

Angermüller wurde schon erwartet. Schwer auf ihren Rollator gestützt, stand Ille Martinsen hinter der Haustür. Polette hatte sein Kommen telefonisch angekündigt.

»Kommen Sie doch rein. Es ist mir wirklich sehr unangenehm, Sie mit meinem Kram zu belästigen. Aber leider kann ich seit meinem Unfall so vieles nicht mehr selbst machen, und jünger werd ich auch nicht.«

»Kein Problem, Tante Ille, ich mach das wirklich gerne. Was soll ich tun?«

Es waren nur ein paar Kleinigkeiten, die erledigt werden mussten, aber für jemanden mit körperlichen Einschränkungen schier unlösbare Aufgaben. Angermüller konnte sich vorstellen, wie sehr es die alte Frau quälte, für diese Handgriffe von der Hilfe anderer Leute abhängig zu sein.

Er hatte das Flusensieb der Waschmaschine geleert, drei unbenötigte Stühle in den Keller getragen, den Perlator des Wasserhahns an der Badewanne getauscht und eine Verlängerungsschnur hinter einen Schrank verlegt. Zum Schluss wechselte er die Birne der Lampe, unter der Tante Ille die meiste Zeit des Tages lesend verbrachte.

»Vielen Dank, Georg, Sie haben sich eine Stärkung verdient! Darf ich Ihnen einen Kaffee anbieten?«

Eigentlich wollte Angermüller ablehnen, denn er hatte schon genug Kaffee getrunken. Dann fiel sein Blick auf das Tablett mit der Thermoskanne und den Kaffeetassen. Auch eine Schale Kekse, halb mit weißem, halb mit rosa Zuckerguss überzogen, stand bereit.

»Gerne«, sagte er, »das kommt genau richtig.«

»Schön. Außerdem müssen Sie doch unbedingt meine selbst gebackenen Hanseaten kosten.«

Wie vor knapp zwei Wochen setzten sie sich an den Küchentisch, tranken ihren Kaffee und sprachen nicht viel. Georg bediente sich vom Gebäck.

»Die sind ganz köstlich, Ihre Kekse«, lobte er.

Sie schmeckten süß, nach Butter und Vanille und gleichzeitig angenehm säuerlich nach Johannisbeermarmelade. Tante Ille freute sich über das Kompliment, aber sie wirkte heute abwesend. Automatisch wanderten Georgs Augen zu den Familienbildern auf dem Bord hinter Ille Martinsen.

»Ja, ja, das Leben kann ganz schön hart sein. Was muss meine Nichte wegen ihres Bruders durchmachen. Es sieht nicht sehr gut für Tomaso aus, sagen die Ärzte …«

Frau Martinsen hatte seinen Blick bemerkt.

»Und Wiebke hat ihrem Bruder schon ihr ganzes Erwachsenenleben gewidmet. Ach, was sag ich, Erwachsenenleben! Wiebke war 17, als ihre Mutter starb. Ich hab das erst viel später erfahren. Meine Schwester und ich hatten leider kaum Kontakt. Wir hatten beide genug mit unseren eigenen Leben zu tun.«

Die alte Frau verstummte und sah ins Leere. Auch Georg schwieg.

»Ich hatte zu der Zeit damals kurz hintereinander meinen Mann und meine zwei Söhne verloren. Sie waren Fischer und sind auf See geblieben …«

Angermüller spürte Illes Aufgewühltheit und dass sie heute wohl jemanden zum Reden brauchte.

»Ich weiß«, sagte er leise, »Polette hat mir davon erzählt. Es tut mir leid. Und mit 17 hat Wiebke sich schon um ihren Bruder gekümmert?«

»Meine Nichte hat nie viel darüber geredet. Nur, dass sie damals die Schule verlassen hat, um Geld zu verdienen. Die beiden waren ganz allein. Ihr Vater, ein Italiener, hatte die Familie kurz nach Tomasos Geburt verlassen. Das Einzige, was von ihm blieb, waren die dunklen Locken und ihre Namen: Tomaso und Vittoria.«

»Hat Wiebke ihren Vornamen geändert?«

»Nein, nein, sie haben beide zwei Vornamen: Wiebke Vittoria und Dietrich Tomaso.«

»Wie konnte sie damals so jung für sich und ihren Bruder sorgen?«

»Wiebke hat in der Modebranche gearbeitet, als Model, ziemlich erfolgreich wohl. Ich weiß noch, wie ich eine Reportage über sie und Tomaso in einer Modezeitschrift entdeckt habe. Vittoria und Tomaso, das Traum-Geschwisterpaar, war die Überschrift. Sie lebten angeblich in einem teuren Apartment in München. Ein paar Jahre ging es ihnen ganz gut …«

Ille Martinsen unterbrach sich und nickte gedankenverloren.

»Bis Tomaso seinen Unfall hatte. Seitdem ist er schwerbehindert. Wiebke ist aus der Modebranche ausgestiegen, hat ständig neue Jobs angenommen, hat gearbeitet bis zur Erschöpfung, um sie beide durchzubringen. Sie sind aus München weg und immer wieder umgezogen.«

»Was war das denn für ein Unfall?«

»Ich weiß es nicht. Tomaso scheint in schlechte Gesellschaft geraten zu sein, hat sie mal angedeutet, ständig Partys, Alkohol, Drogen, wogegen sie nicht ankam. Und dann ist irgendwas passiert. Wiebke spricht nicht darüber. Wahrscheinlich hat sie Schuldgefühle. Und Sie kennen sie ja, sie erzählt sowieso sehr wenig.«

Tante Ille richtete sich auf und versuchte ein Lächeln.

»Aber jedenfalls bin ich sehr glücklich, dass sie den Weg hierher gefunden hat und ich ihr mit dem Restaurant Ruhe und Sicherheit bieten kann.«

»Ja, das stimmt. Wiebke hat großes Glück, eine solche Tante zu haben«, stimmte Georg zu, »ich glaube, sie ist sehr froh, dass es Sie gibt.«

»Ich hoffe es.«

Die alte Frau seufzte.

Der Zeiger der Küchenuhr stand auf halb zwölf.

»Ich muss zurück zur ›Strandbude‹, Tante Ille. Vielleicht kommen zu Mittag trotz des Wetters ein paar Gäste, und da will ich Polette nicht allein lassen.«

»Ja, ich rede und rede und stehle Ihre Zeit. So sind die alten Leute.«

»Aber nein! Ich hab Ihnen wirklich gern zugehört.«

»Vielen Dank, Sie haben mir sehr geholfen, lieber Georg! Wie kann ich mich revanchieren?«

Sie griff in eine Schublade neben sich und beförderte ihr Portemonnaie heraus. Angermüller erhob sich.

»Bitte, nein, das ist vollkommen in Ordnung so! Ich möchte dafür nichts. Es war mir eine Freude und ich komme gerne wieder.«

Sichtlich bewegt drückte Ille Martinsen seine Hand, dann nahm Georg allein den Weg nach draußen. Schnellen Schrittes lief er zurück in Richtung Strand. Der Wind hatte aufgebrist und vom Himmel sprühte ihm unangenehme Nässe ins Gesicht. Georg war trotzdem zufrieden. Wie einfach es doch manchmal war, dachte er, einem anderen Menschen zu helfen. Ohne großen Aufwand hatte er Tante Illes häusliche Probleme gelöst und mit ein bisschen Zeit und Geduld sich ihre Sorgen angehört, was ihr sichtlich wohlgetan hatte. Außerdem hatte er mehr über das gar nicht einfache Leben ihrer Nichte erfahren. Bei dem Gedanken an Wiebke durchströmte ihn eine Welle von Mitgefühl. Kein Wunder, dass sie so verschlossen war, nach diesen Belastungen schon in jungen Jahren.

In der »Alten Strandbude« empfing ihn gähnende Leere. Aus der Küche klang Töpfeklappern.

»Bin wieder da!«

Er zog seine nasse Jacke aus und hing sie an die Garderobe. Polettes Gesicht tauchte hinter dem Tresen auf.

»Hast nix verpasst. Zwei Hundefreunde mit ihren Fiffis haben einen Kaffee getrunken, das war alles. Wird Zeit, dass wir nur noch am Wochenende abends öffnen. Alles erledigt bei Ille?«

»Klar, das waren nur ein paar kleine Handgriffe.«

»Prima. Dein Kollege hat gefragt, wann du wieder da bist. Der will über Mittag vorbeikommen, hat er gesagt.«

»Okay, danke. So, und wo bleiben die Gäste?«

Georg stellte sich an die Tür zur Terrasse und sah in das unwirtliche Wetter. Je länger er hinausschaute, desto seltsamer fühlte er sich. Ganz hinten in seinem Kopf gab es etwas wie ein leises Pieken, das nicht vergehen wollte, etwas, das ihn zu irritieren begann. Jetzt heb nicht ab, Angermüller, ermahnte er sich. Aber das angenehme Wohlgefühl, das ihn gerade noch erfüllt hatte, begann zu verblassen. Das Grau, das draußen die letzten Sonnenspuren verdrängt hatte, schien sich nun auch in sein Gemüt zu schleichen.

KAPITEL XX

»Is dat kalt geworden! Richtiges Schietwetter heff wi jetzt!«

Sich schüttelnd wie nasse Hunde, standen Erika und Karl-Heinz im ansonsten leeren Gastraum der »Alten Strandbude«.

»Und ausgerechnet heute muss die Heizung in unserem Wohnwagen ausfallen. Aber gut, dich auch mal wieder zu sehen, Georg, mien Jong!«, freute sich Erika.

»Ja, das find ich auch schön. Was kann ich Ihnen bringen? Cappuccino?«

»Nee. Heute brauchen wir einen schön heißen Tee mit Rum, nich Karl-Heinz?«

»Jou«, nickte der, »hoffen wir mal, die Techniker kriegen das bald wieder in Gang, sonst schlagen wir hier unser Lager auf.«

Sie plauderten über alles Mögliche, auch über das Verbrechen nebenan, ob der Kröger wohl was damit zu tun hatte, Finns Abreise, bis dann doch andere Gäste kamen und Georg bedienen musste. Er war unkonzentriert. Als von den Dauercampern der kleine Finn erwähnt wurde, verstärkten sich mit einem Mal die winzigen Stiche in seinem Hinterkopf. Doch es blieb ihm keine Zeit darüber nachzudenken. Er nahm Bestellungen entgegen, servierte, kassierte ab – erstaunlich viele Leute fanden den Weg in die »Alte Strandbude«. Sie trotzten dem miesen Wetter und wollten sich gerade deshalb was Gutes tun, wie ein

Urlauberpaar aus Niedersachsen Angermüller fröhlich verkündete.

»Also, allein mit unserem Lehrling hätt' ich heute aber ganz schön rotiert«, schnaufte die erhitzte Polette, als sie in einer ruhigen Minute aus ihrer Küche kam. Sie schüttelte ihre roten Löckchen.

»Wiebke wollte ja nicht, dass ich dich als Aushilfe anfrage. Aber was für ein Glück, dass du hier bist, Georg, und ich nicht auf sie gehört habe.«

»Hast du ihr nicht gesagt, dass es wirklich kein Problem mehr für mich ist, ab und zu mal auszuhelfen?«

»Doch schon, heute Morgen erst bei unserem Telefonat«, bekräftigte Polette, »aber ihr war das trotzdem unangenehm. Na ja, ich nehme an, heute kann sie sich eh nicht so richtig auf andere Dinge einlassen. Der Zustand ihres Bruders hört sich nicht gut an.«

»Wahrscheinlich«, stimmte Angermüller zerstreut zu. Der Wunsch eines weiteren Tisches nach der Rechnung machte ihrer Unterhaltung ein vorläufiges Ende. Langsam leerte sich das Restaurant.

»Magst was essen, Georg?«, fragte Polette, als alle gegangen waren.

»Danke, ich hab nicht so recht Hunger.«

»Nanu, das kenn ich von dir gar nicht«, schmunzelte die Küchenchefin.

»Na ja, ich hab sehr gut gefrühstückt, und Tante Ille hat mich vorhin noch mit ihren Keksen gefüttert, selbst gebackenen Keksen.«

»Die rosa-weiß glasierten? Ach ja, wahrscheinlich die Hanseaten. Das ist ihre Spezialität. Bestimmt ist ihr das Backen nicht leichtgefallen. Aber umso mehr freut es mich, dass sie das mal wieder gemacht hat.«

»Ja. Ansonsten war sie sehr besorgt wegen Wiebke und ihres Bruders. Das nimmt die alte Dame ziemlich mit.«

»Das kann ich mir vorstellen. Die beiden sind schließlich die einzigen Verwandten, die sie noch hat«, gab Polette zu bedenken.

»Sag mal, Georg, ich wollte mit dir über was sprechen …«, setzte sie gleich darauf an, unterbrach sich aber, als in dem Moment Claus Jansen in der »Strandbude« auftauchte.

»Moin«, grüßte der wie üblich. Angermüller bemerkte sogleich seine kaum verhüllte Ungeduld.

»Entschuldige Polette, können wir später …?«

»Geht klar«, nickte sie.

»Hallo, Claus, Mittagspause? Ich würde dir Polettes Steirisches Apfelhendl empfehlen.«

»Vielleicht später. Hast du einen Moment? Ich wollte mit dir schnacken.«

»Logo. Komm, lass uns da drüben hinsetzen. Was zum Trinken?«

Jansen verneinte.

»Wir haben mit Eddy gesprochen.«

»Gratuliere, wie habt ihr das gemacht?«

»Wie du gesagt hast, das is'n ganz armer Teufel. Als wir dem unsere Dienstausweise unter die Nase gehalten haben, kriegte der unglaublich Bammel. Der hat richtig angefangen zu zittern.«

»Wieso das denn? Steckt der etwa in der Mordsache drin?«

Jansen schüttelte den Kopf.

»Nee. Ganz falsch. Der Mann hat in Bautzen gesessen, nicht nur einmal, wegen versuchter Republikflucht. Er hat erzählt, wie er immer wieder probiert hat abzuhauen und sie ihn immer wieder erwischt und eingesperrt haben. Bis die Wende kam. Mit seinem ollen Bus ist er dann durch die Welt gefahren, bis er hier oben hängen geblieben ist. Der lebt von der Hand in den Mund.«

»Ich weiß. Aber wieso habt ihr so einen Eindruck auf den gemacht?«

»Ich sach ja, unsere Dienstausweise. Erst wollte der nicht mit uns sprechen. Hat sich in seinem Auto eingeschlossen. Als wir aber die Dinger an die Windschutzscheibe hielten, wurde er plötzlich witt um de Nees und zahm wie ein Lamm. Wahrscheinlich sind seine ganzen Stasi-Ängste hochgekocht, keine Ahnung. Wir haben ihn dann beruhigt, dass es nicht um ihn geht und dass wir nur ein paar Fragen haben und uns freuen würden, wenn er sie beantwortet.«

»Ja und? Hat er was mitgekriegt?«

Georg verspürte plötzlich eine gespannte Unruhe. Unpassenderweise bekam er genau jetzt eine Nachricht aufs Handy.

»Wo bist du??? Öptüm, Derya.«

Das musste warten.

»Ja und nein. Dat war'n ziemlichen Kuddelmuddel, wat der so vertellt hat.«

»Was hat er denn gesagt?«

»Als Erstes hat er sich über deine Chefinnen beschwert, dass die ihn kaltgestellt haben, wie du gesagt hast. Und das alles nur wegen der paar Zigaretten, die er raucht.«

»Und was war nun Sonntagnacht? Hat er was gehört oder gesehen?«

»Alle! Er hat alle gesehen: den Stahmer, die Aldenhoven aus Hamburg, deine Chefin und die Köchin, dich und deine Freunde …«

»Klar, von da, wo seine Kiste steht, hat er den totalen Überblick.«

»Auch den Kröger mit seinem Hund hat er beobachtet, allerdings erst gegen ein Uhr, was dann tatsächlich ein Alibi für den ollen Wutkopp wäre, wenn das mit dem stundenlangen Schlaf auf der Toilette stimmt.«

»Immerhin, sind ja ganz interessante Informationen.«

»Seh ich auch so. Wir werden ihn später nach mehr Details fragen. Der war vorhin so überfordert, dass wir ihm 'ne Pause gegönnt haben.«

»Kann ich mir vorstellen«, nickte Angermüller. Ungeduldig sprang er zum nächsten Thema, geradezu verbissen auf der Suche nach einem Anknüpfungspunkt. Er war nicht im Dienst, es war nicht sein Fall und trotzdem trieb ihn etwas vorwärts, wollte er unbedingt herausfinden, was Sonntagnacht geschehen war.

»Wie sieht's mit den OK-Leuten aus? Habt ihr Informationen bekommen?«

»Die wissen seit Längerem, dass Mario für ein paar albanische Hintermänner heruntergekommene Immobilien, oft auch Restaurants, gekauft hat, diese umfangreich in Stand setzen ließ, alle Handwerker bar bezahlte und die Objekte mit Gewinn weiterverkaufte. Offiziell gab er den seriösen Geschäftsmann, und in Wahrheit wusch er die Gelder für einen albanischen Drogenring. Nur lief das Ganze so geschickt getarnt, dass sie ihn bisher nicht drankriegen konnten.«

»Dann ist ja klar, warum der so großzügig mit Bargeld um sich schmeißen konnte!«

»Genau. Mit dem Drogengeschäft selbst hatte er schon länger nichts mehr zu tun. Die paar Sachen, die wir gefunden haben, waren wohl nur zu seinem Privatvergnügen, vielleicht ein paar kleine Geschäfte nebenbei.«

»Und Konkurrenzen, Probleme mit seinen albanischen Hintermännern? Bandenkrieg?«

Jansen machte eine abwehrende Handbewegung.

»Nee, Friede, Freude, Eierkuchen – was anderes ist den Kollegen nicht bekannt.«

Unzufrieden trommelte Angermüller mit den Fingern auf den Tisch, während er versuchte, Jansens Informationen einzusortieren. Sein Handy summte erneut. Eine zweite Nachricht von Derya war eingegangen. Er kümmerte sich nicht drum.

»Also wohl kein Mafiamord. Aber das konnte ich mir eh nie vorstellen. Sonst was Neues?«

»Du bist ja vergnügungssüchtig! Nee, leider nich«, grummelte Jansen. Ziemlich unfroh saßen sie sich einen Moment gegenüber. Immer mehr Ansatzpunkte zu dem Fall lösten sich in Wohlgefallen auf.

»Möchtest du was essen?«, fragte Angermüller schließlich. Es ging auf drei Uhr am Nachmittag, und Jansen, den sonst spätestens um eins heftige Hungergefühle übermannten, folgte seiner Empfehlung. Er stürzte sich auf die groß bemessene Portion Steirisches Apfelhendl, trank dazu eine Apfelschorle und sah immer wieder auf seinem Handy nach der Uhrzeit.

»Wo der Eichhorn nur bleibt. Wir wollten doch zu diesem Eddy«, murmelte er zwischen zwei Bissen.

»Könnte ich da mitkommen oder glaubst du, dann spricht der nicht mehr mit euch?«

»Wir können es versuchen.«

Angermüllers Telefon kündigte einen Anruf an, ebenfalls von Derya. Er machte Jansen ein Zeichen, zog sich hinter den Tresen zurück und nahm das Gespräch an.

»Hallo, Derya!«

»Wo bist du?«

»Ist was passiert?«

»Nein, warum?«

»Weil du mehrfach versucht hast, mich zu erreichen.«

»Ich wollte nur wissen, wo du bist, mein Schatz. Ich hab nämlich frei und dachte, wir könnten was Nettes zusammen machen.«

»Daraus wird leider nichts. Ich bin in der ›Alten Strandbude‹.«

Die winzige Pause, die sich einschlich, verriet Georg bereits, dass Derya alles andere als begeistert war.

»Was machst du da denn schon wieder? Kann Wiebke nicht mal jemand anderen fragen?«

»Ach Derya, was ist so schlimm daran, wenn ich hier aushelfe? Ich hab Zeit, ich mach das gern und werd gebraucht. Gestern hab ich dich unterstützt, heute helfe ich Wiebke. Na und?«

Auch Georg spürte Verärgerung aufkommen und ungute Erinnerungen an die ewigen Rechtfertigungen, die er bei Astrid früher stets anbringen musste. Wenngleich bei Derya noch etwas anderes im Spiel war, wie er an ihrer Reaktion zu hören glaubte.

»Wiebke, Wiebke – ich hör immer nur Wiebke, die ganzen letzten Wochen schon. Langsam reicht mir das.«

Es stimmte ja, Wiebke war Georg in der kurzen Zeit immer wichtiger geworden, weshalb Deryas nach Eifersucht klingender Vorwurf ihn wahrscheinlich noch mehr traf. Schroffer als beabsichtigt antwortete er:

»Tut mir leid, du bist kindisch, und ich will dich nicht wieder dran erinnern, dass die ganze Sache durch dich erst zustande gekommen ist. Ich bin hier, um Wiebke zu vertreten. Ihrem Bruder geht es sehr schlecht, der liegt auf der Intensivstation. Polette hat mich heute Morgen angerufen, ob ich kommen kann, weil sie sonst niemanden erreichen konnte.«

»Oh, das ist natürlich … Das wusste ich ja nicht. Alles gut.« Derya klang zerknirscht, dann fügte sie an:

»Aber du meldest dich, wenn du wieder zu Hause bist, ja? Ich freu mich drauf.«

»Mal sehen … Tschüß, ich muss wieder was tun.«

»Tschüß, mein Schatz! Und alles Gute für Wiebkes Bruder, unbekannterweise.«

Bei Derya wurde oft etwas zum Drama. Sie liebte die großen Gefühle, was Georg anfangs als angenehmen Unterschied zu der stets so rationalen Astrid wahrgenommen hatte. Doch manches an Deryas Emotionalität hatte er mittlerweile als ziemlich oberflächlich ausgemacht. Man brach in Freudentaumel aus genauso schnell, wie Tränen flossen, aber das waren einfach nur äußere Signale für die anderen. Ob das Innere wirklich davon betroffen war, hatte Georg bisher nicht herausfinden können.

»Deine Freundin?«, fragte Polette und trat neben ihn an den Tresen. »Du brauchst nichts sagen«, meinte sie entschuldigend, als Georg nicht antwortete, »geht mich nichts an. Aber kann ich kurz mit dir reden?«

»Ja, natürlich. Was gibt's?«

»Also, wir haben doch vorgestern über mein neues Messer gesprochen.«

»Stimmt.«

Der Ärger über Derya war ruckzuck aus seinem Kopf verschwunden, dafür war das merkwürdige Pieken wieder da. Aufmerksam schaute Georg zu Polette.

»Weißt, seit du mir von dem Mordinstrument erzählt hast, geht mir ständig was im Kopf rum. Vielleicht spinn ich nur, aber ich hab mir denkt, ich red mal mit dem Herrn Gendarm«, lächelte sie unsicher.

»Erzähl einfach«, ermunterte sie Georg, den plötzlich eine innere Spannung erfüllte.

»Also, du hast mein super Keramikmesser gesehen, was wir am Montag in Lübeck gekauft haben.«

Er nickte.

»Das ist nicht mein erstes. Ich hatte schon ein Keramikmesser, die ganzen Jahre, ein Lieblingsutensil von mir.«

Polette stockte und sah ihn an.

»Das war auf einmal verschwunden, deshalb musste ich mir ein neues anschaffen.«

Georg fühlte unversehens eine unangenehme Trockenheit im Mund. Er musste sich räuspern, bevor er fragen konnte:

»Kannst du sagen, wann genau du das Fehlen bemerkt hast?«

»Bemerkt hab ich es am vergangenen Samstag. Da dacht ich noch, such mal gründlich, weil, manchmal verwurschtelst was und findst es dann in einer ganz anderen Ecke. Sonntag hab ich überall gesucht, aber nix gefunden. Deshalb gab's Montag ein neues.«

»Weißt du noch, wann du das alte Messer zum letzten Mal benutzt oder gesehen hast?«

»Es könnte am Donnerstag zuvor gewesen sein, da hab ich die Apfel-Hendl vorbereitet, aber genau kann ich's dir nicht mehr sagen.«

»Mmh«, machte Georg gedankenverloren und sah durch Polette hindurch. Die seltsamen Stiche in seinem Hinterkopf hatten aufgehört, dafür fügten sich nun Dinge aneinander, ohne sein Zutun. Hielt er das eine lose Ende, von dem er heute Morgen zu Jansen gesprochen hatte, nun selbst in der Hand? Jetzt hieß es, ruhig bleiben und keine voreiligen Schlüsse ziehen.

»Georg, was ist los? Warum sagst nichts?«, fragte die Küchenchefin besorgt, »ich mein, ich hab zwar gedacht, es ist wichtig, dir das zu erzählen, aber … Du denkst doch nicht wirklich, dass der Nachbar mit meinem Messer …? Und dass womöglich einer von uns …?«

»Ich denke gar nichts. Wer weiß, wo dein Messer geblieben ist, vielleicht hat's irgendeiner von deinen Leuten verkramt. Trotzdem war es richtig, dass du mir das gesagt hast.«

Er drückte beruhigend Polettes Hand.

»Sag mal, wie siehst du das: Könnte denn jemand von außerhalb sich aus deiner Küche das Messer genommen haben?«

»Schon. Du weißt ja, dass wir die Tür nach hinten raus oft offen stehen haben, grad wenn warme Tage sind wie in der letzten Woche. Wenn wir alle hinterm Tresen oder im Gastraum sind, kann schon einer rein und raus, ohne dass wir das merken.«

»Stimmt, das wär möglich«, nickte Angermüller, »nun mach dir keine Gedanken. Ich besprech das gleich mit meinem Kollegen.«

Er hätte sich gewünscht, das alles so locker sehen zu können, wie er Polette gegenüber tat.

Voll konzentriert auf sein Gespräch, hatte Angermüller nicht mitbekommen, dass Jansen inzwischen gegangen war. Unter seinen feinsäuberlich geleerten Teller hatte er einen Schein geklemmt, Bezahlung für sein spätes Mittagessen inklusive großzügigem Trinkgeld.

»Hallo, Niki, bist du mit dem Fahrrad gekommen? Mutig bei dem Wetter«, begrüßte Angermüller seine junge

Kollegin, die mit vom Wind geröteten Wangen gerade die »Alte Strandbude« betrat.

»Mit den richtigen Klamotten kein Problem. Hallo, Georg.«

»Aber toll, dass du schon kommst! Ich muss kurz weg. Ich warte, bis du dich umgezogen hast.«

»Ach geh ruhig, ist eh nichts los im Moment.«

»Okay. Polette weiß Bescheid. Dann bis später!«

Er warf seine Jacke über. Der Regen hatte aufgehört, aber es wehte ein unangenehm kalter Wind aus West, der dunkle Wolkenbänke vor sich herschob. Als er um die Ecke der »Strandbude« kam, sah er Jansen und Eichhorn drüben bei Eddys Rostlaube stehen. Langsam schlenderte Angermüller in Richtung Strandweg. Wie zufällig vorbeischlendernd, hob er die Hand zum Gruß, als Jansen in seine Richtung schaute. Der hielt seine Zusage und winkte ihn heran.

Eichhorn gab Eddy, der sich aus dem Fahrerfenster seines Barkas lehnte, gerade Feuer und zündete sich selbst ebenfalls eine Zigarette an. Manchmal hatte das Rauchen seine Vorteile, wenn man es als vertrauensbildende Maßnahme nutzen konnte, dachte Angermüller.

»Eddy, kennen Sie meinen Freund Georg?«, fragte Jansen ungewohnt geduldig.

Durch den Zigarettenrauch unterzog der Angesprochene Angermüller einer peinlichen Musterung.

»Der ist dein Freund? Ja, den kenn ich.«

Gierig zog er erneut an seinem Glimmstängel, sodass die Haut über seinem hohlwangigen Gesicht sich wie zum Zerreißen spannte. Dann deutete er zur »Alten Strandbude«.

»Der gehört zu denen da drüben. Weiß nich, ob ich dem trauen kann.«

»Können Sie. Ich verbürg mich für ihn«, meinte Jansen beruhigend. »Dann schildern Sie doch bitte weiter, was Sie Sonntagnacht gesehen haben.«

Langsam und stockend, als ob ihn das Erinnern eine große Anstrengung kostete, fuhr Eddy fort, seine Beobachtungen mitzuteilen.

»Als Nächstes kamen drei Männer von da drüben. Der …«, wieder fuhr sein Zeigefinger durch die Luft, diesmal mit Angermüller als Ziel, »der war auch dabei.«

»Ah ja«, machte Jansen, »und dann?«

»Die sind dem anderen Mann hinterher, der vom Italiener gekommen war. Und dann sind die mit zwei Autos losgefahren.«

»Sie beobachten wirklich sehr genau, Eddy, klasse«, machte Jansen ganz gegen seine Art leutselig ein Kompliment, welches bei Eddy ein Lächeln hervorrief, das seine ziemlich reparaturbedürftigen Zähne freilegte.

»Was passierte danach?«

»Das dauerte nicht lange, da kamen die von da drüben …«, fuhr er fort.

»Sie meinen die beiden Frauen von der ›Alten Strandbude‹?«

»Genau. Die sind zusammen mit dem Auto weggefahren.«

»Und als Nächstes?«, fragte Jansen. Als Eddy nicht gleich antwortete, schob er nach: »Dann kam der Mann vom Campingplatz mit seinem Hund, richtig?«

»Nö, ich sach doch, da war noch jemand anders dazwischen.«

Ein paar Kaffeegäste verloren sich im Raum. Polette ließ Niki allein und ging nach draußen, den trockenen Moment für eine Zigarettenpause nutzen. Sie schaute auf das schäumende Meer, das sein beruhigendes Wesen verloren hatte. Kein Mensch ging am Wasser spazieren, der Wind zerrte an den Flaggen der verwaisten DLRG-Strandwache, heulte leise zwischen den Latten des Sichtschutzes und zerzauste selbst in dieser geschützten Ecke Polettes Locken.

Mit Hannes war sie gern auch bei so einem Wetter draußen gewesen. Er hatte seinen Arm um sie gelegt, sie beschützt und gewärmt und sie gegen die Macht des Windes vorwärtsgeschoben. Hannes war so stark, bis die tückische Krankheit das Regiment übernommen hatte. Nein, nicht daran denken, nicht die große Traurigkeit einlassen …

Wie es wohl Wiebke ging? Und vor allem ihrem Bruder? Immer wieder hatte sich Wiebke wegen ihm Sorgen gemacht, aber so heftig wie dieses Mal war es nie gewesen.

»Polette, kommst du bitte! Wiebke ist am Telefon.«

Telepathie. Niki stand in der Tür und hielt ihr den Hörer hin.

»Hallo, Wiebke, wie geht es …«

»Tomaso ist vor zwei Stunden gestorben.«

»Oh, das tut mir sehr leid, Wiebke!«

»Ja, es ist unendlich traurig. Aber mein kleiner Bruder ist ganz ruhig eingeschlafen. Und vielleicht ist er jetzt in einer besseren Welt.«

»Vielleicht. Ich wünsche es ihm unbekannterweise.«

»Ich wollte sagen, ich schau kurz bei Tante Ille vorbei und komm dann ins Restaurant.«

»Das musst du nicht, Wiebke! Wir schaffen das allein, Niki und ich. Wirklich.«

»Ich will aber. Alleinsein ist viel schlimmer, das möchte ich nicht.«

Polette konnte das nachvollziehen. In so einem Moment, da man hautnah den Tod erlebt hatte, gab einem die Nähe anderer Menschen Trost und Kraft, wohl selbst einer Einzelgängerin wie Wiebke.

»Das versteh ich gut. Wir sind hier. Ich bin froh, wenn du kommst.«

KAPITEL XXI

»Claus, ich muss mit dir reden. Wenn möglich, allein.«

Ein befremdeter Blick seines Kollegen und Teampartners traf Angermüller, doch als Jansen dessen Gesichtsausdruck sah, fragte er nur: »Wichtig?«

»Sehr wichtig«, bekräftigte der Kriminalhauptkommissar.

»Na gut. Was machen wir mit ihm?«, fragte Jansen und deutete hinter sich, wo Eichhorn mit etwas Abstand folgte.

»Können wir uns in euren Dienstwagen setzen? Der Kollege kann derweil in der ›Strandbude‹ einen Kaffee trinken gehen. Auf meine Rechnung natürlich.«

Eines war zum anderen gekommen, viele kleine Teilchen hatten sich zu einem Ganzen gefügt und einen Zusammenhang ergeben, dem sich auch Angermüller schließlich stellen musste. Natürlich hoffte er immer noch, dass es Zufälle waren, die so ein stimmiges Gesamtbild malten aus all dem, was er heute erfahren hatte, wenn auch Eddys Hinweis in eine andere Richtung wies.

Kurz darauf saß Angermüller mit Jansen in einem Ford Kombi Dienstwagen, den sein Kollege, der einen äußerst flotten Fahrstil pflegte, noch nie gemocht hatte. Es hatte wieder zu regnen begonnen. Über die Windschutzscheibe floss ein nasser Vorhang aus kleinen Rinnsalen.

»Dann leg ma los«, forderte Claus Jansen seinen langjährigen Teampartner auf, »ich bin ganz Ohr.«

»Okay. Ich will versuchen, dir meine Überlegungen in logischer Reihenfolge zu schildern.«

Jansen nickte. Angermüller atmete tief ein. Die ganze Sache nahm ihn mehr mit, als er wahrhaben wollte.

»Da war der kleine Finn mit seiner Mutter, Kim Rohweder. Hat sie euch Näheres über ihre Beziehung zu Mario erzählt?«

»Nee, nur dass sie ihn kennenlernte während ihrer Zeit als Model und sie kurz ein Paar waren. Als sie die Schwangerschaft bemerkte, waren sie längst getrennt und sie hatte seitdem erfolglos nach Mario gesucht.«

»Mario hatte sie während ihrer, im Übrigen ziemlich glücklosen, Modelkarriere, mit Drogen versorgt, großzügig auch mal gratis. Zum Glück hat sie es geschafft, davon loszukommen, als sie sich entschieden hatte, das Kind zu behalten.«

»Und was sagt uns das?«

Jansen ging die ganze Geschichte viel zu langsam.

»Wart's ab. Heute war ich bei Ille Martinsen, Wiebkes Tante, ein paar kleine Handgriffe im Haus machen, weißt du ja.«

»Oh Mann, kannst du ma aufn Punkt kommen!«

»Die Tante ist normalerweise nicht sehr gesprächig, aber heute wollte sie reden, wahrscheinlich wegen der kritischen Situation ihres Neffen. Wiebke, und auch ihr Bruder, die Eltern waren früh gestorben, waren vor ungefähr 20 Jahren ziemlich erfolgreich in der Modelbranche, bis der Junge mit Drogen zu tun bekam und irgendeinen schlimmen Unfall hatte, weswegen er bis heute schwerbehindert im Rollstuhl sitzt.«

»Ja, und?«

»Die lebten damals in München. Und wo war Mario wegen Drogenhandels verknackt worden?«

»In München …«, meinte Jansen etwas nachdenklicher, »das kann natürlich Zufall sein. War's das?«

»Ich wär gottfroh, wenn das alles wäre«, seufzte Angermüller, »glaub mir. Aber vorhin hat mir unsere Küchenchefin Polette erzählt, dass in der letzten Woche ihr geliebtes Keramikmesser verschwunden ist. Und womit die Tat begangen wurde, weißt du.«

Ein leiser Pfiff durch die Zähne zeigte Angermüller, dass sein Kollege nun der gleichen Fährte folgte wie er.

»Und mit dem, was Eddy uns gerade erzählt hat, passt das wie die Faust aufs Auge«, resümierte Jansen, »das is der Hammer!«

Sie schwiegen und schauten beide in den Regen, der wie ein Schleier vor der Landschaft hing.

»Was schlägst du vor?«, wollte Jansen schließlich wissen.

»Zum einen würde ich Polette erneut fragen, wann und wo genau sie sich Sonntagnacht verabschiedet haben. Und wenn wir das wissen, müsste man mit Wiebke sprechen. Das ist natürlich heute, wo ihr Bruder schwerkrank auf der Intensivstation liegt …«

Angermüller brach ab.

»Tja, das eine will man und das andere muss man«, kommentierte Jansen achselzuckend.

Seit es wieder begonnen hatte zu regnen, waren die Tische in der »Alten Strandbude« leer geblieben. Nur der junge Kriminaler saß in einer Ecke, trank Kaffee und bearbeitete sein Smartphone. Niki und Polette standen hinter dem Tresen und schauten in die trübe Trostlosigkeit vor den Fenstern.

»Jetzt ist der Sommer endgültig zu Ende«, meinte Niki, »aber mir kann das egal sein, ich flieg nächste Woche in die Sonne.«

»Schön für dich. Ich freu mich auch, wenn wir nur noch

am Wochenende abends geöffnet haben. Diese Leere ist deprimierend. Vielleicht fahr ich auch mal wieder weg …«, überlegte Polette, »übrigens, Wiebke hat doch vorhin angerufen. Sie hatte eine traurige Nachricht: Ihr Bruder ist gestorben.«

»Oh, das tut mir leid. Ich kannte den allerdings gar nicht.«

»Ich auch nicht. Ich wollte nur, dass du es weißt, weil Wiebke wahrscheinlich gleich kommt. Sie will lieber nicht allein sein.«

»Das versteh ich. Danke fürs Bescheid sagen.«

Die Tür zum Restaurant öffnete sich und Georg kam mit dem anderen Polizisten herein. Sie legten ihre nassen Jacken nicht ab, und sein Kollege steuerte direkt auf den Tresen zu.

»Frau Nowak, wir hätten noch ein paar Fragen an Sie. Haben Sie einen Moment Zeit?«

»Ja klar«, antwortete Polette überrascht und folgte ihm zu dem Ecktisch, an dem sich dieser junge Mann, dieser Eichhorn, niedergelassen hatte. Georg stand abwartend daneben. Sie fragte sich, was das zu bedeuten hatte. War es wegen der Messergeschichte, über die sie vorhin mit Georg gesprochen hatte?

»Es geht um Sonntagnacht. Wann sagten Sie, haben Sie Feierabend gemacht?«

»Das war so gegen halb elf. Da haben Wiebke und ich abgeschlossen, und sie hat mich mit ihrem Wagen mitgenommen. Es ist ja nicht weit, aber ich hatte so einen schweren Korb und keine Lust mit dem Fahrrad zu fahren. Sie hat mich am Haus ihrer Tante abgesetzt, das ist gleich neben meinem.«

»Und dann ist sie weitergefahren nach Oldenburg?«

Polette verstand nicht, worauf der Kriminaler hinauswollte, aber sie antwortete wahrheitsgemäß: »Nein. Wiebke hat bei ihrer Tante übernachtet, weil wir am Morgen gleich nach Lübeck wollten, um so einiges fürs Restaurant zu besorgen. Sie hat unterm Dach ein kleines Zimmer für sich.«

»Haben Sie gesehen, wie sie das Nachbarhaus betreten hat?«

Immer weniger verstand Polette, was alle diese Fragen sollten.

»Ich glaub schon. Aber ehrlich gesagt, ich hab nicht so genau drauf geachtet.«

»Ist Ihnen später irgendetwas aufgefallen? Etwas, das in dieser Nacht anders war als sonst?«

Ratlos schüttelte Polette den Kopf.

»Ich war ziemlich g'schlaucht den Abend und bin gleich in die Federn. Außerdem wollten wir am nächsten Morgen früh aufbrechen.«

»Danke.«

Der Beamte warf einen fragenden Blick zu Georg, der unentschieden die Schultern hob.

»Übrigens kommt Frau Martinsen gleich. Und ich wollte Ihnen nur noch sagen, also … Ihr Bruder ist heute gestorben.«

Polette brach ab. Was sollte sie den Polizisten erzählen? Die würden schon selbst wissen, dass man sich in so einer Situation etwas nachsichtiger und verständnisvoller zeigen sollte. Georg jedenfalls sah sie deutlich an, dass er sich nicht wohlfühlte in seiner Haut. Er wirkte sehr betroffen.

Polette zog sich hinter den Tresen zurück und beobachtete, wie er mit seinen Kollegen leise redete. Wenig später legten Angermüller und der andere Beamte ihre Jacken ab und setzten sich abwartend an den Ecktisch. Sie nach Essens- oder Getränkewünschen zu fragen, erübrigte sich Polettes Einschätzung nach. Das sagte sie auch Niki. Sie ging in ihre Küche und versuchte sich mit Vorbereitungen für die Abendkarte von den beängstigenden Szenarien, die ihr durch den Kopf wirbelten, abzulenken.

Schon lange hatte Georg sich nicht mehr so mies gefühlt. Polettes Eröffnung, dass der Bruder gestorben sei und Wiebke demnächst in die »Alte Strandbude« käme, hatte Georg wie ein Faustschlag getroffen. Eine fiebrige Nervosität erfüllte ihn seither und die Angst, dass seine Hoffnung, die falschen Schlüsse gezogen zu haben, sich doch nicht erfüllen könnte. Er erinnerte sich nicht, Derartiges schon einmal erlebt zu haben. Am allerschlimmsten war das Warten. Vor schmerzhafter Ungeduld fürchtete er zu platzen.

Dass auch Jansen unablässig mit dem Bein wippte und hin und wieder auf den Tisch trommelte, war kein Trost. Das gehörte bei dem zur Routine. Für Jansen war dies nur ein weiterer Fall, für ihn selbst hingegen …

Eichhorn saß äußerlich völlig gelassen neben ihnen. Nur der immer kürzer werdende Takt, in dem er das Display seines Handys aufleuchten ließ, verriet, dass auch er der über ihnen schwebenden Spannung nicht entgehen konnte.

Als die Restauranttür sich öffnete, fuhren alle drei Köpfe wie auf Kommando herum. Unzufrieden wandten sie sich wieder ab, als es nur Bolli, der Küchenhelfer, war, der zum Dienst kam. Die Antwort auf dessen fröhliches Hallo war ein eher unverständliches Gemurmel.

Und dann, nur wenig später, erschien Wiebke. Sie sah aus wie immer, schön, klar, aufrecht. Polette und Niki liefen auf sie zu und umarmten sie, auch Bolli kam aus der

Küche und gab ihr die Hand, um zu kondolieren. Auch Georg hätte sie am liebsten in die Arme genommen, sie gern getröstet, doch er riss sich zusammen, ging zu ihr, legte nur kurz eine Hand auf ihre Schulter und wünschte sein Beileid.

»Es tut mir leid, Wiebke, gerade heute, wo dein Bruder ... aber meine Kollegen würden gern mit dir sprechen. Es geht um noch ein paar Details im Fall Mario, reine Routine ...«, erklärte er beschwichtigend.

Wiebke sah ihn an mit einem Blick aus ihren unergründlichen veilchenblauen Augen, den er nicht zu deuten wusste. Wie so oft lag ein sanftes Lächeln auf ihrem Gesicht.

»Gut. Ich komme.«

Höflich sagte Jansen »Guten Tag« und bat die Restaurantchefin Platz zu nehmen. Er war ungewöhnlich ernst. Auf den Tod ihres Bruders ging er aber nicht ein.

»Frau Martinsen, wir haben ein paar Fragen zu der Nacht am vergangenen Sonntag. Bitte setzen Sie sich.«

Sie nahm Platz gegenüber von Eichhorn und Jansen, Georg stellte sich ein wenig abseits, doch so, dass er sie sehen und verstehen konnte. Eichhorn schaltete das kleine Aufnahmegerät ein, gab Datum und Uhrzeit sowie den Namen der Zeugin an, bevor Jansen begann.

»Können Sie uns bitte noch einmal schildern, wann Sie am Sonntagabend das Lokal geschlossen haben und was Sie dann gemacht haben?«

»Es muss ungefähr halb elf gewesen sein. Polette und ich waren die Letzten. Wir haben abgeschlossen und sind mit meinem Auto zum Haus meiner Tante gefahren, die gleich oben in Schassau wohnt. Polette ist mitgekommen, weil sie schwer zu tragen hatte.«

Wiebke sprach klar und deutlich, aber sie wirkte unglaublich erschöpft. Seit sie auf diesem Stuhl saß, schien sie nach und nach ihre ganze Körperspannung zu verlassen, ihr Kopf, ihre Schultern schienen von einem unsichtbaren Gewicht nach unten gedrückt zu werden.

»Ich habe den Wagen vor Tante Illes Haus geparkt. Polette wohnt gleich daneben. Weil wir Montagmorgen ziemlich früh zu Erledigungen nach Lübeck mussten, habe ich bei meiner Tante übernachtet.«

»Haben Sie Ihre Tante noch gesehen?«

»Nein, die geht sehr früh zu Bett, und ich habe einen Schlüssel, damit ich sie nicht rausklingeln muss, wenn ich spät nach Hause komme.«

»Was haben Sie an diesem Abend gemacht? Sind Sie gleich schlafen gegangen?«

»Ja.«

»Sind Sie sich sicher? Wir haben einen Zeugen, der Sie wenig später wieder auf der Strandpromenade gesehen hat.«

Die Restaurantchefin sagte nichts auf diesen Hinweis, warf Jansen nur einen unendlich müden Blick zu. Nach einer kurzen Pause fügte er an: »Er hat Sie gesehen, wie Sie zum ›Gola Incantata‹ gingen.«

In diesem Moment ergab sie sich, das konnte Angermüller sofort erkennen. Die allerletzte Hoffnung, an die er sich wie verrückt geklammert hatte, dass er einem Irrtum aufgesessen war und sich von falscher Logik hatte leiten lassen, war von einer Sekunde zur anderen zunichte gemacht. Wiebke sank weiter zusammen und lehnte schwer ihren Kopf in eine Hand. So blieb sie stumm sitzen und atmete ein paar Mal tief ein und aus. Dann schien sie sich entschieden zu haben.

»Alles war umsonst. Vor ein paar Stunden ist mein Bruder Tomaso gestorben. Nach jahrelangem Leiden, das er diesem Mann zu verdanken hatte. Ich dachte, es würde etwas ändern, wenn ich ihn dafür bezahlen lasse. Es war ein Irrtum …«

»Je später der Abend …«

Auf Marios Gesicht legte sich ein strahlendes Lächeln, als er sie im Halbdunkel vor sich stehen sah.

»Was gibt's, Frau Nachbarin? Womit kann ich behilflich sein?«

Sie sagte nichts, sah ihm nur fest in die Augen. Bis auf die grauen Schläfen hatte er sich fast gar nicht verändert.

»Weißt du, wer ich bin?«, fragte sie ihn.

»Die schöne Nachbarin, oder?«, fragte er mit leichtem Spott in der Stimme.

»Du hattest damals einen anderen Namen, Neron, Neron Gjolaj.«

Verunsichert machte er einen Schritt auf sie zu, schaute ihr ins Gesicht, lange, und dann schien er zu begreifen.

»Bella Vittoria! Wie konnte ich bloß deine blauen Augen nicht erkennen!«

Er strich ihr mit den Fingern zärtlich über die Wange. Sie sagte nichts, gab nur seinen Blick zurück.

Sie hatte gedacht, sie würde vergessen, wenn sie ihn nie wiedersah, hatte gehofft, diesen Menschen auf ewig aus ihrem Gedächtnis, aus ihrem Leben streichen zu können. Zigmal hatte sie den Wohnort gewechselt, immer weiter weg von München, bis sie in Schassau gelandet war. Tante Ille, die »Alte Strandbude«, Polette – endlich hatte sie ihren Ruhepol gefunden, eine kleine überschaubare Welt. Und dann, im letzten Jahr, hatte Mario plötzlich vor ihr gestanden. Und der Wunsch nach Vergeltung war von einer Sekunde zur anderen wiedererwacht. Mit jedem Besuch bei Tomaso wurde er stärker, so stark, dass sie körperlichen Schmerz empfand, wenn sie Mario auch nur aus der Ferne sah.

Tomaso, ihr hübscher kleiner Bruder mit den schwarzen Wuschellocken, er konnte nicht laufen, nicht stehen, nicht aus eigener Kraft sitzen, weder konnte er sprechen, noch verstand er, was man zu ihm sagte. In seinem Kopf herrschte ein wildes Durcheinander. Auch wenn er immer noch aussah wie ein Engel, er war nur noch ein apathisches Geschöpf in einem Rollstuhl, das gefüttert, gewindelt, geduscht, angezogen werden musste und von dem sie nicht wusste, ob es ihre Person überhaupt wahrnahm. Auch, ob er sich über ihre Besuche freute, wusste sie nicht. Einzig ein wie Tierlaute klingendes Schreien, das er manchmal ausstieß, ohne erkennbaren Anlass, war eine Äußerung, deren er fähig war. Doch dieses erbärmliche Wehklagen zerriss ihr jedes Mal ein wenig mehr das Herz.

Tomaso lachte nicht, er lachte nie mehr. Er war ihr gefallener Engel – gefallen aus dem vierten Stock eines leer stehenden, verdreckten Industriekomplexes irgendwo in München, weil sie es nicht geschafft hatte, auf ihren kleinen Bruder aufzupassen.

Tomaso konnte damals nicht mehr ohne das Zeug. Nur wenn er zugedröhnt war, ging es ihm gut. Dazwischen jagten ihn die Dämonen, litt er Höllenqualen und Seelenängste, denen er mit seinem Sprung aus dem vierten Stock entkommen wollte. 16 Jahre war er alt, 20 Jahre war das nun her, und seitdem gab es den alten Tomaso nicht mehr, nur noch dieses Wesen, das lebte ohne lebendig zu sein.

Was hatte sie nicht alles versucht, ihn von dem gefährlichen Stoff fernzuhalten – Tomaso zu Hause eingeschlossen, ihn zum Bauern auf einen einsamen Hof geschickt, ihn in die Klinik gebracht – die Sucht hatte immer gewonnen. Tomaso hatte dafür gelogen und betrogen und das ganze Geld, das er als gut bezahltes Model verdiente, das Geld, das er später auch ihr geklaut hatte, seinem Dealer in den Rachen geworfen. Und sein Dealer hatte ihn jedes Mal gefunden.

Sein Dealer Mario, damals noch Neron mit Namen, ganz unten in der Hierarchie einer albanischen Drogenhändlerbande, doch mit dem festen Willen, sich hochzuarbeiten.

Heute war der Zeitpunkt gekommen, der Moment, der ihr Erlösung bringen, endlich ihren Rachedurst stillen sollte. Sie konnte nicht zulassen, dass Mario ein glückliches Leben führte, während Tomaso dahinvegetierte. Sie wollte Gerechtigkeit – und sie würde dafür sorgen.

Welch glücklicher Zufall, dass ihr neulich Derya über den Weg gelaufen war, die gutmütige Derya, die so stolz über ihren Freund, den genialen Ermittler geplaudert hatte, der sich gerade in seinem Sabbatical zu langweilen begann. Im selben Augenblick war ihr Plan geboren: Welch besseres Alibi konnte es geben, als sich selbst einen Krimimalpolizisten ins Haus zu holen? Die fingierten Sabotageakte kosteten sie keine Mühe, sie genoss das Verwirrspiel sogar, immer in dem Wissen, dass es nun nicht mehr lange dauern würde, bis Mario sein gerechtes Ende finden würde. Es tat ihr ein bisschen leid, Georg so an der Nase herumführen zu müssen. Er war wirklich ein netter Mensch. Aber was blieb ihr anderes übrig?

Mario in seinem weißen Anzug, aus den Lautsprechern italienische Opernmusik – alles kam ihr so unwirklich vor.

»Komm, auf dieses unverhoffte Wiedersehen müssen wir doch anstoßen, Vittoria«, lächelte er charmant. Aus dem großen Kühlschrank unter der Treppe nahm er eine Flasche heraus.

»Weißt du, ich dachte damals ja, du willst nichts mehr mit mir zu tun haben, nach alldem, was … Du weißt schon …«, redete er gut gelaunt drauf los, während er die Folie über dem Korken löste, »umso schöner finde ich, dass du jetzt hier bist.«

Wusste er nicht mehr, was er ihr angetan hatte, ihr und vor allem Tomaso? Natürlich hatte er damals mitbekommen, was passiert war. Aber es war ihm egal, es interessierte ihn nicht, und deshalb konnte er sich auch nicht vorstellen, was sie gerade fühlte.

»Für so ein denkwürdiges Wiedersehen sollte es schon Champagner sein, denkst du nicht auch? Ah, Gläser brauchen wir, bevor wir den Korken knallen lassen.«

Nein, er hatte wirklich keine Ahnung. Er beugte sich über den Tresen und angelte nach zwei Gläsern aus dem Regal dahinter.

»Wie geht's eigentlich deinem schönen, kleinen Bruder?«, fragte er über die Schulter.

Die ebenso harte wie scharfe Keramik fuhr widerstandslos in das Gewebe zwischen seinen Rippen, einmal, zweimal, dreimal – immer wieder. Die Sektkelche entglitten ihm und zerschellten mit einem leisen Klirren hinter dem Tresen.

Mario drehte sich um, er wollte sprechen, doch nur ein blutiges Gurgeln kam aus seinem Mund. Sie hielt das Messer immer noch auf ihn gerichtet. Er schaute sie ungläubig an und tastete nach seinem Brustkorb. Mit seinen Händen versuchte er sich an je einem der Barhocker rechts und links von ihm festzuklammern. Es gelang ihm nicht mehr, die Hocker kippten nach beiden Seiten um, dann sackte er zusammen und fiel auf den Bauch. Der Rücken seines weißen Anzugs färbte sich langsam rot.

Einen Moment stand sie wie erstarrt. War es das jetzt? War es das, wonach sie sich so lange gesehnt hatte? Sie spürte nichts, keine Erleichterung, keine Genugtuung, keine Befriedigung – gar nichts.

Und sie hatte keinen Plan. Der wichtigste Punkt auf ihrer Agenda war erledigt. Und jetzt? Wohin mit dem Messer? Suchend sah sie sich um. Da lag ein Küchentuch auf dem Tresen. Etwas ratlos wischte sie Klinge und Knauf des weißen Messers damit ab, dann wickelte sie es in den Stoff ein und stopfte alles zusammen in ihre Umhängetasche. »La donna è mobile« schallte es aus der Musikanlage. Ohne sich umzudrehen, verließ sie das »Gola Incantata«.

Es war mucksmäuschenstill in der »Alten Strandbude«, nachdem Wiebke geendet hatte. Mit dem Geständnis war sprichwörtlich eine Last von ihr abgefallen. Sie saß wieder aufrecht da und schaute den Polizisten gerade in die Augen. Als die immer noch stumm blieben, griff sie nach ihrer Umhängetasche.

»Vielleicht können Sie damit etwas anfangen«, sagte sie und reichte Jansen daraus das in das Küchentuch eingewickelte Messer. Vorsichtig öffnete der Kommissar den Stoff. Das Messer trug nur wenige Blutspuren. Die Spitze fehlte.

Als Eichhorn und Jansen aufstanden, um Wiebke zu ihrem Dienstwagen zu bringen, machte sie einen Schritt auf Georg zu, der die ganze Zeit wie gelähmt dagestanden und ihrer Geschichte gelauscht hatte.

»Es tut mir leid, Georg, bitte verzeih mir«, sagte sie leise und berührte ihn nur leicht am Arm. Wie gern wollte er sie ganz fest drücken, doch er war nicht einmal in der Lage zu antworten, denn er hätte in dem Moment laut losheulen können.

»Tschüß Angermüller, ich melde mich«, verabschiedete sich Jansen. Georg nickte und sah ihnen nach, wie sie sich durch das nasse Grau entfernten.

Er ließ sich auf einen Stuhl sinken. Aus der Brusttasche seines Hemdes zog er die mittlerweile völlig zerknautschten Blätter mit seinen Überlegungen zum Mord an Mario. Mechanisch begann er das Papier in immer kleinere Schnipsel zu reißen. Er spürte die betroffenen Blicke, die Polette und Niki ihm sandten, aber er war nicht fähig aufzusehen, geschweige denn, sich zu erheben. Er blieb auf seinem Stuhl sitzen, traurig, niedergeschlagen, ratlos, voller Entsetzen, am meisten über sich selbst.

- ENDE -

ES KOCHT UND ISST DER KOMMISSAR

Pasta mit Schafskäse und Rucola

Zutaten für 4 Portionen:
400 g Pasta – z.B. Penne
250 g Schafskäse, gewürfelt
1 Bund Rucola, geputzt, gewaschen, grob geschnitten
400 g kleine Pflaumentomaten, halbiert
falls gewünscht: noch eine Handvoll schwarze Oliven
Olivenöl
schwarzer Pfeffer aus der Mühle
1 Handvoll geröstete Pinienkerne

Nudeln nach Vorschrift in Salzwasser bissfest kochen. Die Nudeln abgießen, Pflaumentomaten und Rucola untermischen und auf vier Pastaschüsseln verteilen. Jeweils die Schafskäsewürfel (ggfs. Oliven) und einen Schuss gutes Olivenöl hinzufügen. Frisch gemahlenen schwarzen Pfeffer und Pinienkerne darüber geben – servieren.

Dhal von roten Linsen mit Halloumi und Rosinenreis
(frei nach Kathrin G.)

Zutaten für 4–6 Personen:
500 g rote Linsen (in einem Gefäß abmessen)
knapp die doppelte Menge Wasser
Öl
1 große Zwiebel, gehackt
2–3 Möhren, gewürfelt
(für eine scharfe Variante 3–6 grüne Chilischoten, ggfs. entkernt, mitkochen)
1 Lorbeerblatt, möglichst frisch
1 EL Cumin, gemahlen
1 EL Koriandersamen, gemahlen
2 EL Kurkuma, gemahlen
1 gehäufter EL frischer, zerdrückter Ingwer
2 TL feingehackter Knoblauch
Salz
Pfeffer
1 TL Kardamom, gemahlen

400–600 g Halloumikäse
Reis mit Safran und Rosinen

Zwiebel und Möhren in einem großen Topf in Öl anschmoren, bis die Zwiebel glasig ist. Linsen dazugeben, mit knapp der doppelten Menge Wasser aufgießen, Lorbeerblatt (und für die scharfe Variante die Chilischoten) zufügen und alles 10–15 Minuten köcheln lassen. In der Zwischenzeit Öl in einer Pfanne erhitzen und Cumin, Koriandersamen, Ingwer und Knoblauch kurz anrösten, dann Kurkuma zufügen. Immer wieder mit ein wenig Wasser aufgießen, sodass eine sehr dickflüssige Soße entsteht. Diese zu den Linsen geben, mit Salz, Pfeffer und Kardamom würzen.

Der fertige Dhal darf einem Püree ähneln. Vorsicht, damit es nicht anbrennt! Klassische Beilage ist Reis und gedünstete oder im Ofen gegarte Gemüse in großen Stücken wie Blumenkohl, Pastinaken oder Möhren. Dazu passt ein Schälchen fetter Joghurt, nach Geschmack mit zerdrücktem Knoblauch gewürzt, oder Aubergine Pickle (indischer Lebensmittelladen) oder Mango Chutney.

Angermüller serviert zum Dhal Halloumikäse, in Würfel geschnitten und kurz in Öl angebraten, sowie Reis, gewürzt mit Salz und Safran, in dem eine Handvoll Rosinen (oder mehr, nach Geschmack) mitgekocht wurde.

Polette hat Dhal mit Ziegenfrischkäse auf der Speisekarte.

Dunkler Schokoladen-Dessertkuchen

So läuft das mit der Weitergabe von Rezepten: Bei Hans' Geburtstag erzählte mir Bernd von Christophs wahnsinnig köstlichem Schokokuchen nach einem Rezept aus der Schweiz, das ich natürlich haben musste – Angermüller hat's ausprobiert:

Zutaten:

3 Eier, zimmerwarm
200 g Zucker
125 g Mehl
125 g weiche Butter
160 g gute Bitterschokolade, mindestens 60% Kakaoanteil
1–2 EL Kirschwasser (ggfs. Rum)

Eier und Zucker gut schaumig rühren, dann das Mehl zugeben. Butter und Schokolade im Wasserbad schmelzen lassen, lauwarm in den Teig rühren, Kirschwasser (oder Rum) unterziehen. In eine mit Backpapier/Alufolie ausgelegte 26 cm Springform füllen und im vorgeheizten Ofen auf 250 Grad 8–11 min backen. Da der Teig nicht sehr hoch ist und die Temperatur sehr heiß, geht das Backen sehr schnell. Am besten öfter kontrollieren! Nach dem Abkühlen mit Puderzucker bestäuben.

Heraus kommt ein flacher, im Innern noch etwas feuchter, schokoladiger Kuchen, der sich einige Tage im Kühlschrank frisch hält. Hervorragend zum Dessert mit Sahne oder Vanilleeis oder Orangenlikör – oder ganz üppig mit allem zusammen. Der Kuchen lässt sich auch gut einfrieren, sodass man bei Bedarf stets für ein Dessert darauf zurückgreifen kann.

Tante Illes Quittenmarmelade
(nach einem Rezept der genialen Marmeladenköchin Gisela T.-B. aus Neustadt/Holst.)

Zutaten:
2 kg Quitten
3, 4 Äpfel, gewaschen, in Stücken
Orangensaft oder Apfelsaft
1 gute Prise Zimt
ggfs. frisch gepresster Saft von 2 Orangen oder ein Schuss Campari
1 kg Gelierzucker

Die Quitten abreiben, Blüten und Stiele entfernen, in Hälften schneiden und zusammen mit den Äpfeln in einen Topf geben. Schälen und entkernen kann man sich sparen. Zu ungefähr einem Drittel des Fruchtvolumens Flüssigkeit zugeben – Orangensaft oder Apfelsaft – weich kochen. Nach Geschmack verfeinern mit dem Saft von zwei frisch gepressten Orangen oder einem Schuss Campari bitter. Die weich gekochten Quitten und Äpfel durch die Flotte Lotte passieren, Zimt zugeben, mit der entsprechenden Menge Gelierzucker (2 : 1) aufkochen und vier Minuten sprudelnd kochen lassen. In saubere Gläser abfüllen und diese kurz auf den Kopf stellen. Ergibt 5–6 Gläser à 350 ml, Haltbarkeit mindestens zwei Jahre.

AUS DER SPEISEKARTE DER »ALTEN STRANDBUDE«

Liptauer

Zutaten:

250 g Topfen oder Magerquark
100 g weiche Butter
(falls zu feste Konsistenz: etwas Sauerrahm oder Crème fraîche zufügen)
1 kleine Zwiebel, fein gerieben
1 EL Kapern, sehr fein gehackt
1 kleine Gewürzgurke, sehr fein gehackt
1 Prise Pfeffer
2–3 TL Rosenpaprika
1 TL süßer Senf
¼ TL Kümmel, gemahlen
Salz
1 kleines Bund Schnittlauch, in feine Röllchen geschnitten

Topfen/Quark und Butter zu einer luftigen Creme rühren, alle übrigen Zutaten untermischen und mit Salz abschmecken. In ein Schüsselchen geben und mit dem Schnittlauch bestreuen. Dieser würzige Brotaufstrich passt zum Frühstück oder zum Abendessen oder als Vorspeise. Schmeckt sehr fein auf frischen Semmeln, Laugenbrezeln oder Bauernbrot.

Geschmorte Ochsenbäckchen mit Selleriepüree

Zutaten für 4 Personen:

1000g Ochsenbäckchen
Salz
Pfeffer
Öl
400g gemischtes Wurzelgemüse (z.B. Möhren, Petersilienwurzel, Sellerie, Pastinaken) grob gewürfelt
1 große Zwiebel, gewürfelt
2 Knoblauchzehen, gehackt
2 EL Tomatenmark
2 EL Senf
2 Lorbeerblätter, wenn möglich frisch
ein paar Zweiglein frischer Thymian
6 Wacholderbeeren
½l Rinderfond
½–¾l Rotwein

In einen großen Bratentopf ausreichend Öl geben, erhitzen und die zuvor gesalzenen und gepfefferten Ochsenbäckchen darin anbraten, bis sie eine kräftige braune Farbe angenommen haben. Die Bäckchen herausnehmen, evtl. Öl nachgießen und die Wurzelgemüse, die Zwiebel, den Knoblauch sowie Tomatenmark und Senf anschmoren. Wenn alles gut gebräunt ist, mit der Hälfte von Rotwein und Rinderfond ablöschen, Lorbeer, Thymian und Wacholder zugeben, das Fleisch wieder hineinlegen und zugedeckt auf kleiner Flamme köcheln lassen. Zwischendurch immer wieder Rinderfond und Wein nachgießen, das Fleisch sollte nur knapp aus der Flüssigkeit ragen, ab und zu einmal wenden. Das Ganze sollte mindestens drei Stunden schmoren, bis das Fleisch butterweich ist.

Nach dem Ende der Garzeit die Ochsenbäckchen herausnehmen und die Soße durch ein Sieb streichen, ggfs. mit Salz und Pfeffer abschmecken. Wer mag, kann auch noch einen Schuss Portwein zugeben. Diese Soße braucht weder Sahne noch Bindemittel – sie ist einfach köstlich, so wie sie ist!

Zutaten für das Selleriepüree à la Eva R.:

ca. 600 g Sellerie, in großen Stücken sehr weich gedämpft
2–3 mittelgroße Kartoffeln geschält, gekocht
1 Schalotte, sehr fein gehackt
Sahne
Salz
Muskat

Sellerie, Kartoffeln und Schalotte pürieren oder durch die Flotte Lotte passieren, etwas Sahne bis zur gewünschten Konsistenz beigeben und mit Salz und Muskat würzen.

Als Gemüse schmeckt dazu ganz wunderbar Wirsing oder Rosenkohl.

Steirisches Apfelhendl

Zutaten für 4 Personen:

1 Feiland/Biohuhn 1,2–1,5 kg, in 6–8 Teile zerlegt
Salz
Pfeffer
2–4 EL Öl
2 große Zwiebeln, in dicke Spalten geschnitten
mindestens 150 ml Apfelsaft
300 ml Geflügelfond
3 Lorbeerblätter, möglichst frisch
5 Pimentkörner
3 Nelken
3 aromatische Äpfel, gewaschen, geviertelt, entkernt, in dicke Spalten geschnitten

Die Hühnerteile mit Salz und Pfeffer einreiben. In einem großen Bratentopf das Öl erhitzen und das Fleisch darin für ca. 5 min gut Farbe annehmen lassen. Nun die Zwiebeln zufügen, ebenfalls kurz anbraten, dann mit Apfelsaft und Geflügelfond aufgießen. Lorbeer, Piment und Nelken beifügen und alles zusammen aufkochen. Im offenen Topf bei mittlerer Hitze ca. 30 min schmoren, bis die Hühnerteile gar sind. Die Apfelspalten ca. 5 min vor Beendigung der Bratzeit zufügen und mitschmoren.

Dazu passt knuspriges Weißbrot oder, wenn man es üppiger mag, gebackene Ofenkartoffeln (Rezept aus »Steilufer« Seite 363), außerdem ein Vogerlsalat (bei uns: Feldsalat) mit einem Kürbiskernöl Dressing.

Wiener Schnitzel mit warmem Erdäpfelsalat à la JOSL
aus dem Kärntner Bistro und Beisl in Berlin
www.josl.berlin

Zutaten für 4 Personen:

4 frische Kalbsschnitzel à 180 g aus der Oberschale, beim Metzger oder selbst auf ca. 3 mm flach klopfen (lassen)
60 g Mehl
2 Eier
80 g frisch geriebene Semmelbrösel
Je 100 g Butterschmalz und Schweineschmalz
Salz
Pfeffer
4 Zitronenviertel
Preiselbeeren

Das Fleisch leicht salzen und pfeffern. In Mehl wenden, dann durch das mit wenig Wasser verklopfte Ei ziehen, abtropfen lassen und sofort in den Semmelbröseln wenden. Nicht zu fest andrücken.

Inzwischen in einer großen Pfanne Butter- und Schweineschmalz zu gleichen Teilen ca. daumenhoch zergehen und heiß werden lassen. Alternativ kann auch nur Butterschmalz genommen werden. Schnitzel einlegen und unter ständigem Schwenken in ca. 1,5 min goldbraun werden lassen. Ggfs. mit einem Löffel heißem Schmalz auch die Oberseite beträufeln. Schnitzel kurz wenden und fertig backen.

Erdäpfelsalat JOSL-Art

Zutaten für 4 Portionen:
1 kg festkochende Kartoffeln
100 g Speck gewürfelt
100 g Zwiebel gewürfelt
150 ml Apfelessig
½–¾ l Hühnerfond
1 EL Senf
1 TL Majoran
2 Lorbeerblätter
5 Pimentkörner, zerdrückt
Salz
Pfeffer
ca. ½ Gurke, grob gestückelt
Frühlingszwiebeln gehackt
Petersilie gehackt
pro Teller: 3 Cocktailtomaten, geviertelt
1 Radieschen in feinen Scheiben

Kartoffeln schälen und in ca. 1 cm große Würfel schneiden. Speck in einem Topf anbraten, die Zwiebeln hinzufügen und anschwitzen, mit Apfelessig ablöschen. Jetzt die Kartoffelwürfel in den Topf geben und mit Hühnerfond aufgießen bis die Kartoffeln knapp bedeckt sind. Senf, Lorbeer, Piment, Salz und Pfeffer dazugeben und leicht köcheln lassen, bis die Kartoffeln gar sind und sich die Flüssigkeit stark reduziert hat.

Gurke, Petersilie und Frühlingszwiebeln mit den Kartoffeln vermengen. Zum Anrichten die Radieschenscheiben und die Tomatenviertel darüber geben. Den noch warmen Kartoffelsalat auf Tellern verteilen,

Schnitzel daneben/darüber drapieren, mit Zitronenvierteln und Preiselbeermarmelade servieren.

Tafelspitzsalat – Rezept aus dem Kärntner Bistro und Beissl JOSL in Berlin www.josl.berlin

Für den Salat für 4 Personen als Hauptgericht benötigt man 400 g gekochten Tafelspitz. Damit sich die Herstellung lohnt, hier das Grundrezept für Tafelspitz:

frischer Tafelspitz vom Rind ca. 1–1,5 kg
½ kg Rindsknochen
Suppengrün (2 Möhren, 2 Petersilienwurzeln, 1 Stück Knollensellerie, 1 Lauchstange, 5 Zweiglein Petersilie)
10 Pfefferkörner
5 Pimentkörner
3 Knoblauchzehen in der Schale gequetscht
2 Zwiebeln, ungeschält, halbiert, Schnittfläche in der Pfanne dunkelbraun geröstet

In einem ausreichend großen Topf die gewaschenen Knochen mit ca. 5 l kaltem Wasser aufsetzen, zum Kochen bringen und für ungefähr eine halbe Stunde kochen lassen. Nun das gewaschene von Häuten und Sehnen befreite Fleisch dazugeben. Die Fettschicht, so vorhanden, bei diesem Rezept mitkochen, das ist besser für die Brühe. Es folgen nun in den Topf: Die gewaschenen, geviertelten Gemüse und die Petersilie, ebenso wie die Gewürze, der Knoblauch und die Zwiebeln. Den entstehenden Schaum immer wieder abnehmen. Den

Tafelspitz bei mäßiger Temperatur in der Brühe mindestens 3 Stunden gar ziehen lassen.

Das gegarte Fleisch aus der Flüssigkeit nehmen, abkühlen lassen. Weitere Gerichte mit Tafelspitz gibt es in »Kochwut«. Die Brühe, eine wunderbare Grundlage für Suppen aller Art, durch ein Sieb geben, noch einmal aufkochen und sofort in heiß ausgespülte Schraubgläser füllen, schnell Deckel aufschrauben und Gläser kurz umdrehen (Haltbarkeit mehrere Monate) oder in Kunststoffbehältern einfrieren. Erst bei Verwendung salzen.

Zutaten für den Salat:

400 g gekochter Tafelspitz, in sehr feine Streifen geschnitten
¼ Knolle Fenchel, klein gewürfelt
2 Stangen Staudensellerie, klein gewürfelt
2 mittelgroße rote Zwiebeln, klein gewürfelt
200 g Cocktailtomaten, geviertelt
½ Karotte, gerieben
5 Radieschen, fein gestiftet
1 Kopf Radicchio – eine Hälfte in ganzen Blättern zum Anrichten, die andere in feine Streifen geschnitten
5–6 Zweiglein Petersilie, gehackt
50 g Schnittlauch, gehackt
2 EL geriebener, frischer Kren

Für das Dressing:

4 EL Balsamico
4 – 6 EL Gemüsefond
1 EL Honig, flüssig
1 EL Senf

Salz
Pfeffer
8 EL Olivenöl

Essig, Gemüsefond, Senf, Honig, Salz, Pfeffer miteinander vermischen. Das Öl am besten mit einem Pürierstab langsam unter ständigem Rühren einträufeln, damit das Dressing emulgiert.

zum Anrichten:
6–8 ganze Radicchioblätter
Steirisches Kürbiskernöl
Schnittlauchröllchen

Rindfleisch, Gemüse und Dressing miteinander vermengen. Ein großes Radicchio-Blatt auf den Teller legen, Salat im Blatt drapieren, mit Steirischem Kürbiskernöl beträufeln, mit Schnittlauch garnieren und mit frisch aufgebackenem Kaisersemmerl oder Schwarzbrot servieren. Ich finde auch Röstkartoffeln sehr passend dazu.

Als kleinere Portion auch zur Vorspeise geeignet.

Fisch Vindaille à la Polette

400 g Fisch möglichst ohne Gräten, gesalzen, gepfeffert, gedünstet oder gebraten (sehr gut geeignet z.B. Seelachs Loins – Ratgeber für ökologisch unbedenklichen Fischeinkauf bei Greenpeace oder WWF)

½ große Gemüsezwiebel in dünnen Scheiben
2–4 Knoblauchzehen, klein gewürfelt
1–3 grüne Chilischoten, entkernt, fein gehackt (Handschuhe!)
200 g aromatische, kleine Tomaten, halbiert
2–3 Frühlingszwiebeln, nur das Grün, in feinen Ringen

Marinade:
2 EL Essig
1–2 EL Ahornsirup
4 EL Olivenöl
1 TL Curry Jaipur https://www.altesgewuerzamt.de/
Salz
Pfeffer

Aus den angegebenen Zutaten die Marinade mischen. Sie sollte einen feinen, süßsäuerlichen und scharfen Geschmack haben. Den Fisch mit Zwiebel, Knoblauch, Chilischoten und Tomaten in eine flache Schüssel geben, die Marinade darüber verteilen und zugedeckt im Kühlschrank mehrere Stunden, evtl. über Nacht, durchziehen lassen.

Die Vindaille wird kalt auf gekochtem, warmem Duftreis serviert und mit dem Grün der Frühlingszwiebeln garniert. Auch die Linsen nach Steffens Rezept S. 338 aus »Schockschwerenot« passen gut zur Vindaille. In kleiner Portion anstelle von Reis mit Roti, kleinen, indischen Fladenbroten (Rezept in »Nebelschleier«) serviert, auch gut als Vorspeise geeignet.

Kärntner Reindling

Zutaten für den Teig für 1 Napfkuchenform:

450 g Mehl
1 Würfel Hefe (= 1 Päckchen Trockenhefe)
250 ml Milch, lauwarm
2 Eigelb
1 Ei
1 Prise Salz
2–3 EL brauner Zucker
1 Vanillezucker
abgeriebene Schale 1 unbehandelten Zitrone

Zutaten für die Füllung:

25 g weiche Butter
150 g Rosinen, mehrere Stunden in Rum eingeweicht
100 g gemahlene Haselnüsse
4 EL brauner Zucker
½ TL Zimt
Butter und Mehl für die Form
Puderzucker

Das Mehl in eine Rührschüssel geben, in eine Vertiefung in der Mitte die Hefe bröckeln, die Hälfte der lauwarmen Milch darüber geben, mit etwas Mehl verrühren und diesen Vorteig 15 min mit einem Küchentuch abgedeckt ruhen lassen. Anschließend die restliche Milch und alle anderen Zutaten zufügen und alles mit Knethaken oder per Hand zu einem Teig verarbeiten. Den Teig zugedeckt an einem warmen Ort gehen lassen, bis er sein Volumen verdoppelt hat. Anschließend noch einmal gut durcharbeiten, auf eine bemehlte Arbeitsfläche legen und zu einem Rechteck ausrollen, dessen schmale Seite dem Umfang der Kuchenform entspricht.

Den ausgerollten Teig mit der weichen Butter einstreichen, gleichmäßig abgetropfte Rosinen, gemahlene Haselnüsse, Zucker und Zimt darauf verteilen. Nun von der schmalen Seite her einrollen, die Rolle zu einem Ring formen und diesen vorsichtig in die bemehlte Kuchenform geben. In der Mitte des Backofens bei 180° 35–45 min backen. Dabei beobachten, denn jeder Herd ist anders …

Nach dem Backen aus der Form nehmen, auskühlen lassen und mit Puderzucker betreuen. Der Reindling schmeckt pur ganz wunderbar. Besonders fein ist er mit Pflaumenkompott und Schlagobers, sagt Polette. Hier das Rezept:

Pflaumenkompott

1 kg Pflaumen, gewaschen, entsteint
125 ml Rotwein
125 ml Wasser
Saft einer Zitrone
Zimtstange
1 halber TL Vanille
150 g brauner Zucker (oder mehr, nach Geschmack)

In einem Topf die Pflaumen mit Rotwein, Wasser, Zitronensaft aufsetzen, Zimtstange, Vanille und Zucker zugeben, kurz aufkochen und anschließend 5 bis 10 min köcheln lassen. Öfter testen, damit die Früchte nicht völlig zerkochen. Das Kompott kann warm oder kalt genossen werden.

Tante Illes Ostseetorte

Zutaten für den Mürbeteigboden:
90 g Dinkelmehl, fein
60 g kalte Butter
1 Eigelb
25 g brauner Zucker
1 Vanillezucker

Das Mehl in eine Schüssel geben, alle restlichen Zutaten beifügen und schnell zu einem glatten Teig verkneten und in Folie gewickelt 20–40 min im Kühlschrank ruhen lassen.

Dann den Teig auf einem Backblech so weit ausrollen, dass er den Boden einer 26/28 cm Springform bedeckt. Ich empfehle eine Backmatte aus Silicon zum Ausrollen und Backen unterzulegen, damit er sich anschließend besser lösen lässt. Den Rand der Springform auflegen und überstehenden Teig abschneiden.

Auf der mittleren Schiene bei 180° ungefähr 15 min backen – dabei beobachten! Jeder Backofen ist anders …

Zutaten für den Biskuitboden:
4 Eigelb, zimmerwarm
2 EL warmes Wasser
4 Eiweiß, steif geschlagen

125 g Zucker
1 Päckchen Vanillinzucker
1 Prise Salz
Bittermandelöl
125 g Mehl
125 g Mohn
1 TL Backpulver

In einer Rührschüssel die Eigelbe mit dem Wasser auf höchster Stufe (Handrührgerät/Küchenmaschine) 1 min schaumig schlagen, die Hälfte des Zuckers und den Vanillezucker zugeben und 2–3 min weiter schaumig schlagen. Das Eiweiß steif schlagen, den Rest des Zuckers und die Prise Salz unterrühren sowie ein paar Tropfen Bittermandelöl. Den Eischnee auf den Eigelbschaum geben und vorsichtig per Hand mit dem Rührlöffel mischen. Anschließend auf die gleiche Weise das mit Backpulver und Mohn vermischte Mehl unterziehen.

Den fertigen Teig in die Springform füllen, deren Boden (nicht der Rand!) zuvor gefettet und bemehlt wurde, und die Masse glatt streichen. Bei 180° auf der mittleren Leiste im Ofen 20–30 min backen, nach 20 min Stäbchenprobe machen. Nach 10 min den Boden aus der Form nehmen und abkühlen lassen. Nach dem völligen Erkalten, frühestens nach zwei Stunden Ruhezeit (über Nacht wäre optimal) waagerecht in zwei gleiche Hälften schneiden.

Zutaten für die Füllung:
500 g kalte Schlagsahne
1 Päckchen Vanillepudding ohne Kochen ca. 80 g

Die Schlagsahne steif schlagen und dabei das Vanillepuddingpulver unterziehen.

Tortenbau, weitere Zutaten:

3–4 EL Hagebuttenmarmelade
700 g Glas Stachelbeeren, abgetropft ca. 350 g oder die gleiche Menge tiefgekühlt
1 Marzipandecke

Auf eine Tortenplatte den Mürbeteigboden legen und mit der Hagebuttenmarmelade bestreichen. Darauf die untere Hälfte des Biskuitbodens legen und mit der Hälfte der Vanillesahne bestreichen. Die abgetropften Stachelbeeren darauf verteilen, mit der restlichen Vanillesahne bedecken und die obere Hälfte des Biskuitbodens darauf legen. Zum Schluss die Marzipandecke über die Torte legen und nach Belieben verzieren, z.B. mit Dekor Bitterschokolade. Kühl Stellen.

Linzer Schnitten

350 g Mehl
½ Päckchen Backpulver
200 g gemahlene Haselnüsse
125 g Puderzucker
1 Messerspitze Nelken, gemahlen
½ TL Zimt
1 Messerspitze Vanillepulver
abgeriebene Schale einer unbehandelten Zitrone
200 g kalte Butter

2 kalte Eier
400 g Johannisbeer- oder Himbeergelee
Puderzucker

Mehl, Backpulver, Haselnüsse, Puderzucker, Gewürze und Zitronenschale in einer Rührschüssel mischen. In eine Vertiefung die in Stückchen geschnittene Butter geben und die Eier darüber schlagen und alles schnell zu einem glatten Teig verarbeiten. Für 40–50 min in Folie gewickelt im Kühlschrank ruhen lassen.

Ein Backblech mit flüssiger Butter einstreichen und mit Mehl bestäuben, darauf zwei Drittel des Teiges glatt ausrollen, ca. 40 × 30 cm. Nun das Gelee gleichmäßig darauf verstreichen. Den restlichen Teig auf einer bemehlten Arbeitsfläche dünn ausrollen, mit einem Teigrädchen in etwa 1,5 cm breite Streifen teilen und diese diagonal als Gitter mit etwa 1,5 cm Abstand über das Gelee legen.

Im vorgeheizten Backofen bei ca. 160° 20–35 min backen, öfter kontrollieren, jeder Herd ist anders. Nach dem Auskühlen in Rechtecke beliebiger Größe schneiden und mit Puderzucker bestreuen.